KNAUR

BONNIE
KISTLER

DIE ANWÄLTIN

... und plötzlich ist sie
selbst das Opfer

THRILLER

Aus dem amerikanischen Englisch
von Kristina Lake-Zapp

KNAUR

Das amerikanische Original erschien 2023 unter dem Titel »Her, too«
bei Harper, einem Imprint von HarperCollins Publishers, New York.

Besuchen Sie uns im Internet:
www.droemer-knaur.de

MIX
Papier | Fördert
gute Waldnutzung
FSC® C014496

Deutsche Erstausgabe Dezember 2024

Redaktion: Gisela Klemt
Das Zitat von Jean-Paul Sartre stammt aus:
Jean-Paul Sartre, *Der Mensch und die Dinge,* in der Übersetzung
von Lothar Baier, Werner Bökenkamp, Hans Georg Brenner,
Abelle Christaller, Günther Scheel und Christoph Schwerin
© 1978 Rowohlt Taschenbuch Verlag GmbH, Reinbek bei Hamburg
Covergestaltung: © SO YEAH DESIGN, Gabi Braun
Coverabbildung: © Miguel Sobreira / Trevillion Images
und Kwangmoozaa / Shutterstock.com
Satz und Layout: Adobe InDesign im Verlag
Druck und Bindung: GGP Media GmbH, Pößneck
ISBN 978-3-426-44645-4

2 4 5 3 1

Für all die, die zum Schweigen gebracht wurden
und die nicht länger schweigen wollen

Der Schriftsteller ist in seiner Epoche *situiert:* jedes seiner Worte findet einen Widerhall. Auch sein Schweigen.

JEAN-PAUL SARTRE

KAPITEL 1

Da war es, das Gefühl: der Rausch, der Nervenkitzel, die freudige Erregung, die wie flüssiges Gold durch ihre Adern flossen. Es traf sie in dem Moment, als sie vor die Türen des Gerichtsgebäudes trat. Andere Anwälte verspürten diesen Rausch, wenn sie sich zu Beginn oder am Ende der Verhandlung erhoben oder wenn die Geschworenen ihr Urteil verkündeten. Doch für Kelly McCann war es genau dieser Moment, die Siegesrunde, ihre triumphale Streitwagenfahrt durchs Kolosseum, während die Zuschauer auf den Tribünen jubelten. Es war besser als Drogen. Besser als Sex – zumindest als das, woran sie sich erinnerte. Ein Orgasmus war einer etwa zwanzigminütigen Anstrengung geschuldet, wohingegen das hier – *das!* – der Lohn für wochenlange Gerichtsverhandlungen, monatelange Vorbereitung und jahrelange Opfer war.

Die Menschenmenge drängte sich auf dem Gehsteig vor dem Gericht, ergoss sich auf die Straße. Die Reporter hatten sich nach vorn durchgedrängelt, im Hintergrund standen die Nachrichten-Vans der Fernsehsender mit ihren Dachantennen, die wie Radioteleskope in den Himmel ragten, auf der Suche nach extraterrestrischer Intelligenz. Kameras blitzten, als Kelly das Gebäude verließ und oben an der Treppe stehen blieb. Sie blickte in ein Meer von Gesichtern und Mikrofonen, die sich ihr entgegenreckten. Die Medien hatten sich versammelt – was ihrem Team geschuldet war –, genau wie die Demonstranten – was wiederum den Medien geschuldet war –, die handgeschriebene Schilder hochhielten. #ME TOO und GERECHTIGKEIT FÜR REEZA und

NEHMT VERGEWALTIGUNG ERNST! und GLAUBT REEZA!. Einige von ihnen waren seit dem Tag der Jury-Auswahl dabei, und ihre Schilder waren mittlerweile eingerissen und aufgeweicht vom Regen – ein stolzes Zeichen ihrer Ausdauer.

Auf der anderen Seite hatten sich die Gegendemonstranten versammelt, zahlenmäßig ungefähr gleich stark. Auch sie hielten Plakate in die Höhe: GERECHTIGKEIT FÜR GEORGE! DR. B. DARF NICHT ENTLASSEN WERDEN! und – was am häufigsten vertreten war – RETTET UNSEREN RETTER!. Vielleicht ein wenig übertrieben, aber es war nicht das erste Mal, dass er so bezeichnet wurde. Immerhin war er der Mann, der möglicherweise Alzheimer geheilt hatte.

Kelly blieb stehen, um den Fotografen ihre Aufnahmen zu ermöglichen. Sie war formell gekleidet, trug einen schwarzen Hosenanzug und eine weiße Bluse, dazu eine Schildpattbrille. Ihre blonden Haare hatte sie zu einer festen Banane hochgesteckt und bis auf ihren Ehering auf Schmuck verzichtet. Ebenfalls verzichtet hatte sie auf die zu erwartenden »vernünftigen« flachen Schuhe. Stattdessen war ihre Wahl auf ein Paar schwarze Pumps mit Zehn-Zentimeter-Absätzen gefallen. Da sie selbst nur eins achtundfünfzig groß war, brauchte sie diese zusätzlichen Zentimeter.

Dies war ihr unverkennbarer Look, seit sie während ihrer Anfangszeit im Büro der Staatsanwaltschaft mitbekommen hatte, dass ihre Kolleginnen und Kollegen sie »die Cheerleaderin« nannten. Auch wenn ihre Highschool-Vergangenheit nie publik geworden war, hatte sich dieser Spitzname nicht vermeiden lassen. Sie war nun mal eine zierliche Blondine mit einem Südstaatenakzent, einer Vorliebe für leuchtende Farben und etwas zu viel Begeisterung für ihren Job. An ihrer Größe konnte sie nichts ändern, an ihrem Akzent wenig, doch die leuchtenden Farben hatte sie sofort verbannt.

Ihr Team bildete eine V-Formation hinter ihr, wie Gänse auf dem Weg nach Süden. An der Spitze ihre Mitarbeiterin Patti Han, eine brillante junge Anwältin, deren Talente auf dem Stuhl neben Kelly verschwendet waren. Als Nächste kam Kellys Assistentin Cazzadee Johnson, eine langbeinige Schönheit, deren Kompetenz und Gelassenheit ebenfalls unverzichtbar für Kellys Erfolg waren. Zwei Männer bildeten die Nachhut: der Anwalt aus Philadelphia, der als ihr lokaler Berater fungierte, und der Anwalt aus der Vorstadt, ihr hyperlokaler Berater – beide weiß und beide so unscheinbar, dass Kelly sie regelmäßig miteinander verwechselte. Auch sie galten als unverzichtbar, allerdings nur, weil die hiesige Verfahrensordnung dies vorschrieb – eine Möglichkeit, die Anwälte und Anwältinnen der Stadt vor in fremdem Revier wildernder Konkurrenz aus anderen Bundesstaaten zu schützen, zum Beispiel vor Kelly. Javier Torres, ihr Ermittler, zählte ebenfalls zum Team. Auch er war anwesend, wenngleich nicht auf den Stufen vor dem Gerichtsgebäude. Er lief Patrouille, schlich geschmeidig wie ein Panther durch die Menge.

»Zehn lange Monate«, begann Kelly, »hat Dr. Benedict die Last einer falschen Anschuldigung tragen müssen.« Ihre Stimme schallte die Stufen hinunter bis auf die Straße. »Sein Ruf wurde beschmutzt. Seine Familie traumatisiert. Er erhielt Hassbriefe und sogar Todesdrohungen. Zudem wurde er an der Ausübung seiner Arbeit gehindert – seiner lebenswichtigen, kritischen Arbeit. All dies ist der abscheulichen Macht falscher Bezichtigungen geschuldet. Und das Schlimmste daran ist, dass er all das stillschweigend ertragen musste. Unser Rechtssystem sieht vor, dass er kein Wort zu seiner eigenen Verteidigung hervorbringen durfte.«

Selbstverständlich war es Kelly gewesen, die ihm verboten hatte, sich zu äußern, aber das musste die Menge nicht wissen.

»Heute haben endlich zwölf aufrechte Männer und Frauen das Wort für ihn ergriffen und diese schreckliche Anschuldigung entkräftet.« Sie gestattete sich ein Lächeln, ein breites, strahlendes Lächeln, das wie das Licht des Sonnenaufgangs auf die vor dem Gerichtsgebäude versammelte Menge fiel. »Die Geschworenen kamen zu dem Ergebnis, ihn in allen Punkten freizusprechen – nicht schuldig!«

Die Demonstranten begegneten ihrer Erklärung mit Buhrufen, doch sie hörte nur den Applaus und das Jubeln der Gegendemonstranten. Als gute Cheerleaderin hatte sie genau gewusst, wie sie ihre Seite aufpeitschen musste, um die andere zum Verstummen zu bringen. Diese Methode funktionierte auch heute noch. Triumphierend riss sie beide Arme in die Höhe, und Team Benedict brüllte seine Zustimmung und ließ das Blut in ihren Adern schneller fließen.

Dieser Moment war ihre Entschädigung für alles, was sie geopfert hatte und was sie noch auf sich nehmen würde. Seit zehn Jahren tat sie nichts anderes, als Männer zu verteidigen, denen Sexualverbrechen vorgeworfen wurden. Sportler und Musiker waren ihr täglich Brot, gelegentlich kam ein CEO hinzu. Es war eine schmutzige Arbeit – die Anschuldigungen an sich waren schmutzig, genau wie die grenzwertigen Taktiken, um sie zu entkräften. Die dreisten Wege, Zweifel zu säen. Mitunter kam sie sich selbst beschmutzt vor, als würde Dreck an ihren Händen kleben – dunkle Flecken ihrer Komplizenschaft. Doch Momente wie dieser ließen die Flecken verschwinden. Es war, als würde man ein Streichholz an Zunder halten und die Flammen aufflackern sehen. Läuterung durch Feuer, Silber im Schmelzofen.

Sie liebte es zu gewinnen. Sie *lebte,* um zu gewinnen. Das war das ganze Geheimnis ihres Erfolgs. Ihre Siege waren nicht ihrer übermäßigen Brillanz im Gerichtssaal geschuldet. Sie besaß nicht mehr

Talent als eine Durchschnittsanwältin oder ein Durchschnittsanwalt. Was sie dagegen besaß, war diese beständige Siegeslust.

Schon früh im Leben hatte sie begriffen, dass sie weder bei sportlichen noch bei akademischen Wettbewerben je mehr als den zweiten Platz erringen würde. Also fand sie andere Möglichkeiten, um ihren Drang, sich mit anderen zu messen, zu befriedigen: bei den Cheerleaderinnen, in der Theater-AG, im Debattierklub. Die juristische Fakultät war eine natürliche Folge, die Strafprozessarbeit der krönende Abschluss. Die meisten ihrer Fälle erledigte sie zügig und ohne großes Aufheben, doch zwei, drei Mal pro Jahr brachte sie sie vor Gericht. Stets im Interesse ihrer Mandanten, wie sie behauptete, doch zugegebenermaßen auch, um ihren Ruf als Spitzenanwältin hochzuhalten. Und genauso fühlte sie sich im Augenblick: Sie stand an der Spitze.

»Ich möchte mich bei den Geschworenen für ihren Einsatz bedanken!«, rief sie. »Sie haben mehr als drei Wochen ihres Lebens geopfert, haben endlose Stunden der Zeugenaussagen und noch mehr Stunden sorgfältiger Beratungen auf sich genommen. Doch am Ende haben sie Dr. Benedict zur Gerechtigkeit verholfen und damit all den Menschen auf der ganzen Welt die Hoffnung zurückgegeben, die auf Dr. Benedict und seine lebensrettende Arbeit angewiesen sind!«

Der Jubel wurde noch lauter, so laut, dass er die Proteste der Gegendemonstranten und -demonstrantinnen erstickte.

»Dank dieser Geschworenen und ihres herausragenden Einsatzes muss Dr. Benedict nun nicht länger schweigen. Doktor?«

George Carlson Benedict, Doktor der Medizin, schlurfte nach vorn, um Kellys Platz am oberen Treppenabsatz einzunehmen – ein fünfzigjähriger, grauhaariger Mann mit Brille in einem leicht zerknitterten grauen Anzug. Seine Schultern waren gebeugt, zweifelsohne von der jahrelangen Arbeit am Mikroskop.

Er sah nicht aus wie ein Multimillionär, aber als Mehrheitsaktionär von UniViro Pharmaceuticals fiel er mit Sicherheit in diese Kategorie. Er sah auch nicht aus wie eine internationale Berühmtheit, wenngleich er eine war. Es kam selten vor, dass einem Wissenschaftler so viel Anerkennung gezollt wurde, doch Dr. Benedict hatte es geschafft. Er war der Mann, dem es vielleicht, hoffentlich, gelungen war, die meistgefürchtete Krankheit der Welt zu heilen. Dafür hatte man ihm schon die Presidential Medal of Freedom verliehen, eine der beiden höchsten zivilen Auszeichnungen in den Vereinigten Staaten von Amerika, und gewiss winkte bereits der Nobelpreis für Medizin.

Kelly trat beiseite, als ihr Mandant sich räusperte und den Geschworenen in seinem gewohnt tiefen, monotonen Tonfall dankte. Die Kameras blitzten erneut, und Kelly lächelte geblendet in die grellen Lichtexplosionen.

Als sie wieder etwas erkennen konnte, sprang ihr ein Gesicht aus der Menge entgegen, so plötzlich, als hätte sie es herangezoomt. Eine elegante Brünette um die fünfzig, groß und attraktiv, selbst mit den zu schmalen Schlitzen verengten Augen und den angewidert verkniffenen Lippen. Kelly erstarrte für einen Moment bei diesem unerwarteten Anblick, dann schwenkten ihre Augen wie eine Kamera etwa sechs Meter nach rechts und zoomten ein anderes Gesicht heran. Dieses gehörte einer jungen, ziemlich hübschen Frau mit kurzen braunen Haaren und tief liegenden Augen hinter Brillengläsern. Sie blickte genauso gehetzt drein wie an dem Tag, als Kelly ihr zum ersten Mal begegnet war. Anschließend schwenkte die visuelle Kamera nach links, fuhr zurück und stellte ein drittes Gesicht ganz hinten in der Menge scharf. Eine weitere Frau, eine magere Blondine mit scheuem, verschämtem Blick – sehr jung. Drei verschiedene Gesichter, drei verschiedene Frauen, drei verschiedene Fälle mit einem gemeinsamen roten Faden.

Undeutlich hörte sie, wie jemand ihren Namen sagte. Es war Dr. Benedict, der sich mit seiner roboterhaften Stimme bei ihr für ihre harte Arbeit bedankte.

Sie hatte nicht erwartet, diese Frauen jemals wiederzusehen, weder hier noch sonst wo. Ihre Fälle waren abgeschlossen, die Rechnungen beglichen, die erforderlichen Unterlagen unterschrieben und versiegelt. Sie suchte nach Javi Torres, ihrem Ermittler, entdeckte ihn in der Menge und zog eine Augenbraue in die Höhe. Er nickte ihr zu, um ihr zu bedeuten, dass er die Frauen ebenfalls bemerkt hatte und sie selbstverständlich im Auge behielt. Kelly war sich sicher, dass er ihre Namen kannte, während sie sich lediglich an ihre Jobs und die Gelder erinnern konnte, die geflossen waren: CIO: zweieinhalb Millionen Dollar. Forscherin: fünfhunderttausend Dollar. Reinigungskraft: zwanzigtausend Dollar. Geld, das ihnen bezahlt wurde, damit sie die Non-Disclosure-Agreements, die Geheimhaltungsvereinbarungen, unterschrieben. »Die NDA-Frauen« nannte Kelly sie daher.

Ihr Herz fing an zu hämmern, ein zweiter Adrenalinschub pulste durch ihren Körper. Sie sollten nicht hier sein. Sie *durften* nicht hier sein. Dass sie es doch waren, konnte nur eines bedeuten: Ärger. Kelly zwang sich, tief Luft zu holen und die Frauen nacheinander genauer ins Auge zu fassen. Sie hielten keine Plakate hoch, schienen nicht Teil irgendeiner Gruppe zu sein. Sie sahen einander nicht an. Sie schienen sich nicht einmal zu kennen. Was auch nicht möglich sein konnte. Anscheinend waren sie nicht gekommen, um eine Szene zu machen. Das würden sie nicht wagen.

Kelly hielt erneut Ausschau nach Javi, und er begegnete ihrem Blick und zuckte mit den Achseln. Das hier hat nichts zu bedeuten, sollte diese Geste sagen. Ihr Puls normalisierte sich wieder.

Jetzt dankte Dr. Benedict seiner Gattin Jane, die die üblichen drei Schritte hinter ihm stand. Jane Benedict war eine füllige Frau mit rosigen Wangen und einem Helm aus grauen Löckchen. Ihre Augen hinter den Brillengläsern strahlten, als sie ihren Mann anblickte.

Anschließend dankte der Doktor dem Vorstand von UniViro, der ihm während der zurückliegenden Tortur zur Seite gestanden hatte, doch plötzlich brach an einer Ecke des Gerichtgebäudes Tumult aus. Ein Ruf ertönte, dann ein ganzer Chor von Rufen, und ein Teil der Menge drängte zum rückwärtigen Teil des Hauses. Die Kameras und Mikrofone folgten.

Kelly wusste, was das bedeutete: Dr. Reeza Patel, das vermeintliche Opfer, versuchte, sich unbemerkt zur Hintertür hinauszustehlen. Sie würde kein Glück haben: Die Menge und die Medien wären ebenfalls dort, um sie bei ihrer qualvollen Niederlage auf dem Walk of Shame, dieser traurigen Perversion des Walk of Fame, zu begleiten.

Ein Mann trat vor, um die Benedicts zu dem Wagen zu bringen, der für sie bereitstand. Es war Anton, Benedicts allgegenwärtiger Schatten. Ob Anton sein Vor- oder Nachname war, konnte Kelly nicht mit Bestimmtheit sagen, genauso wenig, wie sie seine genaue Funktion kannte. Er war ein Koloss von einem Mann, glatzköpfig, mit tiefen Stirnfalten wie ein Shar-Pei.

Kelly signalisierte ihrem Team, sich an der anderen Ecke des Gerichtsgebäudes zu versammeln. Sie wiegelte die schleimerischen Glückwünsche ihres lokalen Beraters ab und kam gleich zur Sache. Nun galt es, Organisatorisches zu erledigen. Die Reminder an die letzten Einlassungen so schnell wie möglich abzuarbeiten. Sich um die Logistik zu kümmern – schließlich mussten sämtliche Akten zusammengepackt und nach Boston zurückgeschafft werden. Ihre Assistentin Cazzadee hing bereits am Telefon und buchte die Flüge. Der Anwalt aus Philadelphia bot an, sie ins Hotel in der Innenstadt zu fahren. Kelly lehnte ab – sie brauchte eine Stunde für sich allein. Doch sie bedeutete Patti und Cazz, bei dem Mann einzusteigen, und versprach, für den Rückflug am Airport zu ihnen zu stoßen.

Patti zögerte und warf einen nervösen Blick über den Platz vor dem Gerichtsgebäude.

»Mach dir keine Sorgen«, sagte Kelly. »Er wird es schon allein nach Hause schaffen.«

Patti errötete und verschwand im Wagen. Sie war in Javier verliebt und bildete sich ein, niemand wüsste es, doch die traurige Wahrheit war, dass es außer Javier alle wussten.

Keine zwanzig Minuten später traf Kellys Uber ein, und sie ließ sich mit einem langen, zittrigen Seufzer auf die Rückbank sinken.

»Harter Tag?«, fragte der Fahrer.

Ein harter Tag, ein harter Monat, ein hartes Jahrzehnt, dachte sie, ohne zu antworten. Drei Wochen lang hatte sie auf dieser Bühne gestanden, während Dutzende Menschen unablässig ihr Auftreten, ihre Kleidung und Gesichtsausdrücke unter die Lupe nahmen. Jedes Wort, das sie sagte, hatte Konsequenzen. Jeder Ausrutscher konnte fatal sein. Jede unbedachte Reaktion ein Signal für die Geschworenen, das sie nicht senden wollte. Nach alldem war sie fest entschlossen, während der nächsten Stunde niemandem etwas vorzuspielen, und erst recht nicht ihrem Uber-Fahrer. Er deutete ihr Schweigen richtig und fuhr los, ohne noch etwas hinzuzufügen.

Binnen Minuten wichen die Backsteinfassaden der Bezirksstadt den sanften Hügeln der offenen Landschaft. Es war Ende September, der Sommer tat einen letzten Atemzug, die vorüberziehenden Felder und Wiesen wirkten bereits welk und trocken im Licht der Spätnachmittagssonne.

Kelly schloss die Augen und sackte gegen die gepolsterte Rückenlehne, doch bald schon fing ihr Nacken an zu kribbeln. Sie verlagerte ihr Gewicht nach links auf der Suche nach einer bequemeren Position – ohne Erfolg. Das war das Problem mit dem reinigenden Feuer der Beifallsbezeigungen: Es brannte aus, wenn der Beifall endete, und sie blieb mit Schlacke im Haar, Ruß an den Händen und dem Geschmack von Asche auf der Zunge zurück.

Dieser Fall war besonders schmutzig gewesen. Reeza Patel war eine promovierte Virologin, die in Benedicts Forschungsteam gearbeitet hatte. Vor einem Jahr hatte sie es gewagt, einen seiner Beiträge zu korrigieren – schlimmer noch, sie hatte es in Gegenwart anderer getan. Wenn man ihr glaubte, hatte er sie daraufhin vergewaltigt, sozusagen als Vergeltung. Es war eine brutale, abscheuliche Vergewaltigung gewesen, die sie bis ins kleinste Detail schilderte.

Doch man glaubte ihr nicht. Der Treibsand bei der Sache war die Tatsache, dass Benedict sie nur Tage vor dem mutmaßlichen Übergriff gefeuert hatte. Womöglich hatte seine Vergeltung genau darin bestanden, wohingegen Patels Vergewaltigungsvorwürfe ihre eigene Vergeltung für ihre Entlassung sein konnten. Diese Umstände gaben Kelly jede Menge Material, mit dem sie arbeiten konnte. Im Kreuzverhör grub Patel sich tiefer und tiefer ein, bis sie schließlich im Treibsand versank. Die Geschworenen kauften ihr ihre Geschichte nicht ab, und sie sprachen Benedict frei.

Kellys Telefon summte in dreistimmiger Disharmonie, während Benachrichtigungen über Anrufe, Textnachrichten und E-Mails eingingen. Sie konnte das Handy nicht abstellen – vielleicht versuchten Todd oder die Kinder, sie zu erreichen –, doch sie konnte es auch nicht ignorieren. Wie ein pawlowscher Hund war sie darauf konditioniert, auf jedes Pingen und Zwitschern zu reagieren.

Kelly schlug die Augen auf und warf einen Blick aufs Display. Die Reporter überschwemmten sie bereits mit einer Flut von E-Mails, die sie allesamt löschte, ohne sie zu lesen.

Eine Sprachnachricht von Harry Leahy, ihrem Seniorpartner, der sich fast schon in den Ruhestand verabschiedet hatte, wurde ebenfalls angezeigt. Viele andere Siebzigjährige waren mittlerweile dazu übergegangen, Textnachrichten zu versenden, aber Harry schien es zu gefallen, zu den Dinosauriern zu gehören, und leider waren ihre Geschicke an ihn gebunden. »Ruf mich an«, war zu hören, als ob das mehr wäre als eine »Verpasster Anruf«-Benachrichtigung.

Sie rief ihn nicht an. Das hatte Zeit bis morgen. Stattdessen schrieb sie Todd und den Kindern, dass sie heute Abend wieder zu Hause wäre. Todd antwortete sofort mit einem Daumen-hoch-Emoji, gefolgt von einem Partyhut-Emoji und einem Puh-Emoji mit einer Schweißperle auf der Stirn. Letzteres konnte sie ihm nicht verübeln. Im Laufe der Jahre hatten sie sich eine gute Arbeitsteilung überlegt, doch wenn sie nicht in der Stadt war, musste er sich ganz allein um die Kinder kümmern. Er hatte eine Pause verdient.

Sie schaute von ihrem Handy auf. Der Straßenrand zog verschwommen an den Wagenfenstern vorbei. Die offene Landschaft war einer achtspurigen Autobahn gewichen, die auf einer Seite von Büroparks und auf der anderen von Wohnsiedlungen flankiert wurde. Das UniViro-Gelände befand sich irgendwo links, zusammen mit den Hauptsitzen Dutzender anderer pharmazeutischer, biotechnischer und Medizinbedarfsunternehmen. In diesem Teil am Stadtrand von Philadelphia waren die Pharmariesen ansässig – ein Beschäftigungsmagnet für Biowissenschaftler und verantwortlich für einen Großteil der Abwanderung hoch qualifizierter Fachkräfte aus Südostasien, zu denen, wenn Kelly sich recht erinnerte, auch die Eltern von Dr. Reeza Patel zählten. Die Branche war lange Zeit durch Preisskandale und die Opioid-Epidemie in Verruf geraten, doch dank George Benedict sonnte sie sich plötzlich wieder im himmlischen Glanz öffentlicher Wertschätzung. Medikamente waren großartig, Impfstoffe wunderbar.

Kelly veränderte erneut ihre Position. Ihr rechtes Bein war eingeschlafen, und sie musste es schütteln, um wieder Gefühl hineinzubringen. Dieses Problem war während des Prozesses wiederholt aufgetreten. Sie hatte einfach zu lange reglos im Gerichtssaal und im Besprechungszimmer gesessen. Morgen musste sie unbedingt Zeit für eine ausgiebige Joggingrunde finden.

Ihr Telefon summte. Das war der Anruf, auf den sie gewartet hatte. »Javi?«, fragte sie. »Was gibt's?«

»Nichts«, teilte der Ermittler ihr mit. Er hatte früher als Polizist gearbeitet, aber sein Verhalten hatte nichts Einschüchterndes oder Wichtigtuerisches an sich. Mit gleichmütiger Stimme erstattete er ihr Bericht. »Sie haben sich in drei verschiedene Richtungen zerstreut. Keine Telefonate. Keine Gesten untereinander, zumindest keine, die ich bemerkt hätte. Sie haben sich nicht einmal angesehen.«

»Okay. Gut.«

»Ich bin einer von den dreien nachgegangen, LaSorta …«

»Bitte hilf mir kurz auf die Sprünge …«

»Die CIO-Lady. Hey, rate mal, was für einen Wagen sie fährt … Einen nagelneuen Porsche!«

Na klar: die zweieinhalb Millionen.

»Ich bin ihr gefolgt, um herauszufinden, ob sie sich anschließend mit jemandem trifft, aber sie ist direkt Richtung New Jersey gefahren. Dort wohnt sie mittlerweile. Vor der Brücke habe ich umgedreht.«

»Gut. Danke, Javi.«

»Ich mache mich jetzt auf den Weg. Wenn du willst, komme ich am Hotel vorbei und hole dich ab, falls du lieber fahren als fliegen möchtest.«

Sie lachte. »Sechs Stunden mit dir in einem Auto? Wahrlich unwiderstehlich.« Noch als sie es aussprach, wusste sie, dass es zahllose Frauen gab, die seine Gesellschaft unwiderstehlich finden würden, ganz gleich, wo.

Das Handy summte in ihrer Hand. Ein weiterer Anruf ging ein. Beim Anblick des Namens stieß sie ein erschrockenes »*Was?*« aus.

»Ich sagte, solltest du noch etwas brauchen …«

»Nein, nein. Gute Reise.« Sie nahm den Anruf entgegen. »George?«

Dr. Benedicts spröde Stimme drang an ihr Ohr. »Sie haben doch nicht etwa gedacht, dass Sie mir so leicht davonkommen, oder?«

Doch, das hatte sie. Der Fall war abgeschlossen, ihr Job beendet. Genau das bläute sie ihrem Team stets ein: Schaut nach vorn. Niemals zurück. Keine Reue. Keine Vorwürfe.

»Leisten Sie uns heute Abend beim Essen Gesellschaft«, sagte Benedict. »Wir haben ein paar Gäste eingeladen, mit uns zu feiern.«

»Danke, aber um acht geht mein Flieger.«

»Dann buchen Sie auf morgen um.«

»Nein, tut mir leid. Ich muss noch heute zurück.« Sie war drei Wochen fort gewesen, ohne einen einzigen Abstecher am Wochenende. Während eines Prozesses gab es für Anwältinnen und Anwälte keine Wochenenden. Diese Zeit nutzten sie, um ihre Zeugen vorzubereiten.

»Ich mache Ihnen einen Vorschlag.« Er ließ nicht locker. »Ich lasse Sie anschließend per Hubschrauber nach Hause bringen.«

»Oh, vielen Dank, George, aber ich kann wirklich nicht …«

»Ich muss darauf bestehen. Um Janes willen. Sie möchte Ihnen persönlich danken.«

Bei der Erwähnung seiner Frau zögerte sie. »Meine Braut«, nannte er sie – was affektiert wirkte, dabei traf es in diesem Fall tatsächlich zu: Die beiden waren erst seit Kurzem verheiratet. Ehefrau Nummer zwei erschien Kelly als ausgesprochen überraschende Wahl für einen so mächtigen Mann – Ehefrau Nummer eins war eine kühle Blondine gewesen, die kurze Röcke und High Heels bevorzugte, während Jane die liebenswerte Großmutter in einem alten Schwarz-Weiß-Film hätte spielen können. Sie war eine Pflegefachkraft, die sich während des Endstadiums um Georges kranke Mutter gekümmert hatte.

In Kellys Augen war sie ihre beste Zeugin gewesen, selbst wenn – oder gerade weil – sie nichts anderes tat, als während des gesamten Prozesses stumm hinter ihrem Mann zu sitzen. Ihre äußere Erscheinung sprach für sie. Sie sah aus wie eine Frau, für die Sex nicht mehr als eine leicht peinliche Erinnerung war, was bedeutete, dass ihr Ehemann zu der Sorte Mann zählte, die sich ebenfalls nicht sonderlich viel daraus machte. Nein, er musste Kameradschaft, Freundschaft und einen guten Charakter schätzen, warum sonst hätte er sich für eine Frau wie sie entscheiden sollen?

Kelly hatte sich stets gefragt, welche Übereinkunft die beiden tatsächlich getroffen hatten. »Nun …«

»Sie werden noch vor Mitternacht zu Hause sein, das verspreche ich Ihnen.«

Sie lachte, ein schwacher Klang der Niederlage, und nahm seine Einladung an, genau wie sein Angebot, ihr einen Wagen zu schicken, der sie abholen, und einen Helikopter, der sie nach Hause bringen sollte.

Kelly legte auf und rief Cazz an. »Planänderung«, teilte sie ihrer Assistentin seufzend mit.

KAPITEL 2

Im Hotel packte Kelly ihre Sachen zusammen, sorgte dafür, dass ihre Taschen und Aktenkartons nach Hause geschickt wurden, und schlüpfte in ein schlichtes schwarzes Kleid, das als Abendgarderobe durchgehen musste.

Benedict hatte ihr um achtzehn Uhr dreißig einen Wagen schicken wollen, und um Punkt achtzehn Uhr fünfundzwanzig fuhr ein himmelblauer Bentley vor dem Hotel vor. Anton stieg aus und richtete sich zu seiner vollen Größe auf wie ein Teleskopkran. Wortlos öffnete er Kelly auf der Beifahrerseite die Fondtür, und sie stieg wortlos ein. Anton machte sie nervös. Sie verstand einfach nicht, welche Rolle er in Benedicts Leben spielte. Mitunter schien er sein Assistent zu sein, dann wiederum nur sein Laufbursche, aber immer sein Fahrer. Neuerdings schien er auch als Bodyguard zu fungieren.

Er setzte sich wieder hinters Lenkrad und fuhr los, und Kelly ließ das Wageninnere auf sich wirken – die gesteppten Lederpolster, die Tabletttische aus Wurzelholz und all die anderen luxuriösen Annehmlichkeiten. Kein Wunder, dass Benedict für einen Milliardär gehalten wurde, obwohl er es nicht war. Noch nicht. Aber das würde nicht mehr lange dauern. Sobald die Arzneimittelzulassungsbehörde seinem Impfstoff grünes Licht gegeben hätte, würde der Preis seiner UniViro-Aktie in die Höhe schnellen. Und sobald der Impfstoff in Produktion ging, bekäme er aufgrund seines Lizenzvertrags mit dem Unternehmen einen Anteil an jedem Verkauf. In der ganzen Welt würden die Menschen Schlange stehen, um sich impfen zu lassen. Zweifelsohne würde Benedict zum Milliardär werden.

Schweigend lenkte Anton den Bentley durch die verstopften Straßen zur Stadtautobahn. Es herrschte dichter Feierabendverkehr, und die Fahrzeuge wechselten im Slalom die Spuren, drängelten von allen Seiten, um schneller voranzukommen. Kellys Armlehne enthielt eine Art Kontrollpanel. Sie betrachtete gerade die Knöpfe, als Anton in den Rückspiegel blickte und fragte: »Möchten Sie die Sichtblende hochfahren?«

Es kam ihr unhöflich vor, Ja zu sagen, trotzdem tat sie es. Sobald die lichtdurchlässige Trennwand zwischen ihnen eingerastet war, zog sie ihr Handy hervor und rief zu Hause an. Wenn sie unterwegs war, meldete sie sich jeden Abend um achtzehn Uhr dreißig, denn dann waren die Kinder mit dem Abendessen und hoffentlich auch mit den Hausaufgaben fertig.

»Hi, Mommy«, drang Lexies Stimme aus dem Handy.

»Hi, Schätzchen! Ich komme heute Nacht nach Hause!«

»Ich wei-heiß«, erwiderte ihre Tochter.

»Wie war's in der Schule?«

»Gu-hut.« Lexie schmollte anscheinend.

»Was ist los, Süße?«

»Courtney ist hier.«

»Und?«

»Sie ist bei Daddy.«

»Das ist doch schön.«

»Ist es nicht! Sie redet nicht mal mit ihm. Sie starrt ihn einfach nur an!« Ihre Stimme klang nun nicht länger schmollend, sondern empört.

»Trotzdem. Das macht ihn glücklich.«

»Ich hasse sie.«

»Sag das nicht. Sie ist deine Schwester.«

»Haaalb.« Sie zog das Wort derart in die Länge, dass es ihre Verwandtschaft im Süden stolz gemacht hätte.

Kelly wechselte das Thema. »Wie lief der Sprachschatztest?«

»Ganz gut, glaube ich. He, Mommy, was bedeutet eigentlich *mitschuldig?*«

»Wow. Das ist ein ziemlich schwieriges Wort für die fünfte Klasse. Nun, wenn man jemandem dabei hilft, etwas Böses zu tun, macht man sich mitschuldig.«

»Und was genau bedeutet *Verräter?*«

»Ach, Liebling, das Wort kennst du. Du weißt schon, Benedict Arnold? Der Soldat, der im Amerikanischen Unabhängigkeitskrieg zur gegnerischen Seite überlief und damit seinen eigenen Leuten wehtat?«

Lexie schwieg einen Moment lang. Dann: »Ich verstehe es nicht. Wie kann man seinem eigenen Geschlecht wehtun?«

Kelly verspürte einen Anflug von Panik, weil ihr kleines Mädchen von einer Verletzung seiner Genitalien sprach. Dann fiel es ihr wie Schuppen von den Augen. »Oh. Hat Courtney vielleicht gesagt: *Sie hat ihr eigenes Geschlecht verraten?*«

»Ja! Und sie meinte dich damit! Warum?«

»Sie will damit sagen, dass sie mit dem Ausgang eines meiner Fälle nicht einverstanden ist. Das ist alles. Keine große Sache.« Erneut wechselte sie das Thema. »Wo ist dein Bruder?«

»In seinem Zimmer. Textet wahrscheinlich mit seiner Freundin.«

Kelly biss nicht auf den Köder an, denn sie glaubte nicht, dass Justin eine Freundin hatte. Zum einen war er erst vierzehn, zum anderen ein Nerd – unbeholfen und mit Brille – und stolz darauf. Sein einziges Interesse galt den Naturwissenschaften, der Mathematik und Videospielen. Was für sie in Ordnung war. Die Footballspielertypen erreichten schnell ihren Höhepunkt und verschwanden anschließend in der Bedeutungslosigkeit, die Nerds dagegen wuchsen heran, um die Welt zu regieren.

»Ich rufe ihn an und sage ihm, er soll rauskommen. Und wenn du morgen früh aufwachst, dann … bin ich da! Wir essen Pfannkuchen, okay?«

»Okay«, sagte Lexie, deutlich fröhlicher als bisher.

Kelly legte auf und rief Justins Handynummer auf.

»Yo, Mercy?«, hörte sie gleich darauf seine Stimme.

»Hey, Doomfist«, begrüßte sie ihn.

Die Namen gehörten zwei Figuren aus *Overwatch,* dem Videospiel, das sie fast jeden Abend gemeinsam spielten. Es war das Einzige, das Kelly zu spielen bereit war, da keine übermäßige Gewalt darin vorkam und es auch keine hypersexualisierten weiblichen Charaktere gab. Sie konnte ihren Sohn nicht davon abhalten, auch die anderen Spiele zu spielen, aber sie konnte ihn wissen lassen, dass sie dies missbilligte – das einzige Machtmittel von Müttern mit Kindern im Teenageralter.

»Wie war's heute im Chemielabor?«

»Grauenvoll! Wir haben den ganzen naturwissenschaftlichen Flügel vollgestunken! Es hat abartig nach Fürzen gerochen.«

Sie lachte auf. »Und wie kommst du mit deinem Aufsatz über Gatsby voran?«

Er gab ein lautes Stöhnen von sich, das seine ganze Begeisterung zum Ausdruck brachte. »Ich kapier's nicht«, sagte er. »Der Kerl ist megareich, richtig? Er kann jedes Mädchen haben, das er will. Warum klammert er sich so an diese dämliche Daisy?«

»Weil sie für ihn unerreichbar ist. Du weißt doch, wie er über das Wasser auf ihr Haus blickt? So nah und doch so fern? Er kann sie sehen, aber er kann sie nicht berühren, und diese Art der Sehnsucht und Frustration führt schließlich zur Besessenheit.«

»Hm«, machte Justin, und Kelly hörte förmlich, wie sich die Rädchen in seinem Gehirn drehten. »Ja. Das kann ich absolut verstehen.«

Sie lächelte. Es war schön zu wissen, dass ihr Sohn, der geborene Wissenschaftler, sich auch emotionale Themen erschließen konnte. »Hör mal, Justin, tust du mir einen Gefallen und leistest Lexie Gesellschaft, bis Courtney wieder weg ist?«

»Ja, ja.« Sein Tonfall wechselte abrupt. Jetzt klang er genauso mürrisch wie seine Schwester.

Anton nahm die Ausfahrt Gladwyne, um die Stadtautobahn zu verlassen, und schlagartig wurde es still im Wageninneren. Gladwyne war eine Vorstadtenklave fünf Meilen von der City entfernt und eines der reichsten Postleitzahlengebiete von ganz Amerika. Die Straßen hier waren schmal und führten über sanft gewellte Hügel, gesäumt von prächtigen alten Herrenhäusern aus grauem Sandstein und mit Schieferdächern. Die Spätsommertrockenheit hatte dieser Gegend nichts anhaben können – die Rasen waren üppig und grün und wurden dezent mittels unterirdischer Sprinkleranlagen bewässert.

Kelly prüfte ihren E-Mail-Eingang, dann steckte sie ihr Handy ein. Es waren weitere Interviewanfragen eingegangen, und sie löschte eine nach der anderen. Abgesehen von den sorgfältig verfassten Pressemitteilungen und ihren Statements am Tag der Urteilsverkündung auf den Stufen des jeweiligen Gerichtsgebäudes vermied sie jeglichen Kontakt mit den Medien. Das war ihr unerschütterlicher Grundsatz, seitdem sie vor drei Jahren nach dem Freispruch eines Mandanten – ein Rap-Star – ein katastrophales Interview gegeben hatte. Dabei war sie über eine einfache Frage gestolpert: ob sie selbst jemals Opfer eines sexuellen Übergriffs geworden war. Sie hätte die Antwort verweigern sollen. Hätte sagen sollen: *Hier geht es nicht um mich.* Stattdessen hatte sie erwidert: *Nein, aber ich war ja auch kein Partygirl.* Sie hatte damit lediglich sagen wollen, dass die meisten Vergewaltigungen unter Bekannten stattfanden – während oder nach Partys. Dies war eine statistisch gesicherte Tatsache. Kelly selbst nahm fast nie an derartigen Veranstaltungen teil, ergo war es statistisch gesehen unwahrscheinlich, dass sie Opfer einer Vergewaltigung wurde. Sie hatte mit ihrer Antwort auf keinen Fall nahelegen wollen, dass Frauen, die Partys besuchten, einen Übergriff herausforderten.

Doch genau so fassten es alle auf. Über Nacht entstand im Internet ein ungeheurer Shitstorm. Man beschimpfte sie als »Victim-Blamerin«, als »Slut-Shamerin«, als würde sie tatsächlich die Opfer verantwortlich machen für das, was ihnen zugestoßen war. Vor ihrem Büro fanden Protestmärsche statt. Hunderte Frauen meldeten sich in den sozialen Medien zu Wort, mit Berichten über sexuellen Missbrauch, den sie eben nicht auf Partys erlebt hatten. Sondern bei der Arbeit. In öffentlichen Verkehrsmitteln. In Einkaufszentren. Sogar in der Kirche.

Sie versuchte, sich zu verteidigen. Die Reporterin hatte nur nach tatsächlich erfolgten Übergriffen gefragt, nicht nach anderen Formen sexueller Belästigung. Davon hatte sie jede Menge erlebt. Aber schmutzige Witze und anzügliche Blicke waren nicht dasselbe wie eine Vergewaltigung. Die Menschen, die vor dem Gerichtshaus mit ihren #ME TOO-Plakaten demonstrierten, ließen sie stets an Patienten denken, die in einer Krebsklinik über einen Niednagel klagten.

Doch jetzt war sie selbst auf dem Weg zu einer Party, und das nur, weil sie neugierig auf Jane Benedict war. Es war ihr ein Rätsel, wie eine so brave Frau einen Mann wie den Doktor heiraten konnte. Wenngleich sie ehrlich gesagt gar nicht wusste, was für ein Mann George Benedict war. Kelly hatte sich größte Mühe gegeben, genau das nicht herauszufinden.

Anton lenkte den Bentley auf die lange Zufahrt, die sich durch ein Wäldchen schlängelte. Die Bäume warfen lange Schatten auf den Wagen. Die Abenddämmerung senkte sich herab. Er umrundete einen Teich mit Wasserlilien, rollte an einem Irrgarten vorbei und bog um eine letzte Kurve, dann kam der herrschaftliche Wohnsitz der Benedicts in Sicht.

Palais traf es besser. Mit dem von griechischen Säulen gestützten Portikus und einer Rotunde auf dem Dach hätte es sich gut und gern um ein Kunstmuseum oder die US-Notenbank handeln können. Anders als seine Grausandstein-Nachbarn war das Haus der Benedicts aus behauenen Kalksteinblöcken erbaut. Ihre glatten, elfenbeinfarbenen Oberflächen wurden von der untergehenden Sonne in rosa Licht getaucht.

Die Wagen der anderen Gäste parkten auf einem kopfsteingepflasterten Vorplatz, diskret an der Seite des stattlichen Herrenhauses stand der Van eines Catering-Service. Als Anton vor der Eingangstreppe anhielt, öffnete sich die mit Glasscheiben versehene Flügeltür, und das Ehepaar Benedict trat heraus. Mrs Benedict winkte mit beiden Händen, als Kelly aus dem Wagen stieg. Während des Prozesses war sie stets in gedeckte Farben gekleidet gewesen, doch heute Abend hatte sie ein rosa Kostüm und eine dazu passende Bluse mit einer großen Schleife gewählt. Dr. Benedict trug sein übliches gedankenverlorenes Stirnrunzeln zur Schau und denselben zerknitterten grauen Anzug wie bei Gericht.

»Willkommen, willkommen!«, rief Jane Benedict und griff nach Kellys Händen. Ihre Augen hinter den Brillengläsern blickten sanft und freundlich. »Vielen Dank, dass Sie da sind, und für … für alles!«

»Danke für die Einladung, Mrs Benedict«, erwiderte Kelly, die dem Drang widerstehen musste, ein »Ma'am« hinzuzufügen. Die

Frau erinnerte sie einfach zu sehr an die Damen, die sich zu Hause in Boston für die Kirche engagierten.

»Nennen Sie mich doch bitte Jane! Wir können Ihnen gar nicht genug danken für das, was Sie für uns getan haben.« Janes Tonfall war so variant, wie der ihres Mannes monoton war. Ihre Stimme stieg und fiel wie bei einer Sängerin, die Tonleitern übte. Früher hatte sie auf der onkologischen Station als Krankenschwester gearbeitet, und Kelly konnte sich lebhaft vorstellen, wie sie mit einem Chemiecocktail in eines der Krankenzimmer stürmte und den Patienten munter aufforderte, sich aufzusetzen und die Tabletten zu schlucken. *Na, sehen Sie – geht doch. Und jetzt runter damit!*

»Ach, wozu lange reden? Ich würde Sie liebend gern umarmen!«, sagte Jane und drückte Kelly an ihren weichen Busen.

»Gehen wir rein«, schlug Benedict vor.

Seine Frau trat zurück, immer noch strahlend, nahm Kellys Hand und zog sie hinter sich her ins Entree, einen riesigen zylindrischen Raum, gekrönt von der Kuppel der Rotunde. Von irgendwo dahinter schallten Gelächter und leichte klassische Musik zu ihnen herüber.

»Es tut mir leid, dass Ihr Mann nicht dabei sein kann«, hallte Janes Singsang vom Marmorboden wider. »Ich nehme an, er ist in Boston?«

»Ja. Ja, das ist er.«

»Ist er ebenfalls Anwalt?«

»Ja, das ist er«, antwortete Kelly erneut.

Benedict räusperte sich. »Jane, meine Liebe, warum gesellst du dich nicht zu unseren anderen Gästen? Kelly und ich haben noch etwas Geschäftliches zu besprechen.«

»Gern, aber mach nicht zu lange.« Jane legte ihm zärtlich die Hand auf den Arm, und wieder einmal fragte sich Kelly, was die beiden zusammenhielt, diese liebenswerte Frau und diesen humorlosen Mann. »Die Gäste können es kaum erwarten, sie endlich kennenzulernen!« Sie drohte ihm spielerisch mit dem Zeigefinger, dann eilte sie auf ihren flachen Absätzen davon.

Kelly sah Benedict mit hochgezogener Braue an. »Etwas Geschäftliches?«

»Nun, ich spreche von Ihrem Erfolgshonorar.«

»Oh, ja. Natürlich.« Harry Leahy war für die finanziellen Dinge in der Kanzlei zuständig, und diesmal hatte er für einen Freispruch eine Prämie ausgehandelt. Normalerweise musste er sich nach dem Prozess an die Mandanten wenden, um das Geld einzutreiben. Es würde ihn freuen, wenn er erfuhr, dass Benedict das Erfolgshonorar noch am Tag des Erfolges entrichtet hatte. Vielleicht wäre er sogar so begeistert, dass er sie während der nächsten ein, zwei Wochen nicht wegen des nächsten großen Falls bedrängte.

»Gehen wir in mein Arbeitszimmer«, schlug Benedict vor und führte sie durch eine Tür zur Linken in eine lang gestreckte Galerie mit einer Fensterfront auf der einen und Kunstwerken auf der anderen Seite. Während Kelly ihm folgte, betrachtete sie die Gemälde. Sie waren überwiegend in Öl gemalt und zeigten fast ausschließlich Männer, die neben einem Untersuchungstisch standen, auf dem ein Patient auf dem Rücken lag, sich über die Bärte strichen oder auf ihre Taschenuhren blickten.

»Ich erkenne einen roten Faden«, sagte sie.

Benedict reagierte nicht. Stattdessen strebte er weiter auf das Ende der Galerie zu und öffnete eine Flügeltür. Dahinter befand sich ein grellweißer Raum, der eher aussah wie ein Labor als wie ein Arbeitszimmer. Anders als erwartet, standen an den Wänden keine Bücherregale, sondern weiße Bibliotheksschränke. Der Fußboden war aus strahlend weißem Marmor, der Schreibtisch bestand aus einer langen, abgeschrägten Glasplatte auf weißen Böcken. Dahinter sah Kelly einen weißen Bürostuhl, davor zwei weiße Polstersessel. Obwohl es keine Fenster gab, war es blendend hell.

»Nehmen Sie Platz.« Er setzte sich hinter den Schreibtisch und schlug sein Scheckheft auf.

Mit klackernden Absätzen ging sie über den Marmorboden zu einem der Sessel und wollte sich soeben setzen, als sich das Polster plötzlich bewegte. »Oh!«, stieß sie erschrocken hervor. Eine seidig glänzende weiße Katze sprang vom Sessel.

»Darf ich vorstellen? Jonas Salk.«

»Hallo, Jonas.« Kelly streckte die Hand aus, doch der Kater reckte seine Schnauze in die Höhe und stolzierte von dannen. Sie ging zum anderen Sessel. In der Luft lag ein seltsamer Geruch, wie von einem Desinfektionsmittel. Als wäre jede Oberfläche mit Alkohol gereinigt worden.

»Harry Leahy hat mir die Geschichte erzählt«, teilte Benedict ihr mit, ohne von dem Scheck aufzuschauen, den er ihr ausstellte.

»Welche Geschichte?«

»Wie er Sie auf die dunkle Seite gelockt hat.«

»Ach, das.« Sie lachte verlegen.

»Sie waren bei der Staatsanwaltschaft und haben Sexualverbrechen verfolgt. Er hat mir erzählt, dass Sie seine Mandanten vor Gericht gezerrt und tatsächlich jedes Mal gewonnen haben. Er hat immer wieder versucht, Sie abzuwerben, weil er wusste, dass eine Frau bei der Verteidigung solcher Fälle besser wäre als er, besser als jeder Mann. Die Erfolgschancen stehen um einiges höher. Also hat er Ihnen immer mehr Geld angeboten, sogar eine Partnerschaft, doch Sie haben jedes Mal abgelehnt. Sie wollten nichts damit zu tun haben. Er sagte, Sie wollten sich nicht die Hände schmutzig machen …«

»Nein, das war nicht der Grund …«

»… mit Mandanten wie mir.« Jetzt schaute Benedict auf und hielt ihren Blick fest, während er den Scheck aus dem Heft riss. Es klang, als hätte er ein Pflaster von einer Wunde gerissen.

Sie blinzelte zuerst. »Keiner seiner Mandanten war wie Sie, Dr. Benedict.«

Mit einem freudlosen Lächeln schob er ihr den Scheck über die Glasplatte seines Schreibtisches zu. Als sie den Betrag sah, hätte sie um ein Haar nach Luft geschnappt. Zweihunderttausend Dollar. Ihre Schlussrechnung würde ein Vielfaches betragen, doch die Zahl spiegelte eindrucksvoll die Stunden harter Arbeit wider, die sie und ihr ganzes Team geleistet hatten. Dieser Scheck war nur das Sahnehäubchen.

»Lassen Sie uns etwas trinken, um diesen Moment zu feiern.« Er stand auf und öffnete eine der weißen Schranktüren. Dahinter kamen Regale mit Gläsern und Flaschen zum Vorschein, außerdem ein Minikühlschrank. »Was darf ich Ihnen anbieten?«

Immer noch leicht benommen, sah sie von dem Scheck auf. »Oh, einen Gin, bitte, mit etwas Tonic. Ein ganz kleiner Spritzer genügt.«

Er griff nach einer Flasche, doch dann hielt er inne. »Warum mixen Sie ihn nicht selbst? Dann wird er genau so, wie Sie ihn gern hätten.«

Sie nickte, stand auf und ging hinüber zur Bar. Dort öffnete sie eine neue Flasche Gin, nahm ein Glas von einem der Regalböden und schenkte eine kleine Menge ein. Im Kühlschrank fand sie eine ungeöffnete Flasche Tonic, schraubte den Deckel ab und fügte einen winzigen Schuss hinzu. Benedict griff zu einer Flasche Scotch, bereitete sich seinen Drink zu und hielt sein Glas in die Höhe. »Auf einen weiteren Erfolg in Ihrer so erfolgreichen Karriere.«

Sie zuckte mit den Achseln und nahm einen Schluck. »Ich musste auch schon einige Niederlagen einstecken.«

»Diesmal glücklicherweise nicht.«

Sie kehrte zu ihrem Sessel zurück, und er setzte sich in den daneben, auf dem zuvor Jonas Salk gelegen hatte. Der Kater sprang vom Marmorboden auf den Schreibtisch und von dort weiter auf einen der Schränke.

»Apropos Niederlagen«, sagte Benedict, als Kelly sich zurücklehnte und die Beine übereinanderschlug. »Kennen Sie die Geschichte einer der größten pharmakologischen Pleiten aller Zeiten? Curare?«

»Nein, nicht, dass ich wüsste.« Sie nahm einen weiteren Schluck.

»Das war in den 1940ern. Curare ist ein lähmendes Gift, das die Ureinwohner für ihre Pfeilspitzen verwendeten. Als die westliche Medizin darauf stieß, dachte man, es würde ein ausgezeichnetes Narkotikum ergeben. Anders als die meisten anderen zu jener Zeit gängigen Medikamente machte Curare den Patienten vollkommen bewegungsunfähig. Das Letzte, was ein Chirurg gebrauchen kann, ist ein Patient, der um sich schlägt oder auch nur zuckt, wenn er sein Skalpell ansetzt. Curare lähmt die Muskeln.«

»Aha.« Ihr rechter Fuß fing an zu kribbeln, als würde er einschlafen. Sie löste die Beine und stellte die Füße nebeneinander auf den Boden. Sie musste wirklich dringend eine große Laufrunde drehen.

»Es gab nur ein Problem«, fuhr Benedict fort. »Die Patienten waren nach wie vor bei Bewusstsein. Sie konnten alles hören, alles fühlen. Konnten jeden einzelnen schmerzhaften Schnitt durch ihre Haut und bis in die Organe spüren. Nur schreien konnten sie nicht.«

»O mein Gott! Wie entsetzlich!« Nun war auch ihr linker Fuß eingeschlafen.

»Ich habe meine eigene Rezeptur entwickelt«, sagte er.

»Tatsächlich?« Sie stand auf, um den Blutstrom in ihren Füßen in Schwung zu bringen. »Zu welchem Zweck?«

»Für Situationen wie diese«, antwortete er und fing ihren Blick auf, als sie zu Boden ging.

Das Glas rutschte aus ihren Fingern und zerschellte auf dem Marmor.

»Es war im Tonic.« Er hob sie auf seine Arme. »Noch etwas, was Ihr Partner mir erzählt hat. Dass Sie immer einen Gin Tonic trinken.«

Das Entsetzen durchströmte sie so schnell wie das Betäubungsmittel. Sie fing an zu schreien, doch sie brachte nicht mehr als ein Gurgeln zustande. Sie versuchte, nach ihm zu schlagen, aber inzwischen waren auch ihre Arme eingeschlafen.

Er legte sie wie einen Leichnam auf die Glasplatte seines Schreibtisches. »Du hast mir einen Maulkorb verpasst«, sagte er. »Zehn Monate lang hast du mich mundtot gemacht. Du hast mich behandelt wie einen erbärmlichen Hund!« Die roboterhafte Stimme war verschwunden. Jetzt sprudelte förmlich ein gutturaler Schwall von Worten aus ihm heraus. »Wie ein Schoßhündchen! Setz dich hierhin! Stell dich dorthin! Zieh dies an! Tu das nicht! Bleib! Bei Fuß! Platz! Als wärest du der Alpha und ich dein beschissenes Weibchen! Ich! Der Mann, der Alzheimer kuriert hat! Ich werde den Nobelpreis gewinnen, und du wagst es, mich so zu behandeln? Wie ein Stück Scheiße, das du dir gar nicht schnell genug vom Hacken kratzen kannst. Und jetzt? Was nun, Frau Anwältin? Jetzt bist du *mein* Weibchen, und ich werde dich ficken!«

Mittlerweile war sie starr wie ein Eisberg, der im arktischen Meer unter einem blendend weißen Himmel dahintrieb. Sie spürte seine Hände auf ihrem Körper. Fühlte, wie er sie auf die Seite drehte. Hörte das metallische Ratschen, als er den Reißverschluss ihres Kleids öffnete. Hörte, wie ihre High Heels auf dem Boden aufschlugen. Er drehte sie wieder auf den Rücken. Sein Gesicht ragte über ihrem auf. Jetzt nahm er ihr die Brille ab, und sie versuchte, die Augen zu schließen, doch das war nicht möglich.

»So ein Pech«, sagte er. »Nein, in Wirklichkeit ist es perfekt. Du sollst es sehen. Du sollst alles mit ansehen.«

Die Lähmung hatte im ungünstigsten Moment ihre Augenlider erreicht. Nun waren ihre Augen weit aufgerissen und starr an die weiße Decke gerichtet.

»Soll ich dir sagen, was das Beste daran ist?«, fragte er, als er ihr das Kleid vom Leib zerrte. »Ich muss mir diesmal keine Sorgen wegen der DNA-Spuren machen.« Er zog die Anzugjacke aus. »Ich muss kein Schweigegeld zahlen. Das hier wird mich keinen einzigen Cent kosten. Denn du wirst es nicht wagen, Anzeige zu erstatten. Du wirst niemals auch nur ein Wort über diese Sache verlieren. Wirst keiner Menschenseele etwas davon erzählen.« Er streifte ihr das Höschen ab. »Denn alles, was du proklamierst, alles, wofür du stehst, wäre im Eimer, wenn du zugibst, dass einer deiner Mandanten tatsächlich ein Vergewaltiger ist. Dein Ruf wäre ruiniert. Du würdest genauso gedemütigt werden, wie du mich gedemütigt hast. Deine hochkarätigen, vermögenden Mandanten könntest du vergessen.« Er hakte ihren BH auf. »Dein Höhenflug wäre vorüber. Und die Staatsanwaltschaft würde dich auch nicht zurücknehmen nach all dem, was du getan hast. Vorausgesetzt, du könntest dir eine Rückkehr überhaupt leisten, was ich bei den exorbitanten Kosten, die deine Haushaltsführung verschlingt, für ausgeschlossen halte. So, *Frau Anwältin*«, höhnte er, »sieht meine Rache aus. Jetzt bist du diejenige, die einen Maulkorb bekommt.«

Sein Gesicht kam näher, abstoßend und hassverzerrt. Mit aller Kraft, die ihr noch blieb, versuchte sie, die Augen zu schließen, um das, was folgen würde, auszublenden, doch es gelang ihr nicht.

Sie konnte alles sehen.

Sie konnte alles spüren.

Auf seinem Hochsitz oben auf dem Schrank zog Jonas Salk die Vorderpfoten unter die Brust und beobachtete, was als Nächstes passierte.

KAPITEL 3

Reeza Patel

Vergangenen März war ich in einen Autounfall verwickelt, weil an einer Kreuzung jemand auf meinen kleinen Honda auffuhr. Es war nicht nur die Schuld des anderen Fahrers (worauf er lautstark hinwies, nachdem er aus dem Wagen gesprungen war). Ich hatte nicht gleich Gas gegeben, als die Ampel auf Grün sprang, sondern war noch stehen geblieben und hatte wie benebelt durch die Windschutzscheibe gestarrt.

In den Tagen unmittelbar nach dem Zwischenfall hatte sich dieser Nebel häufig auf mich herabgesenkt. (»Der Zwischenfall«, so nannte ich in Gedanken das, was passiert war. Jede anschaulichere Beschreibung hätte doch nur Erinnerungen heraufbeschworen.) Allerdings ereignete sich der Unfall Monate nach dem Zwischenfall und wurde getriggert von etwas, was ich nicht greifen konnte. Ich fuhr vom Laden nach Hause, das war alles. Aber plötzlich tat ich das nicht mehr. Fahren, meine ich. Ich saß an einer grünen Ampel in meinem stehenden Auto, auf einer viel befahrenen Straße. Und wurde von hinten gerammt, so heftig, dass ich auf die Kreuzung geriet, wo ich mit einem anderen Wagen kollidierte und mein Airbag aufging.

Die Symptome am nächsten Tag waren heftig: Rücken- und Schulterschmerzen, hämmernder Kopfschmerz, der sich vom Nacken bis über die Schädeldecke ausbreitete, ein Hals, der so steif war, dass man meinen konnte, die Wirbel wären miteinander verschweißt. Der Arzt tat meinen Zustand als Schleudertrauma ab und verschrieb Paracetamol. Als die Symptome stärker wurden, schickte er mich zur Physiotherapie, was auch nicht half. Irgendwann wurden die Schmerzen so lähmend, dass ich kaum noch sehen konnte, also vermutete er, sie wären psychischer Natur. (Das ist oftmals der Fall bei Weichteilverletzungen – in Ermangelung eines nachvollziehbaren körperlichen Befunds greift die Schulmedizin häufig auf eine psychosomatische Diagnose zurück – *das ist alles nur in deinem Kopf.*)

(Das Gleiche galt für die Rechtswelt. War etwas wirklich passiert, wenn es keinerlei handfeste forensische Beweise dafür gab? Oder bildete ich mir alles nur ein? Schlimmer noch: Dachte ich es mir aus?)

In beiden Fällen war Durchhaltevermögen gefragt. Ich suchte den Arzt immer wieder mit denselben Beschwerden auf, bis er endlich einlenkte und ein Opioid verschrieb (wenngleich in der niedrigstmöglichen Dosis). Außerdem wandte ich mich immer wieder an den Bezirksstaatsanwalt – so lange, bis auch er endlich einlenkte und der Grand Jury eine Anklageschrift gegen George Benedict vorlegte.

Ich kämpfte hart – für beides. Doch während mir das Oxycodon ein wenig Erleichterung verschaffte, bewirkte das Gesetz nichts dergleichen.

Es war kein Rätsel, warum ich ausgerechnet heute an den Unfall dachte. Der Weg vom Gerichtsgebäude zu mir nach Hause führte über dieselbe Kreuzung. Die Wucht des Auffahrunfalls im März fühlte sich wie ein Übergriff an – als hätte sich eine feindliche Streitmacht mit einem Rammbock hinter mir versammelt. Auch heute hatte es sich angefühlt wie ein feindlicher Übergriff, als sich der Sprecher der Geschworenen erhoben und verkündet hatte: »Nicht schuldig.«

Es war genau wie in dem Moment, als der Wagen auf meinen Honda geprallt war. Ich hatte es nicht kommen sehen. Ich glaubte fest daran, dass der Gerechtigkeit Genüge getan würde, bis zu der Sekunde, als dies eben nicht geschah. Vielleicht waren es die Demonstrantinnen vor dem Gerichtsgebäude gewesen, die mir falsche Hoffnungen gemacht hatten. All die Frauen, die Schilder in die Höhe hielten, auf denen GLAUBT REEZA! und STOPPT SEXUELLEN MISSBRAUCH! stand. (Auf einigen davon war #ME TOO zu lesen, wofür ich weniger dankbar war. *Du auch?,* hätte ich am liebsten gesagt. *Dann zieh selbst vor Gericht und hör auf, dir meinen Prozess zunutze zu machen.*)

Es war nicht einmal ein Fall, bei dem Aussage gegen Aussage stand, denn George Benedict sagte gar nichts. Er trat nicht in den Zeugenstand; er hob nicht die Hand und schwor den Eid, die Wahrheit zu sagen, nichts als die Wahrheit; er saß nicht drei Tage lang in diesem Kasten wie ich, mit so starken Nackenschmerzen, dass mir die Tränen in die Augen traten.

Nein, in diesem Fall ging es einzig und allein um »Sie behauptet das, aber sie lügt«. Und um »Wo sind ihre Beweise?«. (Als wären die Worte aus meinem Mund nicht Beweis genug.)

Ich hatte tatsächlich einige DNA-Spuren beibringen können, aber nicht genug, denn ich hatte direkt nach dem Zwischenfall geduscht. Ich war Wissenschaftlerin – noch dazu Biologin –, daher hätte ich es besser wissen müssen. Aber das Bedürfnis, mich zu säubern, war ein körperlicher Zwang gewesen, vergleichbar mit Erbrechen – *der Körper reinigte sich selbst.*

Infolgedessen gab es fast keine forensischen Beweise dafür, dass Benedict überhaupt in meiner Wohnung gewesen war. Keine Samenspuren. Er hatte ein Kondom getragen, das er mitgenommen haben musste, denn ich konnte es anschließend nirgendwo finden. Die Polizei fand einige Haare von ihm auf meiner Kleidung und auf der Couch, außerdem Stofffasern, die zu der Tweedjacke passten, die er getragen hatte. Doch seine Anwältin tat dies ab. Am Ende zwang sie mich einzuräumen, dass ich eng mit dem Mann zusammengearbeitet und häufig im Labor und an Rednerpulten an seiner Seite gestanden hatte. Die Haare und Stofffasern hätten bei unzähligen anderen Gelegenheiten auf meine Sachen gelangt sein können, außerdem wäre es durchaus möglich, dass ich sie dort platziert hatte.

Und dann waren da noch die Fingerabdrücke – vielmehr: die nicht vorhandenen Fingerabdrücke. Wäre Benedict tatsächlich in meiner Wohnung gewesen, hätte er seine Fingerabdrücke am Türknauf, auf der Anrichte, überall hinterlassen müssen. Seine Anwältin blieb in diesem Punkt knallhart, vermutlich weil meine Erklärung mich entweder aussehen ließ wie eine Idiotin oder wie eine Lügnerin: Benedict hatte mit Latexhandschuhen vor der Tür gestanden und sie die ganze Zeit über angelassen.

Warum sollten Sie einen Mann mit Latexhandschuhen in Ihre Wohnung bitten?, setzte seine Anwältin mir zu. *Kam Ihnen das nicht seltsam vor?*, fragte sie gleich darauf, den Blick den Geschworenen zugewandt. (Das machte sie wiederholt während des Kreuzverhörs: Sie tat so, als würde sie mir eine Frage stellen, dabei sprach sie in Wahrheit zur Jury.)

Nein, es war mir nicht seltsam vorgekommen. Er trug beinahe jedes Mal Latexhandschuhe, wenn wir uns begegneten. Genau wie ich. Bei der Laborarbeit wurden Latexhandschuhe für uns zu einer zweiten Haut. Wir waren Wissenschaftler. Unter den Geschworenen befand sich kein einziger Wissenschaftler.

Die weitaus entscheidendere Frage war natürlich, warum ich ihm überhaupt die Tür geöffnet hatte. Er hatte mich gefeuert; ich hatte bereits einen Anwalt engagiert, der ihn verklagen sollte – wir waren zu besagtem Zeitpunkt eindeutig Gegner. Es war mir nur einfach nie der Gedanke gekommen, dass er eine körperliche Gefahr für mich darstellen könnte. Als kleines Mädchen hatte ich gelernt, vor Männern auf der Hut zu sein, die zu freundlich waren, nicht allerdings vor einem Mann, der mich offenkundig hasste. Niemand hatte mich je vor einem Mann gewarnt, der mich voller Abscheu musterte. Ich hatte geglaubt, ich sei sicher vor einem Mann, der solche Gefühle für mich hegte, hatte gedacht, Vergewaltigung wäre ein Sexualverbrechen, kein Hassverbrechen. (Nun wusste ich, dass beides der Fall war.)

(Viele meiner Gedanken standen neuerdings in Klammern. Die Zwillingsbögen der Parenthese schienen meine gefährlichsten Gedanken einzukapseln. Auf diese Weise konnten sie langsam freigegeben und in kleinen Dosen vorsichtig aufgenommen werden.)

Ich war jetzt fast zu Hause, und der Schmerz nagte an meinem Rückgrat wie eine eingesperrte Ratte. Er triggerte mein Asthma (noch etwas, was mein Arzt für psychosomatisch hielt). Ich spürte, wie sich meine Bronchiolen zusammenzogen. Hörte das Pfeifen bei jedem Atemzug, deshalb griff ich nach meinem Albuterol-Inhalator auf dem Beifahrersitz und gab einen Stoß ab.

In meinem Fachgebiet bestand, genau wie in allen anderen Wissenschaften, eine Rechenschaftspflicht. Wenn etwas schiefging – wenn beispielsweise eine Probe kontaminiert war –, verfolgten wir jeden einzelnen Schritt zurück, um festzustellen, worin der Fehler bestand. Etwas war heute beim Prozess gründlich schiefgelaufen, und auf der Fahrt nach Hause überlegte ich, wer dafür verantwortlich sein mochte.

1. Ich selbst, weil ich ganz offensichtlich versäumt hatte, die Beweise sicherzustellen. (Oder weil ich zuvor selbst die Tür geöffnet hatte.)

2. Der Staatsanwalt, wegen seiner absolut glanzlosen Leistung vor Gericht. (Schlimmer als glanzlos. Er schien völlig eingeschüchtert zu sein von Benedicts Anwältin.)
3. Die Geschworenen. Ich hasste es, die Rassenkarte auszuspielen, aber die Fakten waren nun mal so: Benedict war ein weißer Mann, und ich war eine indischstämmige amerikanische Frau. Die Verfassung sprach nur dem Angeklagten, nicht aber dem Opfer eine Jury aus Geschworenen derselben sozialen Gruppe zu. Diese Jury bestand aus sechs Männern und sechs Frauen, neun davon weiß, zwei schwarz, eine Latina. (Man musste nur nachrechnen.)
4. Kelly McCann.

Hier könnte ich aufhören. Es war alles ihre Schuld.

Kelly McCann. Jeden Tag tadellos gekleidet. Überaus selbstbewusst. Kein einziges blondes Haar, das nicht an Ort und Stelle lag. Perfekt geformte Augenbrauen – Augenbrauen, die sie als Übertitel für die Worte verwendete, die aus ihrem Mund kamen. Eine hochgezogene Braue drückte Skepsis aus, zwei Überraschung. Gefurchte Brauen Missbilligung. Die Brille, davon war ich überzeugt, diente mehr der Show als der Sehschärfe. Dünne, grausame Lippen, die sich zu einem gekünstelten, angedeuteten Lächeln verzogen, was mich in Gedanken umgehend in meine Zeit an der weiterführenden Schule zurückversetzte, die mich auf das College oder die Universität vorbereiten sollte.

Meine Eltern hatten Opfer gebracht, um mich dorthin schicken zu können, und tatsächlich schaffte ich es mittels dieser Schule später nach Harvard. Doch ich hasste sie. Es wimmelte dort nur so von affektierten weißen Mädchen, die genauso waren wie Kelly McCann. Die Cheerleaderinnen, die Sportlerinnen, die beliebten Mädchen, alle so überzeugt davon, dass sie gemocht und bewundert wurden, dass sie sich nie wegen irgendetwas Gedanken machten. Die Türen öffneten sich automatisch für sie, und auf magische Weise oder göttliches Geheiß wurden ihnen die Stühle zurechtgerückt. Diese Mädchen ließen sich erst dann dazu herab, ihre braune Mitschülerin wahrzunehmen, als sie einen Preis gewonnen hatte. *Oh, Reezy, ich wünschte, ich wäre so klug wie du!,* riefen sie auf eine Weise, die den Eindruck erweckte, Intelligenz wäre etwas ziemlich Kurioses. Wenn ich einen Asthmaanfall bekam, gurrten sie: *Oh, du Arme,* aber dann tauschten sie Blicke, die besagten: *Bin ich froh, dass ich nicht so anfällig bin wie die.* (Ich hatte mich dummerweise geschmeichelt gefühlt, als sie mich »Reezy« nannten – ein Spitzname war ein Zeichen der Zuneigung, richtig? –, bis mir klar wurde, dass sie das nur taten, weil es sich auf »Piepsi« reimte, wegen meines pfeifenden Atems.)

Fairerweise muss ich sagen, dass die Mädchen ihr Verhalten als vollkommen selbstverständlich betrachteten, da ihre Mütter Cliquen bildeten, die noch um einiges ausgrenzender waren als die ihrer Töchter. Ich sah ihnen zu, wie sie auf dem Schulparkplatz miteinander tratschten, in ihren Golfpullovern und Tenniskleidern, dicht beisammenstehend, in kleinen Gruppen, um die anderen auszuschließen, auch wenn ihre Stimmen weit über ihre eng gesteckten Grenzen hinausgetragen wurden. Meine eigene Mutter marschierte in Sari und Turnschuhen an ihnen vorbei und wünschte ihnen einen guten Morgen, und sie grüßten zurück, nickend, mit einem angedeuteten Lächeln – und dann brannten sie mit ihren Augen Löcher in Moms Rücken.

Meine Eltern flehten mich an, auf eine Anklageerhebung zu verzichten. Das würde mich für den Rest meines Lebens verfolgen, behaupteten sie. All meine Abschlüsse, meine akademischen Auszeichnungen, meine Forschungsdurchbrüche, meine Veröffentlichungen wären dann vergessen. Ich würde für immer als die Frau bekannt sein, die einen großen Mann der Vergewaltigung beschuldigt hatte. Sie zweifelten nicht an meiner Geschichte, das schworen sie. Dennoch – ich musste damit abschließen, und die einzige Möglichkeit, das zu schaffen, war, diesen Schritt zu gehen.

Sie beschlossen, nicht am Prozess teilzunehmen. Sie wollten mich nicht in Verlegenheit bringen, behaupteten sie. (Ich wusste, dass es ihre eigene Verlegenheit war, die sie davon abhielt.)

George Benedict war kein großer Mann, aber er war ein großartiger Wissenschaftler, und ich war begeistert gewesen, an seiner Seite zu arbeiten. So begeistert, dass ich sein missbräuchliches Verhalten nicht nur tolerierte, sondern sogar noch versuchte, es zu entschuldigen. Selbstverständlich war er ein strenger Vorgesetzter. Ein Genie, von dem man nicht erwarten konnte, dass es zugleich ein einfühlsamer, fürsorglicher Chef war. Selbstverständlich schrie und fluchte er, und einmal warf er sogar ein Becherglas nach einer der Laborantinnen. Von einem Genie konnte man nicht erwarten, dass es Dummköpfe tolerierte. (Außerdem übernahm er anschließend die Kosten für die anfallende Schönheitsoperation.) Selbstverständlich mussten wir unsere Handys Tag und Nacht eingeschaltet lassen. Selbstverständlich schliefen wir mit unseren Handys auf der Brust. Er konnte jederzeit eine Erleuchtung haben, und wir sollten wach sein, um sie mit ihm zu teilen und zu applaudieren.

Gegen all das hatte ich nichts einzuwenden. Bei UniViro zu arbeiten war ein Privileg und jede Demütigung wert. Ich meine – mein Gott! –, wir standen kurz davor, Alzheimer zu heilen! (Obwohl wir ungeachtet der PR-Strategie des Unternehmens noch nicht ganz so weit waren. Wir mussten noch beweisen, dass es sich bei der Korrelation gleichzeitig um einen Kausalzusammenhang handelte, dass das Virus also nicht nur mit den Beta-Amyloid-Proteinen im Gehirn koexistierte, sondern auch die Bildung ebensolcher Proteine hervorrief. Ich hatte eine Studie konzipiert, die darauf abzielte, diese kritische Frage zu klären. Als ich gefeuert wurde, war der Finanzierungsausschuss noch damit beschäftigt, meinen Entwurf zu prüfen.)

(Und selbstverständlich blieb die übergeordnete Frage, ob die Amyloid-Hypothese überhaupt stichhaltig war, ob die Anhäufung von Beta-Amyloid-Proteinen tatsächlich als Ursache für den kognitiven Verfall gelten konnte. Die Medizinwissenschaft ging davon aus, doch gesichert war dies nicht. Noch nicht.)

Die Wissenschaft war für mich mehr als eine Karriere. Sie war meine Berufung, und das meinte ich im gleichen Sinne wie die Kleriker. Dabei war die Wissenschaft weitaus wundervoller als jede Religion. Während des vergangenen Jahrhunderts hatte sich die durchschnittliche Lebenserwartung des Menschen verdoppelt – *verdoppelt!* Dies war zum Teil dem Arbeitsschutz und einer verbesserten Geburtshilfe zu verdanken, doch hauptsächlich den Antibiotika, Impfstoffen, Pasteurisation und Desinfektionsmitteln. *Das* war das Werk der Wissenschaft, und keine Berufung konnte bedeutender sein als meine.

Doch Wissenschaft setzte Genauigkeit voraus. Mir blieb keine andere Wahl, als ihn auf seinen Fehler hinzuweisen, als er ein Schlüsselergebnis unserer Forschung falsch darstellte. Mein Fehler war es, dies zu tun, während wir auf dem Podium im Uni-Viro-Auditorium standen. *Entschuldigen Sie, George,* sagte ich. (Das war mein erster Fehler. Er gestattete mir, ihn privat beim Vornamen zu nennen, doch in der Öffentlichkeit musste ich ihn mit *Dr. Benedict* ansprechen.) *Entschuldigen Sie, George,* begann ich also, *ich glaube, Sie wollten sagen, dass …*

Ah ja, danke, Reeza, erwiderte er um des Publikums willen, doch sein Blick war tödlich. Als ich in mein Büro zurückkehrte, wartete bereits der Leiter unserer Personalabteilung mit meiner Kündigung und einem Wachmann auf mich, der mich vom Gelände begleitete.

(Ich durfte nicht einmal meine Laborunterlagen mitnehmen. Meine eigenen Aufzeichnungen!)

Fünf Meilen lagen noch vor mir, und mein Pfeifen wurde immer schlimmer. Meine Zunge fühlte sich geschwollen an, mein Puls flatterte. Ich wusste, dass ich auf eine Anaphylaxie zusteuerte, deshalb fuhr ich rechts ran, nahm den EpiPen vom Beifahrersitz und rammte ihn mir in den Oberschenkel.

Sofort verspürte ich Erleichterung, dennoch zwang ich mich, noch einen Moment sitzen zu bleiben und zu versuchen, mich zu entspannen, während der Verkehr so dicht an mir vorbeiraste, dass mein kleines Auto schaukelte. Während der vergangenen Wochen hatte ich mich zu oft auf die EpiPens verlassen. Meine Haut war mit so vielen Einstichen übersät, dass ich aussah wie ein gerupftes Huhn. Wenn ich heute sterben müsste, würde mich der Leichenbeschauer vermutlich für einen Junkie halten.

(*Wenn ich heute sterben müsste.* Ein gefährlicher Gedanke, der definitiv in Klammern gesetzt werden musste.)

Dr. B. darf nicht entlassen werden!, hatten seine Groupies vor dem Gerichtsgebäude skandiert, aber was war mit Dr. P.? *Ich* war diejenige, die man gefeuert hatte. *Ich* war diejenige, die im ganzen Land keinen anderen Job in der Virenforschung finden würde. Seit mittlerweile fast einem Jahr arbeitslos. Unvermittelbar. Als inkompetent abgestempelt von dem großen Dr. Benedict. Als Fantastin abgestempelt von allen anderen. Hoch verschuldet, von einer kleinen Summe lebend, die meine Eltern mir Monat für Monat überwiesen und die sie nicht mehr lange würden aufbringen können. Oh, seine Anwältin hatte mir ein großzügiges Angebot unterbreitet, doch es waren Bedingungen daran geknüpft gewesen: Ich hätte eine Geheimhaltungsklausel unterzeichnen müssen, außerdem eine Vereinbarung, dass ich ihn nicht länger verunglimpfen und meine Anschuldigungen öffentlich widerrufen würde. Diese Bedingungen hätten eine Schlinge geknüpft, und ich weigerte mich, sie mir um den Hals zu legen.

Als meine Atmung wieder normal ging (wenn in meinem Leben überhaupt noch etwas als normal durchgehen konnte), reihte ich mich wieder in den Verkehr auf dem Highway ein und legte den Rest des Heimwegs zurück. Der Zustand meines Bewegungsapparats hatte sich nicht verbessert. Ich erreichte meine Ausfahrt, und die einfache Anstrengung, den Kopf zu drehen, um nach anderen Fahrzeugen zu schauen, löste einen stechenden Schmerz im Nacken- und Schulterbereich aus. Ich konnte es kaum erwarten, endlich nach Hause zu kommen und eine Schmerztablette zu nehmen. Drei Wochen lang hatte ich mich an die Anweisung des stellvertretenden Bezirksstaatsanwalts gehalten, der den Fall verhandelte (als Anwalt der Regierung, nicht als mein Anwalt, wie er mir oft genug vor Augen rief), kein Oxycodon mit zum Gericht zu bringen. Falls die Verteidigung mich danach fragte, könnte sie mich vor den Geschworenen wie eine Opioid-Süchtige aussehen lassen. Damals hielt ich das für ein überschaubares Risiko, jetzt dagegen hätte ich Kelly McCann alles zugetraut.

Mein Nacken kreischte vor Schmerz, als ich um die letzte Kurve zu meinem Wohnkomplex bog und die Reporter sah, die sich vor dem Eingang versammelt hatten. Sie waren im Gerichtsgebäude über mich hergefallen, aber dies war das erste Mal, dass sie es wagten, bei mir zu Hause aufzutauchen.

Ich würde heute also noch eine weitere Demütigung ertragen müssen. Steif stieg ich aus dem Wagen und ging auf die Eingangstür zu, den Blick stur geradeaus gerichtet, vorbei an den mir entgegengestreckten Mikrofonen, den Kopf hocherhoben trotz der zuckenden Blitzlichter und den Wahnsinnsschmerzen in meinem Nacken.

Wie fühlen Sie sich?, riefen sie. *(Ich leide Höllenqualen,* hätte ich antworten können.)

Sind Sie enttäuscht über das Urteil? (Ich wünschte, ich hätte *Was denn sonst?* entgegnen können.)

Ein unerschrockener Reporter formulierte die Frage besser: *Sind Sie überrascht über das Urteil?* (Ja. Dumm, wie ich bin.)

Es kam mir vor wie der längste Weg meines Lebens, doch irgendwann war ich im Gebäude und im Aufzug – und endlich in meiner Wohnung.

Das Glasfläschchen mit dem verschreibungspflichtigen Medikament stand auf der Küchenanrichte. Ich nahm es und ließ eine Tablette auf meine Handfläche rollen.

Ich fragte mich, wie ich diesen letzten Meilenstein an der Straße zu meinem Untergang bezeichnen sollte. Zuerst kam der Zwischenfall, dann der Unfall. Und jetzt?

Das Urteil.

Wie fühlen Sie sich?, hatten die Reporter gerufen.

Angegriffen.

Verletzt.

Von dem Zwischenfall, von dem Unfall und jetzt … von dem Urteil.

Ich warf mir die Tablette in den Mund und schluckte sie.

KAPITEL 4

Dr. Benedict hielt sein Versprechen. Kelly war noch vor Mitternacht zu Hause.

Anton hatte sie vom Herrenhaus zum Bentley tragen müssen und vom Bentley zum Helikopter, tatsächlich sogar vom Helikopter zum Taxi in Boston. Doch als das Taxi dreißig Minuten später am Gehsteig vor ihrem Haus in Weston anhielt, funktionierte ihre Motorik wieder. Mit zitternden Fingern entrichtete sie den Fahrpreis und stieg eigenständig aus dem Wagen.

»He«, rief der Fahrer ihr mit einem leisen Lachen nach. »Beim nächsten Mal sollten Sie's lieber nicht ganz so krachen lassen!«

»Richtig«, krächzte sie. Ihre Halsmuskeln waren immer noch verkrampft.

Auf wackligen Beinen ging sie über den Plattenweg zur Eingangstür. Das Haus mit seinen weißen Schindeln, den schwarzen Läden und der roten Haustür war im Kolonialstil gehalten – ein klassischer New-England-Look –, aber heute Nacht verschwamm der glänzend rote Lack vor ihren Augen. Todd hatte die Außenbeleuchtung für sie angelassen, dennoch war sie kaum in der Lage, den Schlüssel ins Schloss zu stecken und aufzusperren.

Drinnen schaffte sie es, den Sicherheitscode einzugeben, bevor die Alarmanlage losschrillen konnte. Anschließend schloss sie die Haustür und schaltete das Licht aus. Schlagartig wurde es stockdunkel, und sie lehnte sich mit dem Rücken gegen die Wand und rutschte daran hinunter, bis sie auf dem Fußboden kauerte.

Nirgendwo im Haus brannte Licht, keine einzige Lampe. Alles war still, kein Geräusch war zu hören, weder das leise Rumpeln der Heizung noch das Zischen der Klimaanlage, nicht um diese Jahreszeit. Nicht einmal das Brummen des Kühlschranks in der Küche. Es war eine Erleichterung, nichts zu sehen, nichts zu hören. Sie versuchte, sich vorzustellen, sie befände sich in einem Floating-Tank, abgeschnitten von allem, doch es nützte nichts. Sie konnte immer noch empfinden, und sie fühlte alles.

Das Sitzen schmerzte, also kam sie auf die Füße und richtete sich auf. Auch das Laufen tat weh, doch sie tastete sich, ohne Licht zu machen, durch das dunkle Haus, durch den Flur und durch die Küche in das Bad neben dem kleinen Zimmer an der Hintertür, das als Wirtschaftsraum und Windfang diente. Dort zog sie Schuhe und Kleid aus und streifte ihre Unterwäsche ab. Als sie den BH öffnete, flatterte etwas zu Boden. Sie bückte sich und hob es auf. Es war ein Scheck von Benedict über zweihunderttausend Dollar, aber nicht der, den er ihr zuvor gegeben hatte. Der hatte sich zu Brei aufgelöst, nachdem er ihn in ihren Mund gestopft hatte. *Jetzt hab ich dir einen Maulkorb verpasst, Miststück.* Dieser Scheck war frisch ausgestellt und ordentlich gefaltet. Zweihunderttausend Dollar, doch anstatt Leahy & McCann war in der Empfängerzeile nur ein Name eingetragen: Kelly McCann.

Das einzige Licht im Badezimmer stammte von einer praktischen Leuchtstoffröhre. Sie legte den Scheck beiseite, stützte sich auf das Waschbecken und betrachtete sich mit schmal gezogenen Augen im Spiegel. In dem grellen Licht erkannte sie Hämatome, die sich am Hals und an den Armen, auf ihren Rippen und den Schultern bildeten. An ihrer rechten Brust entdeckte sie eine Bissspur. Keine Verletzungen im Gesicht. Darauf hatte er geachtet. Ihre Augen lagen tief in den Höhlen, als versuchten sie, sich zurückzuziehen. Der Spiegel erfasste nichts unterhalb ihrer Taille, doch wenn sie an sich hinabblickte, konnte sie es sehen. An ihren Hüften bildeten sich ebenfalls blaue Flecken, ihre Schenkel waren voller Blut und verschmiert mit der klebrigen Flüssigkeit von Benedicts Samen.

Sie wusste genau, was zu tun war. Selbst wenn sich eine Frau entschied, die Polizei nicht einzuschalten, gab es gewisse Maßnahmen, die sie ergreifen sollte. Später konnte sie dann immer noch überlegen, wie sie vorgehen wollte, doch zunächst einmal mussten die Beweise sichergestellt werden. Sie musste ihre Kleidung eintüten. Abstriche machen und ebenfalls in Plastikbeuteln verwahren. Sich selbst aus allen Winkeln fotografieren und die Fotos mit Metadaten sichern, um nachzuweisen, wann sie aufgenommen worden waren. Außerdem – und das war ein kritischer Punkt – musste sie sich mindestens einer verlässlichen Person anvertrauen, die ihre Angaben mit einer Zeugenaussage bestätigen konnte.

Kelly tat nichts dergleichen. Stattdessen drehte sie die Dusche auf und stellte die Temperatur so heiß wie möglich ein, und als das kleine Bad voller Wasserdampf war, trat sie unter den Strahl, schrubbte ihren Körper ab und sah zu, wie die Beweise durch den Abfluss strudelten. Anschließend nahm sie den Duschkopf und spülte jede einzelne Körperöffnung aus. Sie richtete den Strahl auch in ihren Mund und spuckte das Wasser aus, immer wieder. Als sie fertig war, leuchtete ihre Haut krebsrot und kribbelte, als würde sie von einer Million winziger Nadeln gleichzeitig gestochen. Das war gut. Ihr Körper war dekontaminiert.

Ihre Seele nicht. *Das hier wirkt so viel besser als Rohypnol,* hatte er zwischendurch geschwärmt. *Bei K.-o.-Tropfen ist hinterher alles ein einziger Nebel – die Frau kann sich nicht sicher sein, ob es wirklich passiert ist. Mit meinem kleinen Trank dagegen … Du wirst wissen, dass es passiert ist.*

Sie nahm einen Bademantel von einem Haken an der Wand und schlüpfte hinein. Anschließend knöpfte sie ihn bis zum Hals zu und zog den Gürtel eng um die Taille, dann hob sie ihre Kleidung und die Schuhe vom Boden auf, ging durch den Windfang in die Garage und stopfte alles ganz tief in die Mülltonne.

Zurück im Haus, huschte sie durch den dunklen Flur zurück zum Eingangsbereich, wo sie lautlos die Treppe hinaufstieg. Vor Lexies Tür blieb sie stehen, öffnete sie einen Spaltbreit und lauschte so lange, bis sie die leisen Atemzüge ihrer schlafenden Tochter hörte. Hinter Justins geschlossener Zimmertür waren Geräusche zu vernehmen, ein Piepen und Pingen – der Soundtrack eines seiner Videospiele, der unter den Rändern seiner Kopfhörer hervordrang.

Bei den Kopfhörern, die Anton ihr im Helikopter aufgesetzt hatte, war es umgekehrt gewesen: Der Lärm von außen war zu ihr durchgesickert. Sie hatte das schrille Heulen des Motors hören können, das rhythmische Schlagen der Rotorblätter. Sie hatte den Piloten hören können, der Anton zurief: *Ist alles okay mit ihr?*, und Antons Antwort: *Sie hat bloß ein bisschen zu wild gefeiert.* Der Pilot hatte gelacht. *Ein richtiges Partygirl, hm?*

Partygirl. Daran würde sie sich für immer erinnern.

Zögernd verharrte sie vor Justins Tür. Morgen war Schule, sie müsste also eigentlich anklopfen und ihm sagen, er solle das Spiel beenden und schlafen gehen.

Sie tat es nicht. Stattdessen stahl sie sich auf Zehenspitzen davon, durch den Flur ins Schlafzimmer. Dort war es nie ganz dunkel, nie ganz leise. Die Monitore gaben ein stetiges Piepsen von sich, wie die Sonargeräusche eines U-Boots. *Ping, ping, ping …* Sie tauchten den Raum in ein sanftes blaues Licht, während die Überwachungskamera einen stetigen grünen Schein in Richtung Fenstererker schickte. Sie schaltete die Kamera aus und betrat den begehbaren Kleiderschrank, wo sie den Bademantel gegen ihren Pyjama eintauschte.

Der Monitorschein leuchtete ihr den Weg hinaus, um das Doppelbett in der Mitte des Zimmers herum und in den Erker am Fenster, wo das Krankenbett stand. Sie löste das Gitter, senkte es ab und kletterte ins Bett.

Adam roch nach Seife und Shampoo. Seine Haare waren frisch gewaschen und aus der Stirn gekämmt, die Ohren- und Nasenhärchen sorgfältig getrimmt, das Gesicht frisch rasiert. Es fühlte sich babyweich an, als sie ihm mit der Handfläche über Wange und Kinn strich. Todd kümmerte sich so gut um ihn. Sie hätte nicht gewusst, was sie ohne ihn tun sollten. Durchs Fenster konnte sie sehen, wie in Todds Apartment über der Garage die Lichter ausgingen. Die Überwachungskamera schickte eine Live-Videoübertragung auf einen Monitor in seiner kleinen Wohnung und an Apps auf ihrer beider Handys; wenn sie ausgeschaltet wurde, bedeutete das, dass Kelly übernahm. Er konnte schlafen gehen.

Adams Augen in der Dunkelheit waren weit offen, doch das hieß laut den Ärzten nicht zwingend, dass er wach war. Im Grunde war es nicht länger von Bedeutung, ob er wach war oder schlief, behaupteten sie, aber das glaubte Kelly nicht. Er konnte vielleicht nicht mehr reden, sich bewegen, essen oder trinken, aber er konnte atmen, und sein Herz konnte immer noch schlagen. Sie wusste, dass er noch da drinnen war, gefangen in seinem erstarrten Körper.

Er war immer noch da, ihr starker, witziger, blitzgescheiter Ehemann. Der Mann, nach dem sich alle umgedreht hatten, sobald er einen Raum betrat. Der bei jedem Meeting, an dem er teilnahm, hofiert wurde. Der seine eigene Anwaltskanzlei gegründet und den größten Immobilienunternehmer in ganz Neuengland vertreten hatte, der ganz allein für fast alle Hightech-Büroparks in den Außenbezirken von Boston zuständig gewesen war. Er war immer noch da, eingesperrt in seinem nutzlosen Körper, der täglichen Demütigung ausgesetzt, sich im Bett hin und her drehen lassen zu müssen, während man ihm Katheter einführte, den Anus abwischte oder seinen Mund öffnete, um ihm die Zähne zu putzen.

Er war immer noch da drinnen, und fast jede Nacht, bevor sie sich im großen Bett schlafen legte, schlüpfte sie zu ihm in das schmale Bett, umarmte und küsste ihn auf die Wange und erzählte ihm von ihrem Tag.

Heute Nacht würde sie ihm nichts erzählen. Sie würde es ihm nie erzählen, niemandem. Heute Nacht schlüpfte sie zu ihm und umarmte ihn und küsste ihn. Sie lauschte dem Piepsen und Pingen der Monitore und seinem tiefen, rasselnden Atem. Tränen strömten über ihr Gesicht, als sie ihm etwas anderes sagte: »Ach, Adam, mein Liebster, mein lieber, lieber Adam, jetzt weiß ich es. Endlich weiß ich es. Ich weiß genau, wie du dich fühlst.«

KAPITEL 5

Lexie wurde an einem schneereichen Tag im Januar geboren, zwei Wochen bevor Kelly bereit war. Sie hatte ihren Mutterschutzurlaub noch nicht angetreten, sie musste bis zum Ende der Woche ihre Akten ablegen, und am nächsten Tag musste sie bei einem Gerichtstermin erscheinen. Sie hatte noch nicht mal eine Tasche für die Klinik gepackt, und sie konnte weder ihren Still-BH finden noch ihre Lieblingspantoffeln. Hektisch rannte sie durchs Zimmer.

Adam dagegen war durch nichts aus der Ruhe zu bringen. In Situationen wie dieser verhielt er sich absolut professionell, genau wie bei allem anderen in ihrem Leben. Er setzte Kelly in einen Sessel, und sie sah zu, wie er ihre Tasche packte. Anschließend rief er die Klinik an, den Babysitter, Kellys Assistentin und danach seine eigene Assistentin. Als das erledigt war, informierte er ihre Mutter und buchte deren Flug um. Er holte Justin aus dem Bett und machte ihm Frühstück, und als die Babysitterin eintraf und es Zeit war, aufzubrechen, war alles erledigt.

Der Schnee lag bereits einige Zentimeter hoch auf den nicht geräumten Straßen, aber Adam ließ sich auch davon nicht abschrecken. Er kam gebürtig aus Neuengland, und Schnee war nichts Besonderes für ihn. Kelly dagegen stammte aus dem Südwesten von Virginia, und sie musste die Augen zusammenkneifen, als er fuhr. Sie scherzten gern, dass ihre Ehe eine Mischehe sei. Alle nahmen an, dass sie sich auf ihre verschiedene Religionszugehörigkeit bezogen – jüdisch und katholisch –, dabei bestand wirklich kein großer Unterschied zwischen einem säkularen Juden und einer nicht praktizierenden Katholikin. Aber es war das Aufeinanderprallen zweier Kulturen, über das sie sich lustig machten.

Natürlich unterschieden sie sich auch noch in anderen Dingen. Er war fast zwanzig Jahre älter als sie, aber schlank und fit. Ein attraktiver Mann mit dunklen Haaren, und sie war genauso verliebt in ihn wie an dem Tag, an dem sie sich kennengelernt hatten. Sie waren in völlig verschiedenen Bereichen tätig – Strafrecht und Gewerbeimmobilien –, und ihre Wege hätten sich wohl niemals gekreuzt, hätte sich Kelly nicht dazu entschieden, der Ethikkommission der Anwaltskammer beizutreten. Als frischgebackene Anwältin war sie von den Taktiken so vieler ihrer Kollegen auf beiden Seiten des Gerichtssaals angewidert, deshalb übernahm sie – überzeugt von ihrer eigenen moralischen Überlegenheit – ehrenamtlich einen Posten in der Ethikkommission.

Die meisten Anwälte bürdeten sich eine solche Arbeit nur deshalb auf, weil sie damit ihre Lebensläufe aufhübschen wollten, aber Adam nahm seine Verantwortung ernst, genau wie Kelly. Er war der Vorsitzende, und sie wurde bald seine wichtigste Assistentin/Schreiberin. Ihre Aufgabe war es, ethische Fragen oder Bedenken anderer Anwälte zu prüfen. Einmal pro Woche trafen sie sich, um die Anfragen zu besprechen, anwendbare Gesetze zu recherchieren und anschließend entweder schriftliche Stellungnahmen abzugeben oder vertrauliche Ratschläge zu erteilen. Weil ihre Arbeitstage komplett voll waren, trafen sie sich außerhalb der üblichen Geschäftszeiten. Manchmal bestellten sie sich Sandwiches, manchmal aßen sie gemeinsam zu Abend, manchmal gingen sie auf ein paar Drinks aus.

Es fing ganz unschuldig an. Mit gegenseitigen Komplimenten bezüglich der Arbeit in der Kommission. Dann weiteten sich die Gespräche auf andere Themen aus. Ihre Fallzahlen, ihre Terminpläne. Als Kelly im Januar zum ersten Mal allein vor Gericht auftrat und gewann, drehte sie sich mit einem erleichterten Lächeln zu ihrem Vorgesetzten auf der Zuschauertribüne um und sah weiter hinten Adam sitzen, der die Faust in die Luft reckte und wie ein Trottel grinste.

Von da an feuerte er sie an wie ein Cheerleader. Wenn sein Terminkalender es zuließ, verfolgte er ihre Fälle bis zur Gerichtsverhandlung. Er spornte sie an und stärkte ihr den Rücken. Wann immer sie Zweifel an ihren Chancen äußerte, ermutigte er sie mit einem kleinen Namensspielchen: »Natürlich kannst du das. Du bist Kelly McCann – nicht Kelly McCannnicht.«

Eines Abends, als sie einander an dem langen Tisch in seinem Besprechungsraum gegenübersaßen, versuchte sie, sich mit einem Wortspiel zu revanchieren: »Adam Fineman, du bist ein feiner Mann«, doch ihre Worte kamen wenig originell rüber und wirkten gleichzeitig gewagt. Er lachte nicht. Lächelte nicht mal. Er sah sie nur einen langen Moment durchdringend an, dann beugte er sich über den Tisch und küsste sie.

Sein Kuss kam unerwartet, aber keineswegs unwillkommen. Kelly war es satt, Männer in ihrem Alter zu daten. Männer in ihrem Alter waren Jungs. Adam war erwachsen. Er wusste, wie man ernst war, ohne sich selbst allzu ernst zu nehmen. Er wusste, was er wollte, und er musste nicht über die Schulter blicken, um sich zu vergewissern, was seine Kumpel von seiner Wahl hielten. Er prahlte nicht. Das brauchte er auch gar nicht.

Was ihn betraf, war wohl das Gegenteil der Fall. Er fühlte sich von ihrer Jugend angezogen. Sie war eine clevere junge Frau, unbefleckt von Erfahrung, ohne Bitterkeit, mit glatter Haut und bewunderndem Blick. Der Traum eines jeden Mannes mittleren Alters.

Die anfängliche Anziehungskraft basierte also wie bei so vielen auf den falschen Gründen und war eher oberflächlich. Doch mit der Zeit verlor der Altersunterschied an Bedeutung. Adam konnte genauso albern und unbeschwert sein wie ein Zwölfjähriger und Kelly so praktisch und umsichtig wie eine Frau in den besten Jahren – und genau das war schlussendlich der Grund dafür, dass sie sich ineinander verliebten.

Obwohl ihre Liebe nie reibungslos verlief. Es gab Hindernisse, Stolpersteine, kurze, unschöne Szenen, lange, tränenreiche Phasen der Wiederannäherung. Doch an jenem verschneiten Januartag lag all das längst hinter ihnen. Sie hatten ein bezauberndes Zuhause, interessante, einträgliche Karrieren, einen wundervollen vierjährigen Sohn, eine kleine Tochter war unterwegs. Ihr Leben war so perfekt, wie Kelly es sich immer erhofft hatte.

Adam fuhr mit einer Hand am Steuer, die andere auf ihre gelegt, ein Auge auf die Straße gerichtet, das andere auf die Uhr, um den Abstand zwischen ihren Wehen zu messen, und zwischendurch schaffte er es sogar noch, einige berufliche Telefonate zu erledigen. Er sprach mit Erik Kloss, seinem größten Mandanten, über den bevorstehenden Kauf eines riesigen Grundstücks an der Route 128. Es handelte sich um einen Megadeal: Hunderte Millionen Dollar standen auf dem Spiel. Es war wirklich anders als bei Kellys Karriere: Sie liebte, was sie machte, und sie hatte bereits einige Erfolge erzielt, doch sie verdiente nicht mehr als einen fünfstelligen Betrag. Nicht, dass ihr das etwas ausmachte, zumal Adams Einkommen meist siebenstellig war.

Am Ende des Telefonats wünschte Erik ihnen Glück und rief seiner Assistentin zu, sie möge eine Kiste mit guten Zigarren schicken. »Ein Strampler wäre nett gewesen«, nörgelte Kelly, als er aufgelegt hatte.

Adam lachte und rief seinen Topmitarbeiter Kevin Trent an, der auf dem Klinikparkplatz zu ihnen stoßen sollte. Als sie ankamen, war Kevin bereits dort. Er saß in seinem schneebedeckten

Wagen, den Motor im Leerlauf. Adam hielt neben ihm an, Fahrerfenster neben Fahrerfenster, als wären sie zwei Cops, die hinter einer Werbetafel auf dem Highway miteinander plauderten. Adam reichte Kevin die Kloss-Akte, zusammen mit einigen knappen Anweisungen. »Verstehe«, sagte Kevin, die Augen angestrengt auf seinen Chef geheftet und nicht auf die hechelnde Frau neben ihm. »Mach dir keine Sorgen.«

Adam machte sich keine Sorgen. Er vertraute Kevin so sehr, dass er vorhatte, ihm im nächsten Jahr eine Partnerschaft anzubieten.

Sorgen machte er sich auch nicht um das Baby, genauso wenig wie Kelly, nicht einmal dann, als die Entbindungsärztin mit gefurchten Brauen zwischen Kellys Beinen auftauchte. Das Baby befand sich noch nicht in Geburtsposition – »mit der Sonnenseite nach oben«, nannte man das hier, was Kelly schmunzeln ließ. Ja, die Position verursachte die gefürchteten Rückenwehen, aber Kelly hatte bekanntermaßen eine hohe Schmerzschwelle. Sie würde es schaffen, vor allem mit Adam an ihrer Seite. Er begleitete sie bei jeder Wehe, massierte ihren Rücken, sagte ihr, wie tapfer sie war und wie sehr er sie liebte.

Es bestand die Gefahr, dass der Kopf des Babys vom Beckenknochen eingeklemmt werden könnte, aber es gab Tricks, mit denen man es drehen konnte. Man half ihr auf den Boden und sagte ihr, sie solle auf alle viere gehen und pressen. Adam setzte sich neben sie und riss ununterbrochen geschmacklose Witze. »Im Doggystyle rein, im Doggystyle raus«, scherzte er, und Kellys empörtes Lachen half ihr, die nächste Wehe zu überstehen.

Als sich das Baby immer noch nicht drehte, verfrachtete man sie wieder ins Bett, und die Entbindungsärztin versuchte einen manuellen Eingriff. Sie schob ihren Arm gefühlt bis zur Schulter in Kelly hinein, und Kellys Atemtechnik versagte. Der Schmerz überfiel sie aus allen Richtungen, und als sie anfing zu wimmern, nahm Adam ihre Hände und versicherte ihr, sie würde es schaffen, sie könnte das, sie könnte alles, denn sie war *Kelly McCann* und nicht *Kelly McCannnicht.* Diese Erinnerung genügte. Sie lachte und nickte und biss die Zähne zusammen, ertrug den Schmerz, bis die Entbindungsärztin ihren Arm herauszog und den Kopf schüttelte. Das Baby drehte sich noch immer nicht.

Das war der Moment, in dem sie die Saugglocke holten. Es war der Moment, in dem Adam zu Boden sackte.

Kelly schnappte nach Luft, aber die Ärztin und die Schwester, die sie bei der Geburt unterstützte, lachten nur und halfen Adam auf einen Stuhl. »Das ist nicht der erste Dad, der dabei ohnmächtig wird«, teilten sie ihr mit. »Das war wohl etwas zu viel Aufregung, nicht wahr, Daddy?«, scherzten sie und klopften ihm auf den Rücken, als er reglos dasaß, den Kopf in die Hände gestützt.

»Adam?«, rief Kelly quer durch den Raum.

»Geben Sie ihm eine Minute, damit der Kreislauf wieder in Schwung kommt«, sagte die Schwester. »Es geht ihm bestimmt gleich besser.«

Kelly hatte auf eine weitere schmerzmittelfreie Entbindung gehofft, aber die Vakuum-Extraktion machte ihr einen Strich durch die Rechnung. Sie bekam eine Periduralanästhesie, und bis diese anschlug, hechelte sie sich durch ihre Wehen. Anschließend presste sie, wenn man es ihr sagte, und endlich war Lexie auf der Welt. Alexis, ein Name, den sie aufgrund ihrer gemeinsamen Liebe zum Gesetz gewählt hatten, so wie bei Justin.

»Adam!«, rief Kelly, lachend und weinend zugleich, als man ihr das Neugeborene auf die Brust legte. »Komm, sieh doch! Sie ist wunderschön!«

Später konnte niemand mehr rekonstruieren, wie lange er zusammengesunken auf dem Stuhl auf der anderen Seite des Raumes gesessen hatte. Später wollte niemand zugeben, dass man ihm während dieser Zeit keinerlei Aufmerksamkeit geschenkt hatte. Später stellte sich heraus, dass Adam einen schweren intrazerebralen hämorrhagischen Schlaganfall erlitten hatte, während Kelly hechelte und presste und ihr Kind zur Welt brachte. Ein Gefäß platzte, und Blut strömte in sein Gehirn, zuerst ein Tröpfeln, ein feines Rinnsal, das schnell zur Pfütze wurde und sich kurz darauf zu einer Sturzflut auswuchs, die wahre Schluchten in die Landschaft seines Gehirns grub und überall, wo sie hindurchströmte, Gedanken und Erinnerungen mit sich riss.

Du bist Kelly McCann und nicht Kelly McCannnicht. Das waren die letzten Worte, die er zu ihr gesagt hatte.

KAPITEL 6

Am Morgen backte sie Pfannkuchen, und noch bevor die erste Kelle Teig in der Pfanne landete, saß Lexie schon am Küchentisch, Messer und Gabel in der Hand. Justin folgte nur wenige Minuten später. Normalerweise musste Kelly ihn wieder und wieder rufen, bevor er sich endlich aus dem Bett bequemte, aber heute kam er zu Kelly in die Küche gestürmt und streckte ihr die Handfläche entgegen. »High five!«

Ihre Reflexe waren verlangsamt, und sie konnte nicht richtig zielen. Sie versuchte, ihn abzuklatschen, doch sie schlug daneben.

Normalerweise hätte er bei einem solchen Schnitzer die Augen verdreht, aber heute lachte er nur und umarmte sie. Sie zuckte leicht zusammen, als er sie an sich drückte, doch er merkte es nicht. »Du bist spitze, Mom!«

»Tatsächlich?«

»Klar! Du hast den Fall gewonnen!«

Sie drehte sich zur Pfanne um. Die kleine Teigpfütze verschwamm vor ihren Augen. »Ich gewinne alle meine Fälle«, sagte sie.

»Ja, aber diesmal wurde der Gerechtigkeit Genüge getan oder wie auch immer. Verstehst du?«

»Hast du mit deiner Freundin geredet?«, spottete Lexie.

»Halt die Klappe«, erwiderte er und ließ sich auf den Stuhl neben ihrem fallen.

Lexie war zehn und immer noch zart, abgesehen von der üppigen, dunklen Lockenmähne, die sie von ihrem Vater geerbt hatte.

Justin war vierzehn und schlaksig. Er hatte unbändige, karottenrote Locken, die von beiden Familienseiten stammen konnten. Welche Gene auch immer dafür verantwortlich sein mochten – die beiden hassten ihre Haare so sehr, dass Lexie ihre jeden Tag zu einem festen Knoten zusammenzwirbelte und Justin das Haus nie ohne Beanie verließ, selbst nicht bei größter Sommerhitze. Vielleicht kam es ihm deshalb nicht seltsam vor, dass Kelly unter ihrem Bademantel einen Rollkragenpulli trug.

»Ich meine, wir dürfen doch nicht zulassen, dass Dr. Benedict nicht mehr forschen oder als Arzt arbeiten darf oder was auch immer«, fuhr er fort. »Das darf ihm keiner verbieten, erst recht nicht irgendein dahergelaufenes Dummchen.«

Ihr Reaktionsvermögen war genauso verlangsamt wie ihre Reflexe. Es dauerte einen Moment, bevor sie etwas erwiderte. »Justin! Dr. Patel ist kein dahergelaufenes Dummchen. Sie ist eine hoch angesehene Wissenschaftlerin.«

»Ach ja? Und warum hat er sie dann gefeuert?«

Überrascht sah sie ihn an. »Du hast die Gerichtsverhandlung verfolgt?«

Er zuckte mit den knochigen Schultern. »Klar.«

Sie ließ den Pfannkuchen auf ein Gitter gleiten und gab eine weitere Kelle Teig ins heiße Fett. »Dafür hast du dich doch noch nie interessiert.«

»Du hast auch noch nie einen so coolen Typen vertreten. Ich meine, hey! Der Mann ist ein echtes Genie! Dr. med., Neurologe, Virologe, Biochemiker – keine Ahnung, was sonst noch alles. Mein Gott, er hat ein Mittel gegen Alzheimer gefunden!«

»*Vielleicht* hat er ein Mittel gegen Alzheimer gefunden.«

»Was ist Alz-hei-mer?« Lexie betonte jede einzelne Silbe.

Justin erklärte es ihr, während Kelly benommen auf die Pfannkuchen starrte. Gestern Abend hatte sie alles gespürt, doch heute fühlte sie nichts außer einem unangenehmen Druck auf den Schläfen und einem dumpfen Pochen zwischen den Beinen. Alles andere war taub. Als ihre Kinder sie begrüßten, war es ihr zum Glück halbwegs gelungen, die Lippen so breit zu ziehen, dass es einem Lächeln gleichkam. Die beiden hatten sie umarmt und mit Küssen bombardiert, was in ihr den Wunsch auslöste, vor Abscheu zurückzuweichen. Es war befremdlich, so zu empfinden. Oder nicht so zu empfinden.

Die Taubheit war ein Selbstschutzmechanismus, dachte sie, ihr Körper schützte sich vor dem Trauma. Der Schmerz würde vergehen, das wusste sie. Das Grauen würde weniger werden. Sie würde vergessen. Sie würde sich zwingen zu vergessen. Das Leben ging weiter. Es musste weitergehen.

Sie wendete den Pfannkuchen, während Justin noch immer über Alzheimer dozierte. Er reifte zum Mann heran, und in dieser Phase der Adoleszenz sprach er entweder in einsilbigen Grunzlauten oder holte zu ausschweifenden Predigten aus – normale Konversation fand kaum statt. Heute Morgen war offenbar Letzteres der Fall. Er beschrieb die Proteinablagerungen, die sich im Gehirn ansammelten – er nannte sie sogar bei ihrem wissenschaftlichen Namen, Beta-Amyloid –, und wie sie das Gedächtnis, die Persönlichkeit sowie die Fähigkeit, selbst simpelste Tätigkeiten auszuführen, zerstörten. »Erinnert ihr euch an die alte Mrs Brannock, ein Stück die Straße runter?«, fragte er. Lexie riss Augen und Mund auf. Die arme Frau war einmal nackt durch ihren Garten marschiert, bevor ihre zutiefst verlegene Tochter sie überreden konnte, ins Haus zurückzukehren.

Kelly starrte wieder auf die Pfanne. Der Teig bildete kleine Blasen.

»Den anderen Medizinern fiel nichts anderes ein als Medikamente, die möglicherweise den Aufbau der fraglichen Proteine verlangsamten. Niemand außer Dr. Benedict hat je versucht, herauszufinden warum es überhaupt zu dieser Ansammlung kommt.«

»Und? Woran liegt's?«, wollte Lexie wissen.

»An einem Virus!« Justin sprach das Wort mit theatralischem Nachdruck aus.

Die Hintertür schwang auf, und Todd kam herein, in seinem hellblauen Pflegerkittel. »Guten Morgen, Fake-Kinder!«, rief er.

»Guten Morgen, Fake-Dad«, antworteten die beiden unisono.

»Willkommen zu Hause, siegreiche Heldin!«, begrüßte er Kelly mit einer Salaam-Verbeugung.

Sie deutete mit dem Pfannenheber auf ihn. »Pfannkuchen?«

»Nein, danke.« Er griff um sie herum, um sich den Standmixer zu schnappen. »Wir haben schon was gegessen. Bruce muss heute früh anfangen.«

Todds Ehemann arbeitete als Fitnesstrainer in einem Studio in der Innenstadt. Er war gebaut wie ein Boxer, während Todd den Körper eines Tänzers hatte. Er war schlank, kaum größer als Kelly, und bewegte sich geschmeidig durch die Küche, während er Adams Frühstück zubereitete – eine Pirouette zum Kühlschrank, ein tiefes Plié zum Unterschrank, ein Grand Jeté zum Ende der Anrichte, um nach dem Proteinpulver zu greifen.

»Ist das ein Virus wie die Grippe?«, fragte Lexie.

»Ja, oder wie Herpes simplex«, antwortete Justin. »Das ist das Virus, das Fieberbläschen hervorruft – du weißt schon, diese Dinger, die die Leute an der Lippe kriegen.«

»Igitt!«

Es war nicht klar, ob Lexies Bemerkung den Fieberbläschen galt oder dem Lachs-Brokkoli-Hafer-Gemisch, das Todd aus dem Mixer in die Ernährungssonde füllte. Die Kinder würgten immer, wenn sie dabei zusahen, und Kelly musste sie stets daran erinnern, dass Adams Geschmacksknospen nichts davon wahrnahmen. Die Nährstoffe waren alles, was zählte.

»Es ist echt ein bisschen wie die Grippe. Du weißt doch, dass wir jedes Jahr dagegen geimpft werden. Nun, Moms Mandant hat einen Impfstoff gegen dieses Alzheimervirus entwickelt. Man braucht nur eine Impfung und ist für den Rest seines Lebens vor Alzheimer geschützt. Ist das nicht unglaublich?«

Kelly verteilte die Pfannkuchen auf zwei Teller und stellte sie auf den Tisch. »Bisher gibt es keinen Impfstoff«, entgegnete sie.

»Doch«, beharrte Justin. »Er befindet sich noch in der klinischen Erprobungsphase, aber bald wird er die bürokratischen Hürden der Arzneimittelzulassungsbehörde nehmen.«

»Guten Morgen!« Eine weitere Stimme ertönte, als Gwen den Kopf zur Tür hereinsteckte. Sie war eine mädchenhafte Frau in den Dreißigern und half gelegentlich als Babysitterin, obwohl Kelly sorgfältig darauf achtete, sie nicht mehr so zu nennen. Sie war jetzt ihre *Köchin,* die einzige Dienstleistung, die Justin akzeptierte. Gwen hatte den Riemen ihrer Reisetasche über die Schulter geschlungen, neben ihr stand ein Rollkoffer. »Ich wollte mich nur verabschieden.«

»Mach's gut, Gwen!«, rief Lexie und sprang auf, um sie fest zu umarmen.

»Frühstück?«, fragte Kelly.

»Nein, danke. Ich muss los!«

»Tschüs, Schätzchen«, sagte Todd, dann wirbelten die beiden aus der Küche, Gwen in Richtung Haustür, Todd die Treppe hinauf.

»Ich mag keine Impfungen«, nahm Lexie das Gespräch wieder auf.

Justin dachte über ihre Aussage nach. »Ich wette, er wird sich eine Alternative überlegen, denn so ein Typ ist dieser Dr. Benedict. Er zählt zu denen, die über den Tellerrand blicken.«

»Was meinst du mit Alternative?«, fragte Lexie.

Justin schaufelte sich ein siruptriefendes Pfannkuchenstück in den Mund. »Wie wär's mit einem Saft in einem kleinen Becher? Kirschgeschmack?«

»Geht auch Traube?«

»Wahrscheinlich bietet er alle möglichen Geschmacksrichtungen an!«

Kelly sah ihren Kindern zu, die sich plaudernd und lachend über ihr Frühstück hermachten. Es war ein seltener Anblick. Justin redete fast nie so lange mit seiner Schwester, und nie mit so viel Enthusiasmus. Normalerweise wäre Kelly über dieses Gespräch begeistert gewesen. Doch diesmal nicht. Sie küsste Lexie auf ihren strengen Haarknoten, dann drückte sie die Lippen auf Justins Locken und verließ die Küche.

KAPITEL 7

Die Räumlichkeiten der Kanzlei Leahy & McCann erstreckten sich über drei Etagen in einem Hochhaus am Rande des Boston Common, dem ältesten Stadtpark der Vereinigten Staaten. Kelly parkte auf dem für sie reservierten Stellplatz in der Tiefgarage und fuhr mit dem Fahrstuhl hinauf in den zwanzigsten Stock.

Das Geräusch schlug ihr entgegen, sobald die Aufzugtüren auseinanderglitten. Der Empfang war unbesetzt, ein langsames rhythmisches Klatschen kam aus dem Gang zu ihrer Linken. Sie blieb stehen, verwirrt, dann stöhnte sie leise auf, als ihr bewusst wurde, was es damit auf sich hatte.

Harry hatte das Ritual eingeführt, nachdem sie zum ersten Mal erfolgreich von einem hochkarätigen Prozess außerhalb der Stadt zurückgekehrt war. Er forderte alle auf, sich in einer Reihe aufzustellen und ihr auf ihrem Weg in den Hauptkonferenzsaal zu applaudieren. Mittlerweile war dies zu einer Tradition geworden, doch es bereitete ihr keine Freude, nicht einmal unter normalen Umständen. An dieser Beifallsbekundung war nichts Triumphales – nicht das reinigende Gefühl des Siegs, das sich nach einem gewonnenen Prozess für gewöhnlich bei ihr einstellte –, denn sie wusste, dass es Harry dabei einzig und allein ums Geld ging.

Sie zog den Schal zurecht, den sie um den Hals gebunden hatte, holte tief Luft und bog in den Gang ein. Sie standen alle dort: Partner und Partnerinnen, Kollegen, Anwaltsgehilfinnen und andere Mitarbeitende bis hin zur Aushilfe, und alle strahlten sie an, während sie unablässig in die Hände klatschten. Auch ihr eigenes Team war vor Ort, Patti und Cazzadee, sogar Javier, der sich nur selten in der Kanzlei aufhielt und extra zu diesem Zweck hergekommen sein musste. Es war auch ihr Sieg, rief Kelly sich vor Augen und zwang sich, den Spießrutenlauf mit einem Lächeln zu absolvieren. Sie schüttelte die dargebotenen Hände, zuckte kaum merklich zusammen, wenn man ihr anerkennend die Schulter klopfte, und gestattete Javi einen Kuss, der alle Frauen ins Schwärmen geraten ließ.

Harry Leahy stand am Ende des Gangs und streckte ihr die Hand entgegen. Sie streckte ihre ebenfalls aus, allerdings nur, um ihm den Scheck zu reichen. Seine Augen leuchteten auf. Er drehte ihn um, um sich zu vergewissern, dass sie ihn der Firma überschrieben hatte, dann trat ein breites Grinsen auf sein Gesicht. »Das Cleverste, was ich je gemacht habe«, verkündete er der versammelten Mannschaft und hielt den Scheck in die Höhe, »war, diese Dame zu überreden, bei mir einzusteigen.« Mit der anderen Hand umfasste er Kellys Hände und riss sie in die Höhe. »Unser Star!«, rief er, und das langsame, rhythmische Klatschen steigerte sich zu tosendem Applaus.

Zunächst hatte es Hoffnung für Adam gegeben. Die Ärzte operierten innerhalb weniger Stunden, reparierten die geplatzte Arterie und saugten die Blutpfützen aus seinem Schädel. Nach der OP erwachte er nicht gleich, aber das war nicht ungewöhnlich. Ja, der Sauerstoffmangel hatte bestimmte Gehirnzellen abgetötet, die unwiederbringlich verloren waren, doch das Gehirn verfügte über verblüffende Selbstheilungskräfte. Es gab ein Phänomen, das Neuroplastizität genannt wurde – gesunde Bereiche des Gehirns übernahmen Funktionen von geschädigten Bereichen, beispielsweise nach einem Schlaganfall. Adam war erst zweiundfünfzig, und er lief dreimal pro Woche fünf Meilen. Er war ein ausgezeichneter Kandidat für eine vollständige Genesung – hieß es.

Kellys Mutter hatte vorgehabt, von Roanoke anzureisen, um Kelly und Adam mit dem Neugeborenen zu unterstützen, nun kam sie angeflogen und kümmerte sich um den vierjährigen Justin, während Kelly auf der Intensivstation saß, das Baby stillte und Adam mit endlosen Plattitüden fütterte. Es würde ihm helfen, das Bewusstsein wiederzuerlangen – hieß es. Auf jeden Fall würde es nicht schaden.

Nach einer Woche sollte das Beatmungsgerät entfernt werden, und sie kleidete sich zu diesem Anlass, als wäre es ihr erstes Date. Sie machte auch das Baby schick, zog ihm einen besonders süßen Strampler an und ein Mützchen, das ihn zum Lachen bringen würde. Sie war dabei, als man ihm den Schlauch aus der Luftröhre zog, stand so dicht daneben, wie man es ihr gestattete, die Augen auf ihn geheftet, während sie mit einem warmherzigen Lächeln auf den Lippen darauf wartete, dass er aufwachte. Die Maschine wurde abgestellt, und seine Brust hob und senkte sich. Adam atmete selbstständig, aber er wachte immer noch nicht auf, und als der Arzt seine Lider anhob und den Zeigefinger schwenkte, verfolgten Adams Augen die Bewegung nicht.

Der Arzt verließ den Raum. Die Schwestern verließen den Raum. Kelly setzte sich.

Am nächsten Tag wurde Adam eine Magensonde gelegt. Zwei Wochen später wurde er in eine Langzeitpflegeeinrichtung überwiesen, doch Kelly bestand darauf, von einer *Reha-Klinik* zu sprechen.

Nach der Verlegung änderte sich ihr Tagesablauf. Von nun an verbrachte sie die Abende an seinem Bett und die Tage in seiner Kanzlei, das Baby vor die Brust geschnallt. Sie hatte von Anfang an Zugriff auf seine beruflichen E-Mails und verschickte in seinem Namen Antworten auf alle dringlichen Anfragen mit der

Erklärung, er sei vorübergehend nicht in der Kanzlei zu erreichen, da er die freudige Ankunft seiner kleinen Tochter feierte. Doch die E-Mails und Anrufe klangen von Tag zu Tag ungeduldiger, vor allem die von Erik Kloss, seinem wichtigsten Mandanten. Sie brauchte dringend eine andere Ausrede. Also sendete sie – ebenfalls in Adams Namen – E-Mails, in denen sie erklärte, dass er an einer schweren Kehlkopfentzündung litt und in den nächsten Wochen ausschließlich per Textnachricht oder E-Mail kommunizieren könne. Man möge bitte Nachsicht mit ihm haben.

Dies zog eine Flut von Genesungswünschen, Blumenlieferungen und Obstkörben nach sich.

Kelly musste an die Geschichten über Woodrow Wilson denken, dessen Ehefrau seinen Schlaganfall verheimlichte und als Schattenpräsidentin fungierte. Kelly beschloss, das Gleiche für Adam zu tun. Eine Kanzlei für Immobilienrecht sollte doch wohl leichter zu führen sein als ein ganzes Land. Adam hatte fast jedes potenzielle Schlagloch auf dem Weg zum Abschluss des Kloss-Grundstückskaufs vorhergesehen. Indem sie darauf bestand, auf jede Frage und Forderung schriftlich zu reagieren, verschaffte sie sich Zeit, Adams Akten durchzusehen und sich zu überlegen, wie seine Antwort wohl ausfallen würde.

Allerdings war Immobilienrecht nicht ihr Fachgebiet, und bald schon fühlte sie sich überfordert. Es entstand ein Schlagloch, das sich in ein Erdloch zu verwandeln drohte, und sie hatte keine Ahnung, was sie dagegen tun konnte. Kevin Trent, Adams bester Mitarbeiter, steckte jeden Tag den Kopf in Adams Büro, erkundigte sich nach der Kehlkopfentzündung und wünschte gute Besserung. Kelly hatte ihn bei allen Erik-Kloss-E-Mails ins CC gesetzt, deshalb war er bei dem Projekt mehr oder weniger auf dem aktuellen Stand der Dinge. Sie wusste, wie sehr Adam ihm vertraute. Und sie beschloss, reinen Tisch zu machen.

Die Farbe wich aus seinem Gesicht, Tränen traten in seine Augen, als Kelly ihm die Wahrheit über Adams Zustand erzählte. »Kelly, ich ... ich weiß nicht, was ich sagen soll. Ich fasse es nicht. Adam ist der stärkste Mann, dem ich je begegnet bin, und mit Sicherheit der klügste. Ich kann mir einfach nicht vorstellen, dass ...« Mit feuchten Augen sah er sich in Adams Büro um. »Ich habe ihm das nie gesagt ...«

Sie unterbrach ihn, bevor er mit seiner Eloge fortfahren konnte. »Er wird sich wieder erholen, Kevin. Er wird zurückkommen und seinen Job so gut machen wie immer – aber bis dahin müssen wir die Kanzlei am Laufen halten. Kann ich auf dich zählen?«

»Absolut«, versicherte er ihr und umarmte sie, bevor er Adams Büro mit einer langen Aufgabenliste verließ.

Eines Abends saß sie an Adams Bett, als er plötzlich die Augen aufschlug. Beinahe hätte sie aufgeschrien vor Aufregung. Er war wach, er war wieder da! Doch obwohl seine Augen nun geöffnet waren, antwortete er nicht auf ihre Fragen, reagierte nicht. Er war einfach aus dem Koma in einen vegetativen Zustand übergegangen. Das sei eine gute Nachricht, behaupteten die Ärzte. Manche Patienten wachten gar nicht mehr aus dem Koma auf. Wenn er erst einmal die Augen bewegte, war der nächste Schritt zurück ins Bewusstsein geschafft, und bald würden weitere Reaktionen folgen.

Seitdem verbrachte sie jeden Abend damit, ihm in die Augen zu blicken, noch intensiver als damals, als sie sich ineinander verliebt hatten.

Adam hatte keine Versicherung für eine Langzeitpflege. Er hatte auch keine Erwerbsunfähigkeitsversicherung. Alles, was er abgeschlossen hatte, war eine Lebensversicherung über fünfhunderttausend Dollar zugunsten seiner Tochter Courtney – eine der Scheidungsbedingungen. Seine Krankenversicherung deckte den Großteil der Kosten ab, aber sie mussten auch noch eine Hypothek und die Gebühren für Courtneys Privatschule bezahlen, und die Rechnungen stapelten sich bereits. Kellys Chef hatte sich bereit erklärt, ihren Mutterschutzurlaub zu verlängern, allerdings unbezahlt, sodass sie ihre Ersparnisse anzapfen musste, um die Familie über Wasser zu halten. Eine zweite Hypothek auf das Haus wäre hilfreich gewesen, doch da Adam die dafür notwendigen Papiere nicht unterzeichnen konnte, wäre sie gezwungen, bei Gericht die Vormundschaft für ihn zu beantragen, und das wiederum hätte bedeutet, seinen Zustand öffentlich machen zu müssen. Daher beschloss sie, sich stattdessen von ihren Eltern Geld zu leihen, genug, um durchzuhalten, bis der Kloss-Deal abgeschlossen und Adams Schlussrechnung bezahlt war. Und danach? Danach, so beruhigte sie sich selbst, würde Adam bestimmt wieder arbeiten können.

Aber dann erhielt sie eine schlechte Nachricht – und eine zweite gleich hinterher. Kelly wurde bis ins Mark getroffen.

Der Leiter der Pflegeeinrichtung verlangte, sie zu sehen, und als sie in seinem Büro eintraf, saßen dort bereits sechs weitere Männer, auf Klappstühlen, die einen Halbkreis bildeten. Eines der Gesichter kannte Kelly noch nicht, und da die anderen den Mann mit größter Achtung behandelten, ging sie davon aus, dass sie den Chefarzt vor sich hatte. Aber nein … er war von der Versicherung.

Die bisherige Behandlung brachte keinen therapeutischen Erfolg, sagten die Ärzte.

Da es keinen Behandlungserfolg gab, würden sie nicht länger die Kosten für die Pflege übernehmen, sagte der Mann von der Versicherung.

Wenn die Versicherung nicht länger die Kosten für die Pflege übernahm, könnte Adam nicht länger in der Langzeitpflege bleiben, sagte der Direktor der Einrichtung.

Während die Herren auf sie einredeten, tätschelte Kelly dem Baby den Rücken, und als es endlich still im Raum wurde, als die Männer sich räusperten und auf den Fußboden blickten, stand sie auf und ging.

In Adams Kanzlei war es seltsam ruhig an diesem Nachmittag. Sie saß in seinem Büro hinter seinem Schreibtisch, während Lexie neben ihr im Kinderwagen schlief. Heute musste sie keine E-Mails oder Textnachrichten beantworten, und sie machte nichts anderes, als Löcher in die Luft zu starren, bis die Rezeptionistin mit einem Einschreiben von Erik Kloss hereinkam. Er bedauerte, das komplette Mandat auf die neu gegründete Anwaltskanzlei Kevin Trent & Associates übertragen zu müssen. Sie möge bitte sämtliche Unterlagen per Kurier in die neue Kanzlei schicken.

Kelly verließ Adams Büro und ging durch die totenstillen Gänge. Die meisten Räume und Arbeitsplätze waren dunkel. Die besten, cleversten Mitarbeiter hatten die Kanzlei zusammen mit Kevin verlassen.

Sie ging wieder in Adams Büro und schaukelte den Kinderwagen vor und zurück, vor und zurück, während sie eine Reihe von Anrufen tätigte. Zunächst musste sie Vorkehrungen treffen, Adam aus der »Reha« nach Hause zu holen. Sie bestellte ein Heimpflegebett nebst kompletter Ausstattung und engagierte eine Pflegehilfe. Anschließend erledigte sie alles Nötige, um Adams Kanzlei aufzulösen und die wenigen verbliebenen Vermögenswerte flüssig zu machen.

Zuletzt rief sie Harry Leahy an. »Harry«, sagte sie, als sie seine überraschte Stimme am anderen Ende der Leitung vernahm, »wir müssen reden.«

Auf der Anrichte im großen Konferenzraum standen Teller mit Doughnuts, Bagels, Karaffen voll Orangensaft und mehrere Flaschen Champagner. Alle drängten sich aus dem Gang hinein, füllten ihre Teller und mixten sich Mimosas, bevor sie an dem langen Konferenztisch Platz nahmen. Harry setzte sich mit seinen Anwälten an den Kopf, während sich Kellys Team am Fuß des Tisches rechts und links von Kelly platzierte. Sein Team bestand überwiegend aus weißen Männern, während für Kelly überwiegend Frauen tätig waren, darunter eine Afroamerikanerin, eine Sinoamerikanerin und eine venezolanische Amerikanerin.

Das Stimmengewirr am Tisch schwoll an, ein mechanisches Summen, wie das Geräusch eines Generators. Es war immer unangenehm, so zu tun, als würde man eine Party in einem Raum feiern, der eigentlich für Geschäftsbesprechungen vorgesehen war, noch dazu am Beginn eines Arbeitstages, an dem alle Anrufe zu tätigen, Unterlagen abzulegen oder wichtige Dinge zu tun hatten. Die Fröhlichkeit wirkte aufgesetzt. Kellys Fröhlichkeit *war* aufgesetzt. Zwar hatte der Druck auf ihren Schläfen nachgelassen, genau wie das Pochen im Schritt, doch die Taubheit war immer noch nicht weg.

Cazzadee lehnte sich zu ihr. »Alles okay?«, flüsterte sie. Sie war überaus kompetent und gleichzeitig überaus aufmerksam.

»Ich bin bloß ein bisschen müde«, flüsterte Kelly zurück und knabberte an ihrem Doughnut.

Harry klopfte mit einem Kugelschreiber an sein Glas, um die anderen um Ruhe zu bitten. Er war siebzig, glatzköpfig und untersetzt. Sein rundes, engelhaftes Gesicht ließ ihn wohlwollender wirken, als er es tatsächlich war. Das war zu Blütezeiten seine Geheimwaffe gewesen – dass er aussah wie ein Priester oder der harmlose, ledige Onkel von nebenan. Die Zeugen der Gegenseite waren stets völlig überrumpelt, wenn er die Messer zum Kreuzverhör wetzte. Im Laufe der Jahre wirkte er jedoch nicht mehr harmlos, sondern unheimlich, vor allem, wenn er die weiblichen Opfer seiner Mandanten unter Beschuss nahm. Er verlor nach und nach einen Großteil seiner Fälle, vor allem, wenn Kelly die Gegenseite vertrat.

Jetzt hob er das Glas und brachte einen Toast aus. »Auf Kelly McCann«, frohlockte er. »Die Frau, die niemals verliert!«

Im Grunde stimmte das, doch hauptsächlich lag es daran, dass sie sich weigerte, Fälle vor Gericht zu bringen, von denen sie nicht hundertprozentig wusste, dass sie sie gewinnen würde. Sie entledigte sich der aussichtslosen Fälle, indem sie einen Vergleich aushandelte, die Klienten überzeugte, die Sache fallen zu lassen oder sich an einen anderen Anwalt zu wenden. Auf diese Weise entgingen ihr zwar einige Honorare, doch sie behielt ihren guten Ruf.

»Kelly, setz uns ins Bild!«, rief Harry ihr vom Kopfende zu. »Wir brennen darauf zu erfahren, wie du das angestellt hast. Vor allem wollen wir wissen, wie du diese Frau im Kreuzverhör zerlegt hast.«

Kelly schüttelte den Kopf und winkte mit einer kleinen, selbstironischen Handbewegung ab.

»Ach, komm schon. Erzähl uns wenigstens die Highlights!«

»Ja, bitte!«, drängten die Anwälte aus seinem Team und fingen an, mit den Fäusten auf den Tisch zu pochen. Dies waren die Männer, die sich um die Alltagsgeschäfte der Kanzlei kümmerten, um Bagatellfälle, die von den örtlichen Gerichten verhandelt wurden. Ihre Arbeit brachte ihnen zwar keine Schlagzeilen ein, doch sie sorgte dafür, dass zwischen Kellys spektakulären Zahltagen das Licht anblieb.

Sie schüttelte erneut den Kopf. »Nein, aber ich würde gern Patti Han bitten, den Prozess für uns zusammenzufassen. Sie hat das Kreuzverhör für mich ausgearbeitet, ohne sie hätte ich das nie geschafft.«

Patti errötete vor Freude über das Lob und warf Javi einen verstohlenen Blick zu, um zu sehen, wie er darauf reagierte. Leider reagierte er gar nicht, denn er war damit beschäftigt, mit Cazz zu flirten, und die war wiederum damit beschäftigt, ihn zu ignorieren. Ein Schatten huschte über Pattis Gesicht. Sie war mollig und unscheinbar und außerdem unglücklich in Javier verliebt, der nur Augen für die schöne Cazzadee hatte. Während Cazz nur Augen für die Arbeit hatte.

»Nun, ich denke, entscheidend war der Zeuge, der Dr. Patels Aussage untermauern sollte«, begann Patti leicht stockend. Ihr schriftliches Englisch war einwandfrei, doch wenn sie in der Öffentlichkeit reden sollte, zeigte sie noch eine gewisse Zurückhaltung. Genau deshalb zwang Kelly sie in Momenten wie diesem zum Üben. »Der Zeuge war Anwalt für Arbeitsrecht. Nachdem er von seiner anwaltlichen Schweigepflicht entbunden worden war, konnten wir darauf bestehen, dass dies für den kompletten Sachverhalt galt. So konnte Kelly Dr. Patel zu ihren Bemühungen befragen, eine finanzielle Entschädigung von Dr. Benedict zu erstreiten, bevor sie zur Polizei ging und ihm eine Vergewaltigung unterstellte.«

»Mit anderen Worten: Sie hat ihn erpresst«, ließ Harry sich vernehmen.

»Davon gingen die Geschworenen offenbar aus.«

Die Rezeptionistin kam in den Konferenzraum geschlüpft und flüsterte Harry etwas ins Ohr.

»Ich habe eine Frage.« Das kam von Steven Schultz, einem der Anwälte, die Harry flankierten, und er wandte sich nicht an Patti, sondern an Kelly, die ihrerseits Patti auffordernd zunickte. Doch noch bevor Patti Stevens Frage beantworten konnte, sagte Harry zu der Rezeptionistin: »Ausgezeichnet. Legen Sie den Anruf rüber und stellen Sie ihn laut.«

Die Frau huschte aus dem Raum. Alle blickten erwartungsvoll auf die Freisprecheinrichtung in der Mitte des Tisches. Schultz wirkte verärgert, weil seine Frage nun vermutlich unbeantwortet bleiben würde. »Nun, wer kann das wohl sein?«, murrte er.

Harry brachte ihn mit einem strengen Blick zum Schweigen.

Kelly wusste, wer es war. Was sie nicht wusste, war, wie sie auf diesen Anruf reagieren würde. Sie wusste nicht, ob sie vor Angst zittern oder sich vor Ekel übergeben würde. Vielleicht würde sie auch gar keine Reaktion zeigen. Sie fühlte sich immer noch taub.

Die Freisprecheinrichtung war ein schwarzes Bakelit-Oval auf drei Stützstreben. Sie sah aus wie ein Miniaturraumschiff. Alle starrten darauf, als würde jeden Moment eine außerirdische Lebensform auftauchen. Doch das Einzige, was schließlich aus dem Oval drang, war ein statisches Knistern.

»Hallo!«, rief Harry mit herzlicher Stimme. »Sie sind auf Lautsprecher.«

Die trockene, tonlose Stimme von George Benedict schallte durch den Konferenzraum. »Gut. Ich möchte nämlich mit der gesamten Belegschaft sprechen. Mir ist bewusst, dass es der Anstrengung eines ganzen Teams bedurfte, meinen Fall zu gewinnen und meinen Namen reinzuwaschen, daher möchte ich diese Gelegenheit nutzen, um dem Team für all die Unterstützung und harte Arbeit zu danken.«

Harry grinste die Freisprechanlage an. »Aber am meisten Kelly, nehme ich an?«

»Ja, doch ich habe Kelly schon persönlich gedankt. Gestern Abend.«

Kellys Taubheit war schlagartig verschwunden. Das Gefühl rauschte förmlich in ihren Körper zurück, mit einer Geschwindigkeit, als würde man ein brennendes Streichholz auf eine Benzinspur werfen. Als Benedict weiter von ihr schwärmte – wie besonders sie doch sei und dass er sie niemals vergessen werde –, loderte es auf wie ein Flächenbrand.

»Nun, wir danken *Ihnen,* George«, erwiderte Harry überschwänglich. »Dafür, dass Sie sich für unsere Kanzlei entschieden und uns die Möglichkeit gegeben haben, dafür zu sorgen, dass der Gerechtigkeit Genüge getan wird.« Dann klatschte er in die Hände, und der Rest der Belegschaft fiel ein und applaudierte mit ihm. Als der Beifall erstarb, erlosch auch das Licht an der Freisprechanlage. Der Anruf war beendet.

Kelly zitterte, aber nicht vor Angst. Sie zitterte vor Hass. Der Zorn schnürte ihr die Kehle zusammen. Ihr Atem ging schnell und stoßweise.

Harry strahlte sie über den Tisch hinweg an. »Es tut gut, einen dankbaren Mandanten zu haben, nicht wahr?«

»Sicher«, sagte sie, nach außen hin ruhig, und stand auf. »Vielen Dank an Sie alle. Wenn Sie mich jetzt bitte entschuldigen würden, ich habe die Post von drei Wochen auf dem Schreibtisch liegen.«

»Selbstverständlich, selbstverständlich, nur zu.« Harry wedelte mit der Hand, dann nahm er sich einen zweiten Doughnut.

Kelly verließ den Konferenzraum, die Hände zu Fäusten geballt. Ihr Zorn fühlte sich an wie ein Vulkan, der jeden Moment einen gewaltigen Strom heißer Lava durch den Gang bis zu ihrem Eckbüro speien würde. Sie schloss die Tür hinter sich und drückte die Fingerknöchel gegen ihre Schläfen, während sie den Mund zu einem stummen Schrei öffnete.

Ich habe Kelly schon persönlich gedankt. Gestern Abend.

Ihr Hass auf Benedict war so gewaltig, dass sie ihn am liebsten umgebracht hätte. Sie wollte auf seiner Leiche herumtrampeln, bis nichts von ihm übrig war außer Brei und Schleim.

Mit großen Schritten ging sie im Raum auf und ab, von der Tür zum Fenster, vom Bücherregal zur Anrichte, zurück zur Tür und wieder zum Fenster. Von ihrem Büro aus blickte man auf eine ansprechende Rasenfläche mit Bäumen des Boston Common, doch heute sah sie rot, nicht grün. Ihre Arme waren starr gestreckt, die Fäuste fest geballt, und mit jedem Schritt wurde ihr Hass größer.

Als das Handy in ihrer Tasche klingelte, blieb sie wie angewurzelt stehen. Sie brauchte nicht auf das Display zu schauen. Er hatte natürlich ihre Handynummer, während der vergangenen drei Wochen hatten sie fast ausschließlich via Handy kommuniziert. Dass er jetzt anrief, war ein klares Signal. Gestern Abend war erst der Anfang gewesen. Er war noch nicht fertig mit ihr.

»Nun«, sagte er, als sie das Gespräch entgegennahm, ohne sich zu melden. »Den ersten Test haben Sie bestanden. Offensichtlich haben Sie Ihren Kollegen nichts erzählt.«

Sie hatte sich eingeredet, dass sie über dieses traumatische Erlebnis hinwegkommen würde. Sie war eine Überlebenskünstlerin, und sie würde auch das hier überleben. Sie hatte sich eingeredet, dass die einzigen Nachwirkungen seines Übergriffs eine Krankheit oder Schwangerschaft sein könnten, und beides ließe sich medizinisch beheben. Doch jetzt war es klar: Er hatte vor, sie zu sabotieren. Fertigzumachen. Endgültig.

»Nur zur Erinnerung: Ein Wort zu irgendwem, und Sie sind ruiniert, für immer. Versuchen Sie, mich zu vernichten, und Sie werden sich selbst vernichten.«

Der Zorn füllte ihre Lungen und bildete einen Kloß in ihrer Kehle. Sie konnte nicht sprechen.

»Und noch etwas: Checken Sie Ihr Handy. Ich habe Ihnen eine Erinnerung an unsere gemeinsame Zeit hinterlassen.«

Ihr Hass brüllte wie tausend Bestien in ihrer Brust, als sie so heftig mit dem Finger auf »Gespräch beenden« tippte, als würde sie ihm eine Gabel ins Gesicht stechen.

Eine Erinnerung regte sich in den Tiefen ihres Gedächtnisses. Sie hielt inne und betrachtete nachdenklich das Smartphone. Langsam drängte etwas an die Oberfläche. Etwas, das während der endlos langen Minuten geschehen war, in denen sie einfach nur daliegen und starr an die Decke hatte blicken können. Er war außerhalb ihres Blickfelds gewesen. Sie hatte gespürt, wie er ihre Hand nahm und ihren Daumen auf etwas drückte, was sie nicht sehen konnte, doch jetzt fiel ihr ein, dass es sich angefühlt hatte wie Glas.

Er hatte mit ihrem Daumen das Handy entsperrt. Er hatte ihre Kamera benutzt, um … was zu tun? Sie öffnete die Galerie. Das letzte Foto, das sie gemacht hatte, zeigte Lexie, die an ihrem ersten Tag in der fünften Klasse in den Bus einstieg. Doch danach kamen zwei neue Aufnahmen. Als Kelly sie sah, musste sie würgen. Das erste Bild zeigte sie nackt, auf seinem Schreibtisch. Das zweite Foto zeigte ihn beziehungsweise einen Teil von ihm.

Sie drückte auf Löschen, traf daneben, probierte es erneut und hämmerte so lange aufs Display ein, bis die beiden Fotos verschwanden. Das Telefon in ihrer Hand fühlte sich schmutzig an, beschmutzt, und sie schleuderte es von sich weg, quer durchs Zimmer. Es landete mit einem geräuschvollen Klackern auf dem Schreibtisch.

Er war in ihr Handy eingedrungen. Hatte bestimmt ihre Galerie durchstöbert. Er hatte das Foto von ihrem kleinen Mädchen gesehen. Beinahe hätte sie erneut würgen müssen.

Sie konnte sich nichts Schlimmeres vorstellen als das, doch schon in der nächsten Sekunde fiel ihr etwas Schlimmeres ein. Indem es ihm gelungen war, ihr Telefon zu entsperren, hatte er sich Zugang zu sämtlichen Benutzernamen und Passwörtern verschafft. Er konnte in all ihre Social-Media-Accounts eindringen. Konnte ihr Bankkonto plündern.

Aber es war sogar *noch* schlimmer: Er hatte nun Zugang zu jedem der elektronischen Geräte bei ihr zu Hause. Er konnte die Kamera und das Mikro an ihrem Computer aktivieren, und nicht nur das: Er konnte die Kamera, die das Pflegebett zeigte, einschalten und Adam beobachten. Er konnte die Überwachungsvorrichtungen für Adams Vitalwerte kontrollieren.

Hitze breitete sich in ihrem Körper aus, bis ihr schließlich so heiß war, dass sie meinte, aus ihrem Kopf würden Flammen schießen.

Kelly nahm das Handy, entfernte die SIM-Karte und schlug anschließend mit einem Briefbeschwerer aus Blei darauf, bis das Glas zersprang. Sie drosch immer weiter darauf ein, wieder und wieder, bis Hagelkörner aus Glas und Aluminium auf sie herabregneten.

KAPITEL 8

Javier kannte da jemanden. Er kannte viele Leute, eine ganze Truppe von Männern und Frauen – »Jungs und Mädels« –, die er für Aufträge gewinnen oder zu einer Vielzahl von Themen befragen konnte, was ihn zu einem so guten Ermittler machte. Dieser spezielle Typ, mit dem Javier an diesem Nachmittag bei ihr zu Hause auftauchte, war ein Cyber-Sicherheitsexperte.

Sein Name war Paul – ein blasser junger Mann mit schlaffen Wangen, ungekämmten Haaren und Augen, die kaum in Kellys blicken konnten. Natürlich wollte er mit ihrem Handy anfangen, und sie musste zugeben, dass sie es nach dem Hack zerstört hatte.

»Warum dachtest du, du wärest gehackt worden?«, wollte Javi wissen.

»Keine Ahnung«, erwiderte sie ausweichend. »Es kam mir irgendwie so vor.«

Paul nickte, die Augen zur Decke gerichtet. »Es lief langsamer, und immer wieder poppte irgendwas Seltsames auf?«

»Richtig«, sagte sie. »Ganz genau.«

Er wollte eine Bestandsaufnahme sämtlicher Geräte durchführen, die derzeit mit dem Haushalts-WLAN verbunden waren, und sie machte mit ihm eine Führung durchs Haus, damit er sie alle erfassen konnte. Das Überwachungssystem. Virtuelle Assistenten in mehreren Räumen. Intelligente Stecker und Glühbirnen. Ein Smart-Thermostat. Die Laptops von Justin und ihr, die Handys der Kinder. Lexies Tablet. Justins Spieleplattformen. Zwei Smart-TVs und ein Smart-Kühlschrank. Die Kameras an der

Haustür. Die Wildtierkamera, die Justin im Garten installiert hatte, in der Hoffnung, dass sie irgendein nachtaktives Wesen aufzeichnete. Die Kamera im Schlafzimmer, die live die Bilder von Adam auf Todds und ihr Handy übertrug. Das gesamte medizinische Überwachungsequipment an Adams Bett. Plötzlich fiel ihr ein, dass auch Todd und Bruce ans Haushalts-WLAN angeschlossen waren und dass sich auch Gwen und ihr Freund häufig einloggten. Am Ende kamen sie auf zweiundvierzig mit dem WLAN verbundene Geräte.

Was für eine Ironie, dachte Kelly. So viele intelligente Vorrichtungen, und trotzdem war sie so dumm gewesen. Mit einem Mann allein zu bleiben, von dem sie wusste, dass er ein Vergewaltiger war. Etwas mit ihm zu trinken!

Der Router befand sich im Eingangsbereich auf dem Boden unter der Garderobe. Paul hockte sich daneben, um seine Diagnose durchzuführen. »Da haben wir das Problem«, sagte er beinahe sofort. »Der Remote-Zugriff ist aktiviert. Das bedeutet, dass sich jeder, der Ihre IP-Adresse kennt, eingehackt haben könnte.«

Kelly hatte das Gefühl, jemand würde ihr einen Bohrer in die Magengrube rammen. Sie stützte sich mit den Händen an der Wand ab und tastete sich ins Wohnzimmer vor, wo sie in einen Sessel sackte.

Javier beugte sich über Paul. »Wie konnte das passieren?«

»Keine Ahnung. Die Standardeinstellung ist ›Remote off‹.«

»Also wurde der Zugriff bewusst aktiviert.«

Paul nickte. »Ja.« Er bestätigte, dass die derzeit verbundenen Geräte die waren, die er bereits aufgelistet hatte, dann erkundigte sie sich, ob Kelly in der Vergangenheit schon einmal gehackt worden war. Es gab natürlich keine Möglichkeit, hundertprozentig sicherzugehen, aber er würde alle Geräte auf Malware, Spyware oder andere Schadsoftware überprüfen.

Schadsoftware, dachte Kelly. Was für ein harmloser Ausdruck! Beinahe unschuldig.

Paul empfahl, den Router zu ersetzen, den Remote-Zugriff zu sperren und die Zugangsdaten aller Benutzer zu ändern. Gegen einen Aufpreis würde er sie verschlüsseln und eine neue Firewall einrichten, die jedes weitere unbefugte Eindringen unmöglich machen würde.

»Tun Sie das«, sagte Kelly.

Javi setzte sich in den Sessel ihr gegenüber. Er hatte schöne dunkle Augen, die einen Hauptteil seines verführerischen Charmes ausmachten, doch jetzt waren sie misstrauisch verengt. »Was zum Teufel ist hier los, Kelly? Wer tut so etwas?«

Sie zuckte kraftlos mit den Achseln. »Viele Menschen hassen mich.«

»Klar.« Javi nickte. »Aber sie bekämpfen dich vor Gericht und in den Medien. Nicht bei dir zu Hause.«

Er brachte es auf den Punkt. Es fand *hier* statt. Die Gewalt, der Übergriff, das *Eindringen.* So schrecklich der gestrige Abend gewesen war – es war noch schlimmer, dass Benedict jetzt in ihr Zuhause, in ihre Familie eingedrungen war. Sie dachte an all das, was er womöglich gesehen oder gehört hatte. Ihr tränenreiches Geständnis vor Adam – wie befriedigend musste ihre Hilflosigkeit für ihn gewesen sein! Bestimmt war er dabei noch einmal gekommen. Heute würde er mitverfolgt haben, wie Adam gefüttert, gesäubert und umgezogen wurde – all die unvermeidbaren Demütigungen, die niemand anderes als Todd mitbekommen sollte. Zum Schluss malte sie sich aus, wie er heute Morgen die Kinder beobachtet, Lexie beim Anziehen zugesehen hatte.

Sie wollte ihn vernichten. Sie *musste* ihn vernichten. Egal, wie hoch der Preis dafür sein mochte.

Javi beobachtete sie mit schräg gelegtem Kopf. Vermutlich fragte er sich, warum sie ihm nicht antwortete. Sie tat so, als würde sie nachdenken. »Vielleicht war es diese LaSorta«, überlegte sie. »Sie kennt sich mit IT aus.«

Sein Blick wurde skeptisch. »Warum sollte sie dich ausspionieren wollen? Benedict, ja, vielleicht – aber doch nicht dich!«

»Ach«, Kelly wedelte wegwerfend mit der Hand, »die Anwälte und Anwältinnen sind doch immer schuld.«

»Du hast sie immerhin zur Millionärin gemacht!«

»Es war ein hart erkämpfter Vergleich. Vielleicht fühlt sie sich betrogen.« Das war typisch für einen erfolgreichen gerichtlichen Vergleich – am Ende waren beide Seiten unglücklich.

Javi wirkte noch immer nicht zufrieden mit ihrer Erklärung, und sie fragte sich, warum sie sich solche Mühe gab, die Wahrheit zu verschleiern. Es würde ohnehin früher oder später herauskommen. Sobald sie bei der Polizei gewesen war. Sobald sie mit der Presse gesprochen hatte. Dann würden es alle wissen. Selbst wenn Benedict nicht vor Gericht gebracht werden konnte, würden die Medien ihre Story breittreten, und das genügte, um ihn zu vernichten. Wenn nicht, würde sie die Namen all der anderen Frauen enthüllen, denen er Gewalt angetan hatte, vor allem derjenigen, die mit einer Geheimhaltungsvereinbarung zum Schweigen gebracht worden waren. Kelly würde ihre Zulassung verlieren, wenn sie das täte, aber na und? Ihre Karriere wäre so oder so am Ende.

Kurz darauf traf Bruce ein, Todd hatte ihn gebeten, sein Handy und den Laptop vorbeizubringen. Anschließend kam Cazzadee, bewaffnet mit einem neuen Handy für Kelly. Etwas später erschien Gwen mit ihrem Freund Josh, einem bärtigen Weißen mit einer Vorliebe für afrikanische Kleidung. Auf der Kücheninsel, auf dem Couchtisch im Wohnzimmer, auf dem Esszimmertisch –

auf jeder verfügbaren Oberfläche lagen elektronische Gerätschaften, die Paul nacheinander auf Malware überprüfte.

Draußen an der Ecke hielt rumpelnd der Schulbus, eine Minute später kam Lexie zur Tür hereingestürmt. Kaum hatte sie begriffen, was los war, erklärte sie sich auch schon bereit zu helfen, und rannte von Zimmer zu Zimmer, um sich zu vergewissern, dass sie nichts übersehen hatten.

Zwanzig Minuten später gesellte sich Justin zu ihnen. Er gab sich nicht ganz so kooperativ. »Auf keinen Fall«, sagte er, als Kelly ihn aufforderte, sein Handy und seinen Laptop zu entsperren. Sie versuchte, ihm zu erklären, dass sie gehackt worden waren und wie sie dem beikommen konnten, doch er bestand darauf, dass dies einen krassen Eingriff in seine Privatsphäre darstellte. *Krass* kam neuerdings häufig in seinem Wortschatz vor.

Todd nahm ihn beiseite und redete im Flüsterton mit ihm. Kurz darauf gab er Paul zu verstehen, dass er zu ihnen kommen konnte; irgendwie hatte er Justin dazu gebracht, seine Passwörter preiszugeben.

Langsam kam Stimmung auf, weil so viele Leute durch die Zimmer wuselten. Gwen warf Javi verstohlene Blicke zu, während ihr Freund verstohlen Cazz beäugte. Nur Paul sah immer noch niemanden an. Gwen ging in die Küche und richtete einen Teller mit Käse und Früchten her, Justin holte Softdrinks aus dem Kühlschrank in der Garage. Lexie folgte Javi von Raum zu Raum und plapperte über die Marvel-Charaktere, die sie am liebsten mochte, dann quetschte sie ihn über all die Filme aus, die sie noch nicht sehen durfte. Sie schwärmte für ihn, genau wie alle Mädchen.

Kelly war überwältigt. Das waren ihre Leute, ihr Team, und sie alle waren mitten in der Woche nachmittags zu ihr gekommen, um ihr zu helfen, ihr Problem zu lösen, ohne ein Wort des Vorwurfs. Sie war ihnen so dankbar.

Doch dann dämmerte ihr, dass sie alle auf ihrer Gehaltsliste standen oder anderweitig von ihr abhingen. Todd und die Kinder. Javi und Cazz, die beiden höchstbezahlten Mitarbeitenden bei Leahy & McCann. Gwen, die sie stundenweise entlohnte und der sie außerdem regelmäßig eine Pauschale überwies, damit sie wirklich immer dann zur Verfügung stand, wenn Kelly sie brauchte. Und dann war da noch Gwens Freund, der hauptsächlich von Gwens Einkommen lebte. Bruce, der mietfrei mit Todd über der Garage wohnte. Auch Paul wurde für die Dauer seines Arbeitseinsatzes von ihr bezahlt. Sie alle waren abhängig von ihr. Von ihr und ihrem Einkommen. Ihre Lebensgrundlage war ihre Lebensgrundlage.

Cazz kam zu Kelly und blieb vor ihrem Sessel stehen. »Möchtest du etwas Richtiges trinken?«, flüsterte sie.

Es war noch keine vier Uhr, aber Kelly nickte. Cazz ging in die Küche und kehrte kurz darauf mit einem Gin Tonic in einem Longdrink-Tumbler zurück.

»Danke.« Kelly nahm einen Schluck, doch sobald die bitteren Kohlensäurebläschen auf ihre Zunge trafen, wurde eine Flut von Erinnerungen in ihr ausgelöst. *Es war im Tonic.* Sie erinnerte sich, dass sie zunächst das Plastiksiegel am Verschluss gelöst und erst dann einen Spritzer Tonic in ihr Glas gegeben hatte. Das wusste sie noch genau. Er musste eine Möglichkeit gefunden haben, die präparierte Flasche wieder zu verschließen, was ihr verriet, wie lange er seinen Übergriff geplant und wie sorgfältig er sich darauf vorbereitet hatte.

Sie *musste* ihn vernichten.

Doch das würde ihren eigenen Untergang bedeuten.

Sie selbst war sich nicht wichtig, allerdings war sie verantwortlich für all die Menschen, die in diesem Moment plaudernd und lachend durchs Haus liefen. All diese Menschen, die von ihr abhängig waren.

Kelly stand auf und trat ans Fenster. Das Glas in der Hand, blickte sie hinaus in den Vorgarten. Ein Zuckerahorn stand an einer Seite neben den Stufen zur Haustür, die Blätter noch sattgrün, doch in ein paar Wochen würden sie sich in leuchtende Gold- und Rottöne sowie in flammendes Orange verfärben. Der Zuckerahorn war der schönste Baum der Straße. Sie dachte an den Tag, an dem Adam ihn gepflanzt hatte, während sie ihm vom Liegestuhl aus dabei zusah, Baby Justin in den Armen. Damals war der junge Baum etwa drei Meter hoch gewesen, und Adam hatte das Loch dafür mit der Schaufel gegraben, oberkörperfrei, und sie hatte seine schweißglänzenden Rückenmuskeln bewundert. Gleichzeitig hatte sie sich Sorgen gemacht, dass er sich überanstrengte, dass er sich eine Zerrung zuziehen könnte, doch er schüttelte nur den Kopf, als sie ihre Bedenken äußerte. »Ich finde, du hast dich viel mehr angestrengt«, sagte er und betrachtete lächelnd ihren Sohn. Er richtete den Wurzelballen aus, prüfte, ob der Stamm gerade stand, dann füllte er das Loch mit nährstoffreicher Lehmerde und Kompost. Anschließend bedeckte er es mit Mulch und wässerte den Boden, dann nahm er Kelly den Kleinen ab und trug ihn zu dem Zuckerahorn, als wollte er die zwei miteinander bekannt machen. »Das ist dein Baum«, sagte er zu ihm. »Er wird groß und stark werden, genau wie du.« Er sollte recht behalten. Heute war der Baum fast neun Meter hoch.

Sie hatten geplant, auf der anderen Seite des Eingangs einen Baum für Lexie zu pflanzen, doch weil sie ein Winterbaby werden würde, grub Adam das Loch schon im Herbst, bevor der Boden frieren konnte, und verstaute den Zuckerahorn hinter der Garage, um ihn nach der Geburt seiner Tochter einzupflanzen.

Den ganzen langen Winter über beobachtete Kelly, wie sich das Loch mit Schnee füllte, bis sie es nicht mehr sehen konnte. Im Frühling, nach der Schneeschmelze, schüttete der Mann, der ihren Garten machte, es zu und brachte den abgestorbenen jungen Baum weg.

Kelly drehte sich abrupt um und stellte ihr Glas ab. »Ich gehe hoch und sehe nach Adam«, verkündete sie, und alle tauschten traurige, wissende Blicke, während sie die Stufen hinaufeilte.

In ihrem Schlafzimmer herrschte beständige Stille, eine Stille, die Flüstern, leises Seufzen und den schwachen Luftzug eines Handfächers heraufbeschwor. »Wie in einer Leichenhalle«, hatte Adams Tochter Courtney einst gesagt, doch Kelly zog es vor, an eine Kirche kurz vor Gottesdienstbeginn zu denken oder an ein Kinderzimmer, in dem das Baby gerade eingeschlafen war.

Sie streifte ihre Schuhe ab, schaltete die Kamera aus und legte sich neben Adam auf das schmale Bett. Seine Haare waren inzwischen vollständig weiß und nahmen im gedämpften Licht einen unnatürlichen Glanz an. Eine weitere Erinnerung bahnte sich den Weg an die Oberfläche, an einen Abend, als sie ihn dabei ertappt hatte, wie er sich mit gerunzelter Stirn im Badezimmerspiegel betrachtete. Zu jener Zeit waren seine Haare noch voll und dunkel gewesen, und sie sah, was ihm missfiel – eine einzelne feine, silberne Strähne. »Hey, Grandpa«, hatte sie ihn geneckt. Er tat so, als würde er ihr einen Klaps verpassen wollen, und sie tat so, als würde sie aufschreien, und dann jagte er sie aus dem Badezimmer, bis sie sich fangen und auf die Matratze stoßen ließ. Er warf sich auf sie, und sie rollten sich hin und her, bis sie beide vor Lachen keine Luft mehr bekamen. Aus dem Lachen wurde Stöhnen, und sie zerrten einander die Kleidung vom Leib und probierten eine Position nach der anderen aus, bis sie ihre perfekte Stellung gefunden hatten.

Er hatte stets ein großes Verlangen nach Sex gehabt, und auch sie hatte es genossen. Daher hatte es in den frühen Tagen seiner Erkrankung immer wieder Momente gegeben, in denen sie sich fragte, ob sie ihm Vergnügen verschaffen sollte. Vielleicht würde ihn das zurückholen. Einmal hatte sie vorsichtig angefangen, ihn zu streicheln, aber er reagierte nicht, und sie gab bald wieder auf. Es fühlte sich falsch an, ihn so zu berühren, wenn er nicht in der Lage war, ihr seine Zustimmung zu signalisieren.

Nicht in der Lage. Unfähig. Außer Gefecht gesetzt. So wie sie gestern Abend außer Gefecht gesetzt gewesen war, doch in ihrem Fall mit Vorsatz. So etwas war nicht nur »krass«, es war abscheulich.

»Ich weiß nicht, was ich tun soll«, flüsterte sie.

Adams Brust hob und senkte sich, hob und senkte sich.

Sie nahm seine Hände. Sie waren weich wie die eines Babys, Hände, die seit zehn Jahren kein Loch mehr gegraben, keinen Nagel in die Wand geschlagen oder auch nur einen Stift gehalten hatten. »Was soll ich tun?«, fragte sie ihn.

Die einzige Antwort war das Tröpfeln von Urin in seinen Katheterbeutel.

»Gestern Abend ist etwas passiert«, fing sie an zu erzählen, doch dann hielt sie inne und warf einen Blick über die Schulter. Das grüne Licht an der Kamera war aus, aber darauf wollte sie sich nicht verlassen. Jeder konnte ihr womöglich zuhören, sei es von unten oder aus einem Herrenhaus in Philadelphia.

Sie versuchte, stumm mit ihm zu kommunizieren, aber dass das funktionierte, glaubte sie selbst nicht. Sie versuchte, still neben ihm zu liegen, doch sie war zu aufgewühlt, und bald schon musste sie wieder aufstehen. Sie tigerte durchs Schlafzimmer, von seinem Bett zu ihrem, vom Fenster zur Tür.

Ihr Ruf war auf dem Narrativ begründet, dass ihre Mandanten stets unschuldig waren und die Beschuldigten stets logen. Wenn sie sich an die Polizei oder Presse wandte und wahrheitsgemäß berichtete, was gestern Abend passiert war, wäre dieser Ruf ruiniert. Wenn man ihr glaubte, würden automatisch alle denken, dass jeder Fall, den sie gewonnen hatte, eine arglistige Täuschung war. Glaubte man ihr nicht, würden alle annehmen, dass sie eine Spinnerin war, ein rachsüchtiges Miststück, das noch ein Hühnchen mit dem berühmten Dr. Benedict zu rupfen hatte. Kein Mann, dem man ein Sexualverbrechen vorwarf, würde sich je wieder an sie wenden. Harry Leahy würde sie aus der Kanzlei werfen, und sie wäre binnen weniger Monate bankrott. Sie würde Javi entlassen müssen und Cazz und Patti Han. Und natürlich auch Gwen. Und Todd. Es gäbe keine Möglichkeit, Todd weiterzubezahlen. Sie würde zu Hause bleiben und Adam selbst pflegen müssen, was für sie in Ordnung war, sie konnte das, aber wie sollte sie seine Arztrechnungen bezahlen und die Hypothek und all die anderen Ausgaben stemmen?

Nein, das würde sie nicht schaffen. Sie machte auf dem Absatz kehrt und tigerte in die andere Richtung.

Es war unmöglich, sie konnte sich weder an die Polizei noch an die Presse wenden. Aber irgendetwas musste sie tun. Sie konnte nicht für immer mit dieser zerstörerischen Wut in ihrem Innern leben. Sie war wie ein Krebsgeschwür, das Metastasen bildete und sein Gift in ihrem Körper verteilte, und irgendwann würde sie daran zugrunde gehen.

Noch heute Morgen hatte sie gedacht, sie würde das durchstehen. Sie würde die Sache hinter sich lassen, vergessen, was passiert war. Nun aber wusste sie, dass ihr das nicht möglich wäre. Niemals. Er würde sie nicht in Ruhe lassen. Er würde sie in der Kanzlei anrufen, er würde sie auf ihrem Handy anrufen, er würde sie in ihrem Haus ausspionieren. Er würde ihr auf alle erdenkliche Weise Gewalt antun.

Es genügte nicht, zu überleben. Sie musste gewinnen. Überleben bedeutete keinen Sieg. *Rache* war Sieg.

Sie wollte ihn umbringen. Sie hätte nie gedacht, dass sie zu einem Mord fähig wäre, aber jetzt spürte sie, dass sie es doch war. Spürte, wie ihr rachsüchtiges Herz schwarzes Blut durch ihre Venen pumpte. Sie wollte seine Augäpfel zerstechen und sich wie ein Presslufthammer in sein geniales Hirn bohren.

Doch sie durfte ihn nicht umbringen. Das war zu unverblümt, zu riskant, und es würde seinen Qualen ein zu rasches Ende bereiten. Es musste andere Möglichkeiten geben. Schlimmere Schicksale als den Tod. Sie musste nur das richtige Schicksal für Benedict finden.

Eine weitere Drehung auf dem Absatz.

Eine Vergewaltigung käme poetischer Gerechtigkeit gleich. Eine anale Vergewaltigung. Brutal. Sie hatte keine ganze Truppe Männer und Frauen wie Javi, die alle möglichen Dinge für sie erledigen würden, aber sie kannte Leute, die wiederum Leute kannten ... Durch ihre Karriere im Strafjustizsystem hatte sie viele zwielichtige Gestalten kennengelernt. Und eine davon könnte sie engagieren.

Doch auch das wäre zu riskant. Die Spur würde zwangsläufig zu ihr zurückführen.

Eine neuerliche Kehrtwende.

Sie brauchte eine weniger plakative Möglichkeit, ihn zu demütigen. Eine Möglichkeit, seinen Ruf und seinen Verdienst zu zerstören, ohne ihren eigenen zu beeinträchtigen. Vielleicht ein Finanzdelikt. Insidergeschäfte, Marktmanipulation – aber nein, das war nicht fies genug. In der Führungsschicht wurde ein solches Verhalten mehr oder weniger erwartet, und selbst wenn jemand erwischt und vor Gericht gestellt wurde, bedeutete dies nicht gleich seinen Untergang. Wirtschaftskriminelle kamen in der Regel immer wieder auf die Beine.

Sie drehte sich um und durchquerte erneut den Raum.

Als sie wieder an der Tür ankam, hörte sie ein Klopfen, den mit Todd vereinbarten Code. Dieser Raum war sein Arbeitsplatz, aber es war gleichzeitig Kellys und Adams Schlafzimmer, und das hatte er stets respektiert.

»Ist es okay, wenn ich kurz störe?«, fragte er, als er die Tür öffnete. In der Hand hielt er eine übergroße Spritze mit Adams pürierter Mahlzeit.

»Ist es schon Zeit fürs Abendessen?«

Er nickte. »Die anderen sind gegangen. Ich soll dir von dem Cyber-Typen ausrichten, dass alles sicher ist – es ist kein Schaden entstanden. Der Hacker hat sich bloß umgesehen, wenn überhaupt.«

Nur weil sie ihn rechtzeitig erwischt hatte. Sie wollte sich gar nicht vorstellen, was er getan hätte, wenn ihr nicht die Sache mit ihrem Daumen auf Glas eingefallen wäre.

Todd ging zu Adams Bett und warf einen Blick auf die Monitore. »Courtney war gestern hier«, sagte er in beiläufigem Ton.

»Das hab ich schon gehört. Was wollte sie denn?«

»Dasselbe wie immer.«

»Und was hast du ihr gesagt?«

»Dasselbe wie immer.«

Er seufzte, und Kelly wandte sich ab und ging in den Flur.

Lexie saß in ihrem Zimmer und machte Hausaufgaben. »Fragst du mich das Einmaleins ab, Mommy?«

Kelly trat ein und setzte sich. Lexie ratterte die Antworten herunter wie eine Maschine. Sie musste nicht abgefragt werden, sie liebte es nur zu glänzen. Genau wie ihre Mutter zählten Leistungen erst, wenn jemand applaudierte.

»Heute Abend Buchklub?«, fragte Lexie, als Kelly aufstand. Im letzten Jahr hatte sie beschlossen, dass sie zu alt war, um sich vor dem Schlafengehen vorlesen zu lassen, aber Kelly hatte die dreißig Minuten Kuschelzeit nur ungern aufgeben wollen. Also hatten sie sich stattdessen den Buchklub einfallen lassen. Sie lasen beide dasselbe Buch und sprachen beim Zubettgehen darüber.

»Unbedingt«, antwortete Kelly, wenngleich ihr nicht mal einfallen wollte, welches Buch sie diese Woche lasen. »Bei welchem Kapitel sind wir?«, fragte sie in der Hoffnung, sich dann erinnern zu können. Sie wollte Lexie nicht enttäuschen.

»Kapitel vier. Weißt du noch? Margaret hat am ersten Schultag keine Socken getragen und nun Blasen an den Füßen.«

»Richtig.« Jetzt fiel es Kelly wieder ein. *Bist du da, Gott? Ich bin's, Margaret.* »Nach dem Abendessen, okay?« Sie wusste, dass die Kinder nichts von dem gegessen haben würden, was Gwen am Nachmittag hergerichtet hatte, und jetzt auf eine warme Mahlzeit warteten. Sie lächelte ihre Tochter an, verließ das Zimmer und ging die Treppe hinunter.

Unten war alles ordentlich, die Teller gespült, das Essen abgeräumt und in die Küche zurückgebracht, der Käse eingewickelt im Kühlschrank. Vermutlich hatte Gwen dies erledigt, vielleicht auch Todd, Bruce oder Cazz.

Im Wohnzimmer lief der Fernseher. Sie warf einen Blick hinein und sah Justins karottenrote Locken über die Sofalehne lugen. Er lümmelte auf dem Polster, wie immer, doch anders als sonst sah er sich auf einem Kabelsender die Nachrichten an. Sie erkannte den Reporter, Rick Olsson. Er berichtete über irgendetwas Dramatisches, sprach von gewaltigen Kosten. Neben dem Klimawandel die finsterste Wolke, die derzeit über ihren Köpfen schwebte. Was genau er damit meinte, bekam Kelly nicht mit. Sie war einfach zu überrascht, Justin so konzentriert auf einen Bildschirm blicken zu sehen, auf dem etwas anderes lief als ein Videospiel. Es war eine angenehme Überraschung, also ließ sie ihn weiterschauen und ging in die Küche, um sich dem Abendessen zu widmen.

Es war nichts im Kühlschrank, und alles in der Gefriertruhe würde erst in einigen Stunden aufgetaut sein. Sie musste also wohl oder übel etwas bestellen. Kelly griff nach dem Festnetztelefon und drückte auf die Drei in ihrem Kurzwahlverzeichnis.

»Vinnies Pizza«, meldete sich ein Mädchen, während nebenan im Wohnzimmer eine bekannte roboterhafte Stimme verkündete: »Die Ergebnisse der Phase-II-Studien waren verblüffend: eine zweiundneunzigprozentige Wirksamkeit ohne messbare Nebenwirkungen.«

Kelly ließ den Hörer fallen, als stünde er unter Strom. Für eine Sekunde meinte sie, die roboterhafte Stimme würde aus dem Telefon dringen, aber nein, sie kam aus dem Fernseher. Sie taumelte zur Tür des Wohnzimmers und warf einen Blick hinein. Und da war er, auf dem Bildschirm, in *ihrem* Zimmer, in *ihrem* Haus: George Benedict. Neben ihm stand Rick Olsson, mit verzücktem Blick, kriecherisch nickend.

»Hey, Doomfist!«, rief sie Justin zu. »Könntest du das bitte ausschalten?« Ihre Stimme hallte in ihren Ohren wider, dünn und angespannt.

Justin antwortete nicht, und er machte auch keinerlei Anstalten, den Fernseher abzustellen. Benedict redete weiter. Er sprach wie eine Maschine, seine Stimme erinnerte an Zahnräder, die mit einem metallischen Knirschen ineinandergriffen. Die *sie* angriffen.

»Justin!«, rief sie erneut, diesmal schärfer. »Schalte das bitte aus.«

»Nein. Es interessiert mich.«

»Dann kann man also sagen, dass Ihr gesamter Ruf, ganz zu schweigen von Ihrem persönlichen Vermögen, vom Erfolg dieser Phase-III-Studien abhängt«, vergewisserte sich Olsson soeben.

Benedict lenkte von der Frage ab, indem er sich in trockenen, hochtrabenden Worten erging, dass die ganze Welt, um nicht zu sagen die Zukunft der Menschheit, von diesem Vakzin abhing.

Kelly hörte ihn kaum. In ihrem Kopf hallten die Worte des Reporters nach: *Ihr gesamter Ruf. Ihr persönliches Vermögen.*

Plötzlich wusste sie es. Sie wusste, was sie tun würde. Sie wusste genau, wie sie es anstellen würde. Und sie wusste, dass sie das konnte.

Für einen kurzen Moment meinte sie, Adam neben sich stehen zu sehen. *Du bist Kelly McCann.*

Den Rest musste er nicht aussprechen.

KAPITEL 9

Sie konnte es, aber sie konnte es nicht allein. Sie verfügte weder über die Fertigkeiten noch über das nötige Fachwissen, um das, was sie vorhatte, durchzuziehen. Javi hätte mit Sicherheit irgendwen an der Hand gehabt, aber sie konnte weder ihn noch eine andere Person aus ihrem Team in diese Sache hineinziehen. Sie würde nicht andere zu Komplizen eines Verbrechens machen, das sie begehen wollte, und ganz gleich, wie loyal sie waren – falls sie auffliegen würden, konnte sie sich nicht auf ihr Schweigen verlassen. Aus demselben Grund durfte sie es nicht riskieren, jemanden von außen anzuheuern.

Was sie brauchte, waren Menschen, die nicht nur in der Lage waren, das, was sie vorhatte, zu bewerkstelligen – sondern die Benedict genauso hassten wie sie. Die so sicher schweigen würden wie sie selbst.

Und sie wusste genau, wer diese Menschen waren.

Am nächsten Morgen traf Kelly früher als Cazz und die anderen aus ihrem Team in der Kanzlei ein. Auch von Harrys Anwälten war noch niemand da. Sie schaltete die Lichter ein und ging durch den Hauptgang an ihrem Eckbüro vorbei zum Aktenraum. Die Ordner zum Fall George Benedict nahmen eine komplette Regalreihe ein.

Reeza Patel war die Einzige seiner Opfer, deren Fall vor Gericht gegangen war, aber es gab Dutzende andere. Kelly konzentrierte sich auf die drei Frauen, die vor dem Gerichtsgebäude in Philadelphia erschienen waren. Der einzige Name, der ihr einfiel, war LaSorta, aber auch nur, weil Javi ihn genannt hatte. Doch die Akten mit den Frauen, die per Geheimhaltungsvereinbarung zum Schweigen gebracht worden waren, standen alle nebeneinander, deshalb dauerte es nicht lange, bis sie die beiden anderen gefunden hatte. Sie nahm sie mit in ihr Büro und schloss die Tür hinter sich.

Zuerst schlug sie LaSortas Akte auf. Ashley LaSorta, CIO, Leiterin für Informationstechnik bei UniViro. Sie war eine Frau, die so gar nicht den allgemeinen Vorstellungen eines Technikfreaks entsprach, ganz zu schweigen davon, dass sie auch nicht aussah, wie man es von einer Frau über fünfzig erwartete. Sie war auf eine selbstbewusste Art sexy, hatte lange braune Haare, die ihr in voluminösen Wellen über die Schultern fielen, und sie trug gern Lederröcke, Overknees, tief ausgeschnittene Oberteile und grellroten Lippenstift. Mit ihrem Master-Abschluss in Informatik hatte sie im Silicon Valley gearbeitet, bevor sie in der Vorstandsetage von UniViro landete. Sie war geschieden, hatte einen Sohn im College-Alter und blickte auf eine lange Reihe von Liebhabern zurück.

Einer ihrer Geliebten war für eine kurze Zeit George Benedict gewesen – zwischen seiner Scheidung von der kühlen Blondine und der Ehe mit der liebenswerten, aber optisch unauffälligen Jane. Laut LaSorta hatte sie die Affäre nach ein paar Monaten beendet, aber Benedict weigerte sich, dies zu akzeptieren. Er bombardierte sie mit Anrufen und Textnachrichten, bis sie ihre Telefonnummer änderte. Daraufhin belagerte er sie über ihre Firmen-E-Mail-Adresse. Er flehte sie an, zu ihm zurückzukommen, schwor ihr seine unsterbliche Liebe, dann schimpfte er sie eine Kuh, eine Hure und eine Idiotin. Sie ignorierte seine Angriffe, und nach einiger Zeit blieben die E-Mails aus. Für ein paar Wochen war alles ruhig, und LaSorta schöpfte Hoffnung, dass die Sache ausgestanden war. Doch dann kam sie eines Tages nach der

Arbeit heim und stellte fest, dass er in ihrem Haus war. Sie behauptete, er hätte sie gepackt, sie gefesselt und geknebelt und sie binnen der nächsten zwölf Stunden mithilfe eines Pharmazeutikums dreimal vergewaltigt. Zum Schluss hatte er gesagt: »*Jetzt* ist es vorbei«, dann hatte er sie losgebunden und war gegangen.

LaSorta sicherte sämtliche Beweise, vertraute sich einer Freundin an – folgte strikt dem Standardprotokoll für Vergewaltigungsopfer –, doch sie rief nicht die Polizei. Stattdessen telefonierte sie mit einem Anwalt und forderte zehn Millionen Dollar. Kelly nahm an, dass sie auf fünf gesetzt hatte, doch dank Javis Einsatz konnten sie den Betrag noch mal um die Hälfte reduzieren.

Javi war ein ausgekochtes Schlitzohr. Er lernte LaSorta eines späten Abends in einer Bar kennen, lockte sie von ihrem damaligen Date weg und umwarb sie mit seinem Charme, ohne je einen Fuß über die Schwelle ihres Schlafzimmers zu setzen. Er hatte nicht vor, mit ihr ins Bett zu gehen. Er hatte vor, sich ihr Vertrauen und damit Informationen über ihre Vergangenheit zu erschleichen, was ihm auch gelang. Er konnte genügend in Erfahrung bringen, um die Identität einiger ihrer ehemaligen Lover herauszufinden. Einer von ihnen war auf Rache aus, und er war im Besitz eines Sexvideos.

Als Kelly LaSorta damit konfrontierte, wurde sie wütend, doch gleichzeitig wirkte sie gedemütigt. Was sie für eine aufregende, langsame Verführung gehalten hatte, entpuppte sich als Falle, in die Javi sie gelockt hatte, damit Kelly sie zum Schweigen bringen konnte. Sie ereiferte sich über Kelly und ihre schmutzigen Taktiken, drohte damit, sich an die Polizei zu wenden, an die Presse, an die ganze Welt, doch am Ende kündigte sie ihre Stelle bei UniViro, unterzeichnete eine Geheimhaltungsvereinbarung und stolzierte um zweieinhalb Millionen Dollar reicher davon. Jetzt arbeitete sie für ein Technik-Start-up in New Jersey.

Kelly legte die LaSorta-Akte zur Seite und griff nach der nächsten. Die Frau hieß Emily Norland, war zweiunddreißig Jahre alt, promovierte Mikrobiologin, mit einem Patentanwalt verheiratet. Sie hatte zu Benedicts Impfstoff-Forschungsteam bei UniViro gehört. Dünn, mit kurzen braunen Haaren und Brille, entsprach sie sehr viel mehr dem stereotypen Bild einer Wissenschaftlerin als LaSorta dem eines Technikfreaks. Norland war keine Sirene, keine Verführerin. Trotzdem hatte Benedict sie nach einer Präsentation während einer Geschäftsreise nach Chicago gezwungen, ihn in sein Hotelzimmer zu begleiten, wo er sie vergewaltigte. Es war nach wenigen Minuten vorbei gewesen, und ebenfalls nur wenige Minuten später hatte er das Zimmer verlassen und Kelly angerufen, damit sie Schadensbegrenzung betrieb. Er hatte seine Lektion aus den vorherigen Vorfällen gelernt – nur leider nicht die richtige.

Kelly buchte den nächsten Flug nach Chicago und telefonierte mit Emilys Ehemann, der ebenfalls gerade einen Flug gebucht hatte. Sie sprach mit ihm während der gesamten Taxifahrt zum Flughafen und telefonierte auch dann weiter, als sie die Sicherheitskontrolle und das Gate passierte, sogar noch an Bord, bis das Signal ertönte, das die Fluggäste aufforderte, die Handys abzuschalten. Kelly kam zuerst auf dem O'Hare International Airport an, wo sie auf seine Landung wartete, die Geheimhaltungsvereinbarung in der Hand. Nur das Feld für den Betrag war noch leer. Sie teilten sich ein Taxi zum Hotel, und sie blieb im Gang stehen, während er ins Zimmer seiner Frau ging und dort mit ihr redete. Es dauerte eine Stunde, dann kam er heraus, die Daumen nach oben gereckt. Kelly klopfte nebenan, riss Benedict aus dem Tiefschlaf und ließ ihn die Vereinbarung unterzeichnen, genau wie den Scheck über fünfhunderttausend Dollar.

Die dritte Frau, die eine solche Vereinbarung unterschrieb, war noch ein Mädchen. Tiffy Jenkins, gerade mal zwanzig Jahre alt, arbeitete für die Gebäudereinigungsfirma, die über Nacht die Büros von UniViro säuberte. Sie war in einer Pflegefamilie aufgewachsen und hatte die Highschool abgebrochen – eine farblose Blondine, dünn und blass und schüchtern. In der fraglichen Nacht war sie wie immer in Benedicts Büro gekommen, um seinen Abfalleimer zu leeren. Zu ihrer Bestürzung traf sie ihn mit offener Hose auf der Ledercouch liegend an. Entschuldigungen stammelnd, trat sie den Rückzug an, doch er war schneller als sie. Er packte sie, drückte sie auf seinen Schreibtisch und brachte das zu Ende, womit er beschäftigt gewesen war.

Diesmal machte er sich nicht einmal die Mühe, Kelly anzurufen, so unbedeutend schien ihm das Ganze zu sein. Erst als sie ihn bei der Vorbereitung auf den Patel-Prozess wegen anderer Vorkommnisse befragte, kam er darauf zu sprechen. Er kannte den Namen des Mädchens nicht, Javi musste erst einige Nachforschungen anstellen, bis Kelly wusste, wer sie war und wo sie wohnte. Sie engagierte einen unbedeutenden Anwalt vor Ort, der sich darum kümmern sollte. Tiffy war verwirrt, als der Mann sich als ihr juristischer Beistand vorstellte und zu einer sofortigen Einigung riet. Als sie die Summe hörte, zögerte sie nicht. Zwanzigtausend Dollar waren viel Geld für sie und ihren Freund, der mit ihr zusammenlebte, deshalb gab sie auf der Stelle ihr Einverständnis.

Kelly schloss auch die letzte Akte und lehnte sich nachdenklich in ihrem Stuhl zurück. Vor ihrer Tür erwachte die Kanzlei zum Leben. Telefone klingelten, Stimmen summten, der Duft nach frisch gebrühtem Kaffee wehte durch die Luft. Sie starrte blicklos auf die beiden Bildschirme auf ihrem Schreibtisch und überlegte, wie die Frauen ihr bei der Umsetzung ihres Plans helfen konnten.

Bei Ashley LaSorta lag die Antwort auf diese Frage auf der Hand. Sie hatte die Informationssysteme von UniViro entworfen, und wenn sie seit ihrem Weggang nicht komplett überholt worden waren, würde sie wissen, wie sie das Anwendungssystem hacken konnte. Kellys Vorhaben erforderte außerdem eine Wissenschaftlerin – damit kam Emily Norland auf den Plan. Was Tiffy Jenkins betraf, wusste Kelly nicht, wie sie sie einbringen konnte. Doch dann fiel ihr etwas ein, und sie ging noch einmal Javis Bericht durch, um sich zu vergewissern. Tatsächlich: Tiffy arbeitete noch immer bei der Gebäudereinigungsfirma, die die Räumlichkeiten von UniViro in Schuss hielt. Trotz der zwanzigtausend Dollar hielt sie an ihrem regelmäßigen Einkommen fest. Und Benedict hatte sie vermutlich noch nie wahrgenommen, weder vor noch nach der Vergewaltigung.

Das bedeutete, dass Tiffy aller Wahrscheinlichkeit nach nach wie vor Zugang zu Benedicts Büro hatte. Ashley LaSorta würde den virtuellen Zugriff auf das Anwendungssystem des Unternehmens ermöglichen, Emily Norland den entsprechenden Inhalt bereitstellen. Und wenn sie etwas vor Ort zu erledigen hätten, könnte Tiffy ihnen Zutritt verschaffen.

Es fehlte noch eine weitere Frau, deren Unterstützung zur Umsetzung ihres Plans erforderlich war, und Kelly musste nicht extra ihre Akte holen, um ihrem Gedächtnis auf die Sprünge zu helfen. Reeza Patel. Sie war ein hochrangiges Mitglied in Benedicts Forscherteam gewesen. Sie würde wissen, wo die sprichwörtlichen wissenschaftlichen Leichen begraben waren. Aber sie zählte nicht zu den NDA-Frauen, die sich auf eine Geheimhaltungsvereinbarung eingelassen hatten, im Gegenteil. Sie war mit ihren Anschuldigungen an die Öffentlichkeit gegangen und hatte einen öffentlichen Prozess über sich ergehen lassen. Möglicherweise war sie auf Rache aus, aber sie wollte auch öffentliche Wiedergutmachung. Auf ihr Schweigen konnte man sich deshalb nicht verlassen, und das nahm sie automatisch aus dem Rennen.

Also: LaSorta, Norland und Jenkins. Kellys persönliche Version der Avengers. Diese Frauen verfügten über die notwendigen Voraussetzungen: Sie hatten jede Menge Gründe, Benedict zu hassen und Rache nehmen zu wollen, doch sie hatten noch mehr Gründe, nicht an die Öffentlichkeit zu gehen. Insbesondere wegen des Geldes, das sie verlieren würden, wenn sie gegen die Geheimhaltungsvereinbarungen verstießen.

Das Problem war, dass sie gleichzeitig allen Grund hatten, Kelly zu hassen. Sie war die Frau, die Benedicts Verhalten erst ermöglicht hatte, die eine Mitschuld daran trug, um mit Courtneys Worten zu sprechen.

Aller Wahrscheinlichkeit nach würde er jetzt im Gefängnis sitzen, hätte nur eine der Frauen ihn angezeigt. Stattdessen hatten sie das Schweigegeld akzeptiert, mit dem er ihre Lippen versiegelte und sich einen Freifahrtschein erkaufte, weitere Frauen zu vergewaltigen. Einschließlich Kelly.

Doch die anderen durften auf keinen Fall erfahren, dass er sie ebenfalls attackiert hatte.

Es klopfte. Sie schob die drei Akten unter einen Stapel Papiere. »Herein.«

Es war Cazzadee, die einen Aktenwagen mit der morgendlichen Post vor sich herschob. »Die Wexford-Akte ist aus L. A. eingetroffen.«

»Oh. Richtig.« Ein Rechtsanwalt aus Los Angeles hatte Kelly gebeten, mit ihm bei der Verteidigung eines Schauspielers zusammenzuarbeiten, der wegen sexueller Gewalt angezeigt, aber nicht angeklagt worden war. Bei dem Schauspieler handelte es sich um Tommy Wexford, einen gefühlvoll wirkenden jungen Mann, der in letzter Zeit zum Liebling in der Indie-Filmwelt aufgestiegen war. Er hielt seine Privatsphäre strikt unter Verschluss – ein Trick, wie viele dachten, um seine geheimnisvolle Anziehungskraft zu verstärken. Was auch gelang.

Die Frau, die ihn angezeigt hatte, hieß Margaret Staley. Sie behauptete, er hätte sie im Hinterzimmer eines Restaurants in L. A. zu Oralverkehr gezwungen. Ihre Beweise waren ein T-Shirt mit Sperma und die detaillierte Beschreibung eines Muttermals auf dem Penis des Schauspielers. Die Polizei lehnte es ab, Anklage zu erheben, da sie die Beweise für *unzureichend* hielt. Daraufhin hatte Margaret Staley eine Zivilklage eingereicht. Seit Wochen sorgte der Fall nun für reißerische Schlagzeilen in den gängigen Boulevardzeitungen.

Wexford leugnete die Fellatio, leugnete, dass das Sperma von ihm stammte, und er leugnete auch die Existenz besagten Muttermals. Die Frau sei eine Stalkerin, behauptete er. Angeblich hatte sie ihn monatelang online, am Set und an seinen verschiedenen Wohnsitzen belästigt. Mit der erfundenen Geschichte des erzwungenen Oralverkehrs war sie nun einen Schritt weitergegangen. Doch trotz seines vehementen Dementis weigerte er sich, den einfachsten Weg einzuschlagen, um ihren Vorwurf zu entkräften: einen DNA-Abstrich vornehmen und sich zudem von einem unabhängigen Arzt bestätigen zu lassen, dass die Existenz eines solchen Muttermals frei erfunden war. »Ich werde dieser Lüge nicht zusätzliches Gewicht verschaffen, indem ich sie widerlege«, begründete er seine standhafte Weigerung. Der Anwalt aus L. A. hoffte nun, Kelly könnte ihn überzeugen, der Untersuchung zuzustimmen.

»Hat es dir eigentlich jemals etwas ausgemacht?«, fragte sie plötzlich, als Cazz den Wagen zu dem Arbeitstisch am Fenster schob.

»Was meinst du?« Cazzadee sortierte geschäftig die Post nach Fällen und innerhalb der einzelnen Stapel nach Dringlichkeit.

»Was wir tun. Diese Mandanten vertreten.«

Cazz drehte sich um und legte den Kopf schräg. Sie war eine schöne junge Frau, von majestätischer Größe und einem natürlichen Selbstbewusstsein, das Kelly sich erst über Jahre hinweg hatte aneignen müssen. »Warum stellst du gerade jetzt diese Frage?«

Kelly zuckte mit den Achseln. »Ich weiß es nicht. Ich denke, es geht um etwas, was Adams Tochter gesagt hat.«

Cazz schnaubte. »Lass mich raten. Wir sind Verräterinnen unseres eigenen Geschlechts. Hashtag GlaubtFrauen. Hashtag MeToo.«

»Mehr oder weniger. Aber abgesehen davon – ich meine, diese Männer. Sie sind so …« Kelly verstummte und schluckte die Adjektive hinunter, die ihr auf der Zunge lagen.

Cazz schüttelte den Kopf mit den seidig schimmernden Korkenzieherlocken. »Diese Männer?«, wiederholte sie. »Sie sind nicht anders als andere Männer.«

»Andere Männer sind keine Vergewaltiger.«

»Ist das nicht immer Interpretationssache? Eine Gradfrage? Bis zu einem gewissen Grad haben sie alle dieses Anspruchsgefühl. Wenn nicht jedes Match auf Tinder direkt zu einer Affäre führt, fühlt ein Mann sich betrogen. Selbst wenn er um zwei Uhr morgens anruft, weil er Bock auf Sex hat, erwartet er, dass du aus dem Bett aufstehst und ihm die Tür öffnest, weil er auf der Stelle befriedigt werden will. Und Gott bewahre, dass er dein Essen bezahlt und du ihm auf der Fahrt nach Hause keinen bläst!«

Kelly lehnte sich überrascht zurück. Sie hatten nie über ihr Liebesleben gesprochen – dafür war Cazz viel zu professionell –, aber bislang war Kelly davon ausgegangen, dass sie von den Männern umschwärmt wurde und bestimmte, was Sache war. »Cazzie, ist es das, was du selbst erlebst? Ich dachte, eine junge Frau, die aussieht wie du …«

»Ha, mein Aussehen! Weißt du, was man tun muss, wenn man so aussieht wie ich? Man muss sich zurücknehmen. Man ist eine Ware. Das ist es, was Prostitution und Pornos die Männer gelehrt haben: Der Körper einer Frau ist eine Ware. Er ist etwas, was sie kaufen können.«

»Trotzdem. Es ist ein ziemlicher Sprung von dort zur Vergewaltigung.«

»Tatsächlich? Alles, was sie kaufen können, können sie auch rauben, wenn ihnen danach zumute ist.«

Kelly wollte es nicht glauben, aber ihre Erfahrung mit Männern war wahrscheinlich nicht so umfassend wie Cazzadees. Und ganz bestimmt nicht annähernd so aktuell. Es war zehn Jahre her, seit sie das letzte Mal Sex gehabt hatte.

Das, was gestern Abend passiert war, war kein Sex.

»Um deine Frage zu beantworten«, nahm Cazz den Faden wieder auf, als sie zur Tür ging. »Ob es mir etwas ausmacht, diese Männer zu vertreten? Klar, aber nicht mehr als der Umgang mit all den anderen Männern da draußen.«

»Es tut mir leid, dass du diese Erfahrung machen musstest.«

Cazz zuckte vage mit den Achseln. »Weißt du, was ich nicht verstehe? Bisexualität bei Frauen. Ich meine, wenn man eine Wahl hat, in welche Richtung man geht« – sie schenkte Kelly ein strahlend weißes Lächeln –, »warum sollte man dann auch Männer nehmen?« Sie winkte kurz, dann verließ sie Kellys Büro.

Kaum war sie weg, betrat auch schon Patti Han das Zimmer. »Ich habe gehört, die Wexford-Unterlagen sind eingetroffen?«, fragte sie mit einem Blick auf den Arbeitstisch. »Meinst du, ich könnte mal einen Blick hineinwerfen?«

»Ich glaube nicht, dass ich dich bei dem Fall brauche, Patti.«

Pattis Lächeln erlosch. Patti war in vielerlei Hinsicht zu gut für diesen Job, aber in einer ganz bestimmten Sache war sie nicht gut genug: Sie hatte kein Pokerface. Jede Enttäuschung, jede noch so kleine Sorge spiegelte sich in ihrem Gesicht wider. Kellys Arbeit setzte nur zwei Talente voraus: die umfassende Kenntnis des Beweisrechts und ein gewisses Gespür im Gerichtssaal. Mit dem Beweisrecht kannte sich Patti vorzüglich aus, genau wie mit dem Strafrecht in fast allen Bundesstaaten, doch sie würde niemals die Kunst des Theaters vor Gericht beherrschen.

Kelly versuchte, sie zu besänftigen. »In diesem Fall handelt es sich um Sachstreitigkeiten. Es gibt keine heikle juristische Problematik, in die du dich verbeißen könntest.«

Patti warf einen weiteren sehnsüchtigen Blick auf die Akte. »Das wissen wir erst, wenn wir hineingeschaut haben, richtig?«

Sie musste sie ermutigen, etwas anderes zu tun, dachte Kelly zum hundertsten Mal. Patti war zehnmal schlauer als Kelly. Sie sollte Verfassungsrecht an der Ivy League Law School unterrichten. Oder einer großen Wall-Street-Kanzlei beitreten – sollte überall anders arbeiten als hier, bei ihr.

»Okay«, sagte Kelly. »Nimm die Akte mit.«

Pattis Gesicht hellte sich auf. Sie schnappte sich den Ordner und eilte aus dem Raum, bevor Kelly ihre Meinung ändern konnte.

Kelly wandte sich wieder den Geheimhaltungsvereinbarungen zu. Die größte Herausforderung war, sich zu überlegen, wie sie an diese Frauen herantreten sollte. Sie würden sich anfangs instinktiv weigern, Kontakt zu ihr aufzunehmen. Wenn sie sie anrief, würden sie auflegen. Wenn sie ihnen eine E-Mail schickte, würden sie sie löschen. Sie könnte versuchen, über eine Fake-E-Mail an sie heranzutreten, und behaupten, sie wäre eine alte Freundin. Allerdings würde LaSorta auf den ersten Blick erkennen, dass es sich um eine Fake-E-Mail handelte. Norland möglicherweise ebenfalls.

Sie konnte natürlich auch einfach vor der Tür stehen und ihre Argumente vorbringen. Allerdings ging sie davon aus, dass man ihr die Tür vor der Nase zuschlagen würde.

Am besten wäre es, sich an alle drei gleichzeitig zu wenden. Sie mussten erfahren, dass es außer ihnen weitere Opfer gab. Und sie mussten erfahren, dass Kellys Plan tatsächlich funktionieren könnte. Weitere Frauen kennenzulernen und zu verstehen, welche Rolle Kelly ihnen zugedacht hatte, half womöglich, sie zu überzeugen.

Wie also konnte sie alle drei zusammenbringen?

Ihre Gedanken gerieten in eine Sackgasse. Sie zerbrach sich immer noch den Kopf, als die interne Sprechanlage summte. »Kelly, Rick Olsson auf Leitung zwei«, teilte Cazz ihr mit. »Er sagt, es ist dringend.«

Bei dem Namen klingelte etwas, dann fingen die Alarmglocken an zu schrillen. Er war der TV-Reporter, der gestern Benedict interviewt hatte.

»Keine Interviews«, erwiderte sie.

»Er sagt, er will kein Interview. Es geht wohl um eine Privatsache.«

»Er lügt«, befand Kelly.

»Verstehe«, sagte Cazz und legte auf.

Kelly konzentrierte sich wieder auf ihr eigentliches Problem. Wie sollte sie die drei Frauen lange genug zusammenbringen können, um ihnen ihre Argumente vorzutragen? Sie kannten einander nicht. Das einzige Mal, dass sie sich gemeinsam an einem Ort befunden hatten, war vor dem Gerichtsgebäude am Tag der Urteilsverkündung gewesen. Sie erinnerte sich, wie ihr ihre Gesichter ins Auge gesprungen waren. Als sie die drei gemeinsam an einem Ort gesehen hatte, war sie beinahe in Panik geraten, doch jetzt wünschte sie sich genau das: die Frauen zusammenzubringen. So wie vorgestern.

Ihr Computer zeigte an, dass eine neue Mail eingegangen war. Sie starrte auf den Bildschirm. Die Mail war von Rick Olsson.

Bitte rufen Sie mich an. Ich habe kein Interesse, Sie zu interviewen. Es geht um eine dringende Privatangelegenheit.

Natürlich wollte er sie interviewen. Er hätte sie gestern gern in seinen Beitrag geschnitten, hätte sie über die Gerichtsverhandlung und Patels Anschuldigungen ausgequetscht, wäre ihm das möglich gewesen. Er hätte sie gebeten, sich dazu zu äußern, ob der Prozess möglicherweise Benedicts Forschungsfortschritt verlangsamt hatte und ob der Freispruch nun den Weg für den neuen Impfstoff frei machte. Ein gemeinsames Interview mit dem Arzt, der so viele Menschen retten konnte, und der Anwältin, die ihn gerettet hatte, hätte ihm astronomische Einschaltquoten beschert. Wenn das Ganze live gesendet worden wäre, wäre es im Studio rappelvoll gewesen, und mit Sicherheit hätten auch die drei Frauen im Publikum gesessen.

Plötzlich wusste Kelly, was sie zu tun hatte. Sie *konnte* LaSorta, Norland und Jenkins zusammenbringen, genau wie am Tag der Urteilsverkündung. Und die drei würden nicht widerstehen können zu erscheinen.

KAPITEL 10

An einem strahlenden Dienstagmorgen im Oktober hielt ein gemieteter Bus vor dem Haupteingang eines idyllischen College-Campus. Die grauen Steingebäude leuchteten im Herbstlicht, an den umstehenden Bäumen verfärbten sich die ersten Blätter rot und golden und erinnerten an die pointillistischen Pinselstriche eines neoimpressionistischen Malers.

Zwei Dutzend Männer und Frauen stiegen aus dem Bus. Die Männer und Frauen waren alt und jung, aber überwiegend jung. Die meisten hielten einen einseitigen Ausdruck in den Händen. Sie strömten durch den gotischen Torbogen auf den College-Campus. Studentinnen und Studenten auf dem Weg von oder zu einer Unterrichtsveranstaltung kürzten über den Rasen ab. Einige von ihnen warfen neugierige Blicke auf die frisch Eingetroffenen, die aussahen, als befänden sie sich auf einer Campus-Tour, allerdings ohne ihren Campus-Führer.

Ein aufgeregtes Kichern ging durch die Reihen der Neuankömmlinge, als sie ein berühmtes Gesicht entdeckten. TV-Nachrichtenreporter Rick Olsson stand neben der hoch aufragenden Bronzestatue in der Mitte des Hofs. An seiner anderen Seite befand sich ein Kameramann mit kompletter Ausrüstung.

Der Campus lag nicht weit entfernt von dem Gerichtsgebäude, in dem George Benedict letzten Monat freigesprochen worden war, und die Studierenden schienen sich zu fragen, ob es eine neue Entwicklung in dem Fall gab. Einige von ihnen drängten sich um Olsson und überschütteten ihn mit Fragen, während er damit beschäftigt war, auf dem Handy eine E-Mail zu tippen.

Die Neuankömmlinge waren versucht, stehen zu bleiben und sich ebenfalls um ihn herum zu scharen, doch sie gingen weiter, folgten den Papppfeilen, bis sie das Gebäude erreichten, in dem die heutige Veranstaltung stattfinden sollte.

Sie stiegen die Marmorstufen zum Portikus hinauf und folgten weiteren Pappschildern durch die große Flügeltür und zu einem kleinen Auditorium. Dort blieben sie stehen und sahen sich voller Unbehagen um. Die Lichter waren an, doch die Bühne lag im Dunkeln, und es war niemand da, um sie zu begrüßen oder ihnen Anweisungen zu erteilen. Sie tuschelten untereinander, blickten auf die Ausdrucke in ihren Händen und nahmen die ihnen zugewiesenen Plätze ein. Nachdem sie sich hingesetzt hatten, stellten sie fest, dass drei Stühle frei geblieben waren, an verschiedenen Stellen in den mittleren Reihen, aber nicht am Gang.

Das Publikum betrachtete einige Minuten lang die dunkle Bühne, doch nichts passierte. Die Leute warfen einen Blick auf ihre Armbanduhren, holten ihre Handys heraus und stellten sich ihren Sitznachbarn vor.

Als sich die Flügeltür erneut öffnete, trat eine junge Frau ein, allein. Alle drehten sich um und starrten sie an, und sie verharrte und blinzelte heftig hinter ihren Brillengläsern, bis die Zuschauer wieder zur Bühne schauten. Sie ließ den Blick über die Reihen schweifen, entdeckte einen der leeren Plätze und eilte hin. Auch sie hielt einen Ausdruck in den Händen. Einer ihrer Sitznachbarn verrenkte sich den Hals, um zu lesen, was darauf stand, denn er unterschied sich von dem, den er in den Händen hielt.

Die Tür öffnete sich ein weiteres Mal, und eine zweite Frau trat ein. Wieder fuhren sämtliche Köpfe zu ihr herum. Diese Frau ließ sich nicht davon beeindrucken. Sie erwiderte die Blicke gelassen und schlenderte zu ihrem Platz. In ihren Händen war kein Blatt Papier, das steckte in ihrer Fendi-Tasche.

Eine dritte Frau betrat das Auditorium, so unauffällig, dass kaum jemand sie bemerkte.

Jetzt war ein lautes Klicken zu vernehmen, und alle wandten sich der Bühne zu, deren Lichter aufflammten. Das Publikum sah in der Mitte der Bühne einen Diskussionstisch mit zwei Mikrofonen und zwei Stühlen stehen. Rechts auf der Bühne befand sich ein separates Rednerpult mit einem eigenen Mikrofon.

Es klickte erneut, diesmal lauter und eher wie ein Ploppen und Scheppern, dann gingen die Rampenlichter an und beleuchteten das Namensschild auf dem Rednerpult. RICK OLSSON stand darauf. Ein Raunen ging durchs Publikum, als klar wurde, dass er wegen derselben Veranstaltung hier war. Vielleicht würde die Kamera über das Publikum schwenken, flüsterten sie einander zu, und dann wären sie im Fernsehen!

Weitere Lichter flammten auf. Nun waren die Namensschilder der Podiumsgäste zu lesen: GEORGE BENEDICT und KELLY MCCANN. Das Tuscheln im Saal wurde lauter. Die Zuschauer hatten richtig vermutet: Das hier hatte etwas mit dem Prozess zu tun, der ein kleines Stück von hier entfernt stattgefunden hatte, und es würde wahrscheinlich heute Abend in den Nachrichten ausgestrahlt werden.

Plötzlich wurden die Lichter im Saal gedimmt, und die Zuschauer stöhnten laut auf vor Enttäuschung, denn das bedeutete, dass sie das Auditorium verlassen mussten. Die versprochene Statistenrolle war zu Ende, noch bevor sie richtig angefangen hatte. Frustriert erhoben sie sich von ihren Sitzen, traten in den Gang und folgten den knöchelhohen Bodenlichtern zum Ausgang.

Hinter der Bühne wartete Kelly, bis auch die letzten Statisten den Saal verlassen hatten, dann drückte sie einen Knopf auf ihrer

Bedientafel, und die Bühnenlichter erloschen. Schlagartig war das Auditorium in Dunkelheit getaucht. Sie drückte einen weiteren Knopf, und die Zuschauerreihen waren wieder erleuchtet.

Nur die drei später eingetroffenen Frauen saßen noch auf ihren Plätzen. Sie blickten blinzelnd in das grelle Licht und betrachteten verwirrt die leeren Sitze um sie herum. Kelly musterte eine nach der anderen: Ashley LaSorta. Emily Norland. Tiffy Jenkins. Ihr kleiner Trick hatte funktioniert. Da saßen sie nun. Reeza Patel war als Einzige nicht gekommen. Erst in allerletzter Minute hatte Kelly beschlossen, die Gelegenheit zu ergreifen und Reeza doch auf die Liste zu setzen. Es war ein riskantes Spiel gewesen, und nun stellte sich heraus, dass Reeza nicht auf den Köder angebissen hatte.

Kelly zog den Schal zurecht, den sie um den Hals gebunden hatte, und richtete das Ansteckmikro an ihrer Anzugjacke, dann holte sie tief Luft und betrat die Bühne. Im Vorbeigehen nahm sie Olssons Namensschild vom Rednerpult. »Er hat einen anderen Termin«, sagte sie. Ihre Stimme hallte laut durch das leere Auditorium. Sie ging zum Diskussionstisch und drehte Benedicts Namensschild um, das mit einem lauten Klappern auf der Tischplatte landete. »Und der hier muss vernichtet werden.« Sie deutete nacheinander auf jede einzelne der drei Frauen. »Ich brauche Sie drei, damit Sie mir dabei helfen.«

Ashley LaSorta sprang von ihrem Stuhl auf. »Was zur Hölle soll das?«, rief sie und trat in den Gang. Sie war leger gekleidet, vermutlich hatte sie gehofft, auf diese Weise mit dem Publikum zu verschmelzen.

»Setzen Sie sich wieder«, forderte Kelly sie auf. »Bitte lassen Sie mich ausreden.«

Jetzt war auch Emily Norland aufgesprungen. Sie war ebenfalls salopp gekleidet, trug Jeans und Strickjacke. »Das ist keine echte Sendung? Ich meine, da draußen war Rick Olsson …«

Tiffy Jenkins sah verwirrt von einer Frau zur anderen. Sie trug einen rosa Nylonkittel, rechts in Brusthöhe war der Name der Reinigungsfirma, für die sie arbeitete, eingestickt: *Whistle-Kleen.* Anscheinend musste sie direkt nach dieser Veranstaltung zur Arbeit gehen.

»Nein, es handelt sich nicht um eine echte Sendung«, bestätigte Kelly. »Aber es war die einzige Möglichkeit, Sie drei zusammenzubringen.«

Ashley warf den beiden anderen Frauen einen misstrauischen Blick zu. »Wer ist das?«, wollte sie wissen. »Was geht hier vor?«

»Die zwei sind ebenfalls Opfer. Genau wie Sie. Und Gott weiß wie viele Frauen außer Ihnen, denen er Gewalt angetan hat.«

Sie sahen einander erneut an. *Du auch?*, schienen ihre Blicke zu fragen. Ein Nicken. *Ich auch.*

»Geheimhaltungsvereinbarungen?«, fragte Ashley laut, und als Emily und Tiffy nickten, deutete sie mit dem Finger auf Kelly. »Sie dürfen das hier nicht senden!«

»Das ist richtig«, bestätigte Kelly. Inzwischen waren alle drei NDA-Frauen in den Gang getreten und näherten sich der Bühne. »Ich könnte wegen dieser Aktion meine Zulassung verlieren.« Ihre Stimme war zu laut, jetzt, als die drei vor der Bühne standen. Sie löste das Mikro von ihrem Jackenkragen. »Aber er ist ein Monster. Und wir müssen ihn zu Fall bringen.«

»Wir?«, wiederholte Ashley höhnisch.

»Wir vier zusammen.« Kelly nickte. »Vielleicht gelingt es uns nicht, ihn als Vergewaltiger zu überführen, aber wir können seinen Ruf zerstören, ihm sein Vermögen nehmen. Er wird ruiniert sein, wenn wir mit ihm fertig sind.«

»*Uns?* Wir sollen also mit Ihnen zusammenarbeiten?«, fragte Emily Norland mit erstickter Stimme. »Er ist *Ihretwegen* damit durchgekommen. Weil Sie seine Opfer so lange unter Druck gesetzt oder umschmeichelt haben, bis sie in Ihre Vorschläge einwilligten ... « Sie schlug die Hand vor den Mund und wandte sich ab.

Kelly runzelte die Stirn. Norlands Vorwurf erschien ihr nicht gerechtfertigt. Sie hatte nicht Emily, sondern deren Ehemann umschmeichelt und unter Druck gesetzt. »Sie wurden alle anwaltlich vertreten«, sagte sie. Das stimmte nicht ganz, trotzdem fuhr sie fort: »Sie haben Ihre Entscheidungen getroffen, doch sollten Sie mittlerweile nicht mehr dahinterstehen, wird es Zeit, etwas zu unternehmen.«

»Aber was können wir tun?«, fragte Tiffy mit leiser Stimme.

Kelly nickte ihr aufmunternd zu. Das war die richtige Frage. »Wir können seinen Ruf zerstören«, antwortete sie. »Indem wir seine Forschung vernichten.«

Emily schnaubte abfällig.

»Lassen Sie mich ausreden, bitte. Er ist weltweit berühmt geworden mit seiner Alzheimerforschung – angeblich hat er einen Impfstoff gegen diese tückische Erkrankung entwickelt. Doch was, wenn er seine Forschungsergebnisse geschönt hätte? Was, wenn er die Daten manipuliert hätte und nichts davon der Realität entspräche?«

»Aber die Daten sind echt«, wandte Emily ein.

»So steht es in den Forschungsprotokollen, richtig.«

Ashley begriff, worauf sie hinauswollte. »Protokolle kann man manipulieren.«

»Genau«, pflichtete Kelly ihr bei. »Wenn wir jemanden hätten, der mit dem Informationssystem bei UniViro vertraut ist« – sie nickte Ashley zu –, »außerdem jemanden, der über das entsprechende Fachwissen verfügt« – sie nickte Emily zu –, »und zu guter Letzt jemanden, der unbemerkt in Benedicts Büro vordringt, um das zu ändern, was nicht im Anwendungssystem enthalten ist« – sie nickte Tiffy zu –, »dann könnten wir die ›neuen Erkenntnisse‹

an einen sorgfältig ausgewählten Journalisten durchsickern lassen. Das wiederum würde Benedicts Untergang bedeuten. Es wäre genauso wie bei Elizabeth Holmes und Theranos. Die SEC, die Securities and Exchange Commission, wird ihn verfolgen. Die Wertpapier- und Börsenaufsichtsbehörde ist für die Kontrolle des Wertpapierhandels zuständig und sorgt für die Sicherheit der Anleger«, fügte sie hinzu, als sie Tiffys fragenden Blick bemerkte. »Er wird wegen Betrugs angeklagt werden. Denn die FDA – also die Food and Drug Administration –, die für die Zulassung von Arzneimitteln zuständig ist, wird die Zulassung des Vakzins verweigern, und folglich werden seine UniViro-Aktien an Wert verlieren. Er wird pleitegehen. Ruiniert sein, und zwar komplett.«

Die Frauen schwiegen. Kelly schwieg ebenfalls und sah sie der Reihe nach an, wartete darauf, dass sie etwas erwiderten, eine Frage stellten und eigene Vorschläge machten. Zumindest Ashley wirkte fasziniert, fand sie. Emily blickte skeptisch drein, als wäre sie auf der Suche nach dem Haar in der Suppe, und Tiffy starrte Kelly einfach nur verwirrt an. »Aber … das ist doch ein Hackerangriff«, gab sie zu bedenken. »Verstößt das denn nicht gegen das Gesetz?«

»Ja!«, pflichtete Emily ihr bei. »Dafür können wir ins Gefängnis wandern!«

»Nur wenn wir erwischt werden«, hielt Kelly dagegen.

»Ich verstehe nicht, was dieses *Wir* bedeutet«, ließ Ashley sich vernehmen. »*Sie* sind nicht diejenige, die sich in das Anwendungssystem hackt. *Sie* halten nicht den Kopf hin.«

»Das stimmt nicht«, widersprach Kelly. »Wenn wir erwischt werden – wir werden nicht erwischt, aber nur mal angenommen –, wäre ich die Rädelsführerin. Die Anstifterin dieser Verschwörung. Hinzu kommt die Tatsache, dass ich die Anwältin bin, die Benedict vor Gericht vertreten hat, was bedeutet, dass meine Strafe um einiges höher ausfallen wird als Ihre.«

Sie wirkten immer noch skeptisch, und Kelly stellte fest, dass sie zu weit von ihnen entfernt stand. Von der Bühne bis zum Boden waren es anderthalb Meter, ein gewagter Sprung, dennoch zog sie ihren Rock hoch, sprang und landete unbeholfen inmitten des kleinen Halbkreises.

Die drei Frauen zuckten zurück. Ashley machte mehrere Schritte rückwärts, ihre Absätze klapperten vernehmlich auf dem Boden des Auditoriums. Sie blickte Kelly mit leicht verengten Augen an. »Das ist ein Trick«, sagte sie. »Eine Masche. Sie versuchen, uns dazu zu bringen, dass wir gegen unsere Geheimhaltungsvereinbarungen verstoßen, damit Benedict das Geld zurückfordern kann, das er uns gezahlt hat.«

»Nein. Glauben Sie mir, so ist das nicht …«

»Warum sollten wir Ihnen vertrauen?«, fiel Ashley ihr ins Wort. »Sie sind seine *Anwältin,* verflucht noch mal!« Sie fasste nacheinander die beiden anderen Frauen ins Auge. »Machen Sie, was Sie wollen. Aber ohne mich.«

Damit strebte sie durch den Gang zum Ausgang. Emily und Tiffy zögerten nur eine Sekunde, dann folgten sie ihr.

»Bitte warten Sie!«, rief Kelly ihnen nach. »Sie haben das völlig missverstanden! Ich bin nicht mehr seine Anwältin, und ich werde ihn ganz sicher nie mehr vertreten!«

Keine der drei blieb stehen oder drehte sich um. Die Flügeltür schlug hinter ihnen zu, das Geräusch hallte durch das leere Auditorium.

Während sie am Airport darauf wartete, dass ihr Flug aufgerufen wurde, rechnete Kelly die Kosten zusammen. Hin- und Rückflug und Hotel gestern Nacht. Der Mietwagen. Die Miete für das Auditorium. Die Gebühr für die Talentagentur und die Honorare für fünfundzwanzig angehende Schauspieler. Der Bus, der sie zum

Campus gebracht hatte. Die Druckereirechnung für die Namensschilder, die Pappwegweiser, die falschen Veranstaltungstickets der drei Frauen. Eine aberwitzige Summe für eine aberwitzige Nummer, und alles umsonst.

Sie hätte nicht überrascht sein dürfen. Die Rachegelüste dieser Frauen waren bereits befriedigt – mittels der hohen Bargeldzahlungen, die Benedict hatte vornehmen müssen. Sie hatten sich nicht konkret gerächt, aber sie waren zufrieden. Genau das war ihr Fehler gewesen: Sie hatte sich eingebildet, sie würden ihn genauso hassen, wie sie es tat. Und nun hatte sie die Wahl. Entweder sie lernte, mit dem, was passiert war, zu leben, oder sie fand eine Möglichkeit, ihren Plan allein durchzuziehen.

Allein würde sie es nicht schaffen, das wusste sie.

Sie *würde* lernen müssen, damit zu leben. Sie würde einen Weg finden müssen, darüber hinwegzukommen. Nach vorn zu blicken.

Der Lautsprecher knisterte, dann folgte eine Durchsage. Der Abflug von Flug 906 nach Boston verspätete sich um zehn Minuten.

Seufzend öffnete Kelly ihren Laptop. Ein halbes Dutzend E-Mails von Rick Olsson war eingegangen. Er wollte wissen, warum sie ihn nicht wie vereinbart auf dem Campus getroffen hatte. Sein Ton wechselte von leicht besorgt über ungeduldig zu verärgert. *Ich gebe keine Interviews,* schrieb sie kurz angebunden zurück.

Seine Antwort erfolgte umgehend, und sie konnte seine Entrüstung förmlich hören:

> Ich habe nicht mal um ein Interview gebeten! Sie haben mir eins angeboten.

Diesmal reagierte sie nicht.

Fünf Minuten später pingte ihr Laptop. Eine weitere Mail war eingegangen.

Der Grund, warum ich versucht habe, Sie zu erreichen,

schrieb er,

ist der, dass mir Informationen vorliegen, die mir Sorgen bereiten. Sorgen um Sie. Ich wollte mich nur vergewissern, dass mit Ihnen alles in Ordnung ist. Ich hänge Ihnen eine Videodatei an. Bitte schauen Sie sich das Video an und rufen Sie mich zurück.

Die Mail endete mit seiner Handynummer.

Sie verdrehte die Augen. Wusste genau, was auf dem Video zu sehen sein würde. Ein Zusammenschnitt seiner herausragendsten Interviewmomente. Ausschnitte, die zeigten, wie respektvoll er stets war und was für eine wunderbare Beziehung er zu seinen Gästen aufgebaut hatte. Sie fing an zu tippen: *Kein Interesse …*

Doch dann hielt sie inne und öffnete die Datei. Das Video lief ab, und sie stellte augenblicklich fest, dass der Schauplatz nicht der erwartete war. Das, was sie sah, war kein gut ausgeleuchtetes Fernsehstudio. Die Aufnahmen waren irgendwo draußen gemacht worden. Nachts. Auf einer Rollbahn? Der Ton an ihrem Laptop war ausgeschaltet, deshalb hörte sie es nicht, war sich erst sicher, als die Kufen aufsetzten.

Ihre Hand flog zum Mund. Es war ein Helikopter, Benedicts Firmenhelikopter, auf dem Helikopterlandeplatz in Boston. Sie hielt den Atem an. Die Tür schwang auf, und Anton stieg aus. Er drehte sich um und beugte sich in die Kabine. Kelly warf einen verstohlenen Blick über die Schulter, um sicherzugehen, dass keiner hinter ihr stand und auf den Monitor blickte. Niemand war in der Nähe, trotzdem brachte sie ihr Gesicht, so nah es ging, an den Bildschirm heran. Anton trat zurück. Nun kam ihr Körper zum Vorschein. Das Kleid war hochgerutscht bis zu den Oberschenkeln, ihre Gliedmaßen zuckten unkontrolliert, ihre Haare waren völlig zerzaust, die Brille verrutscht, ihr Kopf hing nach hinten. Die Kamera folgte Anton, der sie vom Hubschrauberlandeplatz zu dem wartenden Taxi trug. Er öffnete die Tür und hievte sie wie einen Sack Zement auf die Rückbank.

An dieser Stelle endete das Video.

Sie klappte den Laptop zu. »O mein Gott, o mein Gott, o mein Gott«, flüsterte sie.

Lange Minuten saß sie einfach nur da, zitternd, die geballten Fäuste rechts und links auf den Laptop gedrückt, als könnte sie die Aufnahmen auf diese Weise aus dem Prozessor herausquetschen. Als würden sie dann nicht länger existieren.

Olsson war Journalist. TV-Reporter. Es war durchaus möglich, dass dieses Video im Fernsehen ausgestrahlt wurde. Es war möglich, dass es sich binnen Minuten im Äther verbreitete. Binnen Stunden im Internet viral ging.

Was soll ich tun? Was soll ich tun?

Sie konnte leugnen. Sie würde leugnen. Die Aufnahmen zeigten nicht sie, sondern eine andere Person. Oder: Ja, sie war es, aber es war nicht das, wonach es aussah. Sie war krank geworden. Lebensmittelvergiftung. Keine große Sache. Es wurden andauernd Menschen aus Helikoptern getragen.

Der Lautsprecher knisterte erneut. »Achtung, Passagiere für den Flug 906 nach Boston. Wir beginnen in Kürze mit dem Boarding.«

Benommen blickte Kelly hoch, als die Fluggäste um sie herum aufstanden und sich mit ihren Rollköfferchen in die Schlange vor dem Gate einreihten.

Was soll ich tun? Was soll ich tun?

Sie zog ihr Handy aus der Tasche.

Rick Olsson meldete sich beim ersten Klingeln.

»Wo können wir uns treffen?«, fragte sie.

KAPITEL 11

Es war noch nicht vier, als Kelly die Hotelbar betrat. Die meisten Tische waren unbesetzt, deshalb war es ihr ein Leichtes, Rick Olsson in einer der Ecken zu entdecken, noch bevor er aufstand. Er war ein sympathisch aussehender Mann mit grau melierten Haaren und Krähenfüßen um die Augen, die ihr nun durch eine Brille mit schmalem, stahlgrauem Metallgestell entgegenblickten. Er sah älter aus als im Fernsehen. Näher an der fünfzig als an der vierzig. Er trug ein blaues Button-down-Hemd und eine Baumwollhose und wirkte eher wie ein Vorort-Vater als wie eine TV-Berühmtheit. Mit steifen Beinen trat sie auf ihn zu.

»Rick Olsson.«

Er streckte ihr die rechte Hand entgegen, während er ihr mit der linken einen Stuhl zurechtrückte. Sie ignorierte die Hand und nahm Platz. Er war gut dreißig Zentimeter größer als sie, sie würde ihn also von Anfang an auf Augenhöhe runterbringen müssen.

Nach einem kurzen Moment setzte er sich ebenfalls und hob den Arm, um der Bedienung zu winken, doch sie war bereits da und sah ihn mit einem nervösen Lächeln an.

»Was möchten Sie trinken?«, fragte er Kelly.

»Einen Gin Tonic.« Diesmal verzichtete sie darauf, »mit wenig Gin« hinzuzufügen, wie sie es für gewöhnlich tat, denn diesmal brauchte sie etwas Starkes.

Die Bedienung nickte, wenngleich sie nur Augen für Olsson hatte. »Darf es für Sie auch noch etwas sein, Sir?«, erkundigte sie sich.

Er schüttelte den Kopf. Das Pils vor ihm war noch mehr als halb voll. Die junge Frau zog sich mit einem aufgeregten Kichern zurück.

»Woher haben Sie die Aufnahmen?«, fragte Kelly ohne Umschweife. Keine Höflichkeiten. Keine Einleitung.

Olsson musterte sie einen Moment, bevor er antwortete. »Ich kenne einen Kameramann von WBZ in Boston. Ein Kumpel von mir. Er weiß, dass ich den Benedict-Fall verfolge, und als der Uni-Viro-Heli auf dem Landeplatz des Senders aufsetzte, filmte er die Landung und schickte mir die Aufnahmen. Ich habe Sie erkannt und mir Sorgen gemacht.«

Aha. Erst *nachdem* er sie erkannt hatte. Vorher nicht. Wenn er sich bei diesen Bildern keine Sorgen um eine anonyme Frau machte, dann machte er sich auch keine Sorgen um Kelly. Er war lediglich auf eine Story aus, dachte sie nüchtern.

»Es ist mir so peinlich!« Sie legte eine Hand aufs Herz, um den dramatischen Effekt zu steigern. Das war das Skript, das sie im Taxi ausgearbeitet hatte, und daran würde sie sich halten. »Ich war noch nie in meinem Leben so betrunken, und dann ausgerechnet vor laufender Kamera!«

Zwischen seinen Augen bildete sich eine steile Falte, die bis über den Rand seiner Brille hinausreichte. »Sie waren betrunken?«, fragte er skeptisch.

»O Gott«, stöhnte sie. »Ich weiß nicht, wie mir das passieren konnte. Wahrscheinlich lag es an der Erschöpfung. An der Erleichterung darüber, dass der Prozess endlich vorbei war. Direkt nach der Urteilsverkündung habe ich mir ein paar Drinks zum Feiern gegönnt und im Uber einen Schluck Champagner. Und im Hotel habe ich mich auch noch aus der Minibar bedient. Als ich in den Heli stieg, war ich völlig beduselt.« Sie schüttelte reuevoll den Kopf. »Ich schäme mich so, dass Sie das gesehen haben, und ich würde sterben, wenn noch jemand die Aufnahmen zu Gesicht bekommt. Ich habe Kinder – stellen Sie sich nur vor, sie würden ihre Mom in diesem Zustand sehen!«

»Hm.« Er verengte leicht die Augen. »Ich hatte Angst, dass etwas anderes dahintersteckt.«

Sie lachte blechern. »Als wäre das nicht schlimm genug!«

Die Bedienung kehrte mit einem Longdrink-Glas zurück, dekoriert mit einer kunstvollen Limettenschalen-Spirale. Kelly legte die Hände in den Schoß. Nach dem Märchen, das sie ihm soeben aufgetischt hatte, hielt sie es für keine so gute Idee, jetzt einen Gin Tonic zu trinken. Die Bedienung trat einen Schritt zurück und sah Olsson mit einem erwartungsvollen Lächeln an, bis dieser sagte: »Danke, wir sind erst einmal versorgt, und zwar ganz wunderbar.« Er war es gewohnt, seinen Fans zu schmeicheln, dachte Kelly, und er wusste, wie er sie geschickt abwimmeln konnte.

»Wie alt?«, wollte er wissen. Als sie ihn fragend ansah, fügte er hinzu: »Ihre Kinder.«

»Vierzehn und zehn.«

»Jungen? Mädchen?«

»Ein Junge und ein Mädchen.«

»Ich habe zwei Jungs«, sagte er grinsend. »Vierzehn und sechzehn.«

Irgendwie war das Gespräch in eine Plauderei über ihre Familien übergegangen. Sie wollte es wieder in die Spur bringen. »Ich muss Sie das fragen«, sagte sie daher. »Wer hat das Video sonst noch gesehen?«

»Außer dem Kameramann? Nur mein Produzent und ich.«

»Darf ich Sie bitten, dass das so bleibt? Sie müssen verstehen – meine Kinder …«

Er griff nach seinem Bier und betrachtete sie über den Rand seiner Brille hinweg. »Sind Sie wirklich sicher, dass nichts anderes gefilmt wurde? Als Sie am Abend nach der Urteilsverkündung nicht beim Abendessen erschienen sind …«

»Moment.« Sie blinzelte. »Welches Abendessen meinen Sie?«

»Die Dinnerparty, die bei Benedict zu Hause stattfand.«

»Wie kommen Sie darauf, dass ich dort war?«

»Weil ich ebenfalls vor Ort war, genau wie zahlreiche andere Gäste. Mrs Benedict hat uns mitgeteilt, dass Sie und der Doktor uns zum Cocktail Gesellschaft leisten würden, doch wir saßen bereits beim Essen, als er aufkreuzte. Ohne Sie.«

»Oh. Nun … mir war klar, dass ich zu viel getrunken hatte. Ich habe ihn gebeten, mich bei seiner Frau zu entschuldigen.«

»Was er vermutlich getan hat, doch uns gegenüber hat weder er noch sie ein Wort verlauten lassen. Und als ich dann das Video zu Gesicht bekam …«

»Sind Sie zu einem abenteuerlichen Schluss gekommen«, vollendete Kelly seinen Satz mit ernstem Gesicht. »Darf ich Sie daran erinnern, dass Dr. Benedict von sämtlichen verleumderischen Anschuldigungen entlastet und freigesprochen wurde?«

Olsson hob beide Hände in einer beschwichtigenden Ich-gebe-mich-geschlagen-Geste. »Es tut mir leid. Mir sind bloß ein paar Gerüchte zu Ohren gekommen, die mich stutzig gemacht haben.«

»Ich hätte gedacht, ein Journalist Ihres Ranges würde nichts auf Gerüchte geben.«

»Im Gegenteil.« Er lächelte. »Genau daher kommen oftmals die entscheidenden Hinweise. Man muss nur die Spreu vom Weizen trennen.«

»Ich kann Ihnen versichern, dass an den Gerüchten nichts dran ist.«

Er schwieg einen kurzen Moment, bevor er sagte: »Dann haben Sie sie also ebenfalls gehört?«

Sie nickte. »Während des Prozesses gegen Dr. Benedict habe ich die schlimmsten davon aus dem Weg räumen können. Mit Erfolg.«

»Ja, ich weiß.« Sein Lächeln wurde breiter und vertiefte die Falten rechts und links neben seinen Mundwinkeln. »Gratulation, übrigens.«

Plötzlich kam ihr ein Gedanke. »Sie sind mit den Benedicts befreundet?«, fragte sie mit schräg gelegtem Kopf.

»Nein.«

»Aber Sie waren bei der Party?«

»Zusammen mit anderen Leuten, die sie sich zum Freund machen wollen.«

»Und?«

»Und was?«

»Ist es ihnen gelungen?«

Er schnaubte. »Ich bin Journalist. Ich muss objektiv bleiben.«

»Auch jetzt noch? Die Story ist abgeschlossen.«

Er schüttelte den Kopf. »Das glaube ich kaum.«

Sie warf ihm einen gequälten Blick zu. »Die Jury ist zu einem anderen Schluss gekommen.«

»Ich berichte nicht über den Prozess. Ich berichte über Dr. Benedicts wissenschaftliche Arbeit. Das Virus, den Impfstoff, die Möglichkeit, noch zu unseren Lebzeiten Alzheimer zu heilen. Wenn das den Tatsachen entspricht, handelt es sich um die Story des Jahrzehnts.«

Sie musterte ihn eingehend, bevor sie ihre nächste Frage stellte. »Und wenn nicht?«

»Wenn nicht?« Sein Gesicht nahm einen betrübten Ausdruck an. »Wenn nicht, dann war's das mit meinem Buchvertrag.«

»Oh, Sie schreiben ein Buch.« Jetzt gestattete sie es sich doch, nach ihrem Glas zu greifen.

Er nickte. »Wie ich schon sagte: Das ist die Story des Jahrzehnts, wenn nicht gar des Jahrhunderts. Noch dazu eine, die mich persönlich bewegt. Ich habe meinen Vater an Alzheimer verloren.«

»Oh. Das tut mir leid.«

Mittlerweile war es nach vier, und die Bar füllte sich langsam mit Männern und Frauen in Geschäftskleidung. Einige von ihnen stießen einander mit den Ellbogen an, als sie Olsson am hinteren Ende des Raumes sitzen sahen.

Er schien das Interesse, das er weckte, nicht zu bemerken. »Ist es nicht das, wovor wir alle Angst haben?«, fragte er. »Unsere Erinnerungen, unsere Persönlichkeit, alles, was uns ausmacht, zu verlieren? Unsere Würde. Ganz zu schweigen von den enormen gesellschaftlichen Kosten für die Pflege von Menschen, die nicht mehr für sich selbst sorgen können. Ökonomische, emotionale und alle möglichen anderen Kosten. Neben dem Klimawandel ist dies vermutlich die finsterste Wolke, die über der Zukunft der menschlichen Rasse schwebt. Und niemand aus der Medizin oder Wissenschaft konnte uns bislang Hoffnung machen. Niemand – bis George Benedict auf den Plan trat.«

»Ein echter Held«, sagte Kelly und nahm einen zweiten Schluck von ihrem Gin Tonic.

Er runzelte leicht die Stirn über den Sarkasmus, der in ihrer Stimme mitschwang. »Wollen Sie wissen, was das Schlimmste für mich ist? Auch ich habe meine Erinnerungen verloren – an den Menschen, der mein Vater war. Er war ein brillanter Mann, ein Physiker, aber das Bild, das ich von ihm im Gedächtnis behalten habe, ist ein anderes. Ich sehe ihn in einem Kreis von Alzheimerpatienten im Pflegeheim, mit denen er sich um einen gelben Ballon streitet. Früher hätte er die aerodynamischen Eigenschaften dieses Ballons aufzeigen können, doch dort konnte er nur noch mit den Händen danach schnappen, während ihm der Speichel aus dem Mund lief.« Sein Gesicht verfinsterte sich, als würde er die tragische Szene erneut vor sich sehen.

»Das tut mir wirklich leid«, sagte sie. »Es muss schrecklich sein, das mitzuerleben.«

Er nickte blinzelnd, dann waren seine Augen wieder klar. »Vielleicht wird so etwas zukünftigen Generationen erspart bleiben. Dank George Benedict.«

Sie verspürte einen plötzlichen Stich – fast so heftig wie ein Tritt –, als ein unerwarteter Gedanke auftauchte. Wenn ihr Plan funktioniert hätte, wenn es ihr wirklich gelungen wäre, die NDA-Frauen dazu zu bringen, Benedict zu vernichten, hätte sie womöglich auch der Alzheimerforschung einen empfindlichen Dämpfer verpasst. Eine ernüchternde Vorstellung. Es war eine Sache, keine Filme mehr zu sehen oder keine Bücher mehr zu lesen, die von einem Sexualstraftäter stammten, aber es war etwas vollkommen anderes, eine Hoffnung der gesamten Welt zu zerstören.

Ein Mann in Anzug, die Krawatte gelockert, näherte sich Olsson, das Handy in der Hand. »Entschuldigen Sie, dass ich Ihr Gespräch unterbreche«, sagte er, »aber ich bin ein riesiger Fan. Darf ich ein Selfie mit Ihnen machen?«

Olsson zuckte freundlich mit den Schultern. Der Mann bückte sich neben seinem Stuhl und drückte auf die Kamera, anschließend warf er einen prüfenden Blick auf das Foto und bat darum, ein weiteres machen zu dürfen. Olsson nickte. Als der Fan endlich ein Bild hatte, das ihm gefiel, trat er den Rückzug an, wobei sein Blick auf Kelly fiel. Offenbar erkannte er sie. Er kehrte an seinen Tisch zurück und machte seine Kollegen auf sie aufmerksam. Sie wandte den Blick ab. Die Vorstellung, dass sie möglicherweise Menschen zur Demenz verurteilte, indem sie Benedict aushebelte, nagte immer noch an ihr. Vielleicht war es doch gut, dass sie die NDA-Frauen nicht auf ihre Seite hatte ziehen können, dass ihr Plan versagt hatte.

Olsson ließ sich weiter über das Thema aus. »Denken Sie nur an all die sogenannten Behandlungsmethoden, die die Schulmedizin bei Alzheimer angewandt hat. ›Benutzen Sie Ihre linke Hand anstatt der rechten.‹ ›Gehen Sie rückwärts.‹ ›Erlernen Sie eine Fremdsprache.‹ Mehr hatte man nicht zu bieten. Sogar dieses neue Medikament, Aduhelm, verspricht doch nur, im Gehirn die alzheimerspezifischen Eiweißablagerungen aus Beta-Amyloid, die bereits vorhanden sind, zu reduzieren. Aber wer weiß? Vielleicht ist der entstandene Schaden längst irreversibel! George Benedict war der Einzige, der beschlossen hat, herauszufinden, wie es überhaupt zu diesen Ablagerungen kommen kann. Vorbeugung ist besser als Heilung!«

»Erasmus«, murmelte Kelly.

Er lächelte anerkennend. »Auf diese Weise ist er auf das Virus gestoßen und hat einen Impfstoff dagegen entwickelt. Die Ergebnisse der Phase II waren verblüffend. Die vorläufigen Ergebnisse der Phase-III-Studien sehen ebenfalls vielversprechend aus. Wenn das Vakzin in die Produktion geht, wird es sein wie bei der Polio-Impfung in den Sechzigern: Die Menschen werden Schlange stehen, um sich impfen zu lassen. Können Sie sich das vorstellen?«

»Wow.« Kelly konnte sich nicht nur das vorstellen, sie sah auch lebhaft vor sich, wie Benedict mit jeder Impfdosis eine Lizenzgebühr einstrich. »Und UniViro wird das Alleinverkaufsrecht innehaben.«

Olsson zuckte mit den Achseln. »Klar, an dem von ihnen produzierten Impfstoff. Aber der Rest der Pharmaindustrie wird bald nachziehen.«

Ihr Blick wurde schärfer. »Dann arbeiten also auch andere an entsprechenden Vakzinen?«

»Jeder profitiert von der Arbeit der anderen, aber UniViro hat natürlich einen gewaltigen Vorsprung.«

Eine Frau drückte sich in der Nähe ihres Tisches herum, das Handy gezückt, und wartete auf eine Gelegenheit, an Olsson heranzutreten. Er bemerkte sie erst, als Kelly mit dem Kinn in ihre Richtung deutete. »Oh. Entschuldigung«, sagte er und winkte die Frau zu sich, um auch sie ein Selfie mit ihm machen zu lassen. Er war wirklich ein netter Mann, stellte Kelly fest. Das hatte sie von einem Fernsehreporter nicht erwartet.

Als die Frau sich verabschiedete, warf Kelly demonstrativ einen Blick auf die Uhr.

»Du meine Güte, wie spät es schon ist«, sagte sie. »Ich muss meinen Flieger erwischen.« Sie zog ein paar Dollarscheine aus ihrer Brieftasche und legte sie auf den Tisch.

»Nein, ich übernehme das«, widersprach Olsson.

»Nein, ich bestehe darauf.« Kelly stand auf. Auch Olsson erhob sich. Er überragte sie um Haupteslänge. Sie trat näher und stellte sich auf die Zehenspitzen, dann flüsterte sie: »Darf ich Sie bitten, die Videodatei zu vernichten und niemandem zu verraten, was darauf zu sehen ist?«

»Nur, wenn ich Ihnen noch eine Frage stellen darf.«

Sie zog eine Augenbraue in die Höhe und wartete.

»Warum haben Sie mich heute am College versetzt?«

»Entschuldigung?«

»Wir waren verabredet. Um zehn auf dem College-Campus.«

Sie schüttelte gespielt verdutzt den Kopf. »Ich fürchte, da hat Ihnen jemand einen Streich gespielt.«

Sein Blick wurde misstrauisch. »Sie haben mir weder auf meine E-Mail geantwortet noch ein Treffen vorgeschlagen?«

»Doch«, antwortete sie. »Ich habe Ihnen dieses Treffen vorgeschlagen. Hier, in diesem Hotel. Sonst nichts.«

»Hm.« Er wirkte nicht überzeugt. »Okay«, sagte er dennoch nach einem längeren Moment des Zögerns. »Ich lösche das Video.«

Er streckte ihr die Hand entgegen, und diesmal nahm sie sie und schüttelte sie.

Am Abend fing der Mom-und-Lexie-Buchklub mit neuer Lektüre an. *Milos ganz und gar unmögliche Reise.* »Das ist wie mit dem Wandschrank, stimmt's?«, fragte Lexie gähnend. »Man geht hindurch und betritt eine andere Welt.« Es war schon ziemlich spät. Später als sonst, aber Lexie hatte sich so aufs Lesen gefreut.

Sie sprachen ein bisschen über Narnia und das Land der Weisheit, dann fielen Lexies Augenlider zu. Kelly gab ihr einen Gutenachtkuss und drehte anschließend eine Joggingrunde.

Ihre übliche spätabendliche Strecke führte sie über das Gelände des nahe gelegenen Regis College, wo sie auf hell erleuchtete Wege und die Campus-Polizei zählen konnte. Doch heute erinnerte sie der College-Campus einfach zu sehr an einen anderen College-Campus und ihren fehlgeschlagenen Plan. Das abgekartete Spiel, das sie so sorgfältig erdacht hatte, war binnen Sekunden grandios gescheitert, der Trip nach Philadelphia ein grandioser Reinfall gewesen.

Sie steigerte ihr Tempo und lief schneller, weg vom Campus-Gelände und durch die abendlichen Straßen der Nachbarschaft. Dabei betete sie sich immer wieder ein Mantra vor. Nicht das übliche *Mach weiter, mach einfach weiter,* sondern ein neues: *Steh das durch, steh das durch. Geh durch den Wandschrank, geh durch das Mauthäuschen, geh auf die andere Seite.*

Sie musste das Ganze hinter sich lassen. Die blauen Flecken waren gelb geworden, die Schmerzen waren so gut wie weg, und sie wusste jetzt, dass sie nicht schwanger war. Sie nahm an, dass ein Doktor der Medizin/Bakteriologe/Virologe keine Geschlechtskrankheiten hatte, und bislang hatte sie keine Symptome bemerkt. Damit hatten sich sämtliche körperlichen Folgen von Benedicts Übergriff erledigt.

Was die seelischen Folgen betraf … Nun, sie hatte ihre Psyche unter Kontrolle. Sie hatte auch ihre Emotionen so weit wie nötig unter Kontrolle, und das musste sie auch, wenn sie das hier überleben wollte. Sie war schon einmal in einer ähnlichen Situation gewesen, hatte eine andere grauenhafte Tragödie durchgestanden. Wohlmeinende Leute hatten behauptet, es wäre das Schlimmste, was einer jungen Ehefrau und Mutter zustoßen konnte, und später behaupteten sie, sie wäre die tapferste Frau, der sie je begegnet waren. Diese tapfere Frau war sie nach wie vor – wenn nicht gar noch tapferer, jetzt, da sie älter und weiser war. Zumindest hoffte sie das.

Sie beendete ihre Laufrunde mit einem letzten Sprint zum Haus, zur Hintertür hinein und die Treppe hinauf. Lexies Zimmer war dunkel, aber durch den Spalt unter Justins Tür fiel noch Licht. Dem Zucken und Flackern nach zu urteilen, zockte er ein Videospiel. Sie klopfte zweimal – ihr Signal, dass sie wieder da war und in etwa einer halben Stunde zu ihm kommen würde, um *Overwatch* zu spielen.

Anschließend ging sie den Flur hinunter ins Schlafzimmer, wo Adam in seinem Pflegebett im Erker lag und zu schlafen schien. Sie stellte die Überwachungskamera ab, um Todd in den Feierabend zu entlassen, dann schälte sie sich aus ihrer durchgeschwitzten Sportkleidung und sprang unter die Dusche. Kurz darauf kehrte sie im Bademantel ins Schlafzimmer zurück und warf einen Blick auf die Kamera, um sich zu vergewissern, dass sie ausgeschaltet war. War sie – und dennoch hielt Kelly inne. Eine Erinnerung drängte an die Oberfläche, ein weiteres Detail, das sie aus ihrem Gedächtnis gelöscht hatte. Erneut spürte sie, wie die heiße Lava, die in ihrem Magen brodelte, erstarrte. Ein grünes Lämpchen, eine Kamera, eingeschaltet und aufnahmebereit, hoch oben auf dem Regal neben Jonas Salk, dem Kater.

Ein Schrei drang über ihre Lippen, noch bevor sie ihre Faust in den Mund stecken konnte, um ihn zu ersticken. Er hatte sie aufgenommen. Er hatte den gesamten brutalen Übergriff aufgezeichnet. Er konnte ihn sich ansehen und noch einmal erleben, wann immer ihm der Sinn danach stand. Es war durchaus möglich, dass er das in genau diesem Augenblick tat.

»Mom?«, rief Justin aus dem Flur. »Alles okay?«

Sie nahm die Faust aus dem Mund und atmete gerade tief genug ein, um ihm zu antworten. »Ich … ich hab mir bloß den Zeh gestoßen!«

»Brauchst du etwas Eis?«

»Nein, nein, danke, Liebling. Es geht mir gut!«

Jetzt musste sie beide Hände vor den Mund pressen, um nicht erneut zu schreien. Sie hatte gedacht, das Filmmaterial, das der Kameramann Rick Olsson zugespielt hatte, wäre grauenhaft, aber das – *das* – war tausendmal schlimmer. Sie wusste, dass sie darüber niemals hinwegkommen würde. Nicht in hundert Jahren.

Sollte jemand anderes einen Impfstoff gegen Alzheimer entwickeln. George Benedict musste vernichtet werden.

KAPITEL 12

Obwohl Javier nur wenig Zeit in der Kanzlei verbrachte, hatte er doch einen eigenen Arbeitsplatz und einen eigenen Aktenschrank in einer abgelegenen Ecke in einem der unteren Stockwerke. Kelly machte sich früh am nächsten Morgen auf den Weg dorthin. Sie wusste, dass er Akten zu all ihren gemeinsamen Fällen führte und nur ausgewähltes Material in den offiziellen Akten abheftete. Bei Javi war alles *Kenntnis nur bei Bedarf* oder *Streng vertraulich*. Angeblich wollte er ihr auf diese Weise eine glaubhafte Abstreitbarkeit ermöglichen, doch er verstand nicht, wie das Vertretungsrecht funktionierte. *Sie* war verantwortlich für alles, was er in ihrem Namen tat.

Kelly setzte sich an seinen Schreibtisch und öffnete die erste Aktenschublade. Sie musste wissen, was die anderen Jungs und Mädels aus seiner Truppe so machten. Leute, die gegen ihre, Kellys, Bezahlung alles taten, worum er sie bat. Wenn die NDA-Frauen ihr nicht helfen würden, dann würde sie sich eben Hilfe erkaufen müssen – einen Hacker oder eine Hackerin, einen Wissenschaftler oder eine Wissenschaftlerin und einen Einbrecher oder eine Einbrecherin.

Sie stieß auf einen Ordner, der mit *Cyber* beschriftet war. Darin hatte Javi Fotokopien von Geschäftskarten abgeheftet. Sie entdeckte Pauls Namen. Das sagte ihr, dass sie an der richtigen Stelle suchte. Sie holte ihr Handy hervor und machte Fotos von sämtlichen *Cyber*-Seiten.

Anschließend öffnete sie eine weitere Schublade. Ob Javi tatsächlich einen Ordner mit *Einbruch* beschriftet hatte? Unwahrscheinlich. Hoffentlich würde sie wenigstens auf *Wissenschaftler*innen* stoßen.

»Kann ich dir helfen?«

Erschrocken schaute sie auf. Ich-lasse-mich-nur-selten-in-der-Kanzlei-blicken-Javier beugte sich über sie, ein schiefes Grinsen in seinem attraktiven Gesicht.

»Oh! Hi. Ich suche nach der Akte von … Du weißt schon …«, improvisierte sie, »… von diesem Filmstar.«

»Tommy Wexford. Richtig. Die ist bei Patti, glaube ich.«

»Oh. Okay.« Sie stand auf und trat von seinem Schreibtisch zurück. »Was führt dich heute in die Kanzlei?«

»Genau der Fall.« Er hängte seine Tasche über die Lehne seines Bürostuhls und stützte sich mit einer Hand auf der Schreibtischplatte ab, während er mit der anderen seinen Computer hochfuhr. »Haben wir nicht um zehn eine Videokonferenz dazu?«, fragte er dann und drehte sich zu ihr um.

»Richtig.« Wenn sie je davon gewusst hatte, war es ihr entfallen.

Er zog seinen Stuhl zurück, setzte sich rittlings darauf und beobachtete, wie der Bildschirm zum Leben erwachte. »Seltsam«, sagte er.

»Was?«

»Margaret Staley – die Frau, die Klägerin …«

Kelly hatte jedes Mitglied ihres Teams bezüglich der Wortwahl geschult. Nicht »Opfer«, sondern »Klägerin«. »Was ist mit ihr?«

»Eine Lesbe durch und durch.«

»Du nimmst mich auf den Arm.«

»Nein.« Er scrollte weiter durch seine E-Mails. »Hat eine langjährige Partnerin, beide sind LGBTQ-Aktivistinnen.«

»Mein Gott, das klingt nicht so, als wäre sie ein Wexford-Groupie. Oder wie hat er sie noch gleich genannt? Eine *Stalkerin.*«

»Nun, ich habe keine Ahnung, ob sie ein Fan war, aber eine Stalkerin war sie definitiv. Ist viel im Netz unterwegs und überall in seinen Social-Media-Accounts zu finden. ›Sag die Wahrheit.‹ ›Du bist ein Lügner.‹ In der Art.«

»Hm.«

»Wie dem auch sei«, sagte er. »Mein üblicher Modus Operandi wird diesmal vermutlich nicht greifen.«

»Nein. Vermutlich nicht«, pflichtete Kelly ihm bei. Javis Verführungskünste waren beachtlich, aber sie hatten ihre Grenzen.

Zurück in ihrem Eckbüro öffnete sie auf ihrem Handy das, was sie abfotografiert hatte. Fünf Geschäftskarten von fünf verschiedenen Männern, jeder führte ein anderes Cyber-Fachgebiet auf. Paul, der einem nicht in die Augen schauen konnte, war einer von ihnen und für ihre Zwecke offenbar ungeeignet. Eine andere Karte weckte ihre Aufmerksamkeit. Eine Geschäftskarte von Edward P. Russo, mit einer Adresse im nahe gelegenen Lowell. Sie war mit einem dicken roten X durchgestrichen, an der Seite war in Javis Handschrift vermerkt: *zu unseriös.*

Das war ihr Mann. Sie tippte seine Nummer ein. Erst als schon das Rufzeichen ertönte, fiel ihr ein, dass es womöglich besser war, ein Pseudonym zu verwenden. Ihre Augen blieben an dem Zehn-Uhr-Termin in ihrem Schreibtischkalender hängen. »Hallo, Mr Russo«, sagte sie, als er sich meldete. »Hier spricht Tammy Wexford. Können wir uns treffen?«

»Worum geht's?« Seine Stimme war so heiser, dass sie fürchtete, seine Stimmbänder würden sich jeden Moment verabschieden.

»Ich möchte Ihre Dienste in Anspruch nehmen.«

»Was ist das Ziel?«

»Eine Forschungsdatenbank.«

»Welcher Art?«

Sie zögerte. »Pharmaindustrie.«

»Hm. Um wen genau geht's?«

Mit einer solchen Direktheit hatte sie nicht gerechnet. »Lassen Sie uns zuerst reden.«

»Ja. Okay. Wann und wo?«

»Am Mittag, um zwölf«, sagte sie und nannte ihm einen Coffeeshop in einer ruhigen Seitenstraße in der Nähe, der auch draußen Tische hatte.

Tommy Wexford drehte gerade einen Film in Spanien – einen *Kinofilm,* wie er betonte. Kelly versammelte ihr Team im Konferenzraum, und Cazz zauberte so lange, bis der Anruf zustande kam und Tommys Gesicht groß auf dem an der Wand montierten Videobildschirm erschien. Er war achtundzwanzig, sah aber mit seinem schmalen, um nicht zu sagen ausgemergelten Gesicht aus wie ein Teenager. Seine Haut war blass. Eine volle schwarze Haarsträhne fiel ihm in die Stirn, die er in regelmäßigen Abständen mit einer geübten Bewegung zurückschleuderte, damit sie nicht über seinen Augen hing. Er trug einen langen Schal, den er dreimal um den Hals geschlungen hatte, ungeachtet der Tatsache, dass er auf einer sonnengefluteten Klippenterrasse mit Blick auf das azurblaue Wasser des Alborán-Meers saß. Es mussten dort locker dreißig Grad sein.

Der Anwalt aus L. A. nahm ebenfalls an dem Telefonat teil, aber Cazz schrumpfte ihn so weit ein, dass er in ein kleines Fenster am unteren Bildrand passte, wo ihn keiner weiter bemerkte.

Kelly begann wie immer mit dem Worst-Case-Szenario, einer Litanei sämtlicher Beweise gegen den Schauspieler, allesamt im ungünstigsten Licht betrachtet. Laut Margaret Staley arbeitete sie als Bedienung in einem Café in L. A., als Wexford von seinem Tisch aufstand und ihr in einen Lagerraum an der Rückseite des Lokals folgte, wo er sie in eine Ecke drängte, seine Hose öffnete und Oralsex von ihr verlangte. Sie wusste nicht, wie sie ohne die

Anwendung körperlicher Gewalt entkommen sollte, und war von seinem Ruhm zu sehr eingeschüchtert, um sich tätlich zu wehren, also fügte sie sich. Er hinterließ bei ihr ein bleibendes Trauma, das Bild seines Penis, das sich in ihr Gedächtnis eingebrannt hatte, und einen Samenfleck auf ihrem Shirt.

Sein blasses Gesicht war gerötet, als Kelly fertig war. »Das ist gelogen«, sagte er, nicht zum ersten Mal. »Das hat sie sich nur ausgedacht.«

»Können Sie sich vorstellen, warum?«

»Woher soll ich das wissen?« Wenn er wollte, konnten seine gefühlvollen Augen vollkommen ausdruckslos blicken.

Javi schob Kelly eine Notiz zu. Sie nickte. »Es gibt eine Zeugin, die mitbekommen hat, wie Sie sich vor dem angeblichen Vorfall an Ihrem Tisch unterhalten haben«, sagte sie.

»Sie hat mich gestalkt! Ich habe ihr gesagt, sie soll sich von mir fernhalten!« Jetzt funkelten Wexfords Augen vor Zorn. Es war verblüffend, fand Kelly, wie schnell er seinen Gesichtsausdruck ändern konnte. Doch genau das war es, was einen guten Schauspieler ausmachte.

»Die Zeugin hat Sie sagen hören: *Bitte, ich flehe dich an.*«

Wexfords Blick wurde wieder ausdruckslos. »Na und?«

Kelly zuckte mit den Achseln. »Ein ziemlich kläglicher Ton gegenüber einer Stalkerin, finden Sie nicht?«

Er zuckte ebenfalls mit den Achseln, als würde er sie imitieren. Er trug ein Muskelshirt, das seine wohldefinierten Deltamuskeln und Bizepse betonte. Das war der Vorteil, wenn man einen Personal Trainer hatte, dachte Kelly – man konnte gleichzeitig schlank und muskulös sein. »Was soll ich sagen?«, fragte er nach einer Weile. »Ich bin ein höflicher Mann.«

»Richtig.« Sie überlegte einen Moment. »Fällt Ihnen irgendeine Möglichkeit ein, wie die Frau an Ihr Sperma gekommen sein könnte? Vielleicht über eine Ex-Freundin? Wer könnte eine Samenprobe aufbewahrt haben?«

Allein bei der Vorstellung machte er ein verlegenes Gesicht. »Nein!«

»Nun, besteht die Möglichkeit, dass Staley Fotos von Ihrem nackten Körper zu Gesicht bekommen hat? Frontalansicht, meine ich. Sexting Selfies, Model-Bilder aus Ihrer Anfangszeit – irgendetwas in der Art?«

»Nein«, antwortete er mit fester Stimme. »Ich habe so etwas nie gemacht, und ich werde auch in meinen Kinofilmen keine Nacktszenen drehen. Da können Sie meinen Agenten fragen. Das steht in jedem meiner Verträge.«

Patti machte sich diesbezüglich eine Notiz. Javi ebenfalls.

»Dann lügt sie, sowohl Ihre DNA als auch das Muttermal betreffend.«

»Ja! Das ist es doch, was ich Ihnen die ganze Zeit über klarzumachen versuche. Oder ihm. Wem auch immer.« Er deutete wegwerfend auf den Anwalt unten rechts in der Ecke des Bildschirms.

»Gut«, sagte Kelly. »Dann müssen wir Sie nur noch von einem Arzt untersuchen und einen DNA-Abgleich vornehmen lassen, und die Sache ist vom Tisch.«

Er kniff die Lippen zusammen. »Das ist ein verdammter Skandal!«, fluchte er. »Sie lügt, und ich muss in eine Tasse wichsen, um das Gegenteil zu beweisen? Vergessen Sie's. Auf keinen Fall.«

»Es muss nicht zwingend eine Samenprobe sein«, beschwichtigte Kelly ihn. »Ein Speichelabstrich aus Ihrem Mund genügt.«

»Oh.« Er wirkte überrascht. Sein Blick schweifte in die Ferne, aufs Meer hinaus, vermutete Kelly. »Das wäre okay für mich.«

»Gut«, sagte Kelly. Unten am Bildschirm stieß der Anwalt aus L. A. die Faust in die Luft. »Der Arzt wird die Untersuchung durchführen und …«

Wexfords Blick schoss wieder zur Kamera. »Nein. Nein, das möchte ich nicht. Es kann doch nicht sein, dass jeder einfach so daherkommen und falsche Anschuldigungen erheben kann, und ich soll mich ausziehen, mich entblößen – meine Seele! –, um dies zu widerlegen?« Eine einzelne Träne bildete sich auf seinem unteren rechten Lidrand. Er blinzelte, und sie verfing sich in seinen Wimpern. »Es ist nicht richtig, und ich werde das nicht tun. Ich will einfach nicht.« Wie aufs Stichwort löste sich die Träne und rollte über seine Wange.

Kelly war nicht beeindruckt, obwohl sie sich durchaus vorstellen konnte, welche Wirkung eine solche Darbietung auf die Geschworenen haben würde. »Also gut«, sagte sie. »Keine Untersuchung. Wir werden veranlassen, dass jemand bei Ihnen einen Wangenabstrich vornimmt.« Sie sah Cazz an, die nickte. Sie würde sich um die Logistik kümmern. »Wenn die DNA keine Übereinstimmung ergibt, sollte mit den Vorwürfen Schluss sein.«

»Es gibt keine Übereinstimmung, das schwöre ich bei Gott«, versicherte Wexford und blickte erneut in die Ferne. An dieser Stelle endete der Videoanruf – mit seinem gequälten Gesicht im Profil, erstarrt auf dem Bildschirm. Dann verschwand sein Gesicht, und der Bildschirm wurde schwarz.

Das Team wandte sich Kelly zu. Diesen Augenblick pflegte sie als den »Bauch-Moment« zu bezeichnen – wenn alle bei der Einschätzung des Klienten auf ihr Bauchgefühl hörten. »Erste Eindrücke?«, fragte sie daher.

»Er wirkt so sanftmütig«, sagte Patti. »Ich kann mir nicht vorstellen, dass er jemanden gewaltsam zu etwas zwingt.«

»Ja, ihm fehlen irgendwie die Eier dazu«, pflichtete Javi ihr bei, und Patti strahlte ihn an, glücklich, dass er einer Meinung mit ihr zu sein schien.

Cazz verdrehte die Augen.

»Bitte«, sagte Kelly und deutete auf sie. »Jetzt bist du dran.«

»Ich denke, er hat's getan.«

»Weil?«

»Weil die hübschen Jungs die schlimmsten sind. Dieser kleine Trick mit der Träne? Wie nach Drehbuch. Sie seufzen und bringen einen dazu, sie zu bemitleiden, aber wehe, man gibt ihnen nicht, was sie wollen – dann schieben sie einem die Schuld für alles zu. Der Typ hat's drauf, das könnt ihr mir glauben.«

Javi beobachtete sie. Ein Lächeln umspielte seine Mundwinkel. »Cazzie hat recht«, sagte er. »Ich schwenke um auf schuldig.«

Patti machte ein gekränktes Gesicht. Sie wandte sich an Kelly. »Was denkst du?«

»Er lügt«, antwortete Kelly, und als Pattis Gesicht sich noch mehr verfinsterte, fügte sie hinzu: »Ich weiß nur nicht genau, inwiefern.« Sie stieß sich mit ihrem Bürostuhl vom Tisch ab. »Lasst uns erst mal den DNA-Test abwarten, dann sehen wir weiter.«

KAPITEL 13

Edward P. Russo war zwanzig Jahre älter, als sie erwartet hatte. Hacker waren für gewöhnlich Highschool-Kids, aber er war älter als sie.

Russo hatte einen ausladenden Unterkiefer und einen grauen Bürstenschnitt. Mit Headset und Windjacke wäre er glatt als Profi-Footballtrainer durchgegangen.

Er saß als einziger Gast an einem der Tische vor dem Coffeeshop. Als Kelly näher kam, musterte er sie rasch von oben bis unten. Sein Blick blieb an ihren Füßen hängen. Sie nahm an, dass er ihre Schuhe betrachtete – die einzige Möglichkeit, ihren Vermögensstand einzuschätzen, da sie weder Schmuck trug noch mit dem Auto gekommen war. Anscheinend fragte er sich, ob sie sich seine Dienste leisten konnte. Noch vermochte sie diese Frage selbst nicht zu beantworten, aber sie trug heute ihre guten Schuhe, und er nickte zufrieden, als er aufstand, um ihr die Hand entgegenzustrecken.

Sie war keine zwei Meter mehr von ihm entfernt, als ihr klar wurde, dass sie einen Fehler gemacht hatte. Mit unbewegtem Gesicht schritt sie auf die Tür des Coffeeshops zu. »Miss Wexford?«, rief er, und sie schüttelte den Kopf und stellte sich in der Reihe vor der Kaffeetheke an.

Was hatte sie sich bloß dabei gedacht, sich für jemanden zu entscheiden, mit dem Javi nicht zusammenarbeitete, weil er ihn für *zu unseriös* hielt? Sie würde sich wohl kaum auf die Verschwiegenheit dieses Mannes verlassen können. Selbst wenn sie ihn großzügig bezahlte, würde er vermutlich noch mehr verlangen, und sie müsste wieder und wieder in die Tasche greifen, jedes Mal, wenn er ihr mit der neuerlichen Drohung käme, sie auffliegen zu lassen.

Hinter der Theke war ein Spiegel, und sie sah, dass Russo noch immer neben dem Tisch stand und sie beobachtete. Nach einer Weile nahm er sein Handy heraus und tippte einmal aufs Display. Sie wusste, dass er die Nummer zurückrief, unter der sie ihn kontaktiert hatte, biss sich auf die Lippe und wappnete sich gegen den verräterischen Klingelton, der jeden Moment aus ihrer Handtasche schallen würde. Nervös drückte sie die Tasche an ihre Rippen. Doch ihr Handy klingelte nicht. Eine Woge der Erleichterung schwappte über sie hinweg, als ihr einfiel, dass sie ihn von ihrem Anschluss in der Kanzlei aus angerufen hatte. Sein Rückruf ging direkt an die Zentrale und würde sich nicht zu ihr zurückverfolgen lassen. Im Spiegel sah sie, wie sich seine Lippen bewegten. Er bat sicher die Telefonistin, ihn mit Tammy Wexford zu verbinden, und sie würde ihm mitteilen, dass er die falsche Nummer gewählt hatte.

Kelly bestellte einen Coffee to go, schwarz. Normalerweise trank sie ihren Kaffee nicht schwarz, aber das war nun mal die schnellste Möglichkeit, den Laden zu verlassen. Sie bezahlte, nahm den Becher und marschierte hinaus. Russo hatte wieder Platz genommen und sah ihr mit schmal gezogenen Augen nach. Sie legte einen ganzen Block zurück, ohne sich auch nur ein einziges Mal umzublicken. Erst als sie um eine Häuserecke bog, drehte sie sich kurz um. Er war nicht zu sehen.

Kelly warf den vollen To-go-Becher in den nächsten Abfalleimer und ging weiter, zunehmend angewidert von sich selbst. Abgesehen von dem finanziellen Aufwand und dem Risiko, aufzufliegen, war es ein schlecht durchdachter Plan, weil sie nicht genug wusste, um ihn auszuführen. Sie hätte dem Kerl weder sagen können, auf welche Server er bei UniViro zugreifen, welche Datenbanken er hacken noch welche Inhalte er hinzufügen oder löschen sollte. Ohne Ashley LaSorta und Emily Norland würde es niemals funktionieren. Die ganze Sache war von vornherein zum Scheitern verurteilt, und am Ende wäre sie diejenige, die scheitern würde.

Als sie sich dem Gebäude näherte, in dem ihre Kanzlei untergebracht war, sah sie eine Menschenmenge, die sich davor versammelt hatte und drängelnd und schubsend versuchte, durch die Drehtüren in die Eingangshalle zu gelangen. Gleich darauf stellte sie fest, dass einige von ihnen Kameras und Mikrofone bei sich hatten. Sie fragte sich, aus welchem Grund die Presse heute hier sein mochte. Ein Mitarbeiter der US-Notenbank hatte ebenfalls ein Büro in diesem Gebäude. Vielleicht gab es irgendwelche aktuellen Wirtschaftsnachrichten. Ihr Blick fiel auf das Sicherheitspersonal, das den Eingang verstellte. Sie kramte gerade in ihrer Handtasche nach dem Zutrittsausweis, als sie eine laute Stimme hörte: »Da ist sie!«

Die Menge geriet in Unruhe, Rufe und vereinzelte Schreie ertönten. Die, die sich vor den Drehtüren drängten, machten kehrt und scharten sich um sie, wobei sie »Kelly!« und »Ms McCann!« brüllten und ihr Mikrofone entgegenstreckten. Sie zuckte zurück, doch sie waren auch hinter ihr, kamen von allen Seiten.

Es musste um Tommy Wexford gehen. Irgendwie musste durchgesickert sein, dass sie ihn vertrat. Allerdings glaubte sie nicht, dass es in ihrem Team einen Maulwurf gab – wahrscheinlich hatte eine Mitarbeiterin oder ein Mitarbeiter des Anwalts in L. A. die Information durchgestochen. »Kein Kommentar«, sagte sie und versuchte, sich durch die Journalistenmeute zu drängen.

»Haben Sie das kommen sehen?«, rief einer der Reporter.

»Übernehmen Sie die Verantwortung dafür?«, wollte ein anderer wissen.

»Wofür?« Sie wusste, dass sie besser nicht reagiert hätte, aber sie war einfach zu überrascht von der Frage. Sie war für vieles verantwortlich, aber ganz sicher nicht für das, was Tommy Wexford seiner »Stalkerin« Margaret Staley angetan hatte.

»Wird diese Tragödie dazu führen, dass Sie die Arbeit, die Sie verrichten, neu bewerten?«

»Tragödie?«, fragte sie entgeistert.

Einer der Sicherheitsleute winkte sie vor, und sie versuchte erneut, sich einen Weg zur Tür zu bahnen, doch eine feste Mauer aus menschlichen Körpern verstellte ihr den Weg. Plötzlich spürte sie einen Arm auf ihrer Schulter.

»Zurück!«, rief eine Stimme dicht an ihrem Ohr. »Habt ihr denn gar keine Skrupel?«

Sie blickte auf in das Gesicht von Rick Olsson. »Aus dem Weg!«, forderte er und schirmte sie ab, während er sie durch das Heer von Reportern schob. »Sie gibt keinen Kommentar ab.«

»Hey, Olsson! Reiß die Story bloß nicht an dich!«, brüllte jemand, doch die Menge blieb zurück, als sie die Drehtür betraten.

Sobald sie in der Halle standen, ließ der Lärm nach, aber die Gesichter waren noch immer auf der anderen Seite der Glasscheiben zu sehen. Kelly drehte sich verwirrt zu Olsson um. »Was ist da los? Wovon reden die?«

Noch bevor er antworten konnte, erschien Javier. »Ich übernehme das«, sagte er, schob Olsson zur Seite und Kelly zum Aufzug.

»Was soll das?«, fragte sie, als sie drinnen waren und die Türen schlossen. »Was geht hier vor?«

Javi starrte stur geradeaus. »Reeza Patel«, antwortete er angespannt. »Sie wurde heute Morgen tot in ihrem Apartment gefunden. Offenbar hat sie eine Überdosis Opioide genommen.«

Kelly stockte der Atem. »Selbstmord?«

»Das werde ich herausfinden«, erwiderte er. Und nickte gleichzeitig.

Den ganzen Nachmittag über musste Kelly an ihr Kreuzverhör mit Patel denken. Reglos saß sie an ihrem Schreibtisch und ging immer wieder die Kernpunkte ihrer Argumentation durch. *Sie wollten Dr. Benedict wegen unrechtmäßiger Kündigung verklagen. Sie haben sich einen Anwalt genommen, Sie haben Schadensersatz gefordert, aber der Anwalt hat Ihnen klargemacht, dass Sie keinen rechtlichen Anspruch geltend machen können. Dass Dr. Benedict jedes Recht hatte, Sie zu feuern. Wenn ich richtig informiert bin, haben Sie Ihrem Anwalt erst nach dem Gespräch mitgeteilt, dass Dr. Benedict Sie vergewaltigt hat. Erst nachdem Sie realisierten, dass Sie auf legalem Wege kein Geld aus der Kündigung schlagen würden.*

Kelly hatte ihr gesamtes Kreuzverhör vom sechs Meter entfernten Rednerpult aus geführt, doch in ihrer Erinnerung sah sie Reeza nun in Großaufnahme vor sich, mit zitternden Lippen und zornigen Tränen in den Augen, während Kelly sie immer mehr unter Druck setzte. Sie war nicht brutaler vorgegangen als bei anderen Kreuzverhören, aber nichtsdestotrotz brutal. Kreuzverhöre waren immer brutal.

Ihre Telefone klingelten unablässig, sowohl das Festnetzgerät in ihrem Büro in der Kanzlei als auch ihr Handy. Freunde und Feinde riefen an – aber überwiegend Feinde. Sie blickte auf die Anrufererkennung und sah all die Namen an sich vorbeiziehen. Die Medien belagerten sie wegen eines Kommentars. Ihre Stieftochter Courtney versuchte ebenfalls, sie zu erreichen, vermutlich, um ihr erneut den Verrat an ihrem eigenen Geschlecht vorzuwerfen. Eine unerwartete Textnachricht von Justin ging ein:

Es ist nicht deine Schuld, Mom.

Ihr wurde warm ums Herz ob seiner plötzlichen Einfühlsamkeit, bis sie auch den Rest las.

Was für eine Spinnerin.

Patti erschien an ihrer Tür, mit roten Augen. Nach Fassung ringend, stammelte sie irgendwelche tröstenden Floskeln. »D-das konnten wir nicht wissen. W-woher hätten wir denn …« Ein Schluchzen drang aus ihrer Kehle, und sie presste die Hand auf den Mund und hastete davon.

Kurz darauf kam Cazz herein, einen Kristall-Tumbler mit zwei Fingerbreit Scotch in der Hand – anscheinend hatte sie Harrys Barschrank geplündert. Kelly nahm ihr das Glas aus der Hand und leerte es in einem Zug, doch sie war innerlich zu taub, um zu spüren, wie der Whisky sich seinen Weg durch ihre Speiseröhre brannte.

E-Mails gingen ein, und sie scrollte die Absender durch, so wie sie zuvor die Anrufenden auf ihrem Handydisplay durchgegangen war. Weitere Reporter, weitere Anwälte, noch einmal Courtney. Sie öffnete keine einzige, bis plötzlich Rick Olssons Name aufpoppte.

Alles in Ordnung? Rufen Sie mich an.

Er hatte ihr seine Nummer bereits gegeben, trotzdem hatte er sie unter die Mail gesetzt. Sie griff nach ihrem Handy und wählte.

»Kelly, geht es Ihnen gut?«, erkundigte er sich, ohne sich mit einer Begrüßung aufzuhalten.

Sie bemerkte nicht, dass er ihren Vornamen benutzte, nur, dass seine Stimme nett klang. »Danke, dass Sie mich vor der Meute gerettet haben«, sagte sie.

»Kann ich irgendetwas tun, um Ihnen zu helfen? Ich bin noch mindestens einen weiteren Tag in der Stadt.«

»Warum sind Sie hier?«

»Ich arbeite an einer Story. Einer anderen Story. Als ich die Nachricht erfahren habe, dachte ich, Sie würden sicher gern ein freundliches Gesicht sehen. Ich konnte ja nicht ahnen, dass Sie von einem Mob mit Mistgabeln und Fackeln umgeben sein würden.«

»Ihre Journalistenkolleginnen und -kollegen«, murmelte sie.

»Das ist ein anderer Schlag«, entgegnete er. »Hören Sie, Kelly …« Diesmal fiel ihr auf, dass er sie beim Vornamen nannte, aber nun kam es ihr natürlich vor. Normal. »Das war nicht Ihre Schuld.«

»Woher wollen Sie das wissen?«

»Sie wissen es doch auch nicht. Genau das ist der Punkt. Sie wissen nicht, was sonst noch in Reeza Patels Leben vor sich ging. Es ist durchaus möglich, dass sie noch andere Probleme hatte. Vielleicht hat ihr Freund sie verlassen, oder jemand ist gestorben oder Gott weiß was.«

Das war im Grunde eine Variante dessen, was Justin in seiner Textnachricht zu sagen versucht hatte, aber ausgesprochen mit Olssons freundlicher Stimme klang es weitaus diplomatischer. Außerdem klingelte bei seinen Worten etwas. *Andere Probleme.* Sie erinnerte sich vage an ein medizinisches Problem, das in Reezas Akte aufgeführt war.

»Vielleicht«, sagte sie daher.

»Wenn überhaupt jemand schuld an ihrem Selbstmord ist«, fuhr er fort, »dann Benedict.«

Das lag auf der Hand, aber sie durfte seine Worte nicht so stehen lassen. »Er wurde freigesprochen«, sagte sie daher.

»Weil er unschuldig war?«, hielt er dagegen. »Oder weil er eine großartige Juristin an seiner Seite hatte?«

»Mr Olsson …«

»Rick. Ich ziehe die Frage zurück. Ist das möglich, Frau Anwältin?«

Sie konnte ihn förmlich lächeln sehen, und beinahe hätte sie selbst gelächelt.

»Wie ich schon sagte: Ich bin in der Stadt. Nur für den Fall, dass Sie reden oder etwas essen gehen möchten – ganz gleich, was.«

»Danke, aber ich denke, ich werde mich einfach verkriechen.«

»Kluger Schachzug«, sagte er. »Rufen Sie mich an, sollten Sie Ihre Meinung ändern. Wenn nicht, rufen Sie mich trotzdem an.«

Später am Nachmittag kam Javi herein und schloss die Tür hinter sich. Er kannte jemanden, der jemanden aus der Gerichtsmedizin in Bucks County, Pennsylvania, kannte und der ihm einige Fakten nennen konnte. Reeza Patel war am Morgen in ihrer Wohnung in Doylestown tot aufgefunden worden, offenbar war sie an einer Medikamentenüberdosis gestorben. Auf dem Fußboden neben ihr lag ein verschreibungspflichtiges Tablettenfläschchen Oxycodon.

»Sie litt unter starken Rückenschmerzen«, erinnerte sich Kelly. »Die, soweit ich weiß, durch einen Autounfall verursacht wurden.«

»Richtig«, bestätigte Javi.

»Besteht die Möglichkeit, dass sie die Überdosis versehentlich zu sich genommen hat?«

»Ausgeschlossen ist es nicht«, sagte er, aber sie spürte, dass er nicht davon ausging.

Todd rief sie um sechzehn Uhr an, um ihr mitzuteilen, dass ein Reporter bei ihr zu Hause geklingelt hatte. »Doch zu seinem Pech hat Brutalo-Bruce die Tür geöffnet«, fügte er mit unverhohlener

Schadenfreude hinzu. Der Reporter hatte hastig den Rückzug angetreten, und seitdem war alles ruhig.

Kelly warf einen Blick auf die Uhr. Die Kinder würden bald aus der Schule kommen. Sie nahm ihre Handtasche und war bereits auf halber Strecke zur Tür hinaus, als ihr Festnetztelefon erneut klingelte.

Aus irgendeinem Grund kehrte sie zum Schreibtisch zurück und warf einen Blick auf die Anrufererkennung. Sie hob den Hörer so schnell ab, dass er ihr fast aus der Hand gerutscht wäre. »Ja?«, stieß sie hervor.

»Ja«, sagte Ashley LaSorta. »Machen wir das Arschloch fertig.«

KAPITEL 14

Jemand, der sie gesehen hätte, wäre garantiert davon ausgegangen, dass es sich um ein Mädelswochenende handelte, als vier Frauen in vier verschiedenen Autos auf dem Grundstück des Strandhauses eintrafen – ein Gebäude auf Stelzen mit vier Wohneinheiten, etwa fünfzehn Meter von den Dünen entfernt. Der Porsche, der auf dem freien Stellplatz darunter parkte, erregte die meiste Aufmerksamkeit. Die Brünette, die den Wagen fuhr, lud einen Louis-Vuitton-Koffer aus, dazu einen mit Stahl verkleideten Trolley auf Rädern, der aussah, als würde er Staatsgeheimnisse enthalten. Oder Atommüll.

Kurz darauf trafen zwei weitere Fahrzeuge ein, die rechts und links neben dem Porsche parkten, dann hielt noch ein Auto an, ein Taxi. Eine junge Frau mit einem ramponierten Rucksack stieg aus, während eine der älteren Frauen, eine Blondine, ans Fahrerfenster trat und den Fahrpreis entrichtete.

Doch jemand, der die vier Frauen beobachtet hätte, wäre vermutlich überrascht gewesen, wie kühl sie einander begrüßten. Im Grunde begrüßten sie sich gar nicht richtig. Drei von ihnen verstauten ihr Gepäck im Aufzug und traten schweigend ein, den Blick auf die sich schließenden Türen gerichtet. Die vierte, wieder die Blonde, holte allein eine Kiste mit Lebensmitteln aus dem Kofferraum. Jemand, der dies mit angesehen hätte, wäre zu dem Schluss gekommen, dass dies ein seltsames Mädelswochenende war.

Doch niemand beobachtete sie, da war Kelly sich sicher. Die Saison an der Küste von New Jersey war vorbei, und genau aus diesem

Grund war es ihr gelungen, sich dieses Last-Minute-Mietobjekt zu sichern. Es hatte vier Wohneinheiten, zwei oben, zwei unten, jeweils mit einem Balkon zu den Dünen und dem dahinterliegenden Ozean. Jede Frau würde ihr eigenes Dreizimmerapartment haben. Sie waren übereingekommen, zusammenzuarbeiten, aber es war zu viel verlangt, dass sie sich eine Wohnung teilten.

Zunächst hatte sie überlegt, das Ganze in einer einsamen Hütte im Wald durchzuziehen, doch dort gäbe es womöglich Probleme mit dem Internet, und eine gute Verbindung war die Grundvoraussetzung für ihr Projekt. Den Online-Bewertungen für dieses Strandgebäude zufolge war die Internetgeschwindigkeit *primo,* ein Kommentar, der von einem ausländischen Devisenhändler stammte, welcher den Großteil des Augusts dort verbracht hatte. Ein weiteres Argument für die Anmietung ebendieses Objekts war die Tatsache, dass die Häuser rechts und links daneben vor Kurzem abgerissen worden waren, um Platz für größere, luxuriösere Gebäude zu schaffen. Hier waren sie also fast genauso isoliert wie in der mythischen Hütte im Wald.

Eine der Wohneinheiten würde als Einsatzzentrale dienen müssen, die, die Kelly für sich selbst beanspruchte – das obere Apartment an der Nordseite. Der Grundriss war in allen Wohnungen derselbe: ein offenes Wohnzimmer mit Küche, zwei Schlafzimmer und ein Bad. Auch die Ausstattung war gleich: Rattanmöbel, blaue und grüne Kissen und überall Muscheln.

Während die anderen sich in ihren Apartments einrichteten, packte Kelly in der Küche die Lebensmittel aus. Sie hatte die Rolle der Köchin übernommen, da es für sie an diesem Wochenende kaum etwas anderes zu tun gab. Bisher spielte sie in diesem Stück lediglich eine Nebenrolle, hatte noch nicht einmal einen Text bis zum dritten Akt. Zunächst fungierte sie als eine Art Moderatorin, und genau so würde sie sich verhalten. Sie würde die Podiumsgäste miteinander bekannt machen und sich anschließend zurücklehnen und zusehen, wie sie agierten.

Sie öffnete die Schiebetüren zum Balkon und ging hinaus, um den Grill anzuzünden. Die Sonne war Mitte Oktober noch warm und einladend, der Wind raschelte im Dünengras. Sie lehnte sich über das Geländer, atmete tief die Seeluft ein und spürte die salzige Brise auf ihrem Gesicht. Der Sonne zugewandt, rief sie erst Cazz in der Kanzlei und anschließend Todd und Gwen zu Hause an. »Mach dir keine Sorgen«, versicherten ihr alle. »Du hast eine Auszeit verdient. Schalte einfach mal ab. Entspann dich.«

Tiffy Jenkins kam ins Wohnzimmer geschlendert, in Cut-off-Jeans und Eagles-Sweatshirt. »Es ist so schön hier!« Sie blieb vor dem Bücherregal stehen und betrachtete die Fächer. Da sie nicht den Kopf schräg legte, um die Titel auf den Buchrücken zu lesen, nahm Kelly an, dass sie lediglich beschäftigt wirken wollte. Tiffy hatte an diesem Wochenende noch weniger zu tun als Kelly. Sie kannte sich weder mit Computern aus, noch war sie eine Wissenschaftlerin. Sie wusste kaum, was UniViro machte. Allerdings wusste sie genau, was George Benedict machte. Sie hatte unmittelbar nach Ashley und Emily bei Kelly angerufen. *Ich bin dabei.*

»Kann ich irgendwie helfen?«, fragte sie, also bat Kelly sie, das Gemüse für den Salat klein zu schneiden, während sie die Steaks würzte. Außerdem machte sie Zucchini-Schiffchen, gefüllt mit Quinoa und Pilzen, für den Fall, dass eine von ihnen vegan lebte. Als sie fertig war, brachte sie alles hinaus zum Grill. Tiffy deckte den Tisch, und Kelly rief die beiden anderen Frauen, öffnete eine Flasche Rotwein, eine Flasche Weißwein und ein Mineralwasser, sollte jemand keinen Alkohol trinken.

Niemand war vegan, alle tranken Alkohol. Viel Alkohol.

Sie aßen, reichten Teller herum und füllten in unbehaglichem Schweigen ihre Gläser nach. Es war unmöglich, genügend gemeinsame Interessen zu finden, um ein richtiges Gespräch in Gang zu bringen. Sie waren vier Frauen aus vier völlig verschiedenen Lebensbereichen: eine Anwältin, eine Mikrobiologin, eine IT-Spezialistin und eine Reinigungskraft. Sie hatten absolut nichts gemeinsam, außer den Übergriffen und dem Schweigegeld, und eine der Grundregeln für das Wochenende erklärte diese beiden Themen zum Tabu. Die Details der Übergriffe waren tabu, weil es sich hier nicht um eine Gruppentherapie oder einen Wettbewerb handelte, wer das größte Trauma erlitten hatte. Die Schweigegeldzahlungen waren tabu, weil die Differenz zwischen den einzelnen Beträgen einfach zu groß war. Die Solidarität, die sie jetzt empfanden, würde sich schnell in Luft auflösen, wenn Emily und Tiffy erfuhren, dass Ashley als Multimillionärin aus der Sache hervorgegangen war. Es gab schon genug Unterschiede, da musste man ihnen nicht noch Preisschilder auf die Stirn kleben.

Jeder Versuch, beim Abendessen eine Unterhaltung zu führen, scheiterte also.

ASHLEY: »Die Internetgeschwindigkeit ist ziemlich gut.«
EMILY: »Was für ein köstlicher Wein.«
TIFFY: »Es ist so nett hier!«

Die Mahlzeit näherte sich endlich dem Ende, als ein Klingelton das Schweigen durchbrach. Alle griffen gleichzeitig nach ihren Handys, ihren eigenen und den Prepaid-Modellen, die sie benutzten, wenn sie untereinander kommunizierten. Es war Tiffys Telefon, das in ihrer Tasche vibrierte. »Oh. Entschuldigung«, sagte sie, warf einen Blick aufs Display und stand auf. Sie ging hinaus auf den Balkon, doch bevor sie die Schiebetüren hinter sich schloss, konnten sie sie sagen hören: »Hey, Babe.«

Sie hätten den Blick abwenden sollen. Sie hätten sich unterhalten sollen, über irgendetwas. Aber sie hatten nichts, worüber sie reden konnten, also beobachteten sie stattdessen Tiffy. Sahen zu, wie sie ihre Haare um einen Finger zwirbelte und etwas zu heftig daran riss. Wie sie sich vornüberbeugte und einen Arm um den Brustkorb schlang. Wie sie den Kopf nach hinten fallen ließ und die Lider zupresste. Und wie sie die Augen wieder öffnete und aufs Meer hinausblickte, noch lange, nachdem sie das Gespräch beendet hatte.

Den Blick auf den Boden geheftet, kehrte sie schließlich zum Tisch zurück. »Entschuldigung.«

»Ärger zu Hause?«, erkundigte sich Ashley und brachte damit das auf den Punkt, worüber die anderen spekuliert hatten.

»Sean, mein Freund.« Tiffy stocherte in den Resten ihres Salats. »Ich war noch nie zuvor von ihm getrennt. Ich habe ihm erzählt, ich würde eine Cousine meiner leiblichen Mutter besuchen. Er wird manchmal ziemlich eifersüchtig, und jetzt denkt er, ich würde ihn belügen.« Sie lachte bellend. »Nun, das tue ich ja auch. Ich habe mir eine ganze Familie ausgedacht – dabei habe ich gar keine.«

Kelly blickte die anderen an. »Hat sonst noch jemand Probleme mit seinem Alibi?«

»Ich nicht.« Ashley warf den Kopf zurück. »Ich bin niemandem Rechenschaft schuldig.«

»Emily? Was haben Sie Ihrem Mann erzählt?«

»Nichts.« Emily nahm ihr Weinglas und betrachtete den Bodensatz. »Er ist eh bald mein Ex-Mann.«

»Oh.« Kelly errötete. Sie hatte mehrere Stunden mit dem Ehemann verbracht, während sie die Geheimhaltungsvereinbarung ausarbeiteten. Er schien ein netter Mann zu sein. »Tut mir leid«, sagte sie. »Das wusste ich nicht.«

Emily funkelte sie an. »Ihr Ermittler hat meine Akte nicht auf den neuesten Stand gebracht?«

»Der träumerische Alejandro?« Ashley wirkte jetzt ebenfalls wütend. »Dieser verräterische Hurensohn.«

Kellys Wangen fingen an zu glühen. Alejandro war das Pseudonym, das Javi für seine »Sonderaufträge« benutzte, wie er sich ausdrückte. Ashley hatte offenbar herausgefunden, dass der Mann, der sie eine Zeit lang umworben hatte, auf die Sache mit dem Sexvideo gestoßen war. Emily und Tiffy tauschten einen verwirrten Blick. Sie waren Alejandro nie begegnet; Kelly hatte bei ihnen auf diesen schmutzigen Trick verzichten können.

Sie beeilte sich, das Thema zu wechseln. »Was haben Sie Sean über diese vermeintliche Cousine erzählt?«, wollte sie wissen.

Tiffy hob eine magere Schulter. »Nicht viel. Ich habe behauptet, ihr Name wäre Nancy und sie würde aus Georgia stammen, genau wie meine leibliche Mutter. Und dann hab ich noch gesagt, dass sie mittlerweile mit ihrem Mann und ihren Kindern in New Jersey lebt und sie sich nach all den Jahren mit mir treffen will, um … irgendetwas wiedergutzumachen – keine Ahnung.« Sie zuckte erneut mit den Achseln.

»Mehr nicht?«

»Nein, ich glaube nicht.«

»Okay. Verstehe. Rufen Sie ihn zurück.«

»Hm?«

»Sagen Sie ihm, Nancy würde sich gern kurz bei ihm vorstellen.«

»Oh. Hm. Ich weiß nicht …«

Tiffy machte ein verängstigtes Gesicht, aber Ashley grinste. »Na los. Mal sehen, wie er reagiert.«

Zögernd tippte Tiffy aufs Display und reichte Kelly das Handy. Ein Mann meldete sich, schäumend vor Wut. »Ich rede nicht mit dir, du kleine Schlampe.«

»Oh, hallo, Sean«, sagte Kelly zuckersüß. »Hier spricht Nancy. Die Cousine von Tiffys Mama«, fuhr sie dann in schleppendem Südstaaten-Tonfall fort. »Ich wollte nur Danke sagen, weil du doch dieses Wochenende auf sie verzichtest. Meinem Mann und mir bedeutet es wirklich viel, sie hierzuhaben und ein bisschen besser kennenzulernen. Sie ist wirklich ein Schatz, findest du nicht? Du kannst dich glücklich schätzen, so eine Süße an deiner Seite zu haben, Sean. Vielleicht hast du Lust, beim nächsten Mal mitzukommen? Also, bis dann, Sean, pass auf dich auf und sei brav, okay?«

»Ja, okay«, sagte er und gab ein paar unzusammenhängende, zustimmende Grunzlaute von sich.

Ashley stieß einen Pfiff aus, nachdem Kelly aufgelegt hatte. Emily applaudierte.

Tiffy wirkte immer noch verängstigt. »Glauben Sie, er ist darauf reingefallen?«

»Selbstverständlich.« Ashley stieß ihre Gabel in Kellys Richtung. »Das ist die Frau, die zwölf aufrichtige Menschen von George Benedicts Unschuld überzeugt hat.«

Kelly spürte die zornigen Blicke der drei Frauen, aber das war für sie nichts Neues. Sie stellte die Teller ineinander, schob sie zur Seite und breitete ihre Notizen aus. »Gehen wir das Ganze noch einmal durch«, sagte sie. Die anderen rückten widerwillig näher und schenkten ihr ihre Aufmerksamkeit, während sie ihnen den Arbeitsplan für den nächsten Tag erläuterte.

Ashley würde ihre Ausrüstung auspacken und sich in die Server des Unternehmens hacken. Sie hatte die Lage bereits sondiert und sich vergewissert, dass ihr Nachfolger bei UniViro nach ihrem Ausscheiden keine neuen Firewalls installiert hatte. »Inkompetentes Arschloch«, murmelte sie, doch diese Inkompetenz bedeutete, dass sie mühelos in die Systeme eindringen konnte.

Emily würde anschließend auf die Dateien zugreifen, die die Originaldaten der Phase-I-Impfstoff-Testreihen enthielten, und entscheiden, wo sie die Ergebnisse manipulieren würde. Während in den veröffentlichten Berichten behauptet wurde, das Vakzin habe eine Wirksamkeit von fünfundneunzig Prozent, wäre dann nur noch von zweiundsechzig Prozent die Rede. Und während die Ärzte jubelten, dass nur bei einem Prozent der Testpersonen Nebenwirkungen beobachtet worden waren, würden die manipulierten Daten von zweiunddreißig Prozent sprechen. Und während in den veröffentlichten Berichten als schlimmste Nebenwirkungen Juckreiz und ein Ausschlag rund um die Injektionsstelle aufgeführt wurden, wären in den Originaldaten nun elf Fälle eines schweren anaphylaktischen Schocks zu finden.

Wenn man Ergebnisse wie diese publiziert hätte, wäre es nie zu einer Phase-II-Studie gekommen. Das Projekt wäre für gescheitert erklärt und verworfen worden. Doch weil der Impfstoff in die nächste Testphase gekommen war, würde Emily die diesbezüglichen Originaldaten auf dieselbe Weise manipulieren. Ashley würde den Code schreiben, mit dem sie all diese Änderungen durchführen konnten, außerdem würde sie einen Trigger einbauen, den sie später auslösen wollte, um sie ins UniViro-System zu übertragen.

Sie hatten vor, einige Beispiele der geänderten Testergebnisse auszudrucken und sie einem angriffslustigen Journalisten zuzuspielen, damit dieser nach dem Feuer suchte, das solchen Rauch hervorbrachte. An dieser Stelle würde Kelly auf den Plan treten und endlich ihre Rolle spielen: eine Anwältin, die der Schweigepflicht unterliegt, aber plötzlich von Gewissensbissen gequält wird. Sie würde den passenden Journalisten ausfindig machen, ihm das Versprechen abnehmen, die Anonymität seiner Quelle zu wahren, und ihm die Dokumente übergeben. Sobald der Journalist die UniViro-Daten verifiziert und die Story in Umlauf gebracht hätte, würde George Benedict als der größte Betrüger in der Geschichte der Pharmaindustrie entlarvt werden. Er wäre der Bernie Madoff der Biowissenschaft, ein Mann, der Investoren um Millionen von Dollar betrogen und die Hoffnungen der ganzen Welt schamlos ausgenutzt hatte.

Die Frauen am Tisch sahen einander an und nickten bedächtig, um ihr Einverständnis zu bekunden.

Kelly hatte erwartet, dass sich anschließend jede in ihr eigenes Apartment zurückzog, aber Tiffy bestand darauf, beim Abwasch zu helfen, während Ashley und Emily es sich mit einer weiteren Flasche Wein in den Sesseln im Wohnzimmer gemütlich machten. Ashley schaltete den Fernseher an und zappte rasend schnell durch die Kanäle. »Was zur Hölle gibt es hier für Sender?«, murmelte sie so lange, bis sie endlich fand, wonach sie gesucht hatte. »Wie viel Uhr ist es?«, fragte sie.

»Fast neun«, antwortete Emily.

»Perfekt.« Ashley stellte die Lautstärke hoch.

Kelly lauschte, während sie die Reste im Kühlschrank verstaute. Anscheinend schaute sich Ashley ein Nachrichtenmagazin oder einen Sonderbeitrag auf einem der Kabelsender an. Anfangs ging es um die Waldbrände in Kalifornien. Kelly warf einen Blick ins Wohnzimmer, sah Rauchwolken auf dem Bildschirm und Ashley, die der Sendung aufmerksam folgte, die Ellbogen auf die Knie gestützt. Ihr fiel ein, dass Ashley früher im Silicon Valley gearbeitet hatte. »Haben Sie Freunde, die sich in Gefahr befinden?«, fragte sie.

Ashley ignorierte sie und hielt die Augen auf den Fernseher gerichtet.

Es war sinnlos, von diesen Frauen irgendwelche Höflichkeiten oder auch nur eine zivile Konversation zu erwarten, dachte Kelly und wandte sich wieder dem Spülbecken zu. Nur weil sie einen gemeinsamen Feind hatten, bedeutete das nicht, dass sie jemals Freundinnen werden würden. Ihre einzige Rolle hier war es, zu kochen und die Rechnungen zu bezahlen.

Sie räumte gerade die Spülmaschine ein, Teller für Teller, als eine Stimme aus dem Fernseher eine Gänsehaut auf ihren Armen verursachte. »… wird den Alterungsprozess revolutionieren.« Eine flache, tonlose Stimme wie die eines Roboters. Augenblicklich brannte ihr Magen wie Feuer.

»Ha!«, rief Ashley und stellte die Lautstärke noch höher.

»O mein Gott«, sagte Emily.

Tiffy, die immer noch am Spülbecken stand, drehte sich um, und endlich, langsam, wandte auch Kelly sich dem Fernseher zu. Auf dem Bildschirm war George Benedict zu sehen. Er saß auf einem Sofa neben seiner Frau Jane.

»Woher wussten Sie, dass er auf Sendung sein würde?«, fragte Emily.

»Ich habe eine Google-Benachrichtigung eingerichtet«, antwortete Ashley. »Pssst!«

Tiffy huschte durchs Zimmer und setzte sich mit überkreuzten Beinen vor dem Fernseher auf den Boden.

Kelly näherte sich mit schleppenden Schritten. Jetzt wurden Videoclips abgespielt, während eine Stimme aus dem Off über die Entdeckung des Virus berichtete, das offenbar in Zusammenhang mit Alzheimer stand. Benedict war zu sehen, wie er sich in einem Laborkittel über ein Mikroskop beugte, ein anderes Video zeigte ihn, wie er in seiner Funktion als Professor vor einem rappelvollen Hörsaal mit Medizinstudenten stand. Im nächsten besuchte er mit Jane ein Alzheimerpflegeheim, wo er den blicklosen Bewohnerinnen und Bewohnern die Hände auf die Schultern legte. Es folgte eine Reihe von Standbildern: Benedict als Junge mit einem

Chemiebaukasten, als Teenager in Harvard, als Assistenzarzt auf dem Sinai. Für seine Frau kamen die gleichen Erinnerungsfotos: Auf einem davon war sie als Kind zu sehen, wie sie einem Beagle die Pfote verband, ein anderes zeigte sie als junge Frau, stolz lächelnd bei der Abschlussfeier der Schwesternschule. Zum Schluss wurde das Hochzeitsfoto eingeblendet: Jane in einem ecrufarbenen Spitzenkleid, George im grauen Anzug.

Das nächste Video begann, und Kelly zuckte zusammen, als sie sich selbst auf den Stufen des Gerichtsgebäudes erblickte. Jubelnd, das Gesicht glühend vor Triumph, schwenkte sie den Arm, um Benedict der Menge zu präsentieren. Bei dem Anblick hob sich ihr Magen. Beinahe hätte sie sich übergeben.

Nun wurde eine Aufnahme von Reeza Patel eingeblendet, eine ernst dreinblickende junge Frau mit großen dunklen Augen, die fragend in die Kamera blickten. Das Bild blieb ganze dreißig Sekunden, dann erschienen wieder die Benedicts auf der Couch.

»Ich bedauere ihren Tod«, sagte Benedict. »Sie war eine talentierte junge Wissenschaftlerin, die auf ihrem Gebiet so viel zu bieten hatte.«

»Trotzdem haben Sie sie gefeuert«, sagte der Interviewer.

»Aber nur aus persönlichen Gründen. Sie konnte keine konstruktive Kritik annehmen. Das hat es ihrem Team schwer gemacht, mit ihr zu arbeiten.«

»Das arme Mädchen«, schaltete sich Jane Benedict ein. »Wir wussten, dass sie … Probleme hatte, aber keiner von uns ahnte, wie tief diese gingen. Ich meine, die Personalstelle hat sie doch an einen Psychiater verwiesen, nicht wahr, Liebling?«

Sie legte eine Hand auf Benedicts Knie, was er offenkundig ignorierte.

»Ich gebe den Staatsanwälten die Schuld. Sie haben sie bei dieser Sache noch ermutigt. Als sie dann das Urteil der Geschworenen vernahm und ihr klar wurde, dass sie mit ihren Hirngespinsten nicht durchgekommen war, konnte sie dies nicht akzeptieren.«

»Das arme Mädchen«, wiederholte Jane Benedict seufzend.

Die Sendung wurde von Werbung unterbrochen. Ashley stellte den Fernseher ab, und alle vier starrten eine lange Zeit auf den schwarzen Bildschirm.

Ashley durchbrach als Erste das Schweigen. »Dieser gottverdammte Hurensohn.«

»Er ist ein Monster«, sagte Emily. »Ein grauenvolles Monster.«

Tiffys Blick schoss zwischen den beiden hin und her. »Er wird davonkommen. Er kommt immer davon.«

Ashley blickte an die Decke und stieß pfeifend die Luft aus. »Und das wird auch immer so bleiben. Er hat mehr Geld als Gott, und die ganze Welt verneigt sich vor ihm.«

Emily kniff die Lippen zusammen. »Während er Frauen behandelt wie Klopapier.«

»Typen wie er, die … die …« Tiffy rang nach den passenden Worten. »Typen wie er gewinnen immer. Ashley hat recht: Daran wird sich nichts ändern.«

»Nein«, sagte Kelly, dann noch einmal, lauter und mit mehr Nachdruck: »Nein!« Sie trat vor die Frauen, um sie der Reihe nach anzusehen. Jetzt wusste sie, was ihre wahre Rolle an diesem Wochenende war: mehr als die einer Köchin, mehr als die einer Moderatorin – sie würde ihre Cheerleaderin sein, ihre Motivatorin. »Diesmal werden wir gewinnen!«, versicherte sie ihnen. »Wir werden ihn stoppen. Wir werden ihn stoppen, indem wir ihn und alles, was ihm wichtig ist, vernichten.«

Ashley verengte die Augen zu schmalen Schlitzen. »Du hattest deine Chance«, sagte sie und wechselte damit abrupt zum Du über. »Aber du hast ihn verteidigt. Du hast dafür gesorgt, dass er damit durchkommt. Dass er weitermacht. Das hier« – sie machte eine ausladende Geste, die die beiden anderen Frauen und den schwarzen Bildschirm mit einschloss – »geht allein auf dein Konto.«

Kelly biss sich auf die Lippe. »Ihr habt recht«, sagte sie. »Und ihr habt keine Ahnung, wie sehr ich es bereue. Das ist der Grund, warum ich das hier tue ...«

»Du musst gewusst haben, dass Reeza die Wahrheit sagte«, meldete sich Emily zu Wort. »Nachdem du uns drei mit einem Schweigegeld abgefunden hast. Du wusstest, wozu er fähig war.«

»Ja, und ich ...«

»Aber geht das wirklich allein auf ihr Konto?«, fragte Tiffy und sah von Ashley zu Emily und zurück zu Kelly. »Sind wir in Wirklichkeit nicht alle schuld? Ich meine, wenn ich zur Polizei gegangen wäre ...« Sie brachte ihren Gedanken nicht zu Ende.

Ashley füllte Emily und sich Wein nach, und nachdem Tiffy saubere Gläser für sich und Kelly geholt hatte, schenkte sie ihnen ebenfalls ein. Alle vier tranken in unbehaglichem Schweigen.

»Ich habe Albträume«, platzte Emily schließlich heraus. Sie warf Kelly einen herausfordernden Blick zu. »Ich weiß, dass wir nicht über das reden sollen, was uns zugestoßen ist, aber über die Zeit danach dürfen wir sehr wohl reden. Ich habe Albträume.«

»Ich auch«, gab Tiffy zu. »Manchmal.«

»Ich habe sie ständig. Ich bin in einem Hotelzimmer – nun, keine Details. Nur so viel: Ich kann keine Geschäftsreisen mehr machen. Hätte dieses Wochenende in einem Hotel stattgefunden, hätte ich nicht teilnehmen können. Und meine Ehe ... nun, meine Ehe ist daran zerbrochen, dass es aus war mit unserem Sexualleben. Jedes Mal, wenn er mich angefasst hat, bin ich ausgeflippt.«

»Das ist ein klassisches posttraumatisches Belastungssyndrom«, sagte Ashley. »Meine Therapeutin hat mir ein paar Techniken an die Hand gegeben, die mir helfen, damit klarzukommen.«

Emily schnitt eine Grimasse. »Meine ebenfalls. Wir … Ich habe auf der Terrasse einen Whirlpool, in den ich mich jeden Abend nach der Arbeit lege. Das hilft, meine Muskeln zu entspannen, aber gegen meine Albträume hilft es nicht.«

»Meine Therapeutin hat mir eine Visualisierungsübung beigebracht.«

»Und wie sieht die aus?« Emily runzelte die Stirn. »Sollst du dir Wasserfälle und Welpen vorstellen?«

Ashley schüttelte mit einem schiefen Grinsen den Kopf. »Ich stelle mir vor, wie ich meine Lieblingsstiefel anziehe, die Overknees, die mir bis zu den Oberschenkeln reichen. Die mit den Sechzehn-Zentimeter-Absätzen.«

Die anderen Frauen nickten. Hohe Stiefel waren ein allgemein bekanntes Symbol für Macht.

»Und dann zertrampele ich ihm damit das Gesicht«, schloss Ashley.

Allen klappte die Kinnlade herunter, bis sie in verblüfftes Gelächter ausbrachen.

Kelly genoss die Vorstellung genauso wie die anderen, aber sie durfte nichts zu dem Gespräch über posttraumatische Belastungstraumata beitragen. Sie durfte nicht sagen: *me, too – ich auch,* denn sie hatte keines der geschilderten Symptome verspürt, zumindest nicht, seit sie sich auf diesem Rachefeldzug befand. Genau das war das Geheimnis, davon war sie überzeugt.

Reg dich nicht auf und werde um Himmels willen nicht weinerlich. Rechne einfach mit ihm ab.

KAPITEL 15

Mitten in der Nacht wurde Kelly von einem donnernden Pochen an ihrer Apartmenttür geweckt. Sie schoss im Bett hoch. Es pochte erneut, doch diesmal klang der Lärm gedämpfter, als käme er von weiter weg. Kurz darauf wurde er wieder lauter. Kelly sprang aus dem Bett und rannte durch das dunkle Wohnzimmer zur Eingangstür, um durch den Spion zu blicken. Emily stand draußen, im Schlafanzug, die Augen weit aufgerissen. Sie musste wieder einen ihrer Albträume gehabt haben, dachte Kelly, als sie die Tür aufriss. »Was ist los? Ist alles okay mit dir?«

»Steht auf! Steht auf!«, rief Emily und rannte über den Treppenabsatz zu Ashleys Tür, um erneut dagegenzuhämmern.

»Was zur Hölle …?« Ashley kam heraus. Sie trug ein schwarzes Satinnegligé und hatte ihre Haare auf rosa Schaumwickler gedreht.

Emily hastete zwischen ihnen hin und her. »W… wir haben uns vertan!«, stotterte sie. »Wir haben alles falsch verstanden!« Die Worte schienen jetzt förmlich aus ihr herauszuplatzen. »Der Impfstoff wirkt! Er *wirkt* gegen das Virus! Er muss nur die Testreihen wiederholen, um es zu beweisen. Die manipulierten Daten werden ihn zurückwerfen, aber nicht ruinieren!«

»Es sieht doch jetzt so aus, als hätte er frühere Testergebnisse gefälscht«, hielt Kelly dagegen. »Er wird blamiert sein …«

»Nein«, widersprach Ashley. »Im Gegenteil. Er wird behaupten, er wäre gehackt worden, und dann wird er beweisen, dass er recht hat.«

Kelly hatte das Gefühl, sämtliche Luft würde aus ihren Lungen weichen und damit alles, was sie während der letzten Tage über Wasser gehalten hatte. Es stimmte. Emily hatte recht. Geschlagen sackte sie gegen das Treppengeländer. Es war dumm von ihr gewesen, diesen Plan zu entwerfen. Ihre Genialität beim Entwickeln von Gerichtsstrategien machte sie nicht zwingend zum Genie, wenn andere Fähigkeiten gefordert waren. Sie war keine Wissenschaftlerin – weder am Computer noch in der Biologie oder anderem, was notwendig war, um diesen Plan gelingen zu lassen. All ihre Arbeit, all ihre Mühen waren umsonst gewesen.

Emily rannte noch immer auf dem Treppenabsatz hin und her. »Aber jetzt kommt's«, sagte sie. »Es gibt eine bessere Möglichkeit!«

Schlagartig wurde Kelly klar, dass Emily die Augen nicht aus Furcht so weit aufriss, sondern vor Aufregung.

Auch Ashley schien es zu bemerken. »Kommt rein«, sagte sie und winkte sie in ihr Apartment. Kelly schloss den Gürtel ihres Bademantels und folgte Emily hinein. Eine Minute später stieß Tiffy zu ihnen, in T-Shirt und Höschen. Sie setzten sich in Ashleys Wohnzimmer, nur Emily blieb stehen, schritt beim Reden zügig im Raum auf und ab, vom Balkon zur Küchenzeile und wieder zurück.

»Er gilt als Held, weil er Alzheimer geheilt hat, stimmt's? Nun, wer sagt das?«

»Du«, erwiderte Ashley mit gequältem Gesicht. »Du hast gerade eben behauptet, das Vakzin würde anschlagen. Es würde das Virus abtöten, das Alzheimer hervorruft.«

»Ha! Aber das ist der Denkfehler. Es ist effektiv gegen das Virus, das ist richtig, aber wer sagt, dass dies die Ursache für Alzheimer ist? Gehen wir noch einmal zurück und betrachten seinen ersten großen Durchbruch. Aha!, sagt er. Hier ist das Virus, das die Bildung von Amyloid-Proteinen im Gehirn hervorruft. Aber denkt doch mal nach! Woher wusste er das?«

Kelly durchforstete ihr Gedächtnis. »Hat er nicht Personen mit Alzheimer untersucht und ist dabei auf das Virus gestoßen?«

»Klar, aber weißt du, was? Ein Durchschnittsmensch trägt dreihundertachtzig Trillionen Viren in sich. Das ist das humane virom. Wir alle tragen auch das gewöhnliche Erkältungsvirus in uns. Wer sagt, dass nicht zum Beispiel genau *das* Alzheimer hervorruft?«

»Warte«, unterbrach Ashley sie. »Ich erinnere mich daran. Er hat diesbezüglich Studien durchgeführt. Er hat das Virus Ratten injiziert, deren Gehirnscans keinerlei Auffälligkeiten aufwiesen. Sechs Monate später hat er erneut Scans durchgeführt, und da war es bereits zur Plaquebildung gekommen.«

»Aber …«, wandte Emily ein, »was, wenn sich ohnehin Eiweißablagerungen gebildet hätten? Das ist die Kausalitäts- versus Korrelationsfalle.«

»Es muss doch eine Kontrollgruppe gegeben haben«, sagte Kelly.

»Sicher. Und bei den meisten dieser Ratten bildeten sich keine Ablagerungen. Aber jetzt kommt's: mit einer Ausnahme!«

»Was bedeutet das? Dass es mehr als nur eine Ursache gibt?«

»Möglich. Oder vielleicht ist das Virus gar nicht für die Proteinbildung verantwortlich.«

»Okay …«, sagte Ashley bedächtig. »Dann lassen wir also die Information über diese eine Ratte durchsickern? Und stellen damit seine gesamte Hypothese infrage?«

Emily schüttelte heftig den Kopf. Sie war zu aufgeregt, um ihre Antwort in Worte zu fassen, also übernahm Kelly dies für sie.

»Warum nur eine?«, fragte sie.

Am Morgen begann die Arbeit. Ashley kam um acht hereingeschlendert, bekleidet mit einem Bikini mit Tropenmuster und einem seitlich geknoteten Sarong, der tief auf ihren Hüften saß. Sie zog ihren Stahlkoffer hinter sich her wie einen gut erzogenen Hund. Darin befand sich ihre Ausrüstung, die sie gewissenhaft auf dem Esstisch aufbaute. Sie stellte eine Verbindung über einen anonymen Proxy-Server in der Ukraine her, während ihr die anderen mit großen Augen zusahen, als wäre sie eine Schamanin, die irgendwelche mysteriösen Rituale durchführte. Binnen Minuten hatte sie sich in das System von UniViro gehackt.

Zuerst griff sie auf Benedicts Terminplaner zu, und irgendwie war es für alle beruhigend zu wissen, wo er sich wann aufhalten würde. Anschließend kam sie zum Kern der Sache: den Rattenstudien. Emily saß neben ihr an einem separaten Monitor und studierte die Daten. In diese Forschungsarbeiten war sie nicht involviert gewesen – »Dafür war Reeza zuständig«, erklärte sie –, und vieles war neu für sie. Sie würde einige Zeit brauchen.

Kelly setzte eine Kanne Kaffee auf, richtete einen Teller mit Bagels und Lachs her und war anschließend damit beschäftigt, Tassen und Teller nachzufüllen. Ashley legte ihren Sarong ab, trug etwas Sonnencreme auf und trat hinaus auf den Balkon, um ein Sonnenbad zu nehmen. Tiffy versuchte vergeblich, sich nützlich zu machen, und unternahm schließlich einen langen Strandspaziergang.

Stunden verstrichen. Kelly ersetzte die Bagels und den Kaffee durch Sandwiches und Eistee. Tiffy kehrte von ihrem Spaziergang zurück, nur um gleich darauf erneut aufzubrechen.

Endlich erklärte Emily, dass sie bereit war. Ashley band sich wieder ihren Sarong um und kehrte an den Tisch zurück. Emily kennzeichnete die zu ändernden Daten, und Ashley machte sich an die Arbeit. Fünfzehn Minuten später hielt sie abrupt inne und warf die Hände in die Luft. »Es wird nicht funktionieren!«, rief sie. »Ich hätte daran denken müssen! Das funktioniert nie!«

Kelly erstarrte auf der Stelle, irgendwo auf halber Strecke zwischen Esstisch und Küche, einen vollen Krug in der Hand. »Warum nicht?«

»Weil er eine Sicherungskopie aufbewahrt. Ein Back-up. Offline.« Ashley strich sich mit gespreizten Fingern die Haare aus dem Gesicht. »Darauf sind alle Originaldaten und außerdem die Metadaten gespeichert, die zeigen, wann sie eingegeben wurden.«

Emily schaute von ihrem Bildschirm auf. »Du meinst … er kann auch hierbei beweisen, dass er gehackt wurde?«

»Exakt.«

Emily sackte auf ihrem Stuhl zusammen, während Ashley aufsprang und nun ihrerseits durchs Zimmer tigerte.

Kelly spürte, wie das kalte Kondenswasser an der Außenseite des Krugs ihre Finger zum Kribbeln brachte, doch sie rührte sich nicht. Das, was Emily und Ashley ihr gerade eben mitgeteilt hatten, bedeutete, dass Benedict in diesem Drama nicht als der Bösewicht entlarvt wurde. Er war das Opfer. Genau wie bei dem Prozess, den Reeza Patel angestoßen hatte. Er würde immer das Opfer sein, wieder und wieder.

Das durfte sie nicht zulassen. Sie stellte den Krug auf den Esstisch und trocknete ihre Hände ab. »Wo befindet sich dieser Back-up-Computer?«

»Plural«, sagte Ashley. »Er hat zwei. Ist übervorsichtig. Einen Laptop bewahrt er in seinem Büro bei UniViro auf, den anderen bei sich zu Hause.«

Kelly überlegte einen Moment. »Gibt es irgendwelche Überwachungskameras?«

»In seinem Büro? Nein. Keine Ahnung, wie es in seinem Arbeitszimmer zu Hause aussieht. Warum fragst du?«

»Kannst du ein Programm schreiben, das es uns ermöglicht, bei seinen Laptops dieselben Änderungen vorzunehmen wie in der Unternehmensdatenbank?«

Ashley verdrehte die Augen. »Verstehst du nicht, was *offline* bedeutet? Ich kann nicht aus der Ferne auf seine Laptops zugreifen.«

»Dann eben nicht ›aus der Ferne‹.«

Ashley blieb stehen und starrte Kelly ungläubig an. »Du kapierst es echt nicht. Jemand müsste persönlich bei ihm zu Hause oder in seinem UniViro-Büro aufkreuzen und diese Dateien überschreiben, um sie mit der Unternehmensdatenbank zu synchronisieren.«

»Ich habe es sehr wohl verstanden«, erwiderte Kelly. »Kannst du diesen Code jetzt schreiben oder nicht?«

Während Ashley sich an die Arbeit machte, suchte Kelly nach Tiffy.

Zuerst klopfte sie an ihre Apartmenttür, und als keine Antwort kam, machte sie sich auf den Weg durch die Dünen. Dieser Strandabschnitt war fast menschenleer. Sie entdeckte Tiffy etwa fünfzig Meter entfernt am Wasser. Die junge Frau kniete im Sand und streichelte einen großen schwarzen Hund an einer Leine. Am anderen Ende der Leine war ein Mann mittleren Alters in einer Windjacke. Kelly eilte im Laufschritt durch die Dünen. Als sie am Wasser ankam, waren Mann und Hund fort. Tiffy saß auf ihrem Eagles-Sweatshirt, das Kinn auf die Knie gelegt, und blickte aufs Meer hinaus.

»Es ist so schön hier«, sagte sie und hob lächelnd den Kopf.

»Wer war das?« Kelly sah dem Mann nach, der in der Ferne immer kleiner wurde.

»Nur ein Typ mit einem süßen Hund. Keine Sorge, ich habe ihm nichts erzählt.«

Tiffy trug ein Tanktop. An ihren nackten Oberarmen waren blaue Flecken in Form von Fingern zu erkennen. Kelly öffnete den Mund, um etwas dazu zu sagen, doch die Zeit war knapp. »Wir brauchen dich«, sagte sie daher nur, und Tiffy stand auf, nahm ihr Sweatshirt und folgte Kelly zurück zum Haus.

Sie hatten einen neuen Plan. Ashley hatte das Programm für Emilys Änderungen geschrieben, aber sie hatte es nicht in Betrieb genommen. Stattdessen arbeitete sie nun an einem Code, der diese Änderungen mit Benedicts lokalem Speicher synchronisierte, damit alles zur gleichen Zeit aktiviert wurde. Mittwoch um siebzehn Uhr, hatten sie entschieden. In seinem Terminkalender war eingetragen, dass er dann an einem Kongress in Atlanta teilnahm, sodass Tiffy freien Zugang zu seinem Büro hatte.

Die Einweisung dauerte den Rest des Nachmittags und zog sich noch einige Stunden in den Abend hinein. Zuerst musste Ashley Tiffy beibringen, wie man mit dem Programm zum Knacken von Passwörtern in Benedicts Bürolaptop gelangte, dann folgte eine Unterweisung, wie man das Programm zum Überschreiben von Daten anwendete. Tiffy benutzte nicht oft Computer, sie lernte langsam und ließ sich schnell verwirren. Sie blieb jedoch dran, selbst dann, als Ashley die Hände in die Luft warf und sich vom Tisch entfernte. »Sie ist unser schwächstes Glied«, lamentierte sie, während Tiffy sich auf die Lippe biss und es weiter versuchte.

Abends um zehn schien sie es endlich draufzuhaben. Kelly öffnete eine Flasche Champagner, und sie hoben die Gläser. »Auf die Vernichtung von George Benedict!«, rief Kelly.

Sie stießen miteinander an und tranken einen großen Schluck.

»Auf Reeza«, fügte Emily mit leiserer Stimme hinzu, und sie tranken erneut, diesmal verhaltener.

Es war geschafft. Morgen früh würden sie in aller Ruhe frühstücken, ihre Sachen packen und nach Hause fahren.

Um zwei Uhr morgens fuhr Kelly im Bett hoch. Etwas, was Emily gesagt hatte – vier Worte –, ließ ihr keine Ruhe. *Dafür war Reeza zuständig.* Plötzlich kam ihr ein Gedanke. *Warum sollte es nicht auch jetzt so aussehen?*

Sie schaltete sämtliche Lampen in ihrem Apartment ein, dann lief sie barfuß über den Treppenabsatz, um an Ashleys Tür zu klopfen. »Steh auf! Wir haben einen Fehler gemacht! Es gibt eine bessere Möglichkeit!«

Anschließend flitzte sie nach unten, weckte Emily und Tiffy und verkündete ihnen dieselbe Botschaft.

Sie versammelten sich vor Ashleys Apartment, da sie die Letzte war, die die Tür öffnete. »Was zur Hölle ist denn jetzt schon wieder los?«, stöhnte sie.

»Wofür ist er berühmt?«, hakte Kelly nach. »Außer Vergewaltigung, meine ich.«

»Dafür, dass er Alzheimer heilen kann?«, fragte Tiffy.

»Davor«, sagte Kelly. »Früher.«

»Dafür, dass er das Virus identifiziert hat, das womöglich Alzheimer verursacht«, antwortete Emily.

»Ja! Und was, wenn das gar nicht stimmt?«

»Du meinst, was wäre, wenn er es gar nicht identifiziert hätte? Nun, an dem Punkt waren wir doch schon! Dann würden wir jetzt keinen Impfstoff entwickeln, könnten Alzheimer vermutlich niemals heilen …«

Kelly schüttelte heftig den Kopf. »Nein, nein, nein! Ich meine, was, wenn *jemand anderes* das Virus entdeckt hat?«

Ashley legte den Kopf schief. »Du meinst, wenn er jemandem die Forschungsergebnisse gestohlen hat?«

Tiffy schaltete als Erste. »Reeza!«, rief sie.

Kelly nickte. »Kehren wir zur frühen Virusforschung zurück und stellen einige Dokumente zusammen, um den Eindruck zu erwecken, dass es in Wirklichkeit Reeza war, die das Virus entdeckt hat.«

»Das war's dann mit seinem Ruhm.« Ashley nickte.

»Und gleichzeitig vermeiden wir, die Forschung an sich infrage zu stellen«, sagte Emily. »Das ist perfekt. Außerdem«, fügte sie hinzu, »wer weiß schon, ob Reeza nicht auf etwas ähnlich Großartiges gestoßen wäre, wenn sie noch leben würde.«

»Wenn er sie nicht vergewaltigt hätte«, merkte Tiffy an.

Ashley kehrte in ihr Apartment zurück, um erneut ihre Ausrüstung zu holen.

Das Frühstück am Sonntagmorgen war nicht so entspannt, wie sie es geplant hatten. Ashley musste sich erneut in das System von UniViro einhacken, in eine andere Datenbank, und Emily musste sich ein weiteres Mal durch die Dateien quälen, um die wichtigsten Laborergebnisse und Berichte aus der Zeit der frühen Virusforschung herauszufiltern. Anschließend schrieb Ashley den Code, mit dem die Initialen auf jeder Nachricht von GB an RP sowie der Verfassername auf jedem Memo von George Benedict an Reeza Patel geändert werden konnten. Ashley summte während der Arbeit, während Kelly sich hinter ihr herumdrückte, strahlend, weil sich nun alles so perfekt fügte.

Bis Ashley sich plötzlich zurücklehnte und den Kopf schüttelte. »Nein, das funktioniert nicht. Was, wenn er es tatsächlich getan hat? Wenn er sich ihre Arbeit zu eigen gemacht hat? Dann hätte er doch niemals ihre Kennung auf all diesen Vermerken stehen lassen. Damit hätte er sich doch verraten. Nein, er hätte sie mit Sicherheit mit seinen eigenen Initialen überschrieben.«

Ashley hatte recht. Natürlich. Beinahe hätte Kelly vor lauter Frust laut aufgeschrien. Stattdessen durchquerte sie wieder einmal mit großen Schritten den Raum und raufte sich die Haare. Jede ihrer Ideen endete unweigerlich in einer Sackgasse.

»Immer schön cool bleiben«, sagte Ashley. »Ich habe eine Lösung.« Sie würde die Dokumente so lassen, wie sie waren, erklärte sie, allerdings wollte sie die Metadaten manipulieren. Es sollte so aussehen, als wäre Reeza die eigentliche Verfasserin und Benedict hätte die Dateien später bearbeitet, um sich selbst zum Autor zu machen.

»Und das kannst du?«, fragte Kelly.

Ashley verdrehte erneut die Augen. »Selbstverständlich kann ich das.«

»Ja! Das ist sogar noch besser«, sagte Emily. »Eine digitale Spur, die den Anschein erweckt, er hätte ihre Arbeit gestohlen und die Aufzeichnungen gefälscht, um dies zu vertuschen.«

»Du übergibst die angeblichen Originale deinem Reporter«, wandte sich Ashley an Kelly. »Er konfrontiert George damit, der wird ›Wie können Sie es wagen?‹ und ›Die Aufzeichnungen sind gefälscht‹ sagen, dann: ›Hier, werfen Sie einen Blick in die Unternehmensunterlagen‹. In dem Moment kommen die Metadaten ins Spiel. Und lassen ihn tatsächlich aussehen wie einen Dieb *und* Lügner.«

Kelly atmete tief durch. »Okay.«

Als Nächstes war ihr eigener Beitrag an der Reihe. Sie hatte die vergangenen Monate damit verbracht, alles zu studieren, was George Benedict und Reeza Patel verfasst oder gesagt hatten. Sie kannte ihre Stimmen genau, wusste, welchen Tonfall sie verwenden, welche Worte sie wählen würden. Reeza war zurückhaltend, selbstkritisch und stets ernst. Benedict war abwechselnd kritisch und voller Lob – und stets herablassend. In genau diesem Ton verfasste sie nun eine Reihe von E-Mails: von Reeza an Benedict, in denen sie ihm mitteilte, dass sie das Virus identifiziert hatte; von Benedict an Reeza, in denen er ihre Arbeit lobte und gleichzeitig infrage stellte. Als Letztes schrieb sie eine Mail von Benedict an Reeza, mit einem Entwurf der öffentlichen Bekanntgabe *seiner* Entdeckung des Virus *aus den von uns besprochenen Gründen.*

Emily prüfte die E-Mails auf wissenschaftliche Genauigkeit, und Ashley schrieb einen Programmcode, der diese E-Mails in das System von UniViro schleuste, sobald er aktiviert wurde. Allerdings hätte Benedict auch hier niemals zugelassen, dass sie dort blieben, wo irgendwer sie finden könnte, also erstellte Ashley eine Datei, auf die nur er zugreifen konnte, und verschob die fiktiven E-Mails dorthin. Dabei hinterließ sie Spuren, um zu zeigen, dass E-Mails an und von Benedict und Reeza aus dem System gelöscht worden waren – weitere Beweise dafür, dass Benedict seine widerrechtliche Aneignung von Reezas Forschungsergebnissen vertuschen wollte.

Es war fast Mittag, als sie es endlich geschafft hatten. Sie hoben erneut die Gläser, die diesmal mit Orangensaft gefüllt waren. »Gerechtigkeit für Reeza«, sagten sie.

Auch Kelly hob ihr Glas, doch sie stieß nicht mit an. Sie musste an eine Zeile aus Adams Lieblingsfilm denken: »Das ist keine gerechte Strafe«, sagte der Pate zu dem Bestattungsunternehmer. »Ihre Tochter lebt noch.« Reeza wurde dadurch keine Gerechtigkeit zuteil. Sie wäre danach immer noch tot.

Hier ging es um eine gerechte Strafe für George Benedict.

Um vier Uhr nachmittags versammelten sie sich auf dem Parkplatz unter dem Haus. Die Koffer waren gepackt, die Apartments abgesperrt und sie bereit, den Heimweg anzutreten. Zuvor jedoch trugen alle das Datum und die Zeit in ihre Terminkalender ein: Mittwoch um siebzehn Uhr.

Ashley reichte Kelly und Tiffy die USB-Sticks. »Verliert sie nicht«, sagte sie und warf Tiffy einen strengen Blick zu. »Denk dran – sobald du fertig bist, schickst du Emily eine Textnachricht.«

»Versprochen.« Tiffy nickte.

Sie blieben noch einen Moment lang stehen, doch es gab nichts, was sie noch hätten tun können. Nichts, was sie noch hätten sagen können, also drehten sie sich um und gingen zu ihren Autos. Emily verharrte an der offenen Wagentür, ein Bein bereits im Fußraum. »Ich schätze, das ist ein Abschied. Wir werden uns wahrscheinlich nie wiedersehen.«

»Nein.« Ashley setzte sich ans Steuer ihres Porsche und ließ den Motor an, der dröhnend zum Leben erwachte. »Es gibt keinen Grund dafür.«

Tiffy stieg in Kellys Wagen. Kelly wollte sie bis zum Busbahnhof mitnehmen. »Danke, dass du mich eingeladen hast«, sagte sie. »Ich hatte eine wirklich schöne Zeit.«

KAPITEL 16

Tiffy Jenkins

Am Mittwochnachmittag war die Schwellung größtenteils zurückgegangen, aber der rote Fleck rund um die Augenhöhle färbte sich lila. Sean war immer noch nicht wieder zu Hause. Er war um zwei Uhr morgens zur Tür hinausgestürmt. Zu der Zeit hatten die Bars schon geschlossen, daher hatte ich keine Ahnung, wo er wohl stecken mochte. Ich hoffte, dass er sich in seinem Pick-up beruhigte/seinen Rausch ausschlief, aber ich befürchtete, dass er bei dieser Kylie übernachtete und Schlimmeres.

Ich beugte mich zum Badezimmerspiegel vor. Den Fleck würde ich im Bus hinter einer Sonnenbrille verbergen, aber die konnte ich nicht während der Arbeit auflassen. Also würden die Leute den Fleck bemerken. Es hat mir noch *nie* gefallen, wenn die Leute mich bemerkten, aber heute Abend konnte ich das gar nicht gebrauchen. Heute Abend musste ich unsichtbar sein.

Ich trug etwas Foundation rund um das Auge auf, bis der Fleck eher grau als lila wirkte. Wie ein Rußfleck. Das sollte genügen. Niemand würde von einer Reinigungskraft mit Schmutz im Gesicht Notiz nehmen.

Im Geiste ging ich noch einmal die einzelnen Schritte durch. Ashley hatte sie mich so oft wiederholen lassen, dass ich sie fast auswendig kannte. *Schließ die Tür. Zieh die Handschuhe an. Such den Laptop. Fahr ihn hoch. Steck den ersten* USB-*Stick, den kleineren, ein. Gib den ersten Befehl ein.* Der Teil, der jetzt folgte, war zu lang, als dass ich ihn mir hätte merken können, deshalb hatte ich ihn auf einem Zettel notiert und diesen in meiner Jeanstasche verstaut. *Warte, bis du aufgefordert wirst, das Passwort einzugeben. Wenn du drin bist, zieh den ersten* USB-*Stick ab und steck den zweiten ein. Gib den zweiten Befehl ein. Warte, bis das Wort* COMPLETE *erscheint. Nimm den zweiten Stick raus. Fahr den Laptop runter und stell ihn zurück. Zieh die Handschuhe aus. Arbeite weiter.*

Ich würde heute Abend den Teil mit »Such den Laptop« überspringen können, ich hatte ihn nämlich schon gestern Abend entdeckt. Dr. Benedict war in seinem Büro gewesen, als ich hineinging, um den Abfalleimer zu leeren. Er telefonierte – anscheinend mit jemand Wichtigem, denn er klang sehr viel netter als sonst. Ich tat so, als hätte ich Schwierigkeiten, eine neue Plastiktüte zu öffnen. Das verschaffte mir Zeit, mich im Raum umzusehen. Was er nicht zu bemerken schien. Er hatte mich ohnehin nie bemerkt – außer bei diesem einen Mal. Als Erstes entdeckte ich seinen Koffer, der neben der Tür stand. Das war gut, denn es bedeutete, dass er die Stadt tatsächlich verließ, genau wie wir gehofft hatten. Dann fiel mein Blick auf den Laptop ganz oben im Bücherregal. Ich war ziemlich stolz auf mich. Einen Schritt zu überspringen, bedeutete, dass ich Zeit sparen würde. *Rein und raus,* hatte Ashley mir eingeschärft. *Du gehst rein und sobald wie möglich wieder raus.*

Du schaffst das, sagte ich zu meinem Spiegelbild, und für eine halbe Sekunde glaubte ich das auch. Doch dann dachte ich wieder an Sean und wusste, dass ich nichts richtig machen konnte.

Ich war so dumm gewesen, die Post mitten auf dem Tisch liegen zu lassen, aber ich war gestern spät dran gewesen, und Sean saß schon draußen im Pick-up und drückte auf die Hupe, damit ich mich beeilte, also rannte ich raus, ohne mich noch einmal in der Küche umzusehen. Ohne die Post durchzugehen, wie ich es normalerweise tat.

Dabei ging es gar nicht um einen Liebesbrief oder so was. Der Umschlag sah aus wie eine Rechnung mit meinem Namen und meiner Adresse hinter dem kleinen Sichtfenster. Sean öffnete nie die Rechnungen. Es gab keinen Grund, warum er diesen Umschlag hätte aufreißen sollen. Aber gestern Abend tat er es. Wahrscheinlich hatte er mit offenem Mund dagestanden, als er sah, worum es sich handelte. Ein Kontoauszug mit einem Plus von zwanzigtausend Dollar und ein paar Zerquetschten, die übers Jahr hinzugekommen waren.

Er holte mich nach meiner Schicht nicht von der Bushaltestelle ab. Spätestens da hätte ich merken müssen, dass etwas nicht stimmte. Doch wieder war ich dumm – denn ich bemerkte nichts. Ich lief mitten in der Nacht durch die Dunkelheit nach Hause, in den Trailer und direkt in seine Faust.

Nachdem Kelly ihn angerufen hatte, hatte er mir die Geschichte mit Cousine Nancy abgekauft, aber jetzt nicht mehr. Jetzt war er sich sicher, dass ich ihn betrog. Dass ich das Wochenende damit verbracht hatte, einen anderen Typen zu vögeln. Dass das Geld von meinem neuen Freund war.

Als hätte jemand wie ich einen Freund, der mir einfach so zwanzigtausend Dollar überwies.

Ich hätte ihm erzählen können, was passiert war. Aber ich wusste, dass er mir die Worte im Mund verdrehen und am Ende behaupten würde, es wäre meine Schuld, dass Dr. Benedict getan hatte, was er getan hatte. Dass ich ihn angemacht hätte oder so. Dass es mir recht geschehen würde. Ich hatte Angst, er würde mich eine Hure schimpfen. Denn das tat er manchmal.

Und manchmal hatte ich wirklich Angst, es wäre meine Schuld gewesen. Dass meine Jeans zu eng war oder dass ich ihm zweideutige Blicke zugeworfen hatte.

Deshalb hatte ich nie mit Sean darüber geredet und auch nicht mit jemand anderem. Es würde doch nur auf mich zurückfallen. Diese Lektion hatte ich schon mit vierzehn lernen müssen. Damals lebte ich bei den Robersons. Die Robersons waren gute Menschen, und sie waren nett zu mir. Meistens. Bis ich ihnen erzählte, was Larry mit mir machte, sobald das Licht aus war. Sie zogen die Sozialarbeiterin hinzu, die sich eine Stunde lang mit mir zusammensetzte, damit ich darüber nachdachte, was real und was erfunden war und warum es mir möglicherweise schwerfiel, die Dinge auseinanderzuhalten. Sie wollte, dass ich meine Anschuldigungen zurücknahm, und als ich das nicht tat, steckten alle Erwachsenen die Köpfe zusammen und entschieden, dass Larry derjenige war, der blieb, während ich meine Sachen packen und bei einer anderen Familie untergebracht werden sollte. Es war schwer gewesen, einen Platz für Larry zu finden, und es schien ihm bei den Robersons besser zu gehen. Am Ende zog ich um, einen Müllsack mit meinen Sachen hinter mir herschleppend.

Ich wusste, dass dasselbe passieren würde – also, dass mir niemand glauben würde –, wenn ich irgendwem bei der Arbeit anvertraute, was Dr. Benedict getan hatte. Ich konnte es mir nicht leisten, meinen Job zu verlieren, schon gar nicht, seit Sean kein Arbeitslosengeld mehr bekam. Mich an die Polizei zu wenden, war mir nie in den Sinn gekommen. Was sollte das schon bringen? Mädchen wie mir glaubten die Cops nie.

Und dann hatte plötzlich wie aus dem Nichts ein Fremder auf meiner Schwelle gestanden. Er war Mexikaner oder Puerto-Ricaner und sah erschreckend gut aus. Er stellte mir alle möglichen Fragen, und ich traute mich nicht, nicht zu antworten. Am nächsten Tag kam ein anderer Mann vorbei, der behauptete, er wäre mein Anwalt. Dr. Benedict wollte Wiedergutmachung leisten – was ich von zwanzigtausend Dollar halten würde?

Es klang, als würde er mich verarschen. Doch je mehr er redete, desto mehr schien es, als wäre es real. Ich sagte, selbstverständlich würde ich schweigen und den Vertrag unterzeichnen. Ich hatte sowieso den Mund gehalten, für umsonst. Zwanzigtausend Dollar zu kassieren, nur damit das so blieb, war für mich sofort beschlossene Sache.

Der Scheck kam mir vor wie ein Wunder. Wie etwas, was sonst nur im Film passierte. Ich ging direkt damit zur Bank und eröffnete ein Sparkonto. Als ich den Scheck überreichte, musterte man mich seltsam und tätigte einen Anruf. Doch der Scheck war in Ordnung, und ich verließ die Bank mit dem Gefühl, ein anderer Mensch zu sein. Ich hatte noch nie in meinem Leben viel besessen, doch nun war das anders.

Damit hätte das Ganze abgeschlossen sein sollen. Ich hätte es aus meinem Kopf drängen können, und das tat ich vorübergehend auch. Bis die Sache mit Reeza passierte.

Wenn Dr. Benedict das, was er mit mir gemacht hatte, auch einer anderen Frau angetan hatte, einer klugen Frau, die fast genauso wichtig war wie er, dann konnte es nicht meine Schuld gewesen sein. Es gab nichts, wofür ich mich schämen musste. Ich verschlang die Berichterstattung zu dem Fall, und an dem Tag, an dem es hieß, die Jury würde zu einer Urteilsfindung gelangen, konnte ich nicht widerstehen. Ich sprang in einen Bus, mit dem ich in eine andere Richtung fuhr als sonst, und mischte mich unter die Menge, um die gute Nachricht zu vernehmen. Und obwohl sich herausstellte, dass die Nachricht alles andere als gut war, konnte ich das Thema immer noch nicht loslassen. Und als ich dann das Ticket in meiner Mailbox entdeckte, musste ich einfach ein weiteres Mal in den falschen Bus steigen. Ich war mir nicht mal sicher, was eine *Podiumsdiskussion* war, trotzdem wollte ich daran teilnehmen.

Das war vermutlich der Tag, an dem Sean anfing, misstrauisch zu werden. Er fragte mich, wo ich gewesen war, und ich tischte ihm eine ziemlich lahme Ausrede auf. Ich konnte ihm doch nicht von Reezas Fall erzählen, ohne ihm zu verraten, warum er mich so sehr interessierte!

Das war dumm von mir. Und da er jetzt von dem Geld wusste, und dass ich Geheimnisse vor ihm hatte, ging er selbstverständlich vom Schlimmsten aus. Natürlich war er wütend. Die einzige Möglichkeit, die ich sah, war, ihm reinen Wein einzuschenken, ihn um Verzeihung zu bitten und ihm das Geld zu geben.

Wenn er denn zurückkam. Wenn er nicht beschloss, bei dieser Kylie zu bleiben.

Ich schminkte mein Gesicht fertig und warf einen Blick auf die Uhr. Wenn Sean mich nicht fuhr, musste ich zu Fuß zur Bushaltestelle gehen und sollte mich langsam auf den Weg machen. Heute durfte ich nicht zu spät kommen. Ich musste um exakt fünf Minuten vor fünf in Benedicts Büro sein.

Im Schlafzimmer zwängte ich mich in meine Jeans, schnürte die Sneakers und zog meinen Kittel an. *Whistle-Kleen.* Der Name der Reinigungsfirma hatte mich immer schon gestört. Was hatte eine Flöte mit Sauberkeit zu tun? Oder sollten wir etwa beim Putzen vor uns hin flöten oder pfeifen?

Ich kehrte ins Bad zurück, um einen letzten Blick in den Spiegel zu werfen. Der graue Schatten rund um mein Auge war immer noch zu erkennen, aber daran konnte ich jetzt nichts mehr ändern.

Ich ging gerade noch einmal Ashleys Anweisungen durch – *Zieh die Handschuhe an. Fahr den Laptop hoch* –, als ich hörte, wie jemand an der Eingangstür des Trailers rüttelte.

Sean war zurück! Das bedeutete, dass er nicht bei Kylie gewesen war. Vielleicht war er gar nicht betrunken. Vielleicht tat es ihm sogar leid.

Ich grinste mich im Spiegel an und beeilte mich, ihm die Tür zu öffnen.

KAPITEL 17

Am frühen Mittwochabend, ein paar Minuten vor fünf, stieg George Benedict bei einem Kongress in Atlanta aufs Podium. Ashley LaSorta war zu Hause – ungewöhnlich früh für einen Wochentag. Sie fuhr ihren Computer hoch und stellte eine Verbindung über einen Proxy-Server her. Emily Norland behielt bei der Arbeit das Display ihres Prepaid-Handys im Auge. Tiffy Jenkins schob in ihrem rosa Kittel einen Abfallwagen durch die Vorstandsetage bei UniViro. Und Kelly McCann war in Gladwyne, Pennsylvania, und fuhr in einem Mietwagen über eine lange Zufahrt, die sich um einen Seerosenteich schlängelte und an einem Irrgarten vorbei zu einem kopfsteingepflasterten Vorplatz führte.

Sie parkte hinter einer dunklen Limousine, aus der zwei Männer stiegen, einer schwarz, der andere weiß, beide um die vierzig, beide trugen schwarze Anzüge. Ein dritter Mann, lässig gekleidet, öffnete die hintere Tür und stieg ebenfalls aus, eine Videokamera auf der Schulter. Er schwenkte nach rechts, um Kelly einzufangen, die vom Fahrersitz rutschte, die Tür ihres Mietwagens zuschlug und den anderen Männern die breite Vortreppe hinauf folgte. Dann richtete er die Kamera auf den Eingang des stattlichen Herrenhauses und filmte, wie einer der beiden klingelte, während der andere mit der Seite seiner Faust gegen die massive Holztür klopfte – *bumm, bumm, bumm.*

Eine Hausangestellte in Uniform öffnete, doch sie zog sich eilig zurück, als Jane Benedict außer Atem neben ihr erschien. Jane sah aus, als hätte sie gerade ein Bad genommen. Ihr Löckchenhelm war nass, und sie trug einen Frotteebademantel und Flauschpantoffeln. Sie starrte die Männer durch ihre beschlagene Brille an. »Ja? Kann ich Ihnen helfen?«

»FBI!«, riefen die beiden und zückten Ausweis und Dienstmarke. »Special Agent Mackey«, sagte der Weiße. »Special Agent Carter«, sagte der Schwarze.

»Worum geht es?« Jane Benedict betrachtete die Marken.

»Mrs Benedict?«, rief Kelly von einer der Stufen unter ihnen.

Jane blickte auf und zur Haustür hinaus. »Kelly McCann? Sind Sie das?«

»Ma'am.« Mackey machte einen Schritt nach vorn, sodass seine Schuhspitzen gegen ihre Pantoffeln stießen. »Wir haben den Befehl, den Computer von George Benedict zu beschlagnahmen.«

Jane schnappte nach Luft. »Sie haben *was?* Wieso?«

Kelly ging um die Männer herum. »Das FBI hat mich vor einer Stunde davon in Kenntnis gesetzt, Mrs Benedict. Ich habe versucht, Ihren Mann zu erreichen, aber man sagte mir, er würde eine Rede bei einem Kongress in Atlanta halten …«

»Ja, er spricht vor dem Center of Disease Control and Prevention.« Sie blinzelte in Richtung des Mannes mit der Kamera. »Filmen Sie das etwa?«

»Das ist zu Ihrem eigenen Schutz, Mrs Benedict«, versicherte Kelly ihr. »Um sicherzustellen, dass sich die Herren an die vorgeschriebene Vorgehensweise halten.«

»Ich verstehe das nicht. Worum geht es denn eigentlich?«

»Treten Sie bitte zur Seite, Ma'am«, forderte Agent Carter Jane auf.

Das tat sie nicht, aber die Doppeltür ermöglichte es den zwei Männern, um sie herum in die Eingangshalle mit der Rotunde zu treten. Kelly folgte ihnen und zog Jane zur Seite. Sie senkte die Stimme zu einem vertraulichen Flüstern. »Das FBI hat den Hinweis erhalten, Dr. Benedict habe auf seinen Heimcomputer gewisse Bilder geladen … von Kindern …«

Das fleischige Gesicht der Frau wurde knallrot. »W-wieso das denn? Das ist doch unerhört! So etwas würde er nicht tun! Niemals! Die können doch nicht einfach hier hereinspazieren und …«

»Ich fürchte doch. Das können sie. Der Richter hat einen Durchsuchungsbeschluss für den Computer unterzeichnet. Ich wurde informiert, und ich bestand darauf, mitzukommen, um Dr. Benedicts Interessen zu vertreten. Vor allem, weil er nicht zu erreichen ist.«

Jane schaute auf, und Kelly folgte ihrem Blick zu einer riesigen Uhr an der Wand. Ihr persönlicher kleiner Big Ben. »Nein«, sagte sie verzweifelt. »Er fängt gerade erst mit seiner Präsentation an.« Plötzlich schien sie einen Einfall zu haben. »Wenn sie doch nur eine Stunde warten würden! Wenn ich zuerst mit George sprechen könnte …«

Wie aufs Stichwort erschien Agent Carter. »Nein, Ma'am. Das hier kann nicht warten.«

Jane warf Kelly einen flehentlichen Blick zu.

»Ich fürchte, Sie müssen sich an das halten, was er sagt.« Kelly seufzte. »Aber ich werde Agent Carter begleiten und sicherstellen, dass alles rechtmäßig abläuft.«

Jane kaute auf ihrer Unterlippe, dann nickte sie zögernd. »In Ordnung.« Sie warf einen hilflosen Blick über die Schulter und ließ sich von Mackey in Richtung Eingangstür führen.

»Hier entlang«, sagte Kelly zu Carter und dem Videografen und ging den beiden voran durch den Flur zur Linken.

Ihr Magen krampfte sich zusammen, als sie die Tür zu Benedicts Arbeitszimmer öffnete. Das war der schreckliche Raum, der aussah wie ein Labor und der, wie sie nun wusste, als Folterkammer diente. Ihre Augen glitten über die weißen Schränke und den

Schreibtisch, der eher an einen Seziertisch erinnerte, dann blieben sie an Jonas Salk hängen, der auf einem der Regale lauerte, das Kinn auf die Pfoten gelegt. Sie brachte es kaum über sich, noch höher zu blicken, an die blendend weiße Decke, die sie während der Tortur hatte anstarren müssen. Die Kamera entdeckte sie nicht, doch sie wusste, dass sie dort war.

Sie ging zum Schreibtisch, dicht gefolgt von dem Videografen. »Wie vereinbart …«, sagte sie laut in den Raum hinein, damit auch ja jedes Aufnahmegerät ihre Worte aufzeichnete. »Wie vereinbart, werde ich zunächst Dr. Benedicts Laptop auf Dokumente überprüfen, die durch das Anwaltsgeheimnis geschützt sind.«

»Wir interessieren uns nur für die Bilder«, erwiderte Agent Carter.

»Trotzdem.« Sie setzte sich auf Benedicts Schreibtischstuhl und klappte den Laptop auf. »Der Durchsuchungsbeschluss sieht nicht den Zugriff auf vertrauliche Dateien vor. Bitte treten Sie daher zurück.« Sie deutete auf die gegenüberliegende Seite des Raumes. »Bis ich fertig bin.«

Carter schob die Hände in die Taschen und schlenderte zu einem der Regale. Der Videograf schwenkte die Kamera in seine Richtung, dann zurück zu Kelly, die die Finger auf die Tasten von Benedicts Laptop legte. Der Bildschirm erwachte zum Leben. »Bitte stellen Sie sich dorthin und richten Sie die Kamera darauf«, wies sie ihn an und wartete, bis er die gewünschte Position eingenommen hatte. Er hielt die Kamera nun direkt auf den Monitor, doch sein Körper schirmte das Gerät vor allen anderen elektronischen Augen im Raum ab. Kelly schob den USB-Stick in die dafür vorgesehene Öffnung und tippte eine Reihe von Befehlen ein. Das Programm startete, und sie verharrte, über die Tastatur gebeugt, bis das Passwort gefunden und der Laptop entsperrt war. Sie zog den Stick ab und steckte einen zweiten ein. Anschließend gab sie

Ashleys nächste Befehlsfolge ein und sah zu, wie die Codezeilen über den Bildschirm scrollten, bis eine Nachricht aufpoppte, die verkündete, dass der Vorgang abgeschlossen war.

Doch sie war noch nicht fertig. Sie startete eine Suche nach gespeicherten Videodateien. Es gab nur eine, und ihre Haut fing an zu kribbeln, als sie darauf stieß: eine Datei, die er *Versicherung* genannt hatte. Er hatte sie aufgehoben, damit er sie gegen sie verwenden konnte – seine Versicherung, dass sie schweigen würde –, doch mit Sicherheit auch, um sie sich erneut ansehen zu können. Sie kopierte die Datei auf einen leeren USB-Stick, den sie nicht in ihre Handtasche, sondern in ihren Geldbeutel steckte. Anschließend löschte sie das Video von Benedicts Laptop. Er würde sich diese Aufnahmen nie wieder ansehen. Dessen hatte sie sich soeben versichert.

»Bitte sehr«, sagte sie zu Agent Carter und gab den Schreibtisch frei. Er straffte die Schultern, setzte sich an den Laptop und ließ virtuos die Finger über der Tastatur schweben.

Zehn Minuten später war er fertig, stand auf und schüttelte die Arme aus, als würde er zum ersten Mal seit Stunden eine Pause machen. »Filmen Sie weiter«, wies Kelly den Videografen an, dann verließ sie, gefolgt von den beiden Männern, Benedicts Büro und ging durch den Flur zur Eingangstür, wo Jane Benedict mit dem anderen FBI-Agenten stand und die Hände rang.

»Und?«, fragte Agent Mackey seinen Partner.

»Nichts«, sagte Kelly, bevor Carter antworten konnte. »Der Hinweis war falsch. Ich habe Ihnen gleich gesagt, dass es sich um eine infame Lüge handelt.«

»Dann haben Sie also nichts gefunden?«, vergewisserte sich Jane.

»Selbstverständlich nicht«, versicherte Kelly ihr. »Nichts außer Geschäftsunterlagen, die weit außerhalb der Befugnis des Durchsuchungsbeschlusses liegen. Vertrauliche, firmeneigene Dokumente, wie ich betonen möchte«, sagte sie mit einem warnenden Unterton an Carter und Mackey gewandt. Ihre Verärgerung war ihr deutlich anzumerken.

»Wir entschuldigen uns, Ma'am«, murmelten die Agenten.

Jane drehte sich zu Kelly um und ergriff ihre Hände. »Danke, Kelly. Vielen Dank. Sie haben uns wieder einmal gerettet.«

»Ich freue mich, dass ich helfen konnte.«

»Bitte kommen Sie herein. Darf ich Ihnen etwas anbieten? Wir könnten zusammen mit George sprechen, sobald er seinen Vortrag beendet hat.«

»Danke, aber ich werde später mit ihm reden. Ich muss meinen Flieger erwischen.«

»Oh, selbstverständlich.« Plötzlich schien Jane sich ihrer nachlässigen Bekleidung bewusst zu werden, denn sie zog ihren Frotteebademantel enger um sich. »Nun, Gott sei Dank konnten Sie herkommen. Was für ein Glück für uns, dass Sie gerade in der Stadt waren!«

»Ja«, pflichtete Kelly ihr bei. »Da haben wir wirklich Glück gehabt.«

Sie verabschiedete sich von Jane Benedict und folgte den drei Männern die Stufen zu ihrem Wagen hinunter. »Und Cut«, flüsterte sie.

Sie setzte sich hinter das Steuer ihres Mietwagens und folgte der dunklen Limousine zum Ende der Zufahrt. Dort hielten sie an, und Kelly stieg aus und trat ans Fahrerfenster des anderen Wagens. Die drei Männer streckten die Hand aus, und sie reichte jedem von ihnen mehrere Zwanziger. Trinkgeld – zusätzlich zu ihrem Tagessatz.

»Die Lady war gut«, sagte der Schauspieler, der Agent Mackey gegeben hatte. »Sie ist die ganze Zeit über in ihrer Rolle geblieben, als wir neben dem Eingang auf euch gewartet haben.«

»Ja, das war sie«, pflichtete Kelly ihm bei. »Ich nehme die Speicherkarte«, sagte sie zu dem Kameramann auf dem Rücksitz.

»Ich muss das Material zuerst bearbeiten …«, wandte er ein.

»Nicht nötig. Ich habe beschlossen, bei diesem Schulungsvideo anders vorzugehen.«

»Dürfen wir es trotzdem in unserer Vita erwähnen?«, erkundigte sich der andere Schauspieler, »Agent Carter«.

»Selbstverständlich.« Kelly streckte dem Videografen die Hand entgegen und wartete, bis er die Karte aus dem Gerät genommen und auf ihre Handfläche gelegt hatte.

Anschließend stieg sie wieder in ihren Mietwagen, nahm das Prepaid-Handy aus ihrer Handtasche und sendete eine Gruppentextnachricht an Ashley, Emily und Tiffy. Ein einziges Wort:

Erledigt.

KAPITEL 18

Es war keine Zeit mehr, den Mietwagen zum Flughafen zurückzubringen, wenn sie es zu ihrem Neun-Uhr-Termin in New York schaffen wollte, also ließ sie ihn am Amtrak-Bahnhof in Philadelphia stehen. Sie würde sich später Gedanken darüber machen, wie sie ihn zu dem Hertz-Autoverleiher zurückschaffen sollte, und zwar dann, wenn sie das hier komplett durchgezogen hatten, am Ende von Akt III. Der Akt bestand aus fünf Szenen: Leak an die Presse, Ermittlungen, Eilmeldungen, öffentliche Schande, finanzieller Ruin. Die erste Szene würde sich heute Abend abspielen.

Ihr Zug war bereits zum Einsteigen bereit, als sie die Bahnhofshalle betrat, und sie sprintete mit klackernden Absätzen über den Marmorboden. Sie schaffte es gerade noch rechtzeitig in einen Waggon, wo sie ihre Tasche ins Gepäckregal hob und sich keuchend auf einen freien Platz fallen ließ.

Immer noch schnaufend, warf sie einen Blick auf die Uhr. Bislang lief alles nach Plan. Gestern hatte sie Rick Olsson angerufen, um ihm mitzuteilen, dass sie heute Abend in New York wäre, und er hatte ein gemeinsames Essen vorgeschlagen. Sie hatte mit Drinks in ihrem Hotel um neun gekontert. Wenn der Zug pünktlich war, wenn sie gleich nach ihrer Ankunft ein Taxi erwischen würde, wenn sie rechtzeitig ins Hotel einchecken könnte … Wenn all das glattging, hätte sie das Schwierigste hinter sich.

Als Nächstes überprüfte sie ihr Handy auf eingegangene Nachrichten. Zwölf verpasste Anrufe, außerdem mehrere Textnachrichten aus der Kanzlei. Sie hatte den Großteil des Tages unentschuldigt gefehlt.

Es dauerte einen Moment, bis sie wieder richtig Luft bekam. Sie atmete einmal tief durch, dann rief sie in der Kanzlei an. Es war schon nach achtzehn Uhr, aber Cazz saß noch an ihrem Platz.

»Hey, ich habe mir Sorgen gemacht«, sagte sie. »Du bist so überstürzt gegangen …«

»Ja, tut mir leid. Es gab einen Notfall …«

»Ist alles in Ordnung mit Mr Fineman?«

Es war traurig, dass Cazzie sofort Adam in den Sinn kam, doch die jahrelange Arbeit für Kelly hatte sie gelehrt, zuerst in diese Richtung zu denken.

»Ein zahnärztlicher Notfall«, beeilte sie sich daher klarzustellen. »Und bei euch?«

»Keine Notfälle, aber Patti will mit dir reden. Javi auch. Ach ja, deine Stieftochter hat noch einmal angerufen.«

Es war das *Noch einmal,* das sie daran erinnerte, dass sie noch gar nicht Courtneys E-Mail von letzter Woche geöffnet hatte. »Könntest du bitte in meinen Posteingang gehen und Courtneys letzte E-Mail raussuchen?«

Es entstand eine lange Pause. Cazz war eine schnelle Leserin, aber in letzter Zeit hatten sich einfach zu viele ungelesene Mails angesammelt. Diese durchzuscrollen, dauerte seine Zeit.

»Okay«, ließ Cazz sich schließlich vernehmen. »Ich hab sie gefunden.«

»Würdest du sie mir bitte vorlesen?«

»›Liebe Kelly, ich wollte dir nur Bescheid geben, dass ich bestanden habe …‹«

»Oh!«, fiel Kelly ihr ins Wort. »Das sind großartige Neuigkeiten.« Sie hatte Courtneys Ausbildung bezahlt – die Privatschule, die sie aufs College vorbereiten sollte, das College, das Jurastudium –, zehn lange Jahre. Jetzt konnte Courtney anfangen zu arbeiten, und Kelly könnte das Geld, das sie nun einsparen würde, in Justins und Lexies College-Fonds stecken. »Schick ihr bitte Blumen – einen großen Strauß –, außerdem eine Flasche Champagner und ach, keine Ahnung, vielleicht eine Schachtel Pralinen? Entscheide du.«

»Was soll auf der Karte stehen?«

»Gratuliere. Wir sind so stolz auf dich. Liebe Grüße Dad, Kelly, Justin und Lexie.«

»Okay, hab's notiert.«

»Danke. Kannst du mich mit Patti verbinden?«

Cazz stellte den Anruf durch, und nur zwei Sekunden später meldete Patti sich. »Hi, Kelly, wie geht es dir?«

»Gut. Was gibt's?«

»Ich muss mit dir reden, wegen Margaret Staley.«

Kelly wusste nicht, wo sie den Namen einordnen sollte. »Hilfst du mir kurz auf die Sprünge?«

»Lesbisch. Filmstar. Blowjob?«

»Oh. Richtig.«

»Ich habe einen Anruf von dem *medico* in Madrid bekommen«, teilte Patti Kelly mit. »Der Arzt sollte heute Morgen den DNA-Abstrich vornehmen. Doch als er dort eintraf …«

»Lass mich raten. Unser junger Held hat den Test verweigert.«

»Zum Schluss, ja. Aber stell dir mal vor: Zuerst hat er eine naturwissenschaftliche Lehrstunde verlangt – er wollte wissen, was genau der Test zeigen würde.«

Kelly lachte. »Hat er ernsthaft gedacht, er könnte einen DNA-Test manipulieren? Wie bei dem guten alten Promilletest: Wer hyperventiliert, senkt den Blutalkohol um zehn Prozent?«

»So ähnlich. Aber jetzt kommt's: Ich habe mal einen Blick in seine Filmverträge geworfen. Es ist genauso, wie er gesagt hat: keine Nacktaufnahmen, außerdem bringt er seine eigenen Leute für Haare und Make-up und eine Garderobiere mit. Er ist ein Mensch, der ausgesprochen großen Wert auf seine Privatsphäre legt. Deshalb kann ich mir auch nicht vorstellen, dass er im Hinterzimmer eines Restaurants die Hosen runterlässt.«

»Und dennoch macht er nicht mal einen simplen DNA-Test, um seinen guten Ruf wiederherzustellen?« Kelly schnaubte. »Das kann *ich* mir nicht vorstellen.«

Patti seufzte. »Ich weiß. Er kommt mir bloß so unschuldig vor.«

»Er ist Schauspieler«, hielt Kelly dagegen. Und zwar ein noch besserer als die beiden, die sie heute gebucht hatte. »Na schön. Ruf den gegnerischen Anwalt an. Besorg dir von dieser Margaret Staley eine Vergleichsforderung. Wir müssen das Problem so schnell wie möglich aus der Welt schaffen.«

»Wird erledigt.«

»Ach, würdest du mich bitte mit Javi verbinden?«

Pattis Stimme wurde schlagartig heller. »Augenblick, ich schalte ihn dazu.«

»Nein, ich …«, setzte Kelly an, aber sie hörte bereits den Warteton. Pattis Zeit war für Kelly zu wertvoll, um sie an ein Telefonat mit Javier zu verschwenden. *Patti* war zu wertvoll, um sich an Javier zu verschwenden.

Patti kehrte in die Leitung zurück. »Hier ist Javi.«

»Hey, Kelly«, sagte er. »Ich rufe dich zurück.«

Für Javi war alles streng vertraulich. »Teamwork« kam in seinem Vokabular nicht vor. Er legte auf, und Patti beendete das Gespräch ebenfalls mit einem enttäuschten »Oh, na dann: Bye«.

Der Anruf ging ein. »Ich habe eine Antwort von meinem Mann in Bucks County erhalten«, sagte Javi.

Kelly hatte keine Ahnung, wovon er redete. »Und?«

»Die Polizei geht davon aus, dass es sich um eine versehentliche Überdosis handelt.«

Jetzt wusste sie, worum es ging. Um den Tod von Reeza Patel. »Wirklich?«, rief sie erleichtert aus. Es war kein Selbstmord gewesen! Sie war nicht dafür verantwortlich! Allerdings verlangte ihr Juristinnengehirn, dass sie sich einen Moment Zeit nahm, um die Beweise zu prüfen. »Worauf basierend?«

»Die ihr verschriebene Oxycodon-Dosis sah zehn Milligramm alle zwölf Stunden vor. Entsprechend dem Datum, an dem das letzte Rezept ausgestellt worden war, hätten noch zwanzig Tabletten übrig sein müssen. Und tatsächlich hat man genau diese Anzahl in dem Fläschchen gefunden, das die Cops neben ihr sichergestellt hatten.«

»Okay«, sagte Kelly und wartete darauf, dass er zum Punkt kam.

»Als der Pathologe ihren Mageninhalt untersuchte, stieß er nur auf eine einzige Leerkapsel.«

»Eine Leerkapsel?«

»Retardkapseln setzen das Oxycodon verzögert frei und hinterlassen eine Wachs- oder Gelatinehülle im Magen, nachdem das Medikament abgegeben wurde. Angesichts dieser einzelnen Kapsel und der Anzahl der Tabletten in der Flasche kann man davon ausgehen, dass sie das Medikament wie verschrieben eingenommen hat. Sie hat also nicht versehentlich eine Überdosis genommen.«

»Das verstehe ich nicht. Es war also nicht das Oxy, das sie umgebracht hat?«

»Oh, doch, es war das Oxy. Der toxikologische Befund hat ergeben, dass sich zum Todeszeitpunkt ungefähr das Zehnfache der verschriebenen Dosis in ihrem Blut befand.«

»Du meinst …« Kelly riss erschrocken die Augen auf. »Es *war* ein Unfall! Ein Versehen, das beim Abfüllen der Tabletten passiert ist. Eine davon muss hundert Milligramm enthalten haben!«

Reezas Familie würde einen Riesenprozess gegen den Apotheker oder Arzneimittelhersteller führen, der einen derart fatalen Fehler begangen hatte. Das Einzige jedoch, was im Augenblick zählte, war, dass Reeza sich nicht selbst getötet hatte.

»Bis zur offiziellen Entscheidung, wie der Tod von Reeza Patel einzuordnen ist, werden wohl noch ein, zwei Wochen vergehen, aber ich dachte, du würdest gern informiert sein.«

»Ja. Ja! Danke, Javi.«

Sie beendete das Telefonat und sackte gegen die Lehne, während sie spürte, wie sich die Last der Schuld von ihren Schultern hob. Eine Last, die sie seit einer Woche mit sich herumgetragen hatte. Genau wie die NDA-Frauen. Sie fing an, eine Textnachricht in ihr Handy zu tippen, damit sie ihre Erleichterung teilen konnten, doch dann hielt sie inne.

Schuld war das Einzige, was sie zusammengeführt hatte. Hätte Reezas Tod von Anfang an nach einem Unfall ausgesehen, hätten sich Ashley, Emily und Tiffy niemals dazu bewegen lassen, sich Kellys Vorhaben anzuschließen. Es wäre daher das Beste, so lange zu schweigen, bis nach Akt III der Vorhang gefallen war.

KAPITEL 19

Es regnete, als sie in New York ankam. Die Taxischlange vor der Penn Station war gefühlt eine Meile lang, und es war schon fast einundzwanzig Uhr, als sie im Hotel eintraf. Sie hatte eine schlechte Wahl getroffen: Es fand gerade ein Kongress statt, und die Lobby war gerammelt voll. Nachdem sie endlich eingecheckt hatte, eilte sie in ihr Zimmer, um die Reisetasche abzustellen. Ihre Haare waren nass und strähnig. Da ihr keine Zeit blieb, sie zu trocknen, kämmte Kelly sie straff zurück zu einem Knoten, der strenger wirkte, als sie sich für gewöhnlich gab. Anschließend betrachtete sie sich mit gerunzelter Stirn im Spiegel. Sie war nicht darauf aus, Rick Olsson zu gefallen, aber sie durfte auch nicht riskieren, ihn abzuschrecken, indem sie sich zurechtmachte wie eine altmodische Kleinstadtlehrerin. Hastig trug sie etwas Lippenstift auf und ließ ihre Brille auf dem Waschbeckenrand liegen.

In der Lobby herrschte großes Geschrei und Gejubel der feiernden Kongressteilnehmer. Sie folgte dem lautesten Trubel in die Hotelbar, zu der eine Tür auf der anderen Seite der Lobby führte – ein Raum mit verspiegelten Oberflächen, türkisfarbenem Samt und einer langen Bar auf der rechten Seite. Auf der linken befanden sich gemütliche Sitznischen, in der Mitte mehrere Reihen hoher Tische. Dort drängten sich Dutzende Menschen, die Ellbogen auf die Tischplatten gestemmt, Drinks in den Händen.

Im hinteren Bereich des Raumes entdeckte sie Rick Olsson neben einer Ecknische, wo er sich mit einigen Männern unterhielt. Es sah aus, als hätten sie ihn auf dem Weg zu seinem Tisch abgefangen und in ein Gespräch verwickelt, doch er gab sich gewohnt freundlich. Er trug einen dunklen Anzug und ein am Kragen offenes blaues Hemd, das ihm gut stand. Er hatte sie noch nicht gesehen, und sie blieb am Empfangstisch stehen, um ihm die Gelegenheit zu geben, das Gespräch zu beenden.

Ihr Handy pingte in der Tasche. Sie zog es heraus und stellte irritiert fest, dass das Display schwarz war. Dann wurde ihr klar: Es war das *andere* Handy gewesen. Das Handy, das sie in der Sekunde vergessen hatte, nachdem die Nachricht *Erledigt* rausgegangen war. Jetzt kramte sie am Boden ihrer Handtasche danach.

Seit sie Benedicts Anwesen verlassen hatte, war ein Dutzend Textnachrichten eingegangen. Die erste kam von Emily, die um siebzehn Uhr dreißig geschrieben hatte:

> Habe noch nichts von Tiffy gehört.

Dann, um siebzehn Uhr vierzig:

> Sie antwortet nicht. Geht auch nicht ans Telefon.

Es folgte eine Nachricht von Ashley:

> Sie hat kalte Füße bekommen. Ich habe euch gesagt, dass sie das schwächste Glied ist!

Emily:

> Was sollen wir tun, Kelly?

Zehn Minuten später:

Kelly?

Ashley:

Verdammte Scheiße! Hat sie jetzt ebenfalls kalte Füße gekriegt?

Emily jetzt:

Noch immer nichts von Tiffy.

Kelly wurde plötzlich schwindelig. *Mittwoch um siebzehn Uhr.* Heute um fünf hatten Ashley, Kelly und Tiffy gleichzeitig den Programmcode aktivieren wollen, um die UniViro-Dateien zu ändern. So hatten sie es abgesprochen. Das war die einzige Möglichkeit, ihren Plan in die Tat umzusetzen. Wenn Tiffy nicht an den Computer in Benedicts Büro gekommen war, bedeutete das, dass sich darauf noch immer die ursprünglichen Labordaten befanden und keine einzige der neuen E-Mails. Kelly hatte ein zehnseitiges Dokument in ihrer Handtasche, sorgfältig zusammengestellt, um Rick Olssons journalistischen Appetit zu wecken. Die Unterlagen waren wertlos, wenn Benedict sie mit Originaldokumenten auf seinem Bürolaptop widerlegen konnte. Und das konnte er. Alles, was sie letztes Wochenende getan hatten, alles, was sie in dieser Woche getan hatte – die Schauspieler und den Videografen buchen, einen Durchsuchungsbeschluss anfertigen, in einen Flieger nach Philadelphia steigen, ein Auto mieten, in Benedicts Foltertempel zurückkehren –, war umsonst gewesen.

Sie hörte ihren Namen und blickte benommen auf. Rick winkte ihr grinsend zu. Sie klebte sich ein Lächeln ins Gesicht und winkte zurück.

Es durfte nicht umsonst gewesen sein. Sie durfte Benedict nicht gewinnen lassen. Sie musste das in Ordnung bringen. Eilig tippte sie eine Nachricht an Ashley und Emily ein.

Ich kümmere mich morgen selbst darum.

Als sie erneut aufschaute, bahnte sich Rick einen Weg durch die Menge. Sie konnte jetzt keinen Rückzieher mehr machen, und sie konnte ihn auch nicht erneut versetzen und erwarten, dass er sich ein andermal mit ihr traf. Sie würde sich etwas anderes einfallen lassen müssen. Heute würde die Übergabe der Unterlagen nicht wie geplant stattfinden können, aber sie konnte mit ihm freundschaftlich etwas trinken und dabei den Grundstein für ein weiteres Treffen legen. Sie ließ das Prepaid-Handy zurück in ihre Tasche fallen und ging mit ausgestreckter Hand auf ihn zu. »Rick!«

»Kelly!« Er nahm ihre Hand, doch er begrüßte sie mit einem Wangenkuss, den sie erwiderte.

»Ich habe uns da drüben einen Tisch reserviert.« Er zog sie an der Hand um die hohen Tische in der Mitte herum, bis sie die Sitznische erreichten. Auf dem Tisch stand ein Reserviert-Schild, auf einem der Plätze lag ein Mantel. Er bedeutete ihr, auf der anderen Seite Platz zu nehmen, und sie rutschte auf das türkisfarbene Polster. »Gin Tonic?«, fragte er sie.

»Heute Abend nur einen Tonic, bitte. Ich muss morgen früh raus.«

Seine Augenbrauen schossen in die Höhe, aber er nickte und machte sich auf den Weg zur Bar.

Sie zog erneut das Prepaid-Handy aus der Handtasche und warf einen Blick aufs Display. *Wie willst du das machen?*, hatte Ashley geschrieben.

Er ist morgen den ganzen Tag im Büro.

Dann:

Wir hätten dem Mädchen niemals trauen dürfen.

Ich hätte sie niemals in die Sache reinziehen dürfen, dachte Kelly. Die arme Tiffy. Sie wusste nicht, wie sie Nein sagen sollte, aber offenbar hatte sie ihren Teil der Aktion nicht hinbekommen. Kelly stellte sich Tiffy in ihrem rosa Kittel vor, wie sie ihren Abfallwagen durch die Gänge von UniViro schob und vor Benedicts Bürotür stehen blieb, voller Eifer, das zu tun, was sie ihr aufgetragen hatten. Doch dann ließ sie beschämt den Kopf sinken und rollte an der Tür vorbei.

Mir wird etwas einfallen, schrieb Kelly zurück.

Rick stellte zwei Gläser auf den Tisch, dann setzte er sich und beugte sich vor, bis er nur noch ein paar Zentimeter von Kelly entfernt war. »Philadelphia, Boston und jetzt New York«, sagte er und stieß sein Glas gegen ihres. »Wir treffen uns an allen Haltestellen des Northeast Corridor.«

»Der nächste Halt ist Trenton«, scherzte sie.

»Okay, nennen Sie mir ein Datum und eine Uhrzeit«, sagte er, ohne zu scherzen.

»Nun«, entgegnete sie mit ihrer professionellsten Stimme. »Danke, dass Sie hergekommen sind.«

Er hörte ihren Tonfall und lehnte sich zurück, bevor er einen Schluck von seinem Drink nahm. »Was führt Sie nach New York?«

»Das Übliche. Ich treffe mich mit einem neuen Mandanten.«

»Aha. Die Stadt, die niemals schläft, schläft offenbar auch nicht, was sexuelle Übergriffe betrifft.«

»Diese beiden Dinge stehen durchaus in einem Zusammenhang.«

Er nickte grinsend und schnitt ein anderes Thema an. »Ich hoffe, die Folgen von Patels Selbstmord waren nicht allzu schlimm.«

»Oh!« Sie lächelte erleichtert. »Das war kein Selbstmord. Es sieht so aus, als hätte sie versehentlich eine Überdosis aufgrund eines Herstellungs- oder Verpackungsfehlers zu sich genommen.«

»Tatsächlich?« Er lehnte sich noch weiter zurück. »Ich nehme an, das sind gute Nachrichten für Benedict. Es sei denn, die Tabletten waren von UniViro?«

»Wie Sie wissen, stellt UniViro keine Opioide her.«

Er lächelte und nickte.

»Aber wenn wir schon mal beim Thema sind …« – ihr Übergang war nicht weniger abrupt als seiner –, »der Grund, warum ich Sie treffen wollte, ist der, dass mir Gerüchte zu Ohren gekommen sind.«

»Ihnen auch?« Er beugte sich wieder vor. »Was denken Sie? Ist etwas dran?«

»Ich fürchte, ja.« Sie fragte sich, wovon er reden mochte, aber sie hakte nicht nach. Sie musste einem Drehbuch folgen. »Ich meine, ich habe es von einem Insider erfahren, von jemandem, der es wissen muss.«

»Me, too.« Er lachte leise, dann wurde er ernst. »Ich denke, ich sollte diese Worte nicht übernehmen, aber in meinem Fall trifft das ebenfalls zu.«

»Entschuldigung?«, fragte sie mit hochgezogener Augenbraue. Jetzt wusste sie wirklich nicht mehr, was er meinte.

»Das ist wahrlich problematisch, finden Sie nicht? Das Werk von dem Menschen zu trennen. Sehen wir uns noch immer Woody-Allen-Filme an? Können wir uns guten Gewissens *Die Bill Cosby Show* anschauen? Aber hier steht so viel mehr auf dem Spiel als im Unterhaltungssektor. Ich meine, der Mann ist ein Genie. Er ist gerade dabei, das schlimmste Übel der Menschheit zu heilen. Sollen wir tatsächlich nach Gerechtigkeit streben und dafür das Heilmittel aufs Spiel setzen? Oder lassen wir ihn damit durchkommen, ganz gleich, wie abscheulich seine Verbrechen sind?«

Kellys Gesicht erstarrte, als ihr klar wurde, dass er von etwas anderem sprach, als sie gedacht hatte. »Wir reden von zwei verschiedenen Dingen«, sagte sie mit schmalen Lippen. »Ich habe keine Gerüchte über irgendwelche Vergehen gehört. Abgesehen von dem, wovon er gerade freigesprochen wurde.«

Er musterte sie mit schmal gezogenen Augen. »Wovon reden Sie dann?«

»Es gibt Gerüchte über die Entdeckung dieses Virus. *Seine* Entdeckung. Angeblich wurden Daten manipuliert.«

»Sie nehmen mich auf den Arm.«

»Ich wünschte, dem wäre so.«

Er schüttelte den Kopf. Das kaufte er ihr nicht ab.

»Ich habe gehört, es gibt belastende Dokumente«, beharrte sie. »E-Mails.«

Er starrte in sein Glas, dann drehte er es in den Händen und betrachtete die kreisende Flüssigkeit, bevor er einen großen Schluck nahm. »Wenn das stimmt«, sagte er schließlich, »wäre das absolut verheerend.«

»Genau«, pflichtete sie ihm in traurigem Ton bei. »Als ich davon hörte, dachte ich an Sie und Ihren Buchvertrag.«

»Scheiß auf den Buchvertrag«, knurrte er ungehalten. »Hier geht es um das Heilmittel für Alzheimer. Was, wenn das Gerücht stimmt? Das wäre die schlimmste Nachricht, die ich mir vorstellen kann.«

Kelly verspürte einen Anflug von Selbstzufriedenheit. Dank ihrer Idee, in letzter Sekunde den Schwerpunkt ihres Hacking-Angriffs zu ändern, hatte sie diese Katastrophe umschiffen können.

»O nein, Sie haben mich missverstanden«, sagte sie daher eilig. »Mit den Forschungsergebnissen ist alles okay. Es geht darum, wer die Lorbeeren dafür kassiert.«

Rick entspannte sich sichtlich, dann wurde sein Blick noch durchdringender. »Er hat sich die Ergebnisse angeeignet?«

»So wurde es mir zugetragen.«

»Gibt es Beweise dafür?«

Kelly nickte. »Als mir diese Gerüchte zu Ohren kamen, musste ich natürlich sofort an Sie denken, Rick.« Sie legte großen Wert darauf, seinen Vornamen auszusprechen. »Ich dachte, Sie als Journalist würden das wissen wollen.«

»Unbedingt.« Er lächelte verlegen. »Tut mir leid, dass ich den falschen Schluss gezogen habe. Und dass ich so unwirsch reagiert habe. Es ist nur so …« Er verstummte und ließ seinen Drink erneut im Glas kreisen. »Wenn Sie jemals mitbekommen haben, wie jemandes Verstand zerfällt …«

Sie dachte an seinen Vater. »Oh. Verstehe.«

»Ich habe jetzt schon Angst, dass mich das gleiche Schicksal ereilt. Jedes Mal, wenn ich meine Autoschlüssel verlege, meldet sich ein leises Stimmchen: *Ist das Alzheimer? Fängt es schon an?*«

»O Rick.« Ohne nachzudenken, legte sie ihre Hand auf seinen Arm, und er lächelte und legte seine Hand auf ihre. Sie war kalt von seinem Glas und gleichzeitig irgendwie warm. Sie meinte zu spüren, wie sich sein Puls beschleunigte, aber vielleicht war es auch ihr eigener.

»Wie dem auch sei – danke, dass Sie an mich gedacht haben. Ich werde die Ohren offen halten, und falls Sie noch etwas hören sollten …«

»Werde ich Sie zuerst informieren.« Kelly zog ihre Hand zurück. Sie war erfolgreich gewesen. Der Grundstein für ein zweites Treffen war gelegt – bei dem sie ihm die Unterlagen zuspielen würde. Sie warf demonstrativ einen Blick auf die Uhr. »Ich werde für heute mal lieber Schluss machen, mein Treffen morgen … Sie wissen schon.«

Er rutschte aus der Sitznische und wartete darauf, dass sie ebenfalls aufstand. »Ich begleite Sie noch zu Ihrem Zimmer.«

»Oh, das ist doch nicht nötig.«

Er warf einen Blick durch die feiernde Meute in der Bar. »Ziemlich viele betrunkene Kongressteilnehmer … Ich bringe Sie wenigstens bis zur Tür.«

Damit fasste er sie entschlossen am Ellbogen und steuerte sie vorsichtig aus der Bar und durch die Lobby in Richtung der Fahrstühle.

Er würde einen Annäherungsversuch unternehmen, das wusste sie. Hatte es von dem Moment an gewusst, als er sich am Tisch etwas zu dicht zu ihr beugte, und jetzt war sie sich sicher. Aber es beunruhigte sie nicht. Im Laufe der Jahre hatte sie zahllose solcher Annäherungsversuche abgewehrt, mitunter von Kollegen, aber meistens von Mandanten, die ohnehin als sexuelle Aggressoren galten. Auch wenn sie das natürlich bestritten. Sie hatte eine Technik, die immer gut funktionierte. Bei der ersten sexuellen Anspielung lächelte sie nachsichtig, ließ zu, dass der Mann ihr eine Hand an die Taille legte, beugte sich sogar nach vorn, als wäre sie bereit, ihn zu küssen. Dann aber wich sie zurück, eine Hand gegen seine Brust gedrückt, die andere auf ihr Herz gelegt, um zu zeigen, wie viel Kraft es sie kostete, ihm zu widerstehen, wie leid es ihr tat, dass ihre Skrupel ihr nicht gestatteten, sich seiner unleugbaren Anziehungskraft zu ergeben. So kam er mit einem intakten Ego davon – und sie kam in den meisten Fällen unversehrt aus der Sache heraus. In manchen Fällen jedoch machten die Mandanten keinen Rückzieher – vor allem die aggressiveren nicht –, sodass sie gezwungen war, ihre Trumpfkarte auszuspielen. *Sie werden sich doch nicht etwa eine neue Anwältin suchen wollen?* Bisher hatte der Selbsterhaltungstrieb noch immer über die Lust gesiegt.

Rick Olsson war kein Mandant, sie hatte daher keinen Trumpf im Ärmel. Aber sie würde auch keinen brauchen. Er war ein Gentleman. Er würde den Rückzug antreten, sobald sie ihn daran erinnerte, dass sie verheiratet war. Hoffentlich dachte er daran, dass auch er eine Ehefrau hatte. Er würde ein bedauerndes Gesicht machen, sie würde ein bedauerndes Gesicht machen, und sie würden als Freunde auseinandergehen.

Nur dass sie es in diesem Fall tatsächlich bedauerte. Sie lebte zwar wie eine Nonne, aber sie war keine, und sie verspürte gewisse Bedürfnisse noch immer. Rick war ein attraktiver Mann, und sie mochte ihn aufrichtig. Was würde passieren, wenn sie ein anderer Mensch wäre, ein anderes Leben führen würde? Wenn er nicht die ihm zugedachte Rolle in Akt III spielen müsste? Aber es war nun mal so, wie es war, also würde das hier enden müssen wie immer.

Eine Gruppe von Männern drängte zu ihnen in die Kabine, darunter einige rüpelhafte Kongressteilnehmer, daher schwiegen sie, während der Aufzug in die Höhe fuhr. Ricks Griff an ihrer Taille wurde fester, aber sie dachte nicht weiter darüber nach. Sie wusste, was er tun würde, und sie wusste, wie sie darauf reagieren würde. Was sie nicht wusste, war, wie sie sich am nächsten Morgen Zugang zu Benedicts Bürocomputer verschaffen sollte. Ihre Gedanken kreisten um genau dieses Thema, als der Aufzug pingte und die Türen zu ihrer Etage auseinanderglitten.

»Da wären wir«, sagte sie. Rick ging mit ihr den langen, mit Teppichboden belegten Flur entlang.

Vermutlich wäre es ihr ein Leichtes, in Benedicts Büro bei Uni-Viro vorzudringen, doch ihr wollte partout nicht einfallen, wie sie ihn herauslocken konnte.

»Das ist mein Zimmer«, sagte sie, blieb vor einer der Türen stehen und zog ihre Schlüsselkarte aus der Handtasche. »Noch mal danke, dass Sie sich heute Abend mit mir getroffen haben.«

»Danke *Ihnen*«, sagte er, dann drehte er sie zu sich und beugte sich zu ihr herunter.

Das war der Moment. Eine Hand auf seine Brust, die andere auf ihr Herz. Er war über einen Kopf größer als sie, und als sie zu ihm hochsah, schien die Decke über ihm weiß zu leuchten. Blendend weiß. Als hätte sich plötzlich der Himmel aufgetan und sie zurück in den Raum, das laborähnliche Arbeitszimmer, katapultiert, wo sie auf der Glasplatte des Schreibtisches lag und reglos an die grellweiße Decke starrte, während George Benedict über sie herfiel.

Ricks Gesicht näherte sich, genau wie die weiße Decke. Ihre Knie gaben nach, und sie warf die Arme hoch, um die Decke abzufangen, bevor sie ihr auf den Kopf fiel. Ein erstickter Schrei drang aus ihrer Kehle.

Rick machte einen Satz nach hinten, beide Hände erhoben. »Was ist los, Kelly?«

Sie zitterte. »Ich … ich … weiß … nicht. Es tut … mir l…« Sie keuchte.

»Nein. Nein. Mir tut es leid. Ich hätte …« Ihre Tasche war zu Boden gefallen, und er bückte sich, um sie aufzuheben. Die Schlüsselkarte war ein kleines Stück über den Teppich geschlittert, und als er näher kam, um sie ebenfalls aufzuheben, versuchte sie, ihr Gesicht vor ihm zu verbergen. Sie bekam keine Luft mehr. Konnte nicht einmal aufrecht stehen. Vornübergebeugt stand sie da, die Hände auf den Bauch gepresst, als hätte man sie getreten. Etwas stieg in ihrer Kehle auf und drohte, sie zu ersticken.

Er sperrte ihre Tür auf und hielt sie mit einer Hand offen, ohne einen Fuß über die Schwelle zu setzen. Mit der anderen reichte er ihr die Tasche. »Es tut mir leid, Kelly. Ich hätte es wissen müssen.«

Sie sah nicht zu ihm auf. Das wagte sie nicht. Stattdessen drückte sie sich an ihm vorbei ins Zimmer. Er schloss die Tür, und sie lehnte sich mit dem Rücken dagegen. Das, was in ihr aufstieg, drängte jetzt gegen ihre Lippen. Ein Schluchzer. Er platzte aus ihr heraus, als hätte man ihr ein Organ aus dem Körper gerissen. Ihre Beine sackten weg, und sie fiel zu Boden, von heftigen Schluchzern geschüttelt.

Es dauerte lange, bis sie wieder aufstehen konnte. Sie ging ins Bad und tastete nach dem Lichtschalter. Ihr Gesicht im Spiegel war rot und fleckig, die Augen dunkel gerändert und geschwollen. Der Lippenstift war verschmiert, ihre Nase lief. Sie sah schrecklich aus. Kein Wunder, dass Rick auf dem Absatz kehrtgemacht hatte und davongerannt war. Das hätte jeder getan. Es war demütigend, und sie fühlte sich wie eine Versagerin – und zwar auf allen Ebenen.

Am meisten schmerzte es sie, dass sie Rick verprellt hatte, denn so hatte sie die beste Möglichkeit eingebüßt, die Story über Benedict ans Licht zu bringen. Jetzt musste sie sich einen anderen Journalisten zum Freund machen, aber es war unwahrscheinlich, dass sie jemand mit seiner Reichweite und seinem Ruf finden würde.

Kelly schloss die Augen und legte stöhnend den Kopf zurück. Ihr ganzer Plan drohte zu scheitern. Sie hatte Rick Olsson verloren. Tiffy hatte die Nerven verloren. Und wenn Benedict morgen in sein Büro zurückkehrte, hätten sie auch jede Chance verloren, sich Zugang zu seinem Laptop zu verschaffen.

Sie öffnete die Augen wieder. Richtete den Blick auf die Badezimmerdecke, deren strahlendes Weiß sie erneut zum Weinen brachte.

Aber nur für eine Sekunde. Dann schaute sie in den Spiegel, in ihr hässlich verzerrtes Gesicht. Ihr Körper zitterte noch immer von den Nachwirkungen ihrer Panikattacke. Sie litt nicht an einem posttraumatischen Belastungssyndrom, war nicht so wie die anderen Frauen, dennoch hatte die weiße Decke diese Reaktion in ihr ausgelöst. Hatte die endlos lange Stunde heraufbeschworen, in der sie, ohne zu blinzeln, an die Decke von Benedicts Arbeitszimmer gestarrt hatte. Erneut betrachtete sie ihr verheultes Gesicht im Spiegel. Und plötzlich kam ihr eine Idee.

Plötzlich wusste sie genau, wie sie Benedict aus seinem Büro bei UniViro locken konnte.

KAPITEL 20

Der Mietwagen parkte noch am Bahnhof, als sie am nächsten Morgen in Philadelphia eintraf. Es war fast so, als hätte sie gewusst, dass sie zurückkommen würde, und vielleicht war es auch so. Vielleicht hatte sie immer schon gewusst, dass sie Benedict noch einmal persönlich gegenübertreten musste, bevor sie einen Schlussstrich ziehen konnte.

Es war nicht schwer, einen Termin bei ihm zu bekommen. Sie war über zwei Jahre seine Anwältin gewesen, und sein Assistent, ein junger Mann namens Grady, hatte keinen Grund zu der Annahme, dass sie ihn nicht weiter vertreten würde. »Selbstverständlich, Ms McCann. Ist es Ihnen möglich, um elf hier zu sein?«, fragte er am Telefon.

»Hm. Ginge auch elf Uhr dreißig?«

»Es tut mir leid – er hat um zwölf eine Vorstandssitzung.«

Das hatte sie in seinem Terminkalender gesehen, als Ashley sich in den UniViro-Server gehackt hatte. Sie hatte sich dies lediglich von Grady bestätigen lassen wollen. »Kein Problem«, sagte sie. »Es dauert keine fünfzehn Minuten.«

Der UniViro-Campus war ein Komplex aus fünf Gebäuden auf einem acht Hektar großen Gelände auf der Nordseite der Route 202. Die Gebäude aus Granit und Glas waren um Innenhöfe und Plätze gruppiert, die man mit den üblichen Büroparkbäumen und -sträuchern bepflanzt hatte. In einem künstlich angelegten Teich plätscherte ein Springbrunnen, an beiden Seiten der Zufahrt standen Bäume, deren Kronen ein geschlossenes

Dach bildeten und Kelly an das Ehrenspalier bei einer Militärhochzeit erinnerten.

Die Vorstandsetage befand sich im höchsten und zentralsten Gebäude. Kelly erwischte gleich davor einen freien Parkplatz und stieg aus.

Für einen Moment weigerten sich ihre Füße, sich in Bewegung zu setzen. Wie angewurzelt stand sie neben dem Wagen und blickte zu den Fenstern hinauf, die zu Benedicts Büro gehörten. Stellte sich vor, wie er an seinem Schreibtisch saß. Dann, wie er sich mit gebleckten Zähnen und einem grausigen Grinsen über sie beugte.

Kelly versuchte, sich vor Augen zu rufen, dass es nicht hier passiert war. Sie war *gestern* gezwungen gewesen, sich ins Haus des Schreckens zu begeben. Heute betrat sie lediglich ein ganz gewöhnliches Bürogebäude, voller ganz gewöhnlicher Leute, die ihren Aufgaben nachgingen. Und sobald sie *ihre* Aufgabe hier erledigt hatte, würde sie ihn nie wiedersehen müssen, außer in den Nachrichten. Wo sie seine Schande mitverfolgen könnte.

Trotzdem rührte sie sich nicht vom Fleck, bis sie das Gefühl hatte, jemand würde sie beobachten. Auf der gegenüberliegenden Seite des Parkplatzes führte ein Mann seinen Hund an der Rasenkante Gassi. Er schien direkt in ihre Richtung zu blicken. Sich zu fragen, warum sie sich dort herumdrückte. Was ihr Problem sein mochte.

Entschlossen schob sie den Riemen ihrer Handtasche auf die Schulter und marschierte über den Parkplatz zum Eingang des Gebäudes. Der hellblaue Bentley parkte auf dem Stellplatz direkt bei der Tür, vor einem Schild, auf dem DR. BENEDICT stand. Als sie daran vorbeiging, verspürte sie einen Anflug von Furcht. Das war der Wagen, der sie zu ihrem Peiniger gebracht hatte. Hades' Streitwagen. Von Anton gesteuert.

Zum ersten Mal überlegte sie, welche Rolle Anton bei alldem gespielt hatte. Sie zu Benedicts Haus zu fahren, machte ihn nicht zum Schuldigen. Doch sie in den Helikopter und anschließend in ein Taxi zu verfrachten? Hatte er wirklich angenommen, dass sie an jenem Abend stockbetrunken gewesen war? Oder hatte er genau gewusst, was vor sich ging? War er eine weitere Person, die in Benedicts Verbrechen verstrickt war?

UniViro verfügte über ausgefeilte Sicherheitssysteme und Protokolle, die noch strenger geworden waren, seit Benedict angefangen hatte, Demonstrantinnen und Demonstranten anzulocken. Kelly musste sich eintragen und ihren Ausweis vorzeigen, anschließend einen Metalldetektor passieren, und selbst dann war ihr nicht gestattet, Benedict unbegleitet aufzusuchen.

Sie atmete erleichtert auf, als ihre Begleitung aus dem Aufzug trat, um sie in Empfang zu nehmen. Es war nicht Anton, sondern Benedicts Assistent Grady, ein schlanker junger Mann in einem blauen Rollkragenpullover und dazu passender karierter Hose. In seinem Gesicht passte einiges weniger zusammen: Er hatte blond gefärbte Haare und dicke schwarze Augenbrauen.

»Ms McCann!«, rief er und schüttelte ihre Hand. »Ich hoffe, es ist nicht zu spät, Ihnen zu gratulieren. Was für ein großartiger Sieg! Ich wünschte, ich hätte dabei sein können!«

»Ja, wir haben ein wirklich gutes Ergebnis erzielt.«

»Sie sind in unseren Augen eine echte Heldin, wenn ich das mal so sagen darf.« Mit einer theatralischen Geste schob er sie in den Aufzug, scannte seine Schlüsselkarte und drückte auf den Knopf für das oberste Stockwerk. Die Kabine schwebte nach oben.

»Die Vorstandssitzung findet statt?«, erkundigte sie sich.

»Ja, um zwölf.« Er warf einen besorgten Blick auf die Uhr. »Und es ist bereits zwanzig vor.«

»Machen Sie sich keine Gedanken. Ich husche nur kurz rein und wieder raus.«

Der Aufzug pingte, und Grady bedeutete ihr mit derselben ausladenden Handbewegung wie zuvor, auszusteigen und ihm durch ein Glas-Atrium zu einem Eckbüro zu folgen – Benedicts Reich. Die Tür war geschlossen. Grady klopfte an und wartete auf das »Herein!«, dann drückte er die Tür auf und trat zurück, um Kelly eintreten zu lassen.

Benedict saß an seinem Schreibtisch, in Hemdsärmeln, die Brille auf der Nasenspitze. Er stand weder auf, noch streckte er ihr die Hand entgegen. Stattdessen lehnte er sich in seinem Bürosessel zurück und drückte die Finger gegeneinander, die Spitzen an die Lippen gelegt. »Schließen Sie die Tür, Grady«, sagte er.

Seine tonlose Stimme ließ Kelly frösteln. Sie hörte, wie die Tür mit einem leisen Klicken hinter ihr zufiel. Er bot ihr keinen Platz an, und sie trat nicht näher.

Sie war noch nie zuvor in diesem Büro gewesen. Zweimal hatte sie sich mit ihm in einem Konferenzraum um die Ecke getroffen, all die anderen Treffen hatten außerhalb des Unternehmens stattgefunden. Hinter Benedict befand sich eine Glaswand, die übrigen Wände waren aus dunklem Holz, gesäumt mit übervollen Bücherregalen. Zwei Stühle waren vor seinen Schreibtisch geschoben, vor einer der Wände sah sie ein Sofa und eine Anrichte. In den Regalen standen auch gerahmte Fotografien von Benedict mit dem Präsidenten, dem Gouverneur und vier verschiedenen Senatoren. Neben seinem rechten Ellbogen befand sich ein Desktop-Computer, von dessen Rückseite ein Netzwerkkabel durch ein Loch mit Gummikappe in der Schreibtischplatte zu einem versteckten Anschluss am Boden führte. Ein Stapel Unterlagen türmte sich neben seinem linken Ellbogen. Trophäen und Statuetten aus Glas und glänzendem Metall schmückten die Anrichte.

Diese Einrichtung hatte nichts mit seinem ganz in Weiß gehaltenen Arbeitszimmer/Labor bei ihm zu Hause zu tun, aber irgendetwas war gleich.

Er starrte sie über die zusammengelegten Fingerspitzen hinweg an. »Ich nehme an, Sie sind hier, um mir mitzuteilen, was der Überfall gestern zu bedeuten hatte.«

Es war die Luft. Die Luft, die er atmete und die sie nun ebenfalls einatmen musste. Sie war genau wie die in seinem anderen Arbeitszimmer. Nicht so sehr ein bestimmter Geruch, sondern vielmehr das Fehlen jeglichen Geruchs. »Nein«, sagte sie eilig.

Eine Augenbraue schoss hinter dem Rand seiner Brille in die Höhe.

»Das hatte nichts zu bedeuten«, wiederholte sie. »Ein anonymer Tipp und ein paar übereifrige FBI-Agenten. Ich habe mich darum gekümmert. Man wird Sie nicht wieder belästigen.«

Reinigungsalkohol. Das war es, was sie roch oder eben nicht roch. Antiseptisch. Gegen Gift.

»Aha. Dann sind Sie also hier, weil Sie erwarten, dass ich mich bei Ihnen bedanke.«

»Nein.« Sie holte tief Luft. »Ich bin hier, um mich bei Ihnen zu entschuldigen.«

Jetzt schossen beide Brauen in die Höhe.

»Ich habe über etwas nachgedacht, was Sie zu mir gesagt haben … an jenem Abend. Darüber, dass ich Ihnen einen Maulkorb verpasst habe. Wie gedemütigt Sie sich deswegen gefühlt haben.« Sie schluckte und zwang sich, weiterzureden. »Mir ist klar geworden, dass Sie recht haben. Genau das habe ich getan.«

Die Tränen wollten nicht kommen. Sie war keine Schauspielerin – ganz gleich, was ihre Gegner vor Gericht behaupten mochten –, und sie konnte nicht auf Kommando weinen. Alles, was sie konnte, war stammeln und schlucken. Sie wandte den Blick ab und betrachtete das Sofa an der Wand. Das Sofa, auf dem er gelegen haben musste, als Tiffy hereingeplatzt kam. Es war mit schwarzem Glattleder bezogen.

»Und ich … ich weiß jetzt, dass ich das nicht hätte tun dürfen«, sagte sie. »Ich war so fokussiert auf meine eigenen Fähigkeiten, darauf, meinen ganz persönlichen Sieg zu erringen, dass ich Sie und Ihre herausragenden Talente einfach ausgeblendet habe.«

Die Worte hinterließen einen fauligen Geschmack in ihrem Mund, trotzdem konnte sie immer noch nicht weinen. Sie dachte an Rick Olsson und den Hotelkorridor und fragte sich, ob sie tatsächlich getriggert worden war. Kelly legte den Kopf zurück, blickte zur Decke und zog scharf die Luft ein, beide Augen weit geöffnet. Die Decke war weiß. Ein starker Kontrast zu den dunklen Wänden. Plötzlich fing sie an zu zittern. Ihre Kehle brannte, Tränen traten in ihre Augen und rollten über ihre Wangen.

»Ich … jetzt weiß ich, dass Sie selbst Ihr bester Zeuge gewesen wären. Es war …« – sie räusperte sich und schluckte erneut, bevor sie weiterreden konnte – »… ein Fehler, Sie nicht als Zeugen aufzurufen.«

Sie riss ihren Blick von der Decke los und blinzelte angestrengt. In dem Moment entdeckte sie den Laptop auf dem oberen Regalboden in einem der Bücherregale. Der Deckel war geschlossen. Der Laptop war kaum dicker als eine Akte, und sie hätte ihn vielleicht übersehen, aber nun hatte sie ihn entdeckt und wusste, dass es sich um seinen Offline-Computer handeln musste.

»Es war ein Fehler von mir, Sie zum Schweigen zu verdonnern. Ich hätte … ich hätte Sie mit der Presse reden lassen sollen. Ich meine, es stand mir nicht einmal zu, Ihnen überhaupt erst die Befugnis zu erteilen. Als ob ich das Sagen hätte. Ich … ich habe das jetzt begriffen. Ich wollte nur gewinnen. Um meinetwillen.

Dabei war das *Ihr* Fall. Nicht meiner.« Sie hielt inne, um wieder zu Atem zu kommen. »Es tut mir leid. Sehr leid.«

Sie heulte jetzt, genau wie sie es gehofft hatte. Sie wischte sich mit dem Handrücken über Mund und Nase, dann schlug sie beide Hände vor die Augen und beobachtete ihn zwischen den Fingern hindurch. Ihr Schultern bebten. Sie konnte seine Augen hinter den Brillengläsern leuchten sehen.

Die interne Sprechanlage summte, Gradys Stimme hallte durch den Raum. »Noch fünf Minuten, Dr. Benedict.«

Benedict stand auf und kam um seinen Schreibtisch herum. Er streckte einen Arm aus, und Kelly zuckte zurück, aber er griff nur nach seinem Mantel, der an seiner Bürotür hing. Er schob seine Arme in die Ärmel. »Ich nehme Ihre Entschuldigung an«, sagte er.

»Danke«, flüsterte sie.

Er richtete seinen Krawattenknoten, dann legte er die Hand auf den Türknauf. »Nach Ihnen.«

»Oh!« Sie wischte sich erneut über ihr tränennasses Gesicht. »Darf ich vielleicht noch ein paar Minuten bleiben? Um mich zu sammeln? So möchte ich nicht rausgehen …«

Er reckte das Kinn in die Höhe und blickte mit halb geschlossenen Lidern auf sie herab. Ein Laut der Abscheu drang über seine dünnen Lippen. »Das kann ich verstehen«, sagte er und drehte den Knauf. »Sie sehen abstoßend aus. Säubern Sie sich und ziehen Sie die Tür fest zu, wenn Sie gehen.«

»Das mache ich. D-danke.«

Er schloss geräuschvoll die Tür hinter sich.

Es dauerte einen kurzen Moment, bis sie sich wieder rühren konnte. Ihr Körper schien nicht zu begreifen, dass sie den Weinkrampf absichtlich hervorgerufen hatte. Selbst nachdem er fort war, ging ihr Atem noch stoßweise, und auch die Tränen wollten nicht aufhören zu fließen. Es dauerte ein paar Minuten, bis sie ihr Gesicht trocknen und den Knopf am Knauf drücken konnte, um die Tür zu verriegeln.

Sie sah sich nach Überwachungskameras um, aber Ashley hatte recht: Es gab keine. Natürlich hätte er sie nicht hier anbringen lassen, wenn man bedachte, zu welchem Zweck er das schwarze Ledersofa nutzte. Kelly öffnete ihre Handtasche und zog ein Paar Latexhandschuhe heraus. Anschließend nahm sie den Laptop aus dem Regal, stellte ihn auf den Schreibtisch und fuhr ihn hoch. Sie versuchte, sich genauso einzuloggen wie gestern in den Computer bei ihm zu Hause, und es funktionierte. Benedict mochte ein Genie sein, wenn es um wissenschaftliches Arbeiten ging, aber nicht bei Benutzernamen oder Passwörtern. Sie steckte Ashleys USB-Stick in die entsprechende Öffnung und startete das Überschreibprogramm. Ein paar Minuten später war sie fertig.

Sie fuhr den Laptop herunter, und als der Bildschirm schwarz wurde, benutzte sie ihn als Spiegel und richtete eilig ihr Gesicht her. Danach klappte sie ihn zu und legte ihn zurück ins Regal, zog die Latexhandschuhe aus und stopfte sie in ihre Handtasche.

Grady, der wieder an seinem Schreibtisch saß, schaute auf, als sie aus Benedicts Büro trat. »Alles in Ordnung, Ms McCann?«

»Ich bin allergisch«, sagte sie und eilte an ihm vorbei. »In diesen Vorstadt-Büroparks erwischt es mich jedes Mal.«

Sie lehnte sein Angebot ab, sie nach draußen zu begleiten. Nachdem sie das Gebäude verlassen hatte, ging sie mit großen Schritten zu ihrem Mietwagen und setzte sich hinters Steuer. Die Tränen mochten erzwungen gewesen sein, aber die Erniedrigung fühlte sich echt an. Vor diesem Monster zu Kreuze zu kriechen und ihn um Verzeihung anzuflehen, selbst wenn dies nicht ernst gemeint gewesen war, gab ihr das Gefühl, sie wäre beschmutzt worden. Wie er sich aufgeplustert hatte vor Vergnügen über ihre

Demütigung! Ihr Hass auf ihn brannte so heiß, dass er Blasen bildete.

Nichts konnte dieses Gefühl lindern. Nichts – bis zu dem Moment, in dem er selbst erniedrigt und gedemütigt werden würde. Dann würde *sie* vor Freude platzen.

Sie schickte eine kurze Gruppennachricht auf die Prepaid-Handys der anderen.

Erledigt.

Ashley und Emily reagierten, noch bevor sie den Zündschlüssel gedreht hatte.

Doch es war Tiffy, an die sie dachte, als sie vom Parkplatz fuhr. Das Mädchen musste fürchterliche Gewissensbisse verspüren, weil es den Rest der Gruppe hängen lassen hatte. Sie antwortete auch nicht auf diese Nachricht, genau wie sie Kellys vorherige Nachrichten unbeantwortet gelassen hatte. Sie konnte sich gut vorstellen, wie Tiffy das Handy umklammerte und sich auf die Lippe biss – voller Angst zu antworten, beschämt, weil sie es nicht tat.

Dabei war Kelly die Schuldige. Sie hätte Tiffy niemals in ihren Plan hineinziehen dürfen. Sie musste sich bei ihr entschuldigen. Ein Blick auf die Uhr am Armaturenbrett zeigte ihr, dass es kurz nach zwölf war, und ihr Flug ging erst um drei. Soweit sie sich erinnerte, wohnte Tiffy nicht weit von hier entfernt.

Sie bog in einen weiteren Vorstadt-Büropark ein, fuhr rechts ran und scrollte durch die Dateien auf ihrem Handy, bis sie Tiffys Adresse gefunden hatte. Kelly tippte sie ins Navi des Mietwagens ein, dann folgte sie den Anweisungen der Computerstimme auf den Highway. Nach ein paar Meilen wurde sie angewiesen, die Ausfahrt zu nehmen und eine lange Strecke über eine Hauptverkehrsader zu fahren, an der sich Einkaufszentren und Kettenrestaurants aneinanderreihten. Eine ganze Weile später wurde sie erneut aufgefordert abzubiegen. Im selben Augenblick entdeckte sie das verblasste blaue Schild mit der Aufschrift HAPPY DAYS MOBILE HOME PARK. Es baumelte an zwei Ketten neben dem Eingang zu einem Bowlingcenter. Die Trailer standen versteckt am Hang dahinter.

Der Asphalt, der einst die Zufahrt bedeckt hatte, lag in großen Brocken auf der holprigen Fahrbahn. Kellys Wagen holperte und schlingerte an einem unbesetzten Wachhäuschen vorbei, das umgeben war von wuchernden Gräsern, einer Reihe grüner Müllcontainer und jeder Menge Briefkästen mit kleinen Glasfenstern, die aussahen wie ein Miniatur-Apartmenthaus. Hier endete die ehemals gepflasterte Straße. Von dieser Stelle aus zweigten kleine Schotterpisten ab, die sich an den Wohnwagen entlangschlängelten, manche davon noch auf Rädern, andere auf Betonblöcken, einige hatten nachträglich angebaute Terrassen und Veranden.

Kelly rollte eine dieser Pisten hinunter, bis sie feststellte, dass die Hausnummern – wenn sie denn vorhanden waren – nicht stimmten. Also kehrte sie um und probierte es bei der nächsten. Ein räudiger Pitbull kroch unter einem der Trailer hervor und stürzte sich auf ihre Reifen. Mit einem zornigen Knurren rannte er dem Wagen hinterher, bis sie sein Revier endlich verließ, dann machte er kehrt und zog sich wieder in sein Versteck zurück.

Je länger Kelly über die verzweigten Schotterpisten fuhr, desto deprimierter wurde sie. Sie dachte an Tiffy und an deren Leben voller Nöte und Rückschläge. Man hatte sie schon als kleines Kind ihrer drogensüchtigen Mutter weggenommen und von einer Pflegestelle zur nächsten geschickt, so lange, bis sie endlich volljährig war. Doch dann landete sie hier, putzte Büros und wurde vergewaltigt. Nur um von Kelly zum Schweigen gebracht zu werden, die einen einzigen Blick auf den Lebenslauf des Mädchens geworfen und gedacht hatte: *Zwanzigtausend Dollar dürften genügen. Sie wird begeistert sein.* Dabei war das, was sie wirklich begeistert hatte, ein Wochenende am Meer mit einer Gruppe von Frauen verbringen zu dürfen, die sich unter anderen Umständen niemals für sie interessiert hätten.

Mit jedem heruntergekommenen Trailer, den sie passierte, wuchsen Kellys Schuldgefühle.

Endlich gingen die Hausnummern in die richtige Richtung: 92, 94, 96. Vor der Nummer 98 parkte ein alter Pick-up, dem der rechte Kotflügel fehlte. Kelly hielt an, stellte den Motor ab und stieg aus. Sie ging um den Pick-up herum und blieb dann wie angewurzelt vor den Eingangsstufen zum Trailer stehen. Die zerbeulte Aluminiumtür war mit zwei Streifen gelbem Polizeiband versehen, die ein riesiges X bildeten. POLIZEIABSPERRUNG. BETRETEN VERBOTEN.

»Sie können da nicht rein!«, rief jemand hinter ihr.

Sie drehte sich um. Eine junge Frau stand auf der Stufe eines Trailers auf der anderen Seite der schmalen Schotterpiste. Ein Kleinkind saß auf ihrer Hüfte, in der freien Hand hielt sie eine Zigarette. »Oh, hi!«, rief Kelly ihr zu. »Ich bin scheinbar an der falschen Adresse. Ich möchte zu Tiffy Jenkins.«

Die Frau rückte das Kleinkind zurecht. »Sind Sie eine Freundin von ihr?«

»Eine Freundin von der Arbeit«, antwortete Kelly. »Ich dachte, sie wohnt in der Nummer 98.«

»Hat sie auch.«

Kellys Blick schweifte zurück zum Trailer. »Ist etwas passiert?«, fragte sie nervös. Hatte man Tiffy womöglich verhaftet? Bestimmt nicht wegen Cyberkriminalität. Sie hatte doch gar nichts gemacht. Verabredung zu einer Straftat? Sie hatten sich alle schuldig gemacht. Vielleicht hing das gelbe Polizeiband mittlerweile auch vor Kellys Haustür.

»Das musste ja so kommen«, sagte die Frau. Das Kleinkind griff nach ihrer Zigarette, worauf sie es leicht schüttelte. »Ich musste seinetwegen schon mehrfach die Polizei holen.«

»Ach?« Kelly dachte an die Hämatome auf Tiffys Armen, und plötzlich wusste sie, dass sie nicht verhaftet worden war; sie war Opfer häuslicher Gewalt geworden.

»Aber diesmal war es anders. Diesmal habe ich nichts gehört.« Die Frau klopfte die Asche von ihrer Zigarette, die auf die Stufe vor ihrem Wohnwagen fiel. »Sean hat selbst die Polizei informiert. Er war sturzbesoffen, aber er hat die Polizei geholt.«

»Ist mit Tiffy alles okay?«

»Wohl kaum.« Die Frau schnaubte. »Er hat ihr die Kehle durchgeschnitten. Sie ist tot.«

KAPITEL 21

Es war schon dunkel, als Kelly endlich zu Hause eintraf und in ihre Zufahrt einbog. Die Lichtkegel ihrer Scheinwerfer beleuchteten einen fremden Wagen. Einen sportlichen, kleinen schwarzen BMW. Sie kurvte darum herum und fuhr in die Garage. Als sie ausstieg, flammte die Innenbeleuchtung im BMW auf. Eine gut gekleidete junge Frau stieg aus.

»Kann ich Ihnen helfen?«, rief Kelly aus der Garage. Dann: »O mein Gott, Courtney! Ich habe dich nicht erkannt.« Sie hatte Adams Tochter selten anders als in Leggins und Uggs zu Gesicht bekommen, aber heute trug sie High Heels und einen Bleistiftrock. Und fuhr plötzlich einen BMW.

Courtney machte ein paar zögerliche Schritte auf die Garage zu, aber Kelly eilte zu ihr, um sie in die Arme zu ziehen. »Uff.« Überrumpelt stieß Courtney die Luft aus. Kelly konnte ihr keinen Vorwurf machen – ihre Beziehung war immer eher freundschaftlich als liebevoll gewesen –, dennoch löste sie die Umarmung nicht gleich.

»Affektverschiebung«, würde ein Psychologe dazu sagen. Sie dachte an das andere vaterlose Mädchen, das Mädchen, das in seinem Leben vermutlich nicht genug Umarmungen bekommen hatte. Das Schuldgefühl, das Kelly zu Tiffys Trailer getrieben hatte, war nichts verglichen mit der Schuld, die sie empfand, als sie wieder ins Auto gestiegen und weggefahren war. Sie hatte die blauen Flecken an den Oberarmen des Mädchens gesehen. Sie hatte die ruppige Stimme des Freunds am Telefon gehört. Und sie hatte nichts unternommen. Nichts gesagt.

Sie trat einen Schritt zurück und legte die Hände auf Courtneys Schultern. Adams Tochter trug eine Seidenbluse, die sich luxuriös und teuer anfühlte, und hatte die Haare – für gewöhnlich ein Knäuel schwarzer Locken – zu einer seidig glänzenden Föhnfrisur stylen lassen. »Wie schön, dich zu sehen!«, rief sie strahlend. »Noch einmal: Gratuliere! Wir sind so stolz auf dich!«

»Ja, das sagtest du bereits«, murmelte Courtney. »Danke für die Blumen und … für den Rest. Hast du eine Minute für mich?«

»Selbstverständlich! Komm rein!« Kelly hörte selbst, dass ihre Stimme viel zu schrill klang.

»Nicht nötig, es dauert nicht lange …«

»Komm rein und sag dem Rest der Familie Hallo!«

Kellys Tasche lag noch im Kofferraum, aber sie ließ sie dort, legte einen Arm um Courtneys Taille und steuerte mit ihr auf die Haustür zu. »Hallo, alle zusammen!«, rief sie und streifte ihre Schuhe ab. Ihr entging nicht, wie manisch ihre Stimme klang. Sie war einfach nur froh, wieder zu Hause zu sein, redete sie sich ein. Froh darüber, ihre Mission hinter sich gebracht zu haben.

»Mommy!«, quietschte Lexie und kam die Treppe heruntergerannt.

»Hi, Süße!« Kelly fing ihre Tochter auf und drückte sie noch fester an sich als vorhin Courtney. »Wie war's in der Schule?«

»Langweilig. Warum kommst du so spät? Du hast versprochen, früh zu Hause zu sein.«

»Es ist etwas dazwischengekommen. Tut mir leid. Schau mal, Courtney ist hier.«

»Hallo«, nuschelte die Kleine, ohne Courtney anzusehen. »Mom ist zu Hause!«, rief sie dann durchs Haus.

»Hey, Kelly.« Gwen steckte den Kopf aus der Küche am Ende des Flurs. »Wir haben mit dem Abendessen auf dich gewartet.«

»Das musstet ihr nicht.«

»Ach, du kennst doch Lexie. Außerdem habe ich die Jungs eingeladen, mit uns zu essen, wenn das okay ist.«

»Selbstverständlich.«

»Mom, schau mal – du hast eine Lieferung bekommen!« Lexie zog sie an der Hand ins Wohnzimmer, wo auf dem Couchtisch ein in Zellophanfolie eingeschlagener Obstkorb stand. »Guck mal nach, von wem er ist«, drängte sie Kelly aufgeregt.

Kelly riss den beiliegenden Umschlag auf und las die Karte. *Ich hoffe, es geht Ihnen besser. Sehen wir uns bald? Rick.* »Oh!«, sagte sie.

»Von wem ist er?«, fragte Lexie. »Wer hat den Korb geschickt?«

»Ein Freund von der Arbeit.« Sie war überrascht, nicht nur darüber, dass er ihr etwas geschickt hatte, sondern dass es noch dazu genau das Richtige war. Blumen hätten nahegelegt, dass gestern Abend etwas zwischen ihnen vorgefallen war, was nicht den Tatsachen entsprach, aber ein Obstkorb entbehrte jeglicher sexuellen Konnotation. Es war lediglich eine freundliche Geste, und dieser Obstkorb – nichts Überkandideltes, lediglich Äpfel und Birnen und eine Tüte Cashewnüsse – traf exakt das richtige Maß. Genau wie die Nachricht – *Ich hoffe, es geht Ihnen besser* –, als hätte sie gestern Abend nur an einer leichten Magenverstimmung gelitten. Das Beste aber war seine Frage: *Sehen wir uns bald?* Das Fragezeichen am Ende des Satzes spielte ihr den Ball zu, doch die Worte davor versprachen, dass ihr Volley erwidert würde. Sie war gerührt, aber – noch wichtiger – auch erleichtert. Sie würde sich nicht nach einem anderen Journalisten umsehen müssen. Rick Olsson war nach wie vor ihr Mann.

Mit einem breiten Lächeln hob sie den Kopf. Sie fühlte sich beinahe beschwingt. »Courtney!«, rief sie, als sie durch die Wohnzimmertür sah, dass das junge Mädchen noch immer unsicher am Eingang stand. »Komm. Setz dich.«

»Es dauert wirklich nur eine Minute, Kelly.«

Gwen kam mit einem Stapel Teller aus der Küche. »Hey, Courtney. Bleib doch zum Essen. Es ist genug da«, sagte sie und verschwand im Esszimmer.

»Ja, bitte«, pflichtete Kelly ihr bei. »Iss mit uns zu Abend!«

»Nein, ich kann nicht bleiben …«

Der Rest von Courtneys Satz ging in einem Rumoren unter, das aus der Küche kam. Todd und Bruce betraten das Haus durch die Hintertür. »Oh, das duftet aber gut«, befand Bruce.

»Das bin ich«, witzelte Todd.

»Hm. Ich wünschte, du würdest tatsächlich so gut riechen.«

Es folgten Geräusche, als würden die zwei miteinander rangeln. Kelly trat auf Courtney zu. Im selben Moment klingelte es. Sie öffnete und sah sich Gwens Freund Josh gegenüber. Er räusperte sich überrascht, als er Gwen mit Tellern und Besteck ins Esszimmer eilen sah.

»Bin ich zu früh?«, fragte er an Kelly gewandt. »Gwen hat gesagt, ich soll sie um halb acht abholen.«

»Nein«, versicherte Kelly ihm und griff nach der Post auf dem kleinen Tisch. »Das ist meine Schuld. Ich bin zu spät. Aber bleib doch bitte zum Essen, Josh.«

Er warf Gwen einen Blick zu, die im Flur stehen geblieben war. Sie nickte. »Gern, danke«, sagte er.

»Na, dann mach dich mal nützlich«, sagte Gwen. »Wir brauchen noch zwei Teller.«

»Ich kümmere mich um das Besteck!«, rief Lexie und stürmte ihm voran zur Küche, aus der nun Todd und Bruce kamen. Die drei Männer begrüßten einander im Vorbeigehen mit Faustchecks. »He, Süße«, sagte Todd, als er Courtney sah. »Ich wusste gar nicht, dass du auch kommst.« Er küsste die Luft rechts und links neben ihren Wangen, bevor er theatralisch einen Schritt zurücktrat. »Lass dich ansehen! So schick!« Er versuchte, sie einmal um sich selbst zu drehen, aber sie rührte sich nicht vom Fleck.

»Ich muss dringend mit Kelly reden …«

Kelly legte die Post zurück auf den Tisch. »Justin!«, rief sie die Treppe hinauf. »Ich bin zu Hause, und das Abendessen ist fertig. Zwei gute Gründe, deine Höhle zu verlassen!«

»Soll ich eine Flasche Wein öffnen?«, fragte Gwen, auf dem Weg zurück in die Küche.

»Unbedingt«, sagte Kelly, dann: »Nein, lieber Champagner! Heute Abend stoßen wir auf Courtney an.«

»Nein …«, setzte Courtney an, aber Todd stemmte die Hände in die Hüften. »Erzähl, was gibt's zu feiern?«

»Sie hat ihre Anwaltsprüfung in Massachusetts bestanden«, antwortete Kelly an Courtneys Stelle und zog sie mit ins Esszimmer. »Sie ist jetzt eine versierte Anwältin – ganz der Vater!«

»Und wie du!« Lexie verteilte klappernd das Besteck.

Gwen und Josh kamen aus der Küche, dampfende Schüsseln mit Gemüse und Kartoffelgratin in den Händen. »Das Essen ist fertig!«, rief Gwen, bevor sie erneut in die Küche eilte.

»Setzt euch, wo immer ihr möchtet«, sagte Kelly und zog einen Stuhl an der Seite des Tisches hervor. Lexie ließ sich auf den Platz neben ihr fallen. Gwen kehrte mit einem großen Teller Brathähnchen zurück. Erst nachdem alle anderen Platz genommen hatten, setzte sich auch Courtney. Zögernd.

»Hey, wem gehört eigentlich der BMW?«, rief Justin, als er endlich die Treppe heruntergepoltert kam.

»Deiner Schwester!« Kelly wandte sich Courtney am Ende des Tisches zu. »Was für ein hübscher Wagen.«

»Nein!«, sagte Justin ungläubig und setzte sich.

Courtney schüttelte den Kopf. »Er gehört mir nicht. Es ist ein … Firmenwagen.«

»Was für ’ne Firma?«, wollte er wissen. Im selben Moment fragte Kelly: »Courtney! Hast du etwa schon einen Job gefunden?«

»Ja.« Über den Tisch hinweg begegnete sie Kellys Blick. »Wie ich es dir in meiner E-Mail mitgeteilt habe. Ich bin jetzt bei Kevin Trent & Associates.«

Der Trubel am Tisch wurde lauter, alle gratulierten, Schüsseln wurden herumgereicht, der Champagnerkorken knallte. Allein für Kelly verstummte der Soundtrack. Sie hörte nur ein *Wusch, wusch, wusch* in ihrem Kopf wie von einem Luftzug. Wie das rhythmische Kreisen eines Ventilators. Das rhythmische Heben und Senken eines Beatmungsgeräts. Sie starrte Courtney an, doch alles, was sie sah, war ein Berg Rechnungen auf Adams Schreibtisch und sich selbst, mit einem Baby im Kinderwagen, wie sie diese Rechnungen durchging. Wie die Rezeptionistin ihr ein Einschreiben von Erik Kloss brachte.

Sie schob ihren Stuhl zurück und stand auf. »Ich würde gern mit dir reden.« Ihre Stimme hallte in ihrem Kopf wider. Sie verließ das Esszimmer und durchquerte das Wohnzimmer, um in ihr Arbeitszimmer zu gehen. Courtney stand ebenfalls auf und folgte ihr. Am Tisch wurde es still. Alle tauschten nervöse Blicke aus.

»Was ist los?«, fragte Lexie, aber niemand antwortete.

Kelly hielt Courtney die Arbeitszimmertür auf. Sobald Adams Tochter den Raum betreten hatte, schloss sie die Tür und drehte sich zu ihr um. Kelly war barfuß, und Courtney war gute fünfzehn Zentimeter größer als sie, plus ihre acht Zentimeter hohen Absätze. Doch Kelly war völlig unerschrocken in ihrem Zorn. »Kevin Trent.« Sie spie den Namen zischend durch die Zähne. »Der Mann, der deinem Vater die Kanzlei weggenommen hat. Wie kannst du nur für ihn arbeiten?«

»Er hat niemandem etwas weggenommen.« Courtney wirkte jetzt nicht länger schüchtern oder zurückhaltend. Ihre Augen blitzten herausfordernd.

»Er hat ihm den größten Mandanten gestohlen!«

»Es war klar, dass Dad nie wieder als Anwalt praktizieren würde. Erik wollte, dass Kevin das Mandat übernimmt. Dad hätte das auch gewollt.«

»Erik?«, kreischte Kelly. »Du nennst Erik Kloss beim Vornamen?«

Courtney reckte das Kinn vor. »Es war Eriks Idee, dass ich in die Kanzlei einsteige. Um Dad zu ehren.«

»Um Dad zu *ehren?*« Kelly warf die Hände in die Luft und wirbelte durch den Raum, vorbei an dem Schreibtisch, an dem Adam Nacht für Nacht gesessen und an den Verträgen von Erik Kloss gefeilt hatte. »Er hätte ihm eine viel größere Ehre erwiesen, wenn er ihn nicht in den Bankrott getrieben hätte!«

Courtney verschränkte die Arme und reckte das Kinn noch weiter vor. »Ich bin nicht hier, um darüber zu diskutieren. Ich möchte über mein Gesuch sprechen.«

»Was für ein Gesuch?«

»Ein Antrag, die Vormundschaft zu übernehmen. Ich habe ihn noch nicht eingereicht. Ich gebe dir eine Woche Zeit, um zuzustimmen.«

Kelly runzelte die Stirn. »Vormundschaft? Für wen, von wem?«

»Für Dad. Ich möchte die Vormundschaft für Dad übernehmen.«

»Tatsächlich?«, fragte Kelly spöttisch. »Möchtest du ihn auch pflegen und füttern?«

»Nein«, sagte Courtney. »Ich möchte, dass das aufhört.«

Kelly starrte sie an. Der Luftzug in ihrem Kopf wurde zu einem Heulen, so laut, dass sie brüllen musste, um sich selbst hören zu können. »Du willst deinen Vater verhungern lassen?«

»Um Himmels willen, Kelly. Er ist doch längst tot! Und zwar schon seit zehn Jahren!«

»Sag das nicht! Er ist immer noch da drin! Ich weiß das!«

»Da ist nicht mehr als eine leere Hülle. Du musst mir erlauben, diese Hülle zu beerdigen.«

»Diese Hülle?«, schrie Kelly, stürzte sich auf Courtney und fasste sie am Handgelenk. »Komm mit.«

Sie riss die Tür auf und zog das Mädchen hinter sich her durchs Wohnzimmer und durch den Flur zur Treppe. Die anderen saßen stumm am Tisch im Esszimmer und sahen entsetzt zu, wie Kelly versuchte, Courtney die Stufen hinaufzuschleifen. »Komm mit und sag es deinem Vater. Sag es ihm ins Gesicht!«

Courtney stemmte die Füße in den Boden und riss sich los. »Du und dein scheiß katholisches Schuldgefühl!«, schrie sie. »Du hältst ihn da oben, als wäre er … als wäre er Frankensteins Monster! Um seines Andenkens willen, um seiner Kinder willen« – Courtney zeigte auf Justin und Lexie – »musst du mich ihn beerdigen lassen!«

Lexie brach in Tränen aus und rutschte unter den Tisch.

»Ich weiß, worum es dir geht!«, kreischte Kelly. »Du bist hinter seiner Lebensversicherung her! Schließlich wartest du schon seit zehn Jahren auf das Geld!«

Courtneys Blick wurde kalt. »Lies die verdammten Papiere!«, stieß sie hervor, dann lief sie zur Haustür und stürmte hinaus.

Kelly rannte nach oben, durch den Flur und ins Schlafzimmer. Adams Augen waren weit geöffnet, als hätte er jedes Wort dieses hässlichen Schlagabtausches mitbekommen. Er rührte sich nicht, als sie seinen Namen nannte, doch das hatte er durchaus schon getan, mehrere Male im Laufe der Jahre. Einmal hatte er die Hand gehoben und unmissverständlich »Wasser« gesagt, bevor er ihr wieder entglitten war. Oft sah sie, wie sich seine Augen bewegten, als befände er sich in der REM-Schlafphase, was bedeuten musste, dass er träumte. Er atmete selbstständig, sein Herz schlug selbstständig, und die Synapsen in seinem Gehirn feuerten … Wie konnte man ihn als *tot* bezeichnen?

Es sei unwahrscheinlich, dass sich sein Zustand verbessern würde, behaupteten die Ärzte, was aber nicht zwangsläufig bedeutete, dass es ausgeschlossen war. Niemand hatte je *ausgeschlossen,* dass sich sein Zustand verbessern würde.

»Mach dir keine Sorgen«, sagte sie mit bebender Brust. »Das wird nicht passieren. Wir werden dagegen angehen. Wir werden kämpfen. Und wir werden gewinnen.«

Sie suchte in seinen Augen nach einer Reaktion. »Adam. Liebling«, murmelte sie, streichelte ihm übers Haar und küsste ihn. »Mach dir bitte keine Sorgen. Es wird dir wieder gut gehen. Alles wird gut.«

KAPITEL 22

Als sie endlich in ihren Laufsachen die Treppe hinunterkam, war das Esszimmer leer. Aus der Küche war das Klappern von Tellern zu hören, im Wohnzimmer lief der Fernseher. Alle waren beschäftigt. Niemand würde sie vermissen. Alles, was sie brauchte, war eine ausgiebige, anstrengende Laufrunde, um ihren inneren Zorn zu vertreiben.

Der Nachbar stand in seiner Einfahrt auf der Straßenseite gegenüber. Er hielt einen Hund an der Leine, der neu in seinem Haushalt sein musste. Zu jedem anderen Zeitpunkt wäre sie stehen geblieben, um ihn zu bewundern, aber heute Abend winkte sie nur kurz und zog ihre reflektierende Weste an. Er winkte zurück, und sie sprintete den Block hinunter.

Sie nahm ihre übliche Route durch die Stadt zum College, aber sie lief schneller als sonst. Ihre Füße hämmerten auf den Asphalt, und mit jedem Schritt brodelte es mehr in ihr. Sie war unfassbar wütend. Auf Courtney. Auf Kevin Trent und Erik Kloss.

Sie bog auf den Campus ein. Ihre Gedanken kehrten zurück zu dem, was Tiffy zugestoßen war, und während der nächsten halben Meile schäumte sie vor Wut auf diesen Sean. Sie dachte an seine grunzende Stimme am Telefon. Wie er das Wort »Schlampe« ausgespuckt hatte. Sie dachte daran, wie Tiffy an ihren Nägeln gekaut hatte. *Glauben Sie, er ist darauf reingefallen?* Dann erinnerte sie sich, wie Tiffy sich gegen die dominante Ashley aufgelehnt hatte. *Sind wir in Wirklichkeit nicht alle schuld?* Sie fragte sich, ob Tiffy sich endlich gegen Sean aufgelehnt hatte, ob das der Trigger gewesen war. Manche Männer konnten es nicht ertragen, wenn sie herausgefordert wurden.

Oder zum Schweigen verdonnert. Ihre Gedanken drohten an einen Ort zu wandern, an den sie nicht wandern sollten. Noch nicht. Wenn alles vorbei war, wenn Benedict ruiniert war, dann würde es ihr besser gehen, dann würde sie über ihn nachdenken können. Oder auch nicht.

Sie zwang ihre Gedanken, zu Courtney zurückzukehren. Zorn war eine vergeudete Emotion, es sei denn, sie konnte ihn in etwas Konstruktives umwandeln. Es sei denn, sie konnte ihn zu ihrer Waffe machen. Genau das hatte sie während ihrer Karriere getan. Jedes Mal, wenn ein gegnerischer Anwalt sie beleidigte oder etwas Unverschämtes tat, verschärfte sie ihre Offensive und ging voll auf Sieg. So würde sie auch bei Courtney verfahren. *Lass dich nicht verrückt machen. Gewinne.*

Sie hatte einen Partner in der Kanzlei, einen Anwalt namens Lyle Firth, der sich auf Erb- und Familienrecht spezialisiert hatte. Sie würde ihn dazu bringen, gegen Courtneys Antrag vorzugehen. Niemand in Kevin Trents Laden war auf diesen juristischen Zweig spezialisiert, daher wäre Lyle automatisch im Vorteil. Und dann war da noch der Punkt, dass Kelly als Ehefrau sich während der letzten zehn Jahre jeden Tag um Adam gekümmert hatte. Im Gegensatz zu der Tochter, die nur ab und zu vorbeigekommen war. Kellys Sieg war so gut wie sicher.

Sie lief weiter, um die Sportplätze herum und durch einen College-Campus, der merkwürdig leer war. An den meisten milden Herbstabenden kam sie an etlichen Gruppen von Studierenden vorbei, die von der Bibliothek zu ihren Wohnheimen schlenderten oder es sich auf dem Rasen mit Bierdosen und Apfel-Doughnuts bequem machten. Vermutlich fand irgendeine Veranstaltung statt, ein Konzert oder eine Kennenlernparty auf der anderen Seite des Campus. Das würde erklären, warum kaum Fußgänger und nur wenige Autos unterwegs waren. Nur ein einziger Wagen hatte sie überholt, seit sie den Campus betreten hatte, und nun war einer hinter ihr.

Sie warf einen Blick über die Schulter. Man durfte auf dem Gelände nicht schneller als zwanzig Meilen pro Stunde fahren, auch wenn sich kaum jemand daran hielt. Das Auto hinter ihr, ein dunkles Coupé, fuhr sogar noch langsamer.

Fast so, als würde es sich ihrer Laufgeschwindigkeit anpassen. Die Straße machte eine Kurve, der sie folgte, und als sie erneut nach hinten schaute, leuchteten ihr die Scheinwerfer des Wagens direkt ins Gesicht.

Kelly erstarrte. Aber nur für eine Sekunde. Dann nahm sie die Beine in die Hand und spurtete davon. Sie bog vom Gehweg ab und rannte über den Rasen, jetzt noch schneller als bei ihrem Sprint am Anfang der Runde. Im Laufen riss sie die Klettverschlüsse an ihrer Warnweste auf, zog sie aus und warf sie ins Gebüsch.

Ihr Herz hämmerte gegen den Brustkorb. Ob es der Mann mit dem Hund aus der Einfahrt gegenüber war? Sie kannte den Hund nicht, und nun wurde ihr bewusst, dass sie den Mann gar nicht richtig gesehen hatte. Sie war einfach davon ausgegangen, dass es ihr Nachbar war. Plötzlich fiel ihr der Mann mit Hund ein, der sie auf dem Parkplatz von UniViro beobachtet hatte. Und dann der Mann mit dem Hund bei Tiffy am Strand. Es könnte derselbe Hund gewesen sein. Es musste derselbe Mann gewesen sein.

Der Wagen überholte sie in der Kurve zur Straße. Sie beschleunigte noch mehr, dann hörte sie Bremsen quietschen. Die Wagentür flog auf.

»Kelly! Jetzt warte doch mal, ich bin's!«

Sie kannte die Stimme. Keuchend hielt sie an. »Javi?«, rief sie und drehte sich um.

»Tut mir leid«, sagte er und trat auf sie zu, ihre Weste in der Hand. »Ich wollte dich nicht erschrecken.«

Sie winkte ab. Ihr Atem ging viel zu schnell, als dass sie ihm hätte antworten können.

»Ich habe etwas von meinen Jungs in Philadelphia gehört. Dachte, das solltest du wissen.« Er trug eine schmal geschnittene silbergraue Hose und ein purpurfarbenes Hemd, und Kelly wusste, dass er aus gewesen war. Er hatte ein Date oder – wahrscheinlicher – eine Eroberung sitzen lassen, um sie ausfindig zu machen. »Erinnerst du dich an Tiffy Jenkins?«, fragte er. »Sie war eine von Benedicts NDA-Frauen. Die Reinigungskraft. Sie wurde gestern ermordet.«

Kelly nickte. »Ich weiß«, stieß sie, immer noch keuchend, hervor. »Es ist grauenhaft.«

Er legte den Kopf schräg. »Wie hast du davon erfahren?«

Zu spät. Sie hatte sich verplappert. Es gab keinen Grund, warum sie über ein ganz gewöhnliches Verbrechen drei Staaten entfernt Bescheid wissen sollte. Sie atmete tief durch, um sich Zeit zum Nachdenken zu verschaffen und sich eine Erklärung einfallen zu lassen.

»Erinnerst du dich an den Anwalt, den wir für sie engagiert hatten?«, fragte sie nach einer ganzen Weile. »Er hat mich angerufen. Das arme Mädchen. Schlimm genug, dass sie von Benedict attackiert wurde, aber jetzt auch noch von ihrem eigenen Freund?« Sie schüttelte betrübt den Kopf.

Javi musterte sie. »Du denkst, das ist passiert?«

»Sicher. Man hat ihn bereits verhaftet.« Die Nachbarin war gern bereit gewesen, Kelly lang und breit zu erzählen, wie die Cops ihn in Handschellen aus dem Trailer geführt hatten. Er hatte sich den ganzen Weg zum Streifenwagen gewehrt, und als er endlich drinnen saß, hatte er versucht, mit beiden Füßen das

Fenster rauszutreten, während er schluchzend beteuerte, wie sehr er sie geliebt hatte.

Javi schüttelte den Kopf. »Das ist ein zu großer Zufall.«

»Wie meinst du das?«

»Jenkins *und* Patel.«

»Du denkst … O mein Gott!« Sie gab ein prustendes Lachen von sich. »Du denkst, Benedict hat sie umgebracht?«

»Vielleicht.« Er verlagerte das Gewicht von einem Fuß auf den anderen, leicht verlegen wegen ihrer abschätzigen Reaktion. »Ich meine, wie hoch sind die Chancen?«

»Nun, zunächst einmal war Patels Tod ein Unfall. Das hast du selbst gesagt.«

»Ich habe gesagt, es war kein Selbstmord. Es ist möglich, dass jemand ihr eine hochkonzentrierte Tablette Oxycodon verabreicht hat. Vielleicht irgendein Big-Pharma-Typ?«

Kelly lachte erneut. »Warum? Was sollte er für ein Motiv haben? Er wurde doch freigesprochen! Und er hatte Tiffy bereits ein Schweigegeld gezahlt und sie eine Geheimhaltungsvereinbarung unterschreiben lassen. Wenn er eine der beiden hätte umbringen wollen, hätte er das vorher getan, nicht nachher.«

»Der Tod bringt einen garantiert zum Schweigen.«

»Komm schon.« Plötzlich fiel ihr noch etwas anderes ein. »Benedict war gestern in Atlanta. Während man Tiffy die Kehle durchgeschnitten hat.«

Javi überlegte nur einen kurzen Moment, bevor er entgegnete: »Er muss die Schmutzarbeit wohl kaum selbst erledigen. Dafür hat er doch diesen Gorilla. Anton.«

»Der war ebenfalls in Atlanta«, hielt Kelly dagegen. »Ohne ihn geht Benedict nirgendwohin.« Kaum hatte sie ihre Worte ausgesprochen, kam ihr eine Erinnerung: Anton, der sie hochhob und aus dem Helikopter in das Taxi verfrachtete. Er war von Philadelphia nach Boston und zurück geflogen – allein. Dennoch … »Er ist ein Vergewaltiger«, sagte sie. »Kein Mörder. Es ist Zufall, dass Reeza und Tiffy so kurz nacheinander gestorben sind.«

Javi presste die Kiefer aufeinander, dann widersprach er: »Ich glaube nicht an Zufälle.«

Sie verdrehte die Augen. Es war wirklich abgedroschen, so etwas zu äußern. Außerdem glaubte sie an Zufälle. Fast jedes bedeutende Ereignis in ihrem Leben ging auf einen Zufall zurück. Es war ein Zufall, dass sie sich in genau der Woche bei der Ethikkommission anmeldete, in der Adam den Vorsitz übernahm. Dass sie Todd im Krankenhaus begegnete, unmittelbar nachdem sein letzter Langzeitpatient gestorben war. Es war sogar ein Zufall, dass sie George Benedict vertreten hatte, der zufällig einige Zeitungsberichte über sie las, kurz nachdem sein erstes Opfer Forderungen geltend machte.

»Vielleicht hilft es dir ja zu wissen, dass wir mit Benedict fertig sind«, sagte sie.

Javis Augenbrauen schnellten in die Höhe. »Du vertrittst ihn nicht mehr?«

»Wir haben uns in gegenseitigem Einvernehmen getrennt.«

»Schön und gut. Aber wenn er tatsächlich hinter diesen Morden steckt …«

»Hör auf, Javi. Das ergibt doch keinen Sinn.«

Jetzt hatte sie ihn wirklich vor den Kopf gestoßen. Er wandte den Blick ab und drehte sich um. »Soll ich dich nach Hause bringen?«, bot er zähneknirschend an.

Trotz seines Tonfalls war sie versucht, sein Angebot anzunehmen. Ihr Puls war immer noch zu hoch, und sie verspürte nach wie vor ein leichtes Unbehagen wegen des Mannes mit dem Hund. Aber wie so viele andere Dinge in ihrem Leben würde sie auch das durchstehen müssen. »Nein, danke«, sagte sie daher und setzte sich wieder in Bewegung. »Ich würde meine Runde gern zu Ende bringen.«

»Hey!«, rief er ihr nach. Er hielt ihr ihre Warnweste hin, und sie machte kehrt, nahm sie ihm aus der Hand und lief weiter.

Es war schon Schlafenszeit für Lexie, als Kelly nach Hause kam, aber ihr Nachtlicht war noch an. Lexie lag auf dem Teppich neben ihrem Bett, die Nase in ein Buch gesteckt.

Kelly trat ein und hockte sich neben sie. »Hey, Süße. Willst du denn gar nicht schlafen gehen?«

Lexie sah sie schläfrig an. »Du hasst sie jetzt, oder?«

»Courtney? Nein. Wir hatten eine Meinungsverschiedenheit, das ist alles. Ich habe die Beherrschung verloren.«

»Sie hat das Sch-Wort gesagt.«

»Nun, sie hat ebenfalls die Beherrschung verloren.«

»Sie will Daddy umbringen.«

»Das hätte ich nicht sagen sollen. Wir sind uns nicht einig wegen seiner medizinischen Versorgung, das ist alles. Komm, hoch mit dir!«

Lexie stemmte sich auf die Ellbogen und krabbelte auf allen vieren zum Bett. »Sie ist nicht unsere Freundin«, sagte sie, als sie sich unter die Decke kuschelte.

»Heute vielleicht nicht.« Kelly beugte sich zu ihrer Tochter hinunter, um ihr einen Kuss auf die Stirn zu drücken. »Aber sie wird immer deine Schwester bleiben. Denk dran, Daddy liebt sie genauso sehr wie dich.«

»Wirklich?« Plötzlich waren Lexies Augen weit offen. »Liebt er mich? Er kennt mich doch gar nicht.«

Kelly war sich nicht sicher, was sie darauf erwidern sollte. *Er hat dich schon geliebt, bevor du auf der Welt warst. Er würde dich lieben, wenn er dich kennenlernen könnte.* »Wenn es ihm möglich wäre, dich kennenzulernen«, sagte sie schließlich, »würde er dich nur noch mehr lieben.«

Ihre Antwort schien Lexie zufriedenzustellen. Sie schloss die Augen.

Kelly schlich aus dem Zimmer und den Flur entlang zu Justins Tür. Leise klopfte sie an.

»Was gibt's?«, rief er.

»Willst du reden?«

»Ähm, ich bin im Moment beschäftigt. Vielleicht morgen.«

Das passte Kelly gut. Sie ging in ihr Schlafzimmer und trat an Adams Bett. Die Monitore piepten gleichmäßig. Die Überwachungskamera lief. Alles war in Ordnung.

Sie öffnete Courtneys E-Mail auf ihrem Handy. Adams Tochter schrieb, dass sie ihre Anwaltsprüfung bestanden hatte, redete ihren Job bei Kevin Trent, diesem Verräter, schön und holte dann zum Vernichtungsschlag aus:

> Ich habe einen Antrag ausgefüllt, die Vormundschaft für meinen Vater zu übernehmen, damit die Ernährungssonde entfernt werden kann. Ich hoffe, du bist einverstanden. Ich warte zehn Tage, dann reiche ich ihn ein.

Kelly leitete die E-Mail an ihren Partner Lyle Firth weiter. Dazu schrieb sie:

> Ich muss dich morgen früh sprechen.

»So.« Sie beugte sich zu Adam vor und küsste auch ihn auf die Stirn. »Erledigt. Du musst dir wirklich keine Sorgen machen.«

Jemand hatte ihr Gepäck aus dem Wagen geholt und ins Schlafzimmer gestellt. Sie schaltete die Kamera ab und brachte die Tasche in den Ankleideraum, bevor sie unter die Dusche ging.

Als sie sich anschließend abtrocknete, hörte sie ein Pingen, das den Eingang einer Textnachricht ankündigte. Sie warf einen Blick auf ihr Smartphone, doch da war keine Nachricht. Plötzlich fiel ihr das Prepaid-Handy ein. Sie zog es aus der Tasche. *Ich sehe dich,* stand auf dem Display.

Sie ließ das Handy fallen, als hätte sie sich daran verbrannt. Die Nachricht war von Tiffy. Von dem Prepaid-Handy, das sie für Tiffy besorgt hatte.

Ich sehe dich.

Das konnte nicht sein. Die Nachricht stammte weder von Tiffy, noch war sie für Kelly bestimmt, das war unmöglich. Niemand wusste, dass das Telefon in ihrer Hand ihr gehörte. Sie hatte die Prepaid-Handys an einem Kiosk am Flughafen von Philadelphia gekauft. Bar bezahlt.

Es gab eine simple Erklärung. Tiffy musste das Handy weggeworfen haben, und jemand hatte es gefunden und die Nachricht aus Spaß verschickt. Ein Scherz. Mehr steckte vermutlich nicht dahinter.

Dennoch … Sie schaltete das Handy aus und nahm den Akku heraus. Morgen würde sie über eine andere Möglichkeit nachdenken, mit Ashley und Emily in Kontakt zu treten.

Sie zog ihr Nachthemd an und ging zu Adam, um ihm eine gute Nacht zu wünschen. Seine Augen waren geschlossen, und sie küsste seine Augenlider, dann seine Lippen.

Als sie sich umdrehte, leuchtete ein grünes Licht wie ein Katzenauge in der Dunkelheit. Jemand hatte die Kamera wieder angestellt.

Ich sehe dich.

KAPITEL 23

Javis Cyber-Mann Paul war mit einem anderen Job befasst, als Kelly ihn erreichte. Es wurde drei Uhr morgens, bis er endlich zu ihr kam, und er arbeitete die restliche Nacht daran, die Firewall noch sicherer zu machen, indem er weitere Verschlüsselungen vornahm.

Kelly verbrachte den Großteil der Nacht im Garten und schuf sich ihre eigene Firewall: Sie schleuderte das Prepaid-Handy in den Weber-Grill, schüttete Flüssiganzünder darüber und hielt ein Feuerzeug daran. Anschließend blieb sie so lange neben dem Grill stehen, bis von dem Telefon nicht mehr übrig war als eine geschmolzene Masse.

Am liebsten hätte sie auch das Modem aus der Wand gerissen und mitsamt allen damit verbundenen Geräten in die Flammen geworfen. Die Kinder würden Zeter und Mordio schreien und vielleicht auch der ein oder andere Erwachsene, aber sie würden lernen, ohne Streaming-Anbieter und virtuelle Assistenten, die das Licht einschalteten, klarzukommen. Sie konnten ihre Abende zur Abwechslung mal damit verbringen, ein Buch zu lesen, was Lexie ohnehin sehr gern tat, oder sich zu unterhalten. Es würde ihnen guttun.

Doch dann dachte sie an Adam. Er war abhängig von den mit dem Internet verbundenen Gerätschaften. Was bedeutete, dass Kelly mit der Angst vor permanenter anonymer Überwachung leben musste. Ihre Nackenhärchen stellten sich auf bei dem Gefühl, beobachtet zu werden.

Ich sehe dich.

Die Worte hatten sich in ihr Gehirn gebrannt.

Sie redete sich ein, dass das nicht stimmte. Dass er sie nicht sehen konnte, wer immer er sein mochte. *Benedict?* Bestimmt war es nur ein Zufall, dass die Nachricht genau dann eingegangen war, als das Licht der Überwachungskamera wieder aufleuchtete. Und Kelly glaubte bekanntlich an Zufälle. Aber wer hatte die Kamera reaktiviert? *Benedict?* Sie schüttelte den Kopf. Das hier *war* ein Zufall. Wie hätte Benedict Tiffys Handy in die Finger kriegen sollen? Er wusste nicht, wo sie wohnte – es hatte für ihn auch nie einen Grund gegeben, das in Erfahrung zu bringen. Er hatte sie in derselben Minute vergessen, in der er den Reißverschluss seiner Hose hochzog. Als Kelly ihm den Schweigegeldscheck für Tiffy zur Unterschrift vorgelegt hatte, hatte er tatsächlich gefragt: »Wer ist das noch gleich?«

Sie versuchte, sich davon zu überzeugen, dass nicht er es war, der sich eingehackt hatte. Es war durchaus möglich, dass es sich um einen weiteren Zufall handelte. Möglich war doch, dass es ein anderer Hacker auf sie oder jemanden aus ihrem Haushalt abgesehen hatte. Bruce' Ex-Freund war ITler; er könnte der Übeltäter sein. Vielleicht handelte es sich auch nur um eine zufällige Störung.

Doch tief im Innern wusste sie, dass Benedict dahintersteckte. Die erste Cyberattacke hatte in der Nacht stattgefunden, nachdem er sie missbraucht hatte. Die zweite, nachdem sie bei ihm im Büro gewesen war.

Das war mehr als Zufall.

Bei Tagesanbruch stand die neue Firewall. Kelly weckte die Kinder und gab Todd und Bruce Bescheid, anschließend rief sie Gwen und Josh an. Alle versammelten sich am Esszimmertisch und hörten benommen zu, als Paul sie durch die einzelnen Schritte führte, die nötig waren, um ihre Anmeldedaten noch einmal zu ändern.

Er war verblüfft darüber, dass es zu diesem neuerlichen Hackerangriff hatte kommen können. Eigentlich hätte seine vorherige Arbeit das System schützen müssen. »Es sei denn, jemand hat das WLAN-Passwort weitergegeben«, überlegte er, aber alle schworen, dies nicht getan zu haben.

»Nun, das dürfte genügen«, versicherte er Kelly, als er sich an der Haustür von ihr verabschiedete, doch sie hörte den Zweifel in seiner Stimme. Es war schwierig, ein Gegenmittel zu finden, wenn man die Ursache nicht kannte.

Trotz der schlaflosen Nacht war sie um neun in ihrem Büro in der Kanzlei. Auf dem Schreibtisch lagen Stapel von Post und ungelesenen Schriftsätzen, und Cazz' Erinnerungen an alles, was ihre Aufmerksamkeit erforderte, nahmen allmählich einen drängenden Ton an. Doch bevor sie all die liegen gebliebenen Dinge in Angriff nehmen konnte, musste sie sich überlegen, wie sie an Rick Olsson herankommen sollte. Der Obstkorb bot ihr den perfekten Vorwand, mit ihm in Kontakt zu treten, aber sie war sich unschlüssig, ob sie ihn lieber anrufen oder ihm eine E-Mail schreiben sollte. Außerdem fragte sie sich, wann der passende Zeitpunkt dafür war. Meldete sie sich zu früh bei ihm, war es gut möglich, dass er sich über ihre Beweggründe wunderte.

Patti Han klopfte an ihre Tür. »Schlechte Nachrichten«, teilte sie Kelly mit. »Ich habe mit Margaret Staleys Anwältin gesprochen.«

Kelly nickte zerstreut, während sie ihren E-Mail-Account durchging, um Ricks Kontaktdaten aufzurufen.

»Du erinnerst dich«, fügte Patti hinzu, »lesbisch. Filmstar …«

»Ja«, gab Kelly kurz angebunden zurück. »Ich erinnere mich.«

»Oh, okay. Nun, sie wird uns keine Summe nennen. Sie weigert sich sogar, über einen Vergleich zu sprechen, solange Tommy keine Einsicht zeigt. Sprich: Solange er keine DNA-Probe abgibt und sich einer Untersuchung unterzieht.« Patti zog einen Schmollmund. »Ich nehme an, sie will nicht gegen sich selbst bieten …«

Das war etwas, was Kelly ihren Kolleginnen und Kollegen immer eingetrichtert hatte: Gehe nie als Erster in eine Verhandlung, wenn du es vermeiden kannst. Vor allem nicht bei Klagen wegen psychischer Verletzungen, bei denen der finanzielle Schaden nicht objektiv messbar war. Ein Beklagter, der ein Eröffnungsangebot machte, könnte eine Zahl nennen, die doppelt so hoch war wie die Eröffnungsforderung des Klägers, und schon wäre das die Untergrenze.

»… aber ich fürchte, das macht meine Theorie zunichte«, beendete Patti ihren Satz.

»Du meinst, dass er unschuldig ist?«

»Nein. Nun … ja. Was ich wirklich denke, ist, dass dieser ganze Fall womöglich ein Werbegag ist. Margaret ist LGBTQ-Aktivistin, richtig? Was, wenn sie versucht, ihn zu outen?«

»Du glaubst, er ist schwul?«

»Könnte doch sein. Er ist so süß und sanftmütig.«

»Dann bauen wir unsere Verteidigungsstrategie darauf auf, dass er keine Mädchen mag?« Kelly krauste die Nase. »Es ist bekannt, dass auch schwule Männer Frauen missbrauchen. Homosexualität schließt Vergewaltigung nicht aus. Wenn er überhaupt schwul ist.«

Patti setzte sich seufzend. »Ich weiß. Und da sie auf den Befund besteht, ist es klar, dass es sich tatsächlich um seine DNA handelt – und gleichzeitig die einzige Erklärung dafür, dass er sich so beharrlich weigert.«

»Immer noch?«

»Er ist unnachgiebig.« Patti malte mit den Fingern Anführungszeichen in die Luft. »›Das ist ein ungeheuerlicher Eingriff in meine Privatsphäre, der nur darauf abzielt, mich in Verlegenheit zu bringen.‹«

»Hm.« Kelly setzte sich abrupt auf. »Weißt du, was? Du könntest recht haben. Vielleicht ist er einer von den wenigen Mandanten von Leahy & McCann, die tatsächlich unschuldig sind.«

Patti sah sie verwirrt an. »Wie bitte? Wie meinst du das?«

»Gib mir Zeit, darüber nachzudenken.«

»Soll ich für später einen Videoanruf ansetzen?«

In diesem Moment kam Cazz mit der Morgenpost herein. »Für Tommy Wexford? Keine Chance. Sein Assistent besteht darauf, dass wir künftig nur noch telefonieren. Kein Video.«

»Was soll das denn?«, fragte Patti perplex. »Ein kamerascheuer Filmstar? Das habe ich ja noch nie gehört!«

»Die hübschen Jungs sind die schlimmsten«, sagte Cazz, während sie die Post auf dem Arbeitstisch in einzelne Stapel sortierte. »Hast du schon mal versucht, ein Selfie mit einem gutaussehenden Typen zu machen? Er löscht ein Dutzend Aufnahmen, bevor er eine entdeckt, die ihm gefällt. Eitelkeit, dein Name ist …«

»Tommy Wexford?«, riet Patti.

Cazz drehte sich grinsend zu ihr um. »Eigentlich wollte ich ›Javier Torres‹ sagen.«

Patti errötete.

»Schon gut«, beschwichtigte Kelly, um das Thema zu wechseln. »Ich rufe Wexford später an. Cazzie, könntest du mir bitte die DVDs von seinen Filmen besorgen?«

»Klar.«

»Nicht nötig.« Patti stand auf. »Ich habe sie alle da. In meinem Büro.«

»Großartig. Danke.«

Kelly entließ die zwei mit einem Nicken. Sobald sie weg waren, wandte sie sich wieder ihrem Computer zu und suchte nach Olssons Nummer. Kurz darauf klopfte es erneut.

Diesmal war es Lyle Firth, der Spezialist für Erb- und Familienrecht. Firth war vierzig, vorzeitig ergraut und hatte eine Brille und ein glattes, rosiges Gesicht, was ihn irgendwie geschlechtslos aussehen ließ. Er hielt einen Stapel Papiere in der Hand. »Ich habe mir diesen Antrag mal vorgenommen.« Er wirkte ernst und gleichzeitig nervös, als wäre er ein Sargträger, der sich bemühte, den nötigen Respekt zu zeigen, während er sich gleichzeitig Sorgen um das Gewicht des Sarges machte. »Darf ich Ihnen vorab mein Mitgefühl bekunden? Ich wusste nicht, dass es so schlimm um Ihren Mann steht.«

»Das tut es auch nicht«, sagte Kelly. »Nehmen Sie Platz.«

Er setzte sich umständlich und schlug ein nadelgestreiftes Bein über das andere. »Diese Behauptungen …« Firth schob die Brille auf seine Nasenspitze und blätterte durch die Seiten des Dokuments, wobei er jedes Mal den Zeigefinger mit der Zunge befeuchtete. »*Anhaltendes Wachkoma, keine kognitive Reaktion auf äußere Reize, keine Wahrnehmung der Umgebung, keine Willküraktivität, keine Hoffnung auf Änderung.* Das entspricht nicht der Wahrheit?«

»Nicht ganz.«

»Was sagen die Ärzte?«

»Es gibt Menschen, die nach neunzehn Jahren aus dem Koma erwacht sind. Das ist wissenschaftlich dokumentiert.«

Er blickte sie über den Rand seiner Brille hinweg an. »Und was sagen *seine* Ärzte?«

»Nichts Neues.«

»Dann sollten Sie eine weitere Untersuchung veranlassen. Sie benötigen einen aktuellen Befund und so etwas wie einen medizinischen Konsens.«

»Okay.« Sie würde sich umschauen und jemanden ausfindig machen, der jünger und über die neuesten Forschungsergebnisse auf dem Laufenden war. Einen Arzt, der seinen Optimismus noch nicht verloren hatte. »Kommen wir zum Punkt: Ich bin seine Ehefrau. Ist das nicht meine Entscheidung?«

Lyle schüttelte den Kopf. »Es ist seine.«

»Aber er kann keine …«

»Die Entscheidung trifft ein Richter. Maßgeblich ist dabei der mutmaßliche Wille des Komapatienten.«

Das kam ihr lächerlich vor. »Und woher will der Richter wissen, wie dieser entscheiden würde?«

»Hat sich Ihr Ehemann jemals zu diesem Thema geäußert? Vielleicht haben Sie mal darüber gesprochen …«

»Oh, na klar!« Sie straffte die Schultern. »Wir haben darüber gesprochen, dass wir gemeinsam unsere Kinder aufwachsen sehen möchten. Wir haben darüber gesprochen, dass wir eines Tages gern Großeltern sein würden. Wir haben darüber gesprochen, dass wir gemeinsam alt werden wollen – da ist es doch offensichtlich, dass er leben möchte!«

»Hm«, sagte Lyle. »Aber würde er auch leben wollen, wenn er bei alldem nicht dabei sein könnte?«

»Er würde leben wollen, bestünde auch nur die geringste Chance dazu«, stieß sie zähneknirschend hervor.

»Dann müssen Sie nachweisen, *dass* diese Chance besteht.«

Nachdem Lyle ihr Büro verlassen hatte, drehte sich Kelly auf ihrem Stuhl zum Fenster und blieb lange Zeit reglos sitzen. Der Stapel Papiere auf ihrem Schreibtisch war vergessen. Tommy Wexford war vergessen. Rick Olsson war fast vergessen. Natürlich hatte Adam nie darüber gesprochen, was er sich in einer Situation wie dieser wünschen würde. Warum auch? Er war ein gesunder, kräftiger Mann mit einer jungen Familie und der Aussicht auf eine lange und glänzende Zukunft. All ihre Gespräche hatten sich um das Leben gedreht. Nicht um den Tod. Die Worte, die Lyle zitiert hatte, hallten in ihrem Kopf wider. *Anhaltendes Wachkoma.* Aber *anhaltend* bedeutete nicht ewig. *Keine kognitive Reaktion auf äußere Reize.* Aber *kognitiv* bedeutete *in seinem Gehirn,* und wer wusste schon, welche Reaktionen dort abliefen? *Keine Wahrnehmung der Umgebung.* Wer konnte sich anmaßen, so etwas zu behaupten? *Keine Hoffnung auf Änderung.* Dieser Teil war schlichtweg falsch. Denn es *gab* Hoffnung. Kelly hoffte jeden einzelnen Tag darauf.

Das Telefon auf ihrem Schreibtisch klingelte. Als sie Javis Namen auf dem Display aufleuchten sah, nahm sie den Hörer ab.

»Hey«, sagte er. »Sieht so aus, als hättest du recht, was Benedict betrifft. Er *war* in Atlanta, als das Mädchen ermordet wurde.«

»Ja, ich weiß.« Ihr Ton klang gereizt. Sie wollte jetzt nicht an Tiffy denken.

»Aber das heißt nicht, dass Anton bei ihm war.«

»Javi.« Ihre Stimme klang müde. Überdrüssig. »Das hatten wir doch schon. Es gibt kein Motiv …«

»Lass mich das bitte einmal durchspielen. Nur für meinen Seelenfrieden.«

»Und wem stellst du das in Rechnung? Benedict? Stell dir vor, du müsstest ihm diese Ausgabe erklären. ›Oh, so viel hat es nun mal gekostet, uns davon zu überzeugen, dass Sie kein Mörder sind und Ihr Handlanger auch nicht.‹«

Javi mochte es nicht, verspottet zu werden. Sein Ton klang verdrossen, als er weitersprach. »Dann komme ich eben selbst für die Kosten auf.«

Kelly war zu erschöpft, um weiter dagegenzuhalten. »Tu, was du nicht lassen kannst«, sagte sie daher nur.

Cazzadee kam ein paar Minuten später mit einem Stapel Nachrichtenzettel herein. »Für dich sind heute jede Menge seltsame

Anrufe eingegangen. Dieser TV-Journalist, Olsson, hat ebenfalls versucht, dich zu erreichen. Ich habe ihm gesagt, dass du keine Interviews gibst, und da hat er behauptet, ihr wäret Freunde?« Sie zog eine perfekt geschwungene Augenbraue in die Höhe.

»Er lügt«, sagte Kelly. Sie musste sich alle Mühe geben, ihre Erleichterung zu verbergen, als sie Cazz die Nachrichtenzettel abnahm. Die Tatsache, dass Rick zuerst angerufen hatte, befreite sie von der Unsicherheit, wie und wann sie sich bei ihm melden sollte. Nun konnte sie ihn irgendwann im Laufe des Tages zurückrufen.

»Und dann hat eine Dame nach dir gefragt, die mir nicht ihren Namen nennen wollte. ›Sagen Sie einfach, die Frau mit den Overknees hat angerufen, um ihr mitzuteilen, dass sie eine neue Nummer hat.‹«

Ashley LaSorta. Verwirrt blickte Kelly auf. Eigentlich hatten sie nie wieder miteinander reden sollen. Dann begriff sie: Die Phantomnachricht von Tiffys Handy war an die Gruppe gegangen. Jede von ihnen hatte sie erhalten. Ashley und Emily mussten die gleiche Panik verspürt haben wie Kelly gestern Nacht, als die Worte *Ich sehe dich* auf dem Display ihrer Prepaid-Handys aufleuchtete. »Vermutlich irgendeine Spinnerin«, sagte sie und widmete sich wieder ihren Nachrichten.

KAPITEL 24

Kurz danach verließ Kelly die Kanzlei. Zu Fuß legte sie zwei Blocks zu einem Bankautomaten zurück, dann zwei weitere zu einem Handyladen, wo sie zwei neue Prepaid-Handys kaufte und bar bezahlte. Anschließend folgte sie einem der öffentlichen Parkwege durch den Boston Common.

Die Ulmen leuchteten goldgelb im Sonnenschein. Ein Yogakurs absolvierte seine Übungen, die bunten Matten der Teilnehmenden bildeten auf einem Bett aus herabgefallenen Blättern ein Muster wie das einer Patchworkdecke.

Der Herbst war gekommen, ohne dass sie es bemerkt hatte. Der Großteil des Sommers war für den Fall *Bundesstaat Pennsylvania versus Benedict* draufgegangen, und nun würde ein Großteil des Herbstes für den Fall McCann versus Benedict draufgehen. Doch viel mehr Zeit würde sie nicht investieren, das versprach sie sich selbst.

Sie suchte sich eine freie Bank in der Sonne und rief mit ihrem neuen Prepaid-Handy Ashleys neue Nummer an.

Ashley meldete sich sofort. »Kelly?«, fragte sie vorsichtig.

»Ja, ich bin's.«

»Was zur Hölle stimmt nicht mit Tiffy? Erst lässt sie uns hängen, dann schickt sie uns so einen Scheiß? *Ich sehe dich.* Herrgott, ich hab dir gesagt, wir dürfen sie nicht …«

»Ashley«, fiel Kelly ihr ins Wort. »Tiffy ist tot.«

Fußgänger schlenderten an Kellys Bank vorbei. Jogger, Mütter mit Kinderwagen, Leute, die ihre Hunde spazieren führten.

Kelly drehte sich zur Seite und senkte die Stimme. »Sie wurde von ihrem Freund ermordet. Am Mittwochnachmittag.«

»Ach du lieber Himmel!«

»Deshalb ist sie nicht in Benedicts Büro gewesen.«

»O Gott, jetzt komme ich mir schrecklich vor! Aber warte … Wer zur Hölle hat gestern Nacht die Textnachricht verschickt, wenn sie schon tot war?«

»Das weiß ich nicht.«

»Herrgott!«

»Wer immer das war – er kann uns nicht zurückverfolgen. Trotzdem solltest du das alte Handy zerstören, nur für alle Fälle.«

»Das habe ich bereits. Hast du schon mit Emily gesprochen?«

»Noch nicht.«

»Dann übernehme ich das. Ich kann sie im Büro anrufen, ohne dass irgendwer misstrauisch wird.«

»Gut.«

»Wie weit bist du mit dem Rest?«

»Auf der Zielgeraden«, erwiderte Kelly. »In ein bis zwei Tagen dürfte es geschafft sein.«

»Dann lehnen wir uns zurück und warten darauf, dass die Kacke anfängt zu dampfen.«

»Ja.«

Ashley schwieg einen Moment. »Aber … meine Güte … erst Reeza und jetzt Tiffy? Das ist ja fast so, als wäre Benedicts Wichse der Kuss des Todes!«

»Reiner Zufall«, sagte Kelly. Doch als sie das Telefonat beendete, dachte sie, dass sie genau das empfunden hatte, als er in ihr gewesen war. Den Tod.

Sie dachte an den Geruch in seinem Büro. In beiden Büros. In dem bei UniViro und in seinem Arbeitszimmer zu Hause. Es hatte nicht nach Reinigungsalkohol gerochen, sondern nach Einbalsamierungsflüssigkeit.

Bei ihrem nächsten Anruf verwendete sie ein anderes Handy, und sie wechselte auch den Tonfall.

»Kelly!«, rief Rick überschwänglich anstelle einer Begrüßung.

»Vielen Dank für den wundervollen Obstkorb«, gurrte sie. »Wie aufmerksam von Ihnen.«

»Geht es Ihnen etwas besser?«

»Absolut. Wahrscheinlich hatte ich mir irgendeinen Vierundzwanzig-Stunden-Infekt eingefangen. Jetzt geht es mir wieder gut. Hervorragend, um genau zu sein. In Boston ist heute herrliches Wetter.«

»Ich hoffe, es wird auch ein herrliches Wochenende.« Seine Stimme klang seltsam verschmitzt.

»Warum?«, fragte sie, dann dämmerte es ihr. »Sie kommen her?«

»Ich bin schon da«, antwortete er. »Bitte sagen Sie mir, dass Sie morgen Abend Zeit haben, mit mir essen zu gehen.«

Das war perfekt. Dann könnte sie persönlich mit ihm reden und ihm die Dokumente unter dem Tisch zustecken. »Habe ich«, wiederholte sie genauso verschmitzt wie er.

Er nannte ihr ein Restaurant in Somerville, das sie kannte, allerdings wunderte sie sich, dass auch er es zu kennen schien. Es war bei den Einheimischen beliebt und lag abseits der üblichen Touristenpfade. Er wollte sie zu Hause abholen, aber sie schob einen früheren Termin vor, den sie nicht absagen konnte. »Ich schlage vor, wir treffen uns um neunzehn Uhr dort, einverstanden?«

»Das ist ein Date!«, sagte er.

Sie ließ ihn in dem Glauben. »Bis morgen.« Sie verabschiedete sich und legte auf.

»Ich hoffe, Sie lassen ihn nicht sitzen, so wie mich«, sagte eine Stimme hinter ihr.

»Entschuldigung?« Sie wirbelte herum. Jemand hatte am anderen Ende der Bank Platz genommen. Ein Mann mit einem grauen Bürstenschnitt und einem großen, gelben Labrador, der artig neben ihm hockte.

»Sie erinnern sich nicht«, stellte er mit einem schiefen Grinsen fest.

Eine Sekunde später schaltete sie. Der Mann war Edward Russo, der Cyberspezialist, den Javi für *zu unseriös* befunden hatte. Der Hacker, den sie im Coffeeshop versetzt hatte. Sie betrachtete den Hund neben ihm und wusste im nächsten Augenblick, dass es Russo war, den sie gestern Abend in der Einfahrt ihres Nachbarn gesehen hatte.

»Tut mir leid«, sagte sie kühl, »ich glaube, Sie verwechseln mich mit jemandem.«

»Tammy Wexford? Oder soll ich Sie Kelly McCann nennen?«

»Kennen wir uns?«

»Nicht wirklich.« Er streichelte den Hund, der unablässig mit dem Schwanz über den Rasen wedelte. »Sie sind kürzlich im Coffeeshop an mir vorbeimarschiert.«

Sie steckte das Handy in die Tasche und stand auf. »Ich gehe jeden Tag an irgendwelchen Fremden vorbei.«

»Sie haben mich angerufen.«

»Nicht, dass ich wüsste.«

»Stellen Sie sich vor, ich habe den Anruf zu den Büros der Kanzlei Leahy & McCann zurückverfolgt.«

Ihr hätte klar sein müssen, dass ein Hacker, der auf den großen Reibach hoffte, versuchen würde, sie aufzuspüren. »Ich habe Sie nicht angerufen«, sagte sie. »Das muss eine von den zahlreichen Mitarbeiterinnen gewesen sein, die wir in unserer Kanzlei beschäftigen.«

»Sie haben angedeutet, dass Sie sich in ein großes Pharmaunternehmen einhacken wollen, und dann finde ich heraus, dass Sie UniViro vertreten. Hegen Sie einen Groll gegen das Unternehmen? Sind da vielleicht noch irgendwelche Rechnungen offen?«

Er wusste, wer sie war, wo sie arbeitete und wo sie wohnte. Er wusste von UniViro. Plötzlich fiel ihr der Mann mit dem Hund ein, den sie gestern Morgen auf dem UniViro-Parkplatz gesehen hatte. Dann wurde ihr noch etwas anderes, sehr viel Schlimmeres bewusst: Letztes Wochenende hatte ein Mann mit Hund am Strand mit Tiffy gesprochen. Möglich, dass Russo *alles* wusste.

Eine seltsame Ruhe überkam sie. Es war dieselbe Art von Ruhe, die sie im Gerichtssaal empfand, wenn ihr Gegner einen unerwarteten Zeugen aufbot oder der Richter eine überraschende Entscheidung traf. Ein Zen-Moment, in dem sie akzeptierte, dass sie sich in Gefahr befand und dass die einzige Möglichkeit, dieser Gefahr zu entkommen, darin bestand, die Kontrolle über sich und die Situation zu bewahren.

»Ich fürchte, Sie haben da etwas missverstanden«, sagte sie daher. »Ich habe niemals UniViro vertreten. Ich stehe mit einer der Führungskräfte in Verbindung, die übrigens sämtliche Rechnungen beglichen hat.«

»Trotzdem. Irgendetwas hat Sie wütend gemacht. Das war nicht zu übersehen, als Sie gestern Abend aus dem Haus gestürmt sind. Wie eine Furie.«

»Sir, Sie geben gerade zu, dass Sie mich stalken.«

Er lachte leise. »Ich glaube kaum, dass Sie mich anzeigen werden.«

Sie legte sich den Riemen ihrer Tasche auf die Schulter. »Da irren Sie sich«, sagte sie und stand auf. »Sowohl was Ihre Behauptung betrifft, ich hätte Sie kontaktiert, als auch Ihre Überzeugung, dass ich mich nicht an die Polizei wende. Denn genau das werde ich tun, wenn Sie mich nicht in Ruhe lassen.«

Er grinste. »Vielleicht wende ich mich an die Polizei und zeige *Sie* an. Vielleicht gebe ich auch dem FBI einen Tipp oder dem Sicherheitsdienst von UniViro.«

Sie schnaubte. »Wieso sollten Sie mich anzeigen? Ich habe nichts getan.«

»Sie haben etwas vor, und Sie haben entschieden, dass Sie mich nicht brauchen. Dass Sie mich außen vor lassen können. Aber ich werde Sie beobachten. Werde wissen, wann es so weit ist.«

Ihr Gesicht blieb unbewegt, aber ihr Gehirn schlug Purzelbäume, als ihr klar wurde, was er damit meinte. Er würde sie beobachten. Das bedeutete mehr als Gassigehen mit dem Hund. Das bedeutete Cyberüberwachung. Die Hackerangriffe auf ihr WLAN zu Hause – dahinter könnte dieser Mann neben ihr stecken. Die Erkenntnis löste in Kelly eine Woge der Erleichterung aus. Es war tausendmal besser, sich vorzustellen, dass dieser kleine Gauner sie ausspionierte, als der Gedanke, dass George Benedict es tat.

Kelly machte auf dem Absatz kehrt und stolzierte von dannen. Dieser Mann machte ihr keine Angst. Er war nur auf Geld aus, und sie wusste, wie man sich gegen derartige Forderungen zur Wehr setzte. Leugnen, verdunkeln, ihn in jeder Hinsicht behindern, und wenn all das nicht fruchtete, ihn mit einer geringen Summe ruhigstellen.

KAPITEL 25

Emily Norland

Unsere Paartherapeutin hatte einen Dreisitzer anstelle von Stühlen in ihrer Praxis. Warum, erklärte sie uns während unserer ersten Sitzung. Sie hatte sich für einen Dreisitzer anstelle eines Zweisitzers entschieden, damit ihre Klientinnen und Klienten einander ansehen konnten, wenn sie miteinander sprachen, anstatt stur nebeneinanderzusitzen. Ein Sofa statt Stühlen, damit sie entweder näher- oder auseinanderrücken konnten, je nachdem, wie sie sich fühlten.

Sie bezeichnete die von ihr betreuten Paare stets als »Klienten«, nie als Patienten, was mich verwunderte. Waren sie etwa nicht hier, um sich behandeln zu lassen? Sich von ihrem Leid befreien zu lassen?

Was auf uns natürlich nicht zutraf. Greg und ich waren nur hier, um unsere Mütter zu besänftigen. Mom und Diane hatten sich während der Hochzeitsvorbereitungen kennengelernt und machten seitdem gemeinsame Sache, wenn es um unsere Lebensgestaltung ging. Sie wussten, dass wir beide wichtige Jobs und wenig Zeit für häusliche Pflichten hatten, und sie nahmen uns die Last gern ab. Zusammen wickelten sie den Kauf unseres ersten Hauses ab, dann des zweiten. Sie richteten die Häuser für uns ein und dekorierten sie. Zu Jahresanfang setzten sie sich mit ihren Kalendern hin, entschieden, wo Greg und ich die jeweiligen Feiertage verbringen würden, und teilten sie gleichmäßig untereinander auf. Sie machten Vorschläge, was wir einander zum Geburtstag oder zum Hochzeitstag schenken sollten, manchmal zogen sie sogar für uns los, besorgten und verpackten die Geschenke. Und vor Kurzem hatten sie entschieden, dass unsere Ehe gerettet werden konnte. Gerettet werden *würde.*

Wir verstehen einfach nicht, was passiert ist, sagten sie. *Es war doch alles perfekt. Und aus heiterem Himmel ist es das plötzlich nicht mehr?* Mom nahm mich zur Seite, Diane nahm Greg zur Seite. *Mir kannst du es doch sagen. Was ist geschehen?*

Natürlich konnten wir es ihnen nicht sagen. Auch Greg hatte die Geheimhaltungsvereinbarung unterschrieben, er war also ebenfalls verpflichtet zu schweigen. Sollten wir uns nicht daran halten, drohte uns eine Strafe von einer halben Million Dollar. Eine halbe Million, die wir bereits für das zweite Haus und die Einrichtung ausgegeben hatten.

Mom und Diane beschlossen, dass wir eine Eheberatung aufsuchen sollten, und sie traten mit einem halben Dutzend Eheberaterinnen und -beratern in Kontakt, bevor ihre Wahl auf Dr. Louise fiel, eine aufgeräumte kleine Frau mit einer aufgeräumten kleinen Praxis in einer aufgeräumten Vorstadtstraße. Während der vergangenen zwei Monate hatten wir sie einmal wöchentlich konsultiert. Ich saß an einem Ende des Dreisitzers, Greg am anderen, beide starrten wir stur geradeaus, während Dr. Louise vergeblich versuchte, uns unsere Probleme zu entlocken.

Das Problem war unser Sexualleben – unser nicht länger vorhandenes Sexualleben. Doch Dr. Louise' Bemühungen, die Ursache zu diagnostizieren, liefen jedes Mal ins Leere.

»Es liegt daran, dass sie mir die Schuld gibt«, sagte Greg zum Beispiel. »Deshalb zieht sie sich zurück.«

»Woran gibt sie Ihnen die Schuld?«, fragte Dr. Louise.

Schweigen.

»Ich gebe ihm nicht die Schuld«, sagte ich schließlich. »Es liegt daran, dass er sich schuldig fühlt.«

»Woran fühlt er sich schuldig?«

Schweigen.

Wirklich still war es im Raum jedoch nicht, denn Dr. Louise spielte im Hintergrund über einen smarten Lautsprecher leise Musik auf der Anrichte ab. Ihre Auswahl bewegte sich für gewöhnlich zwischen Spa- und New-Age-Musik. »Betrachten Sie es als weißes Rauschen«, hatte sie einmal gesagt. »Es hilft Ihnen, sich zu entspannen.« Aber ich war eine klassisch ausgebildete Violinistin, Musik war für mich kein weißes Rauschen. Ich lauschte jeder einzelnen Note.

»Alles, was Sie mir erzählen, wird vertraulich behandelt. Das wissen Sie, oder?«, vergewisserte sich Dr. Louise.

Allerdings war Greg Anwalt, und er war überzeugt, dass eine Geheimhaltungsvereinbarung Offenlegungen sogar gegenüber Personen verbot, die einer Verschwiegenheitspflicht unterlagen. Wir konnten also weder mit unseren Ärzten noch mit unseren Anwälten, noch mit unserem Geistlichen darüber reden, wenn wir denn einen hatten, ohne den Verlust des Geldes zu riskieren. »Wie wollen die denn jemals rausfinden, dass wir es ihr gesagt haben?«, fragte ich ihn einmal, gleich zu Anfang unserer Therapie. Wenn Dr. Louise nicht darüber reden durfte, würde Dr. Benedict doch nie davon erfahren und das Geld folglich auch nie zurückverlangen. Aber Greg hatte nur die Kiefer zusammengepresst und erwidert, das Risiko sollten wir besser nicht eingehen.

Das Geld bedeutete ihm viel, das war offensichtlich. Es war in jener Nacht im Hotel offensichtlich gewesen, als ich noch immer zitterte und weinte und kaum fähig war zu sprechen. »Er hat dir etwas Schreckliches angetan«, hatte Greg gesagt, und ich hatte bebend genickt. »Dafür muss er bezahlen«, hatte er hinzugefügt, und ich hatte erneut genickt und mir Benedict in gestreifter Gefängniskleidung und mit Fußfesseln vorgestellt. »Das ist eine unglaubliche Gelegenheit für uns«, behauptete Greg, und ich sah ihn mit vom Weinen verquollenen Augen überrascht an. »Wir könnten jeden einzelnen Tag unseres Lebens hart arbeiten und würden doch nie eine Million Dollar auf einen Schlag zu Gesicht bekommen.« Eine Million war Gregs ursprüngliche Forderung gewesen, aber das Gleiche galt für die halbe Million, mit der wir uns letztendlich zufriedengaben.

Ich machte ihm keinen Vorwurf. Er setzte mich unter Druck, noch in derselben Nacht eine Entscheidung zu treffen, nur Stunden nachdem Benedict über mich hergefallen war. »Jetzt oder nie«, sagte er. »Sie werden ihr Angebot zurückziehen, wenn wir jetzt nicht zuschlagen«, drängte er mich, obwohl er das doch gar nicht wissen konnte. Er wusste nur, dass Kelly McCann draußen auf dem Gang wartete, direkt vor der Tür von meinem Hotelzimmer. Das sagte er immer wieder: »Sie ist draußen. Bereit, den Deal unter Dach und Fach zu bringen.« Seine Stimme klang so ernst, dass ich sie mir als weibliche Version von George Benedict vorstellte – grau gekleidet, mit grauer Haut, dünnen Haaren, die Lippen zu einem höhnischen Grinsen verzogen. Nachdem Greg mich überzeugt hatte zu unterschreiben, hatte sich das Bild in meinem Kopf so sehr verfestigt, dass ich schockiert zusammenzuckte, als eine zierliche Blondine mit einem warmen Lächeln und einem zuckersüßen »Hallo, Emily. Mein Name ist Kelly« das Zimmer betrat. Dann legte sie den Vertrag auf den Hotelschreibtisch, und Greg führte meine Hand, damit ich jede Seite mit meinen Initialen versah und am Ende unterschrieb.

Mein größter Fehler war es, in jener Nacht Greg anzurufen statt die Polizei. Obwohl – was hätte ich der Polizei sagen sollen? Ich fand ja kaum die Worte, um Greg zu erzählen, was Benedict mir angetan hatte, dabei war er mein Mann. Ein Mann, mit dem ich intim gewesen war. Wie sollte ich mich je Fremden erklären?

»Ich mache ihm keine Vorwürfe«, teilte ich Dr. Louise mit. Tat ich doch, aber das war nicht der Grund für unsere Eheprobleme. Es hatte nichts damit zu tun, warum ich in Tränen ausbrach und ihn jedes Mal wegstieß, wenn er versuchte, mich zu berühren.

»Daran liegt es nicht«, sagte ich jetzt zu ihr. »Ich habe wahrscheinlich einfach nur … das Interesse verloren.«

»Wann hat das angefangen?«, fragte sie.

Schweigen.

Dr. Louise wartete eine volle Minute, zwei wichtige Änderungen im Soundtrack, dann seufzte sie. »Der Großteil meiner Klientinnen und Klienten kommt hierher, um sich auszutauschen«, sagte sie. »Um ihre Seite zu schildern oder um sich Dinge von der Seele zu reden. Die meisten Paare sehen darin den größten Nutzen einer Therapie.«

Ich habe mich immer darüber gewundert, wie Geistes- oder Kulturwissenschaftler derart vage Aussagen treffen können. *Die meisten Paare?* Als Naturwissenschaftlerin würde ich den genauen Prozentsatz benennen und mit drei Doppelblindstudien untermauern. Bei meiner Arbeit war Präzision unerlässlich, und ich wusste die Objektivität daran zu schätzen.

Als Kind und während meiner gesamten Highschool-Zeit lernte ich das Geigespielen. Hingebungsvoll. Obsessiv. Früher einmal dachte ich, es würde später zu meinem Beruf werden. Aber die Beurteilung dessen, was in der Musik Qualität bedeutete, war erschreckend subjektiv. Ein Lehrer lobte meine Bogenführung, der andere machte sich darüber lustig. Ein Publikum spendete am Ende meines Solos stehend Beifall, das nächste applaudierte nur mäßig. Ich liebte die Musik, und ich würde sie immer lieben, aber in einer so unpräzisen Welt konnte ich nicht leben. Die Wissenschaft passte sehr viel besser zu mir.

Als die Sitzung vorbei war, holten wir unsere Telefone hervor, trugen pflichtbewusst den Termin für nächste Woche ein und verabschiedeten uns von Dr. Louise.

»Ist die Wohnung okay?«, fragte ich Greg, als wir zu unseren Autos auf dem Parkplatz gingen.

Er zuckte mit den Achseln. »Sie ist, wie sie ist.«

Er hatte sich das neue Haus sehnlicher gewünscht als ich, aber er hatte freiwillig angeboten, daraus auszuziehen. »Es wäre nicht fair von mir, darin wohnen zu bleiben«, hatte er gesagt. »Du hast das Geld verdient, mit dem wir es gekauft haben.«

Er benutzte tatsächlich das Wort »verdient«. Als wäre ich eine Prostituierte.

Ich hatte mehrere Anrufe verpasst, während ich in Dr. Louise' Praxis gesessen hatte, deshalb hörte ich auf der Heimfahrt die Mailbox ab. Eine meiner Laborantinnen hatte wegen der Ergebnisse unserer letzten Testreihe angerufen, und der Abteilungsleiter gratulierte mir zu den Ergebnissen. Auch Ashley LaSorta hatte versucht, mich zu erreichen, aber ich beschloss, sie nicht zurückzurufen. Ich kannte den Grund ihres Anrufs. Wir alle hatten gestern Abend Tiffys seltsame Textnachricht erhalten. Ashley hatte sich die ganze Zeit über Tiffy beschwert, vor allem, seit sie uns mit ihrem Teil des Jobs hängen lassen hatte. Wahrscheinlich wollte sie noch weiter gegen Tiffy stänkern. Auch ich war von den seltsamen Worten überrascht gewesen, aber hätte ich mich zwischen Ashley und Tiffy entscheiden müssen, hätte ich mich auf Tiffys Seite gestellt. Sie war ein wahres Opfer, genau wie ich. Ashley hingegen … Nun, alle bei UniViro wussten, dass sie sich nach oben geschlafen hatte. Ihre Affäre mit Benedict hatte ihr das Eckbüro und den entsprechenden Rang eingebracht. Dank der Geheimhaltungsvereinbarung wusste ich nicht, was sie ihm konkret vorwarf – vermutlich bezichtigte sie ihn der Vergewaltigung –, und das ärgerte mich. Eine Affäre, die böse geendet hatte, war nicht das, was mir widerfahren war. Nicht einmal ansatzweise.

Die Stunden, die ich in meinem Hotelzimmer verbracht hatte, darauf zu warten, dass Greg endlich eintraf, fühlten sich an wie Tage. Wochen. Ich hatte noch nie im Leben so große Angst gehabt. Benedict hielt sich im Raum direkt nebenan auf, und obwohl ich abgeschlossen und die Kette vorgelegt hatte, war ich krank vor Furcht. Ich stellte mir vor, wie er einen Tunnel durch die Wand bohrte oder durch die Rohrleitungen kroch. Stellte mir vor, wie er sich mit lüsternem Gesicht durch den Badezimmerspiegel auf mich stürzte und »Da bin ich wieder!« rief.

Zu Hause stieg ich die Treppe hinauf, zog einen Badeanzug und einen Bademantel an, schenkte mir in der Küche ein Glas Weißwein ein und ging damit hinaus auf die Poolterrasse, die an eine Konzertbühne erinnerte – höher gelegen als der Rasen, mit Flutlichtern beleuchtet und umgeben von einem Amphitheater aus Bäumen. Der Pool war bereits winterfest gemacht und mit einer azurblauen Plane abgedeckt, aber der Whirlpool am anderen Ende war noch offen. Weißliche Dampfschwaden stiegen in der kühlen Abendluft auf. Ich stellte das Weinglas neben dem Whirlpool ab und ging ins Poolhaus zum Plattenspieler. Die Dämmerung senkte sich herab, der Wald wurde schwarz. Ich wählte eine Vinylaufnahme – Hilary Hahns *Retrospective* – und legte sie auf den Drehteller, dann schloss ich ein Verlängerungskabel an und trug den Plattenspieler zum Whirlpool. Anschließend ließ ich den Bademantel fallen und glitt ins Wasser.

Das war das einzig Gute, was ich aus den Sitzungen bei Dr. Louise mitgenommen hatte: ihre Lektionen in Selbstfürsorge.

»Gestatten Sie sich zu entspannen«, sagte sie. »Verwöhnen Sie sich mit dem, was Ihnen Freude bereitet.« Und deshalb beendete ich diesen Tag so – ich lauschte wunderschöner Musik, während mein Körper in perfekt temperiertem Wasser einweichte, 37,7778 Grad Celsius.

Ich setzte meine Brille ab und legte sie neben das Weinglas auf den Terrassenboden. Das warme Wasser, die warmen Töne von Hilarys Violine auf der Vinylplatte, der dunkle Wald um mich herum, die Sterne über mir – ich konnte mir beinahe vorstellen, dass ich diejenige war, die auf der Bühne stand, dass ich die flirrenden Töne von *The Lark Ascending* – Die aufsteigende Lerche – spielte.

Ich schloss die Augen und glitt tiefer ins Wasser.

KAPITEL 26

Kellys Kinder hatten große Pläne fürs Wochenende. Justin nahm an einem Schülertreffen in New Haven teil, der sogenannten Science Fair, bei der Schülerinnen und Schüler von allen möglichen Schulen ihre naturwissenschaftlichen Forschungsprojekte präsentieren konnten. Lexie war zu einer ganz besonderen Geburtstagsfeier eingeladen – einer Bootstour, bei der man Wale beobachten konnte, gefolgt von einem Clambake – die Kids würden am Strand Treibholz, Tang und Steine sammeln und einen Ofen bauen, in dem Muscheln und Schalentiere gegart wurden – sowie einem großen Lagerfeuer. Anschließend sollte im Ferienhaus der Gastgeber eine Pyjamaparty stattfinden.

Am Samstagmorgen mussten sie packen, Checklisten abhaken und das Gepäck ins Auto laden. Zuerst hielten sie bei Justins Schule, wo der Bus, die Begleitpersonen und die anderen Nerds warteten. Anschließend fuhren sie zum Haus des Geburtstagskinds, wo eine Karawane mit Autos voller aufgeregter Gäste bereitstand. Lexie sprang aus dem Wagen und rannte begeistert zu ihrer Freundin.

Nachdem beide Kinder abgegeben waren, hatte Kelly den Rest des Tages frei.

Heute Abend beim Essen würde sie Rick Olsson die Unterlagen zuspielen und den letzten Nagel in George Benedicts Sarg schlagen. Was bedeutete, dass sie tagsüber ein bisschen relaxen, sich aber auch um ihre eigentliche Arbeit kümmern konnte. Sie fuhr nach Hause und beschloss, sich auf den Tommy-Wexford-Fall zu konzentrieren. Cazzadee hatte ihr eine Aktentasche mit DVDs gepackt, die das gesamte filmische Werk von Tommy Wexford enthielten. Kelly machte es sich im Wohnzimmer bequem und griff nach der Fernbedienung.

Die erste DVD, die sie einlegte, war ein Biopic mit Wexford, in dem er den grüblerischen Percy Shelley gab. Er war glaubwürdig als Dichter der Romantik, fand sie, auch wenn die Wirkung seines Kostüms sicher daran Anteil hatte: Er trug ein weitärmeliges Poetenhemd und ein Halstuch.

Der nächste Film, mit großem Ensemble, handelte von einem Bankraub. Wexford spielte den zögerlichen Fahrer des Fluchtautos. Auch hier gab er sich grüblerisch und war meist am Steuer des Wagens zu sehen, lässig, einen Camouflage-Schal über Mund und Nase.

Die Nebenhandlung drehte sich um einen verbitterten ehemaligen Mitarbeiter des Finanzministeriums, der sich in die US-Notenbank einhackte, was Kelly dazu veranlasste, über ihre gestrige Begegnung mit Edward Russo nachzudenken. Er hatte offensichtlich einige Anstrengungen unternommen, um sie ausfindig zu machen, hatte ihren Anruf zurückverfolgt, offenbar ihr WLAN gehackt und sowohl ihr Haus als auch die Kanzlei überwacht. Selbst wenn er nicht der Mann war, den sie am Strand und auf dem Parkplatz von UniViro gesehen hatte – die Hunde waren keine Labradore gewesen, fiel ihr jetzt wieder ein –, hatte er doch ziemlich viel Zeit in sein Unterfangen gesteckt. Er schien der festen Überzeugung zu sein, dass es am Ende einen großen Zahltag geben würde.

Bislang hatte er nichts in der Hand außer Spekulationen und Wunschdenken, doch all die Puzzleteile würden sich wie von selbst zusammenfügen, sobald sie ihren Plan ausgeführt hatte und die Nachricht die Runde machte. Benedict würde vehement abstreiten, dass er sich Reezas Forschungsergebnisse zu eigen gemacht hatte. Er würde darauf bestehen, dass es sich bei den belastenden Dokumenten um Fälschungen handeln und der Unternehmensserver gehackt worden sein müsse. Das war der Moment, in dem Russo wissen würde, was sie getan hatte. Das war der Moment, in dem er mit seinen Forderungen an sie herantreten würde: Sie bezahlte, oder er würde sie anzeigen.

Also musste sie mehr über ihn in Erfahrung bringen. Sie drückte auf die Pause-Taste und rief Javier an.

Es klingelte viermal. Fünfmal, sechsmal. Es war Samstagmorgen, und noch dazu früh. Wahrscheinlich lag er noch im Bett. Wahrscheinlich mit seiner neuesten Eroberung. Sie wollte gerade auflegen, als er endlich dranging. »Kelly?«

»Javi, hi, tut mir leid, wenn ich störe, aber es ist ein Name gefallen, und ich dachte, du könntest vielleicht ein bisschen was über den Mann herausfinden.«

»Schieß los.«

Sie hörte laute Geräusche im Hintergrund. Er lag nicht im Bett. Er war an irgendeinem öffentlichen Ort. Vielleicht mit seiner neuesten Eroberung beim Frühstück. »Edward P. Russo«, sagte sie.

»Hm. Nun, wenn er will, dass du ihn engagierst, sag einfach Nein.«

»Darum geht es nicht.« Jetzt hörte sie das Knistern von Lautsprechern auf Javis Seite der Verbindung. »Du kennst ihn?«

»Ja. Er ist ein schmieriger Typ. Ein Hacker. Das FBI hat ihn vor einiger Zeit geschnappt. Hat eine Weile gesessen.«

»Wegen Hacking?«

»Hacking plus Erpressung. Stell dir das mal vor: Statt in die Netzwerke reicher Leute einzudringen, um Daten zu stehlen, hat er Dateien eingeschleust und anschließend gedroht, sie damit bloßzustellen, wenn sie nicht zahlen.«

»Was für Dateien?«

»Kinderpornografie.«

»Ach.« Kelly hatte sich schon wieder entspannt. Russo war ein Ex-Knacki, was bedeutete, dass er sie nicht so einfach bei der Polizei oder dem FBI anzeigen konnte – nicht, ohne zuzugeben, dass er immer noch als Hacker tätig war. Alles, was er von sich gab, waren also leere Drohungen.

»Was willst du sonst noch über den Typen wissen?«, fragte Javi. »Soll ich seine Bonität checken?«

»Nein, aber wenn du bitte seinen Bewährungsstatus prüfen könntest …«

»Klar. Das mache ich gleich Montagmorgen.«

Die Lautsprecher knisterten erneut, und diesmal konnte sie ein paar Worte verstehen. Eine Durchsage. »Achtung, Passagiere für den American-Airlines-Flug 849 …«

»Javi«, sagte sie verdutzt. »Steigst du gerade in einen Flieger?«

»Meine Zeit, mein Geld«, erwiderte er kurz angebunden.

Das Gespräch endete abrupt, und sie gab dem Impuls nach, die Flugnummer zu googeln. Wie nicht anders zu erwarten, ging der Flug nach Philadelphia. Sie seufzte. Javi verschwendete seine Zeit, aber woher sollte er das wissen? Auch er hatte sich zum Ziel gesetzt, Benedict dranzukriegen, was sie ihm kaum zum Vorwurf machen konnte.

Sie widmete sich wieder ihrer Tommy-Wexford-Retrospektive. Die nächste DVD zeigte ein Familiendrama, bei dem er den drogensüchtigen Sohn spielte, dann folgten zwei verschiedene Liebesfilme. In einem war er homo-, im anderen heterosexuell, und beide endeten tragisch. Trotz einiger expliziter Sexszenen mit reichlich nackter weiblicher Haut zog sich Wexford in keiner davon aus. Genau wie er gesagt hatte.

Nach dem Mittagessen ging Kelly in ihr Arbeitszimmer und scrollte durch TMZ und *E!Online* und andere Promi-Seiten im Internet, auf der Suche nach Paparazzi-Fotos von Wexford. Man hatte ihn beim Betreten und Verlassen seines Hauses und in verschiedenen Restaurants in L. A. abgelichtet, fast immer in Begleitung seiner spindeldürren Freundin. Es existierten keine ausgelassenen Fotos von ihm am Strand, keine Fotos, wie er betrunken aus einem Klub taumelte. Er gab sich stets zugeknöpft. Inzwischen war sie überzeugt, dass sie mit ihrer Vermutung richtiglag. Sie schickte ihm eine E-Mail.

Müssen reden. Dringend. Videoanruf am Montag. Zeit und Link folgen.

Sie setzte Cazz ins CC, damit sie sich darum kümmerte, doch den Rest ihres Teams informierte sie nicht. An diesem Meeting würden nur sie und er teilnehmen.

Kelly hielt inne, als sie Todd auf der Treppe hörte. Im Haus war es so still ohne die Kinder, dass sie seine Schritte trotz der weichen Schuhsohlen vernahm. Anstatt in die Küche zu gehen, durchquerte er das Wohnzimmer und klopfte an die Arbeitszimmertür. »Hast du ’ne Minute für mich, Kelly?«

Sein Gesichtsausdruck war so ernst, dass sie halb von ihrem Stuhl aufsprang. »Ist was mit Adam?«

»Nein, nein.« Er bedeutete ihr, sich wieder zu setzen. »Ihm geht es gut. Nun, zumindest ist er stabil.«

»Okay«, sagte sie abwartend.

»Es geht um Justin. Er hat mich gebeten, dir etwas zu sagen.«

»Er hat angerufen?« Ihre Augen schossen zu ihrem Handy. Wie hatte ihr sein Anruf entgehen können?

»Er hat mich schon vorher darum gebeten. Er wollte, dass ich damit warte, bis er weg ist.«

Sie lehnte sich zurück. Das klang ominös. War es möglich, dass er die Klasse wiederholen musste? Er war ein exzellenter Schüler, allerdings hatte er die schlechte Angewohnheit, alle Fächer zu vernachlässigen, die nichts mit Mathematik oder den Naturwissenschaften zu tun hatten. Doch sie konnte sich nicht vorstellen, warum er sich damit an Todd wandte statt an sie. Hoffentlich hatte sie ihm nicht zu viel Druck gemacht, mehr für Englisch zu lernen.

Todd zog sich einen Stuhl heran und setzte sich auf die Armlehne. »Er hat Angst, du könntest wütend werden. Und ich habe Angst, dass du dir mehr Sorgen machst als nötig. So eine große Sache ist es nun auch wieder nicht. Ernst, aber kein Weltuntergang.«

»Um Himmels willen, Todd!« Jetzt war sie wirklich alarmiert. »Worum geht es?«

Er zuckte zusammen und antwortete mit verkniffenem Gesicht: »Er weiß, wer sich ins WLAN gehackt hat.«

Kelly riss die Augen auf. »Woher?« Sollte Edward Russo es gewagt haben, ihr Kind zu kontaktieren, würde sie *ihn* dem FBI melden.

»Weil er ihr das Passwort gegeben hat.«

»*Ihr?*« Kelly blinzelte. »Wem?«

»Seiner Freundin. Oder sollte ich sagen, dem Mädchen, das er so gern zur Freundin hätte? Sie haben bislang nur online kommuniziert.«

Kelly erinnerte sich … Lexie, die wegen einer Freundin über ihn gelästert hatte. Sie erinnerte sich auch, wie schnell sie diese Vorstellung verworfen hatte, weil sie glaubte, dass Justin zu der Sorte Jungs gehörte, die so schnell keine richtige Freundin haben würden. Eine virtuelle wäre ihr niemals in den Sinn gekommen.

»Warum hat er ihr unser Passwort gegeben?«

Todd verlagerte das Gewicht auf der Stuhllehne. »Okay, an diesem Punkt wirst du dich aufregen. Sie hat ihm Fotos von sich geschickt.« Er zögerte. »Nacktfotos.«

Kelly klappte der Mund auf. Erschrocken schlug sie die Hand davor. »O Gott!«

»Bitte reagiere nicht über. Heterosexuelle Jungs sehen sich so was nun mal gern an. Das macht ihn weder zu einem Perversen noch zu einem Verbrecher, noch zu sonst etwas. Er ist bloß ein ganz normaler hormongesteuerter Teenager.«

Sie stieß schnaufend die Luft aus. »Deshalb wollte er uns nach dem ersten Hackerangriff weder Handy noch Laptop aushändigen. Weil wir dann die Fotos gefunden hätten!« Kelly warf Todd einen erbosten Blick zu. »Und du versprichst ihm auch noch, mir nichts zu erzählen!«

Todd zuckte verlegen mit den Achseln.

»Waren auch Pornos darauf?«

»Ein paar«, räumte er ein.

»Sexting?«

Todd schaute auf den Fußboden.

Ihr Sohn. Forderte Nacktaufnahmen an. Tauschte mit einem jungen Mädchen erotische Textnachrichten aus. Schaute Pornos. Plötzlich kam ihr ein weiterer entsetzlicher Gedanke. »Hat er ihr auch Fotos von sich geschickt?«

Todd nickte. »Aber keine Dickpics. Nur Nacktaufnahmen.«

Sie biss sich auf die Lippe. »Hat er die Fotos von dem Mädchen weitergeschickt?«

Das war auch so etwas, was Jungs taten, und *das* würde ihn zu einem Kriminellen machen.

»Er schwört, dass er es nicht getan hat. Das ist auch der Grund, warum sie das Passwort haben wollte: Sie wollte sichergehen, dass er nichts weitergeleitet hat. Auf den Gedanken, dass sie damit den gesamten Haushalt hacken würde, ist er gar nicht gekommen. Er war völlig außer sich, als er rausbekam, dass sie seinen Dad ausspioniert. Er fühlt sich wirklich elend deswegen.«

Auch Kelly fühlte sich elend, und zwar deshalb, weil ihr Sohn sich elend fühlte wegen etwas, was nicht auf sein Konto ging. Seine Internetfreundin war nicht der Hacker. Warum sollte sie Interesse daran haben, Justins invaliden Vater zu beobachten? Es war Edward Russo gewesen, der die Überwachungskamera eingeschaltet hatte, davon war sie mittlerweile überzeugt. Es war richtig, dass Justin Schuldgefühle hatte, aber nicht deswegen.

»Ich muss die Bilder sehen«, sagte sie.

»Ich dachte mir, dass du das sagen würdest.« Todd stand auf und griff in seine Tasche. »Ich habe Kopien davon gemacht, und dann habe ich dabei zugesehen, wie er alle von seinem Handy und von seinem Laptop gelöscht hat.«

Er hielt ihr einen USB-Stick hin. Sie nahm ihn mit tauben Fingern.

»Justin hat seine Lektion gelernt, Kelly. Er hat nichts mehr zu tun mit diesem Mädchen, also versuch, dir keine Sorgen zu machen.« Mit weicherer Stimme fügte er hinzu: »Er ist ein guter Junge. Und du bist eine gute Mom.«

Sie wandte den Blick ab, weil Tränen in ihre Augen traten. Eine gute Mutter hätte an diesem Wochenende mit ihrem Sohn im Bus nach New Haven gesessen. Mit einer guten Mutter hätte Justin über seine Online-Freundin reden können. Eine gute Mutter bräuchte keinen Angestellten, der als Vermittler zwischen ihr und ihrem Sohn fungierte.

Erst lange nachdem Todd gegangen war, brachte sie es über sich, die Dateien auf dem USB-Stick zu öffnen. Sie stieß auf ein Dutzend Fotos von einer Teenagerin, deren Gesicht hinter einem glänzenden, dunklen Haarvorhang kaum zu erkennen war. Nur ihr Körper war voll zur Schau gestellt. Einige der Fotos zeigten sie auf aufreizende Weise – hier ein unbedeckter Nippel, dort ein Upskirt. Bei den meisten Aufnahmen jedoch handelte es sich um frontale Nacktaufnahmen. Sie hatte einen festen jungen Körper mit kleinen runden Brüsten und rosigen Brustspitzen. Kelly drehte sich der Magen um bei der Vorstellung, wie ihr Sohn über diesen Fotos geiferte. Über diesen Fotos masturbierte. Diesem Mädchen Gewalt antat, indem er es zum Objekt degradierte, selbst wenn sie wusste, was sie mit dem Verschicken der Fotos auslöste.

Todd hatte gesagt, Justin habe seine Lektion gelernt, aber es war die falsche Lektion. Der einzige Grund, warum er gebeichtet hatte, war der, dass er dachte, das Mädchen habe die Überwachungskamera angestellt. In seinen Augen war sie die Übeltäterin in dem ganzen Drama. Er selbst schien sich nicht als Übeltäter zu betrachten.

Tränen strömten ihr übers Gesicht. Ihr eigener Sohn – ihr süßer kleiner Junge – machte Jagd auf ein junges Mädchen. Selbst wenn die Idee mit den Fotos von ihr stammte, benutzte Justin sie doch zu *seiner* Befriedigung. Beutete die Fotos für seine Zwecke aus. Beutete *sie* aus.

Wo waren die Mütter?, schrien alle, wenn man Jungs dabei ertappte, Mädchen zu missbrauchen. Bei den meisten Müttern lautete die Antwort: *Wir waren da, und wir haben unser Bestes gegeben.* Oder, in Kellys Fall: *bei der Arbeit, um Männer zu verteidigen, die genau das Gleiche getan haben.*

Natürlich dachte Justin, es wäre in Ordnung, Mädchen auszunutzen. Es war die einzige Lektion, die er von einer Mutter hatte lernen können, die mit dem, was sie tat, ihren Lebensunterhalt verdiente.

KAPITEL 27

Die meisten von Javis Jungs waren in Wahrheit Mädels beziehungsweise – wie er sich selbst zu sagen ermahnte – Frauen. Ja, diejenigen, die er extra anheuern musste, diejenigen, die ihre Dienste in Rechnung stellten, waren in der Regel Männer, doch die, die freudig Informationen gegen eine Schmeichelei, ein Lächeln oder einen Plausch herausgaben, waren immer Frauen. Sekretärinnen, Sachbearbeiterinnen, Krankenschwestern. Es ging hier nicht um *Reden ist Silber, Schweigen ist Gold* – diese Frauen waren nicht indiskret, ihre Mitteilungsfreudigkeit war eher der Überlegung *Was kann es schon schaden?* geschuldet. Ihre zugeknöpften männlichen Vorgesetzten würden sagen: »Das geht Sie nichts an«, oder: »Es handelt sich um vertrauliche Informationen«, selbst wenn diese Informationen noch so banal waren und am nächsten Tag ohnehin an die Öffentlichkeit gelangten. Bei Männern war es eine Machtfrage, Informationen zurückzuhalten. Bei Frauen war es ein Freundschaftsdienst, Informationen zu teilen.

Und die Frauen wussten alles. Sie hatten die entsprechenden Akten nicht nur abgeheftet, sie hatten sie auch gelesen, sie hatten mit ihrer Kollegin darüber gesprochen, die einen ähnlichen Bericht vorliegen hatte, und zusammen hatten sie sich ein Bild gemacht. Klatsch und Tratsch war das nicht. Vielmehr handelte es sich um eine Art geteiltes Wissen, von dem jeder profitierte.

Javi hatte während seiner Jahre bei der Polizei damit angefangen, sein Netzwerk aufzubauen. Das Leben als Cop gefiel ihm jedoch nicht sonderlich gut – zu viel belangloses Zeug und Schikane, rein um ihrer selbst willen. Er hatte die Nase voll gehabt von diesem Macho-Bullshit, deshalb hatte er nach ein paar Jahren angefangen, als Ermittler für die Staatsanwaltschaft zu arbeiten. Allerdings stellte sich bald heraus, dass die meisten Anwälte dort ebensolche Arschlöcher waren und sich ständig mit den anderen messen mussten. Kelly McCann war die glorreiche Ausnahme, und als sie Partnerin bei Leahy & McCann wurde, ging Javi mit ihr.

Er arbeitete jetzt in einem ansonsten komplett weiblichen Team, wofür er von den anderen Jungs gern aufs Korn genommen wurde. Abfällige Fragen nach seinem Menstruationszyklus oder schmutzige Bemerkungen darüber, dass er der einzige Hengst in einem Stutenstall war, waren an der Tagesordnung. Aber die Spitzen verfehlten ihr Ziel. Javi arbeitete gern mit Kelly und ihrem Team zusammen. Er war ein Mann, der die Frauen schätzte, und sie schätzten ihn ebenso.

Daher wusste er, dass es keine Frage des Geschlechts war, die ihn an diesem Wochenende so wütend auf Kelly machte. Hier ging es nicht um verletzten männlichen Stolz. Es ging um etwas viel Simpleres: Er war der Ermittler in ihrem Team. Er war derjenige, der Verdacht schöpfte, Hinweisen folgte und Fakten sammelte. In all den Jahren, die sie nun zusammenarbeiteten, hatte sie nie an ihm gezweifelt. Hatte nie versucht, ihn in die Schranken zu weisen.

In letzter Zeit jedoch war sie nicht sie selbst gewesen. Seit dem Benedict-Prozess stimmte etwas nicht mit ihr. Cazzadee hatte angedeutet, dass es zu Hause möglicherweise Probleme gab. Deshalb beschloss er, nachsichtig mit ihr zu sein. Ihr etwas Raum zu lassen. Er würde das hier auf eigene Faust durchziehen und ihr erst Bericht erstatten, wenn er es fein säuberlich eingetütet und mit einem Schleifchen versehen hatte. Und er würde selbst für die Unkosten aufkommen.

Am Flughafen von Philadelphia nahm er sich einen Mietwagen und fuhr aus der Stadt hinaus zu Tiffy Jenkins' Adresse. Er war schon einmal dort gewesen, während der Prozessvorbereitungen, als Benedict plötzlich einfiel, dass es da einen Zwischenfall mit einer Reinigungskraft gegeben hatte. Es dauerte eine Weile, bis Javi herausfand, wer besagte Putzfrau war. Anhand der Schichtpläne hatte er seine Suche auf zwei infrage kommende Mitarbeiterinnen eingrenzen können: Tiffy und eine fünfzigjährige Frau namens Marisol Fuentes. Mittlerweile kannte er sich gut genug mit sexuellen Übergriffen aus, um nicht gleich davon auszugehen, dass es sich bei dem Opfer um die junge, dünne Blondine handelte. Keiner dieser Schwachköpfe wählte seine Opfer anhand ihrer Attraktivität aus. Die ganzen Vorwände wie *Sie wollte es, sonst hätte sie doch nicht so einen kurzen Rock getragen,* oder: *Warum hat sie einen so tiefen Ausschnitt gewählt?* waren kompletter Unsinn. Und so hatte er zuerst Mrs Fuentes angerufen und sich zwanzig Minuten in ihrer Muttersprache mit ihr unterhalten, dann war er überzeugt, dass sie nicht die leiseste Ahnung hatte, wovon er redete. Also war er zum Trailerpark gefahren.

Tiffys Reaktion, als er ihr sagte, für wen er arbeitete, sprach Bände. Ihr Gesicht wurde weiß, und obwohl sie zu schüchtern war, um ihm die Tür vor der Nase zuzuschlagen, wich sie mit ausgestreckten Armen zurück – was man bei der Polizeiausbildung als »klassische Defensivhaltung« bezeichnete. Er hob seine Hände, brachte sie in die klassische Ich-will-dir-keinen-Schaden-zufügen-Haltung, damit sie sich wieder beruhigte. Selbst dann räumte sie nur zögerlich ein, dass sie die Reinigungskraft war, die Benedict attackiert hatte. Javi wusste, dass sie schnell einwilligen würde. Ein Blick auf ihr schäbiges Zuhause verriet ihm, dass Benedict seine Tat nicht teuer zu stehen kommen würde. Er gab Kelly Bescheid, und die Geheimhaltungsvereinbarung wurde unterzeichnet.

Heute hatte er vor, sich in der Nachbarschaft umzuhören. Anfangen wollte er mit dem Trailer gegenüber. Er parkte am Rand der ausgefahrenen Schotterpiste. Als er aus dem Wagen stieg, fing ein Hund wie verrückt an zu bellen. Javi sah sich um und entdeckte ihn zwei Türen weiter. Er riss so heftig an seiner Kette, dass sein Bellen immer schriller und dünner wurde, bis er ein ersticktes Japsen von sich gab und erschöpft auf den staubigen Boden sackte.

Musik plärrte durch die plötzliche Stille. Javi riss den Kopf herum. Die Musik kam aus Tiffys Wohnwagen. Soweit er wusste, hatte sie weder weitere Mitbewohner noch Familie, und ihr Freund Sean saß im Gefängnis. Was bedeutete, dass es sich um jemanden handeln musste, der sich illegal Zutritt verschafft hatte. Er überquerte die Fahrbahn, um nachzusehen.

Die Musik – Death-Metal – war laut aufgedreht, der »Gesang« ein kehliges, unverständliches Growlen. Er klopfte an die Tür, und als niemand öffnete, klopfte er erneut, fester diesmal. Als noch immer keine Reaktion erfolgte, brüllte er: »Aufmachen!« Das zeigte Wirkung. Die dünne Aluminiumtür wurde aufgestoßen, doch wer immer sie geöffnet hatte, zog sich eilig ins dunkle Innere des Trailers zurück, das an eine Höhle erinnerte: Es brannte kein Licht, die Vorhänge waren zugezogen.

»Hey«, sagte Javi und trat ein. Als sich seine Augen langsam an die Dunkelheit gewöhnt hatten, sah er einen Mann auf der Couch sitzen. Er hielt eine Flasche in der Hand.

»Sind Sie ein Freund von Ms Jenkins?«, erkundigte sich Javi.

Ein lautes Schniefen folgte. »Sind Sie ein Cop?«, fragte der Mann mit verschliffener Stimme.

»Steuerbehörde«, antwortete Javi. »Abteilung für Rückerstattungen.«

Eine Abteilung für Rückerstattungen gab es nicht, doch für gewöhnlich genügte das, um mit einer bestimmten Bevölkerungsschicht ins Gespräch zu kommen. Er wartete, aber das nächste Geräusch, das von der Couch zu ihm drang, war ein rasselndes Schnarchen.

»Sir?«, fragte er, doch als dem Mann die Flasche aus der Hand glitt und zu Boden fiel, wusste er, dass es sich um ein vergebliches Unterfangen handelte. Er sah sich kurz um, blätterte durch die Werbepost auf der Anrichte, dann ging er wieder nach draußen.

Eine junge Frau stand rauchend neben seinem Mietwagen. Sie war genauso dünn und blond wie Tiffy, nur dass Tiffy eine echte Blondine gewesen war, während diese Frau einen dunklen, zentimeterbreiten Ansatz hatte. Sie grinste. »Seit sie ihn entlassen haben, ist er stockbesoffen«, sagte sie.

Javi warf einen Blick zurück in den Trailer. »*Das* ist Sean?«

Sie nickte und zog an ihrer Zigarette.

»Er hat eine Kaution hinterlegt?«

»Nein. Sie haben ihn laufen lassen.«

»Wieso?«

Sie zuckte mit den Achseln. »Die Cops waren noch mal da und haben alle im Trailerpark gefragt, was sie an dem Tag, an dem es passiert ist, gesehen haben.« Sie klopfte die Asche von ihrer Zigarette. Aus dem Wohnwagen hinter ihr kam das Weinen eines Kindes. »Ich habe gehört, wie jemand gesagt hat, er habe eine schicke Karre vor Tiffys Trailer stehen sehen. Ich hab nichts mitbekommen, dabei wohne ich direkt gegenüber.« Mit einem durchtriebenen Lächeln deutete sie auf die Tür ihres Wohnwagens. »Wenn Sie für eine Minute reinkommen wollen …«

Doch Javi öffnete bereits die Wagentür. »Danke. Ich muss los.« Er glitt hinters Lenkrad und raste so schnell davon, dass der Schotter unter den Reifen aufspritzte.

Den Rest des Nachmittags verbrachte er in dem entsprechenden Department – eine kleine Polizeidienststelle in einem Zuständigkeitsbereich, in dem sonst lediglich Diebstahl und Trunkenheit am Steuer an der Tagesordnung waren. Einen Pressesprecher gab es nicht, und der Chief hatte frei und wollte zu Hause nicht gestört werden – zumindest behauptete das der Sergeant am Empfang. Keiner wollte mit Javi sprechen, aber jeder wollte wissen, was für ein Interesse er an diesem Fall hatte. Er hatte Pech, dass alle, die an diesem Tag Dienst hatten, Männer waren. Also musste er mit leeren Händen abziehen.

Die meisten seiner Jungs kamen aus Boston, aber seine Jungs hatten ihre eigenen Jungs, und diese Jungs hatten auch wieder Jungs, sodass er am Ende über ein staatenübergreifendes Netzwerk von Jungs – und Mädels, *Frauen* – verfügte, das er sich zunutze machen konnte. Sein zuverlässigster Kontakt in Pennsylvania war Suzanne Browning, eine langjährige Verwaltungsfachangestellte in leitender Position, die zuständig war für das Büro des Generalstaatsanwalts, der offenbar die Fäden bei sämtlichen Strafverfolgungsbehörden zog – ebenfalls staatenübergreifend. Nachdem er in sein Motel eingecheckt hatte, rief er sie an, um ihr Date für heute Abend zu bestätigen. »Ach, übrigens …«, fügte er an und ratterte seine Wunschliste bezüglich gewisser Informationen herunter.

Sie stöhnte gespielt auf, aber sie sagte nicht Nein.

Suzanne arbeitete im Büro der Staatsanwaltschaft in Norristown, aber sie wohnte im nahe gelegenen King of Prussia. Als Treffpunkt hatte sie ihre Lieblingsbar nicht weit von ihrem Haus entfernt vorgeschlagen.

Javi parkte den Wagen und betrat die Bar, wo sie ihnen bereits einen Tisch frei hielt. Sie war in den Vierzigern, geschieden und angenehm rundlich. Jetzt winkte sie ihn zu sich und lehnte sich auf ihrem Stuhl zurück, als er sich zu ihr beugte, um ihr einen flüchtigen Kuss auf die Lippen zu geben.

»Was trinkst du?«, fragte er.

»Dirty Martini«, antwortete sie und wackelte mit den nachgezeichneten Augenbrauen.

Er lachte, ging zur Bar und kehrte mit einem Bier für sich und einem zweiten Martini für Suzanne zurück. Sie stützte ihre Ellbogen auf den Tisch. »Okay, hier kommt das, was ich für dich habe«, sagte sie. Sie wollte das Geschäftliche hinter sich bringen, und er war dankbar, weil er nicht darauf warten musste. »Der Freund hat ein Alibi. Eine Bar in Pottstown hat ihn auf einem Überwachungsvideo – er hat gute drei Stunden dort gesessen und sich volllaufen lassen, genau während der Zeit, in der der Mord passiert ist.«

Dann war es also nicht der Freund gewesen, dachte Javi. Genau wie er vermutet hatte.

»Und da ist noch etwas anderes«, fuhr Suzanne fort. »Ihre Kehle wurde durchtrennt, richtig? Bei einem typischen Affektmord erfolgt das mit einem Schnitt über den Hals, von links nach rechts oder von rechts nach links, kommt darauf an, ob es sich um einen Rechts- oder Linkshänder handelt. Doch diesem Opfer wurde nicht die Kehle aufgeschlitzt. Das Messer wurde direkt in ihre Halsschlagader gestoßen. Laut Gerichtsmedizin mit beinahe chirurgischer Präzision.«

»Da wusste jemand, was er tat.« Benedict war ein Doktor der Medizin, rief Javi sich ins Gedächtnis, erst später hatte er all die anderen Abschlüsse erworben.

»Oder er hatte einfach Glück.«

»Hast du sonst noch was für mich?«

»Herrgott, Javi – es hat fast den ganzen Nachmittag gedauert, das herauszufinden!«

»Natürlich. Entschuldige.«

»Hm. Kommen wir zum nächsten Punkt: Bucks County.« Sie war mit jemandem befreundet, der jemanden von der Gerichtsmedizin kannte, und von dem hatte sie erfahren, dass Reeza Patels Tod angeblich in Kürze als Unfall eingestuft werden würde. Dem Labor gelang es nicht, die Quelle der Megadosis Oxycodon nachzuweisen, an der sie gestorben war, und da es keine Beweise dafür gab, dass ihre Medikamente vorsätzlich manipuliert worden waren, musste man von einem Versehen ausgehen.

»Verstehe«, sagte Javi. Der fehlende Beweis, so wusste er, war aber die Verbindung zwischen Patels Tod und dem Mord an Tiffy Jenkins. Der Gerichtsmediziner kannte diesen Zusammenhang nicht, genauso wenig wie sonst wer, abgesehen von Kelly und ihrem Team. Und natürlich George Benedict.

All die Puzzleteile fügten sich für Javi zu einer zusammenhängenden Reihe, die direkt auf Benedict hinwies. Jemand, der einen schicken Wagen fuhr und wusste, wo sich die Halsschlagader befand. Jemand, der wusste, wie man an eine hochkonzentrierte Dosis Oxycodon herankam. Jemand, der beide Frauen kannte. Jemand, der beide Frauen brutal vergewaltigt hatte.

Das einzige Problem bestand darin, dass Benedict zum Zeitpunkt von Tiffys Ermordung in Atlanta gewesen war.

Blieb immer noch Anton. Er war der Fahrer des schicken Wagens, und es wäre Benedict ein Leichtes gewesen, ihn anzuweisen, wie er die Karotide zu durchtrennen hatte. Vorausgesetzt, Anton wusste es nicht längst.

Javi besorgte einen dritten Martini für Suzanne und ein Sodawasser für sich selbst, und sie saßen noch eine gute Stunde zusammen und plauderten über alles Mögliche. Doch Javis Gedanken waren bei Anton und dem, was er über ihn wusste. Was nicht viel war. Er war gebaut wie ein Fels und hatte – wenn überhaupt möglich – noch weniger Emotionen. Javi hatte zu verschiedenen

Gelegenheiten mehrere Stunden in seiner Gesellschaft verbracht und den Mann nie lächeln sehen.

Als Kelly das Mandat für Benedict übernahm, hatte er einen Backgroundcheck vorgenommen, doch alles, was er über ihn herausfinden konnte, waren sein voller Name – Anton Sebastian Balkus – und dass er in Litauen zur Welt gekommen war. Alles, was während der folgenden vierzig Jahre in seinem Leben passiert war, ging im undurchsichtigen Gewirr ausländischer Akten unter. In den USA wurde Javi ab 2008 fündig, als Anton in die Staaten immigriert war. Er hatte über UniViro eines der begehrten O-1-Visa für ausländische Personen mit außergewöhnlichen Fähigkeiten auf verschiedenen Gebieten erhalten, auch »Genius-Visum« genannt. Welche außergewöhnlichen Talente Anton vorzuweisen hatte, konnte Javi nicht in Erfahrung bringen. Offiziell war er lediglich als Fahrer eingestellt. Obwohl er ganz offensichtlich auch andere, breit gefächerte Aufgabenbereiche abdeckte.

Einmal – Javi wartete auf dem Parkplatz von UniViro auf Kelly – hatte er Anton dabei beobachtet, wie dieser den Kofferraum des Bentleys geöffnet und eine etwa einen Meter lange Stange mit einer Scheibe an einem Ende herausgenommen hatte. Es handelte sich um einen Unterbodenspiegel für Fahrzeuge, so wie man ihn bei Grenzkontrollen verwendete. Anton richtete den Spiegel aus und drehte eine volle Runde um den Wagen. Augenscheinlich zufrieden, dass er keinen Brandsatz entdeckte, blieb er stehen, um einen Fleck auf dem Kotflügel zu polieren, bevor er sich hinters Lenkrad setzte und auf seinen Herrn und Meister wartete.

Offenbar hatte er den Sprung vom Fahrer zum Bodyguard geschafft, doch vom Bodyguard zum Mörder war der Sprung um einiges weiter. Javi brauchte mehr Informationen, um diese Entwicklung nachvollziehen zu können. Nachdem Suzanne sich dagegen entschieden hatte, den dritten Martini ganz auszutrinken, bezahlte er die Rechnung, steckte den Bewirtungsbeleg ein und brachte sie zu ihrem Wagen. »Kommst du später vorbei?«, fragte sie draußen auf dem Gehsteig.

Normalerweise hätte der Abend tatsächlich so geendet, doch das wollte er nicht mehr. »Tut mir leid«, sagte er daher, »aber ich muss heute Abend arbeiten.«

»Pech für dich«, sagte Suzanne, und er schlug die Hand aufs Herz und zuckte gespielt entsetzt zurück. Sie lachte laut auf, und sie trennten sich mit Wangenküssen. Immer noch Freunde. Immer noch Teil des Netzwerks.

Zurück in seinem Motelzimmer, verbrachte er eine ganze Weile damit, eine Luftaufnahme von Benedicts Anwesen zu betrachten, die er von einer Immobilienseite heruntergeladen hatte. Javi wusste, dass Anton irgendwo auf dem Grundstück lebte, wahrscheinlich in einem der vielen Nebengebäude, die hinter dem Herrenhaus lagen. Laut Website gab es ein Gästehaus mit zwei Schlafzimmern und einem Bad, außerdem eine Garage mit sechs Stellplätzen und einem Obergeschoss, das möglicherweise zum Apartment umfunktioniert war. Einen Wintergarten und einen Pflanzschuppen. Einen Zwinger. Und schließlich noch eine Cabaña am Pool, die die Größe eines kleinen Hauses hatte. Das Foto und die aufgeführten Details stammten aus der Zeit, bevor Benedict das Anwesen gekauft hatte, daher entsprachen sie womöglich nicht dem aktuellen Stand. Trotzdem prägte Javi sich den Grundstücksplan ein, bevor er sich umzog und losfuhr.

Die Zufahrt zum Anwesen war nicht mit einem Tor abgesperrt, doch an den Laternenmasten waren Überwachungskameras angebracht. Aus dem Grund steuerte Javi durch einen wahren Irrgarten von Nebenstraßen, bis er endlich auf der bewaldeten

Rückseite des Anwesens ankam. Er parkte im Schutz einer alten Hecke, dann stieg er aus und bahnte sich im Schein seiner Handytaschenlampe einen Weg durch den Wald.

Irgendwann kam zwischen den Bäumen hindurch das Herrenhaus in Sicht. Er blieb stehen und steckte das Handy ein. In einigen Zimmern im Erdgeschoss und im ersten Stock brannten Lampen, doch die Fenster, die die Kuppel der Rotunde umgaben, strahlten so hell, dass die Lichtquellen aus einem Dutzend verschiedener Räume stammen konnten. Er hatte keine Ahnung, wo genau die Benedicts sich im Augenblick aufhielten, wenn sie sich überhaupt in ein und demselben Zimmer befanden. Javi konnte sich nicht vorstellen, dass sie an einem Samstagabend etwas miteinander unternahmen. Es war daher am sichersten, sich vom Haus fernzuhalten, da alle Räume infrage kamen.

Er ging am Waldrand entlang zur Rückseite des Gebäudes und hielt dabei Ausschau nach Überwachungskameras, doch er konnte keine entdecken. Nichtsdestotrotz zog er die Skimaske über den Kopf, bevor er aus dem Schatten der Bäume trat. Von Kopf bis Fuß in Schwarz gekleidet, robbte er im Ninja-Stil über den Rasen.

Die Garage und die Cabaña waren dunkel, aus einem Fenster im Gästehaus fiel ein gelber Lichtfleck aufs Gras. Javi schlich am Pool und an der Cabaña vorbei, machte einen Bogen um den Zwinger, dann blieb er stehen und schnupperte aufmerksam, bevor er sich weiter vorwagte. Er konnte den Rasen und Chlor riechen und den Rauch eines in der Ferne brennenden Feuers. Fell- oder Kotgeruch nahm er keinen wahr. Wenn die Benedicts irgendwelche Tiere hielten, waren diese wohl permanent desinfiziert oder desodoriert.

Lautlos umrundete er den Zwinger. Kein Bellen, kein Knurren. Als Nächstes gelangte er zum Wintergarten. Der hatte die Größe eines Basketballplatzes und war auf einem halbhohen Backsteinfundament errichtet. Die hohen Glasscheiben fügten sich zu einem gewölbten Dach zusammen. Drinnen brannten mehrere Lichter. Javi kauerte sich hin und spähte vorsichtig oberhalb des Fundaments hinein. Die Lichter waren Pflanzenlampen, die über Tischen, Gestellen und Regalen mit Topfpflanzen hingen. Sein Blick schweifte durch den gesamten Raum. In dem Wintergarten gab es jede Menge Pflanzen – Tiere oder Menschen befanden sich nicht darin.

Javi ließ Wintergarten und Pflanzschuppen hinter sich und konzentrierte sich auf den offenen Rasen vor dem Gästehaus. Ein weiterer schweifender Blick wegen möglicher Überwachungskameras, dann ließ er sich auf den Bauch fallen und kroch durch das feuchte Gras zur Rückseite des Gästehauses, so wie er es während seiner Ausbildung beim Militär gelernt hatte. Vorsichtig richtete er sich dort auf und drückte sich an die Wand, dann huschte er seitlich zum Fenster und beugte sich gerade so weit vor, dass er mit einem Auge ins Haus spähen konnte. Hinter dem Fenster lag die Küche. Anton stand darin.

Javi zog sich zurück und hielt den Atem an, während er angestrengt lauschte. Er vernahm das Geräusch von laufendem Wasser, gefolgt von einem metallischen Klappern. Er beugte sich erneut vor. Anton stand an der Spüle, das Profil Javi zugewandt, und schaute aus dem darüber liegenden Fenster. Genau wie Javi war er komplett schwarz gekleidet. Die Ärmel bis zu den Ellbogen hochgeschoben, die Hände im Spülbecken versenkt, schrubbte er etwas ab. Die Teller vom Abendessen, dachte Javi, doch dann verlagerte Anton das Gewicht und hielt etwas ins Licht der Deckenlampe, das silbern aufblitzte. Es handelte sich um ein Messer, vermutlich aus Edelstahl, sowohl Klinge als auch Griff, und es sah eher aus wie ein chirurgisches Instrument als wie ein Küchenwerkzeug. Nach gründlicher Betrachtung hängte Anton es an die Magnetleiste an der Wand, wo eine ganze Auswahl ähnlicher Messer hing.

Plötzlich erstarrte Anton. Drehte sich um.

Javi zuckte zurück. Von drinnen waren Schritte zu vernehmen, die die Küche durchquerten. Javi drückte sich mit dem Bauch gegen die Wand und versuchte, mit der Dunkelheit zu verschmelzen. Er hörte, wie Anton am Fenster stehen blieb, nur wenige Zentimeter von ihm entfernt. Javi hielt die Luft an. Stellte sich vor, wie Anton in die Nacht hinausspähte und nach einem der Messer griff. Er lauschte angestrengt auf das Geräusch von Edelstahl, der von der Magnetleiste entfernt wurde.

Doch jetzt waren wieder Antons Schritte zu vernehmen, diesmal schien er die entgegengesetzte Richtung einzuschlagen.

Javi atmete vorsichtig durch. Ein paar Minuten später trat er den Rückzug an, langsam, auf demselben Weg, den er gekommen war. Als er den Schutz des Waldes erreicht hatte, fing er an zu laufen und blieb während der ganzen Strecke zu seinem Wagen kein einziges Mal stehen.

KAPITEL 28

An diesem Abend trug Kelly ein schwarzes, ärmelloses Seidenkleid, dazu Riemchensandalen mit hohen Absätzen und einen weißen Kaschmirschal gegen die abendliche Kühle. Es war die Art Outfit, die nach einer kleinen Clutch verlangte, doch stattdessen griff sie zu einer schwarzen Dokumententasche. Sie passte nicht wirklich zu dem Ensemble, aber sie war wenigstens groß genug, um darin ihre Brieftasche, ihr Handy und den Ordner mit den manipulierten Unterlagen zu verwahren, den sie Rick überreichen wollte.

Als sie den Wagen parkte und auf die Restauranttür zuging, fühlte sie sich so nervös wie ein junges Mädchen vor dem ersten Date. Das war der letzte Akt in ihrem Drama. In der nächsten Stunde würde sich alles entscheiden – ob Rick auf den Köder anbiss, ob es ihnen gelingen würde, Benedict zu vernichten, ob sie selbst sich endlich von seinem Gift reinigen konnte.

Sie schob die Tür auf und trat ein. Rick wartete an der Bar auf sie. »Kelly!«, rief er mit einem warmen Lächeln und winkte.

Sofort entspannte sie sich. Für eine Sekunde wünschte sie sich, dass dies tatsächlich ein Date war – als wäre ein Abend mit diesem angenehmen, sympathischen Mann genau das Gegengift, das sie brauchte. Doch der Wunsch währte nur eine Sekunde. »Rick!«, rief sie genauso freudig und streckte ihm die Hand entgegen.

Er versuchte nicht, sie mit Wangenküssen zu begrüßen wie neulich Abend. Stattdessen nahm er ihre Hand in beide Hände und hielt sie fest. »Es ist so schön, Sie zu sehen«, sagte er. »Sie sehen großartig aus.«

Er hatte einen abgeschiedenen Tisch im hinteren Bereich des Restaurants reserviert, und die Tischdame führte sie dorthin. Ein Spießrutenlauf, denn einige Gäste zogen die Augenbrauen hoch und tuschelten miteinander, als Rick vorbeiging, doch die meisten schienen ihn nicht zu bemerken. Kelly nahm Platz und verstaute die Dokumententasche unter ihrem Stuhl. Sofort trat ein junger Mann an sie heran, um ihre Getränkebestellungen aufzunehmen. »Gin Tonic für Sie, Kelly?«, fragte Rick. »Mit einem kleinen Spritzer?«

Kelly sah die Bedienung an und nickte. »Ein kleiner Spritzer Gin, nicht Tonic.«

Rick lachte und bestellte für sich einen Dewar's Highball.

Der junge Mann verschwand. Kelly schüttelte ihre Serviette aus und eröffnete das Gespräch mit dem klassischen Eisbrecher. »Was führt Sie nach Boston, Rick?«

»Das Übliche. Ich verfolge eine Story.«

»Dieselbe wie bei Ihrer letzten Reise?«

»Dieselbe.«

»Muss eine ziemlich große Story sein, wenn Sie Ihr Wochenende dafür hergeben«, mutmaßte sie.

»Ich gehe davon aus, dass Sie ebenfalls zahlreiche Wochenenden für die Arbeit opfern.«

»Während eines Prozesses … ja.«

Sie schwiegen, während sie die Speisekarte studierten und ihre Wahl trafen. Der junge Mann brachte die Getränke und nahm ihre Bestellungen auf. Nachdem er sich entfernt hatte, hob Rick das Glas. »Auf eine kleine Auszeit an einem Arbeitswochenende!«

Kelly hob ihres, stieß mit ihm an und nahm einen Schluck.

»Es muss schwer für Sie sein, sich für die Dauer eines Prozesses von Ihren Kindern zu trennen«, sagte er.

Sie nickte, wenngleich es sie ärgerte, wie oft die Mütter einen solchen Kommentar zu hören bekamen, nicht die Väter. Daher parierte sie: »Ich nehme an, das Gleiche gilt für Sie, wenn Sie einer Story nachjagen.«

Ein Schatten überzog sein Gesicht. »Für mich gilt das leider ständig. Meine Jungs leben bei ihrer Mutter in New Jersey.«

»Oh.« Dann war er also geschieden. Sie fragte sich, ob die ehemalige Mrs Olsson eine bessere Mutter für ihre vaterlosen Kinder war als sie. »Genau genommen sind meine Kinder diejenigen, die an diesem Wochenende nicht zu Hause sind«, sagte sie. »Übernachtungsparty auf Cape Cod und Science Fair in New Haven.«

»Hey, ich liebe diese Forschungsausstellung! Ist Ihr Sohn dort? Er ist doch in dem Alter, oder? Und wenn ja, was präsentiert er?«

»Das übersteigt meinen Horizont, fürchte ich. Irgendetwas mit Bakterienfärbung?«

»O ja, ich glaube, ich weiß, worum es geht: um die Gram-Färbung zur Klassifizierung von Bakterien. Warten Sie, ich zeig's Ihnen.«

Er zog sein Handy aus der Brusttasche und tippte ein paar Buchstaben ein, um eine Website aufzurufen. Als er gefunden hatte, was er suchte, stand er auf, kam um den Tisch herum und stellte sich neben ihren Stuhl. Er drückte auf den Play-Pfeil auf einem Video und hielt ihr das Handy so hin, dass sie sich den Beitrag ansehen konnte. Eine Hand mit einer Pipette tropfte eine indigofarbene Flüssigkeit in zwei verschiedene Petrischalen. Die Substanz in der einen färbte sich tiefviolett, die in der anderen hellrosa.

»Sehen Sie? Die violette ist grampositiv, die rosa gramnegativ.«

»Das sehe ich. Aber was ist der Punkt?«

»Diese Methode hilft, Bakterien zu identifizieren.« Er kehrte zu seinem Sitz zurück und legte das Handy auf den Tisch. »Wenn sie grampositiv sind, handelt es sich um Bakterien der Art *Staphylococcus aureus,* die gegen das Antibiotikum Methicillin resistent sind. Gramnegative Bakterien umfassen im Grunde das gesamte Spektrum bei Lebensmittelverunreinigungen, wie zum Beispiel Salmonellen.«

Den letzten Satz sagte er in genau dem Moment, als zwei Kellner an ihren Tisch traten und gleichzeitig die Salatteller vor sie stellten. Kelly und Rick sahen sich über die Salatblätter hinweg an und fingen an zu lachen.

»Woher wissen Sie das alles?«, fragte sie, als sie wieder allein waren.

»Abgesehen davon, dass ich während meiner Highschool-Zeit ein Nerd war?« Er lachte leise. »Das war meine erste Sparte als Journalist: Wissenschaft und Medizin. Bis die Chefs des Senders bemerkten, dass ich wusste, wie man Interviews führt, und mir andere Aufgaben übertrugen. Sie wären verblüfft, wie viele große Namen beim Rundfunk sich nicht mit dem ABC des Interviews auskennen. Ihre Produzenten drücken ihnen ein Script in die Hand, an das sie sich halten, komme, was wolle. Auf diese Weise entgehen ihnen so einige große Storys.«

Kelly nickte. »Das Gleiche trifft auf zahlreiche Anwälte zu, wenn es darum geht, Zeugen zu befragen. Sie haben ihre vorbereiteten Listen und Strategien, und sie schwenken nicht um, wenn sie eine unerwartete Antwort bekommen. Sie sind so fokussiert auf ihre nächste Frage, dass sie gegen die oberste Regel verstoßen: darauf zu hören, was die Zeugin oder der Zeuge sagt.«

»Und manchmal darauf, was sie nicht sagt.«

Die letzte Bemerkung kam ihr doch sehr zugespitzt vor. Auch die Wahl des Geschlechts verriet viel. Sie rutschte auf dem Stuhl zurück. Ihr Fuß streifte die Dokumententasche. Sie musste zum Punkt kommen, und jetzt schien ihr der geeignete Moment dafür zu sein. »Als wir uns neulich Abend in New York getroffen haben«, fing sie an, »haben wir über einige Gerüchte bezüglich Benedicts Entdeckung des Virus gesprochen. Über gefälschte Unterlagen.«

»Hm.« Er sah sich nach der Bedienung um und hob den Arm, um den Kellner zu rufen. »Ich hätte gern etwas Olivenöl zum Brot. Und Sie?«

»Einige der veröffentlichten Berichte scheinen von den internen Aufzeichnungen abzuweichen.«

»Entschuldigen Sie«, sagte Rick, als der Kellner an ihren Tisch trat. »Könnten wir bitte einen Teller Olivenöl bekommen?«

»Selbstverständlich, Sir.«

»Das ist mir bewusst«, sagte er, sobald sie wieder allein waren. »Im Augenblick arbeite ich an einer Story über posttraumatische Belastungsstörungen, und ich habe mir Videointerviews von Traumaopfern angeschaut. Sie wären erstaunt, wie sehr die Aufzeichnungen der Therapeuten zu den Interviews von dem abweichen, was diese Frauen tatsächlich vor der Kamera sagen. Ich meine, paraphrasieren ist eine Sache, doch die aufgetretenen Symptome falsch darzustellen …«

»Ja, aber die Berichte, die ich meine, basieren nicht auf etwas Subjektivem. Die Sache mit Benedict sieht mir eher aus wie der eindeutige Fall einer …« – sie zögerte, es war zu früh, ein Wort wie »Diebstahl« zu verwenden – »falschen Zuordnung aus.«

»Kelly.« Rick legte seine Salatgabel zur Seite. »Ich muss Ihnen ein Geständnis machen.«

»Was für ein Geständnis?« Sie versuchte, ihre Ungeduld über die Art und Weise, wie er das Gespräch immer wieder vom Kurs abbrachte, im Zaum zu halten. So etwas machten Männer oft, und für gewöhnlich forderte sie sie auf, dies zu unterlassen. Doch nun war das nicht möglich. Sie musste dafür sorgen, dass Rick weiterhin an ihrer Seite stand.

»Neulich Abend, als ich versucht habe, Sie zu küssen …«, sagte er. »Es war nicht so, dass ich Sie anmachen wollte – obwohl ich das nur zu gern irgendwann tun würde.« Er zwinkerte ihr lächelnd zu. »Aber das neulich Abend war ein Test.«

Sie lachte schnaubend. »Ein Test? Inwiefern? Um herauszufinden, wie leicht ich rumzukriegen bin?«

»Nein.« Er war plötzlich ernst. »Um zu sehen, wie leicht man Sie triggern kann.«

Sie starrte ihn an. Fühlte, wie ihr das Blut aus den Wangen wich. »Wie bitte?«

»Kelly, ich weiß, dass er Sie während der Dinnerparty nach dem Prozess attackiert hat. Ich gehe davon aus, dass Sie vergewaltigt wurden. *Deshalb* hatten Sie einen Nervenzusammenbruch, als ich versucht habe, Sie zu küssen.«

In ihrem Kopf drehte sich plötzlich alles. »Nein, nein … Wie gesagt, ich hatte mir wohl einen Infekt eingefangen.«

»Dieses Video … der Helikopter. Es konnte gar nicht offensichtlicher sein.«

»Nein.« Sie schüttelte den Kopf und fühlte sich gleich noch benommener. »Ich war betrunken, das habe ich Ihnen doch gesagt.«

»Ich habe einen Neurologen einen Blick auf die Aufnahmen werfen lassen. Er sagte, Sie hätten Anzeichen einer neuromuskulären Lähmung gezeigt. Um Himmels willen, Kelly, er hat Sie unter Drogen gesetzt!«

»Sie haben das Video jemandem gezeigt?« Sie schnappte nach Luft. »Sie sagten doch, Sie hätten es zerstört! Sie hatten es mir versprochen!«

»Es tut mir leid. Das war mir nicht möglich. Es handelt sich um Beweismaterial.«

»Nein! Das ist kein Beweismaterial! Es ist nichts passiert!« Ihre Stimme dröhnte in ihrem Kopf, aber ihr war nicht bewusst, dass sie tatsächlich schrie, bis sie die neugierigen Blicke der anderen Gäste um sie herum bemerkte.

»Warum sonst sollten Sie diesen Rachefeldzug gegen Ihren eigenen Mandanten führen? Selbst wenn Sie wüssten, dass er Patel vergewaltigt hat, würden Sie nicht so weit gehen. Und ganz bestimmt würden Sie nicht versuchen, mir Dokumente zuzuspielen.«

Ihr Kopf fühlte sich inzwischen an, als würde er haltlos über ihren Schultern schweben. »Ich dachte, es würde Sie interessieren! Ihr Buch … Wollen Sie denn nicht wissen, wer das Virus in Wahrheit gefunden hat? Wenn er die Lorbeeren für etwas einheimst, was er gar nicht geleistet hat …«

»Kelly …«, sagte er traurig, sanft.

In dem Moment vibrierte sein Handy auf dem Tisch, und er beeilte sich, es umzudrehen. Aber er war nicht schnell genug. Sie konnte gerade noch den Namen des Anrufers auf dem Display erkennen: *Dad.*

Ihre Augen schossen zu seinem Gesicht. Er biss sich auf die Lippen und senkte den Blick. Das Telefon vibrierte weiter.

»Sagten Sie nicht, Ihr Vater wäre tot?«, fragte sie. »Sagten Sie nicht, er wäre an Alzheimer gestorben?«

»Das war mein Onkel. Es tut mir leid. Ich wollte nur …«

»Sie haben gelogen!«

»Stimmt. Und das tut mir wirklich leid. Sie haben aber auch gelogen. Sie haben mich auf diesen Campus gelockt …«

»Ihr Buchvertrag – Sie schreiben gar kein Buch über Alzheimer. Darum ging es nie.« Sie schob ihren Stuhl zurück, der laut quietschend über den Fußboden schrammte. »Sie schreiben ein Buch über – ja, *worüber?* Über mich?« Ihre Stimme quietschte, genau wie der Stuhl.

»Nein! Es geht um die! Um Benedict und die anderen Größen aus Medizin und Wissenschaft, die in Wahrheit seriellen Missbrauch betreiben.« Er stand halb auf und beugte sich näher zu ihr. »Kelly, das muss aufgedeckt werden! Er muss gestoppt werden. Das Buch ist ein brandheißes Eisen!«

»Oh, davon bin ich überzeugt«, erwiderte sie bitter. »Es wird mit Sicherheit ein Bestseller. Der Mann, der Alzheimer heilen kann, und dann das? Das ist um einige Nummern größer als ein Hollywoodproduzent oder ein TV-Komiker. Sie werden bestimmt den Pulitzer-Preis gewinnen. Jeder Talkmaster wird *Sie* interviewen wollen.«

»Er ist ein Raubtier. Und er bekommt keinen Freifahrtschein wegen seiner Genialität. Wir müssen ihn zur Strecke bringen.«

Sie stand auf. Der Raum fing an, sich zu drehen. Halt suchend griff sie nach der Stuhllehne.

»Sie wollen Rache«, sagte er. »Glauben Sie mir, das verstehe ich. Aber Rache ist keine Gerechtigkeit. Lassen Sie mich ihn als das entlarven, was er wirklich ist. Die Wahrheit erzählen über das, was er getan hat.«

Sie drückte die Stuhllehne so fest, dass ihre Fingerknöchel weiß hervortraten. »Wenn Sie irgendetwas über mich schreiben, werde ich Sie bis auf den letzten Penny verklagen, den Sie jemals für das Buch bekommen. Denn das ist gelogen. Alles ist gelogen!«

Er richtete sich zu seiner vollen Größe auf. »Nun, ich weiß, dass dem nicht so ist.«

Sie griff nach ihrem Schal und ging mit unsicheren Schritten um ihn herum Richtung Tür.

»Kelly, warten Sie!«, rief er ihr nach.

Sie ging weiter.

»Sie haben das hier vergessen!«

Sie drehte sich um. Er folgte ihr mit großen Schritten, ihre Dokumententasche in der Hand.

»Sind die Unterlagen da drin?«, fragte er. »Wenn Sie es wirklich möchten, werde ich sie an mich nehmen.«

Sie riss ihm die Tasche aus der Hand. Wollte nicht, dass er die Unterlagen zu Gesicht bekam. Konnte ihm nicht länger vertrauen. Konnte sich nicht darauf verlassen, dass er ihre Lügen nicht durchschaute. Sie machte auf dem Absatz kehrt und stürmte aus dem Restaurant.

Als sie nach Hause kam, war fast alles dunkel. Nur die Lichter oben hinter dem Erkerfenster brannten. Sie parkte in der Garage, ging in die Küche, mixte sich einen Gin Tonic mit nur einem kleinen Spritzer Gin.

Im Wohnzimmer war es ebenfalls dunkel, doch sie verzichtete darauf, das Licht anzuschalten, als sie sich aufs Sofa fallen ließ und einen großen Schluck von ihrem Drink nahm. Der Schwindel war verschwunden, an seine Stelle trat das bedrückende Gefühl der Niederlage. Sie war ausgetrickst worden. Die ganze Zeit über hatte sie geglaubt, Rick Olsson zu manipulieren, dabei manipulierte er sie. Er hatte ihre Geschichte von dem Moment an verfolgt, als er das Helikopter-Video zu Gesicht bekommen hatte. Das war der Auslöser für seinen ersten Anruf bei ihr gewesen. Das war der Grund, warum er sich bereit erklärt hatte, sich mit ihr auf dem College-Campus zu treffen, warum er sich mit ihr in der Bar verabredet hatte, obwohl sie ihn auf dem Campus versetzt hatte. Das war der einzige Grund, warum er an dem Tag in Boston gewesen war, an dem er sie vor der Pressemeute gerettet hatte. Das war der einzige Grund, warum er sie *überhaupt* gerettet hatte. Warum er versucht hatte, sie zu küssen.

Ihr einziger *Trost* war, dass er es nicht geschafft hatte. Trotz aller Mühen, die er auf sich genommen hatte, war es ihm nicht gelungen, sie zu einem Eingeständnis zu bringen.

Doch das war nur ein kleiner Trost angesichts der Tatsache, dass auch sie versagt hatte. Ihr Racheplan war gescheitert. Selbst wenn es ihr gelingen würde, einen anderen Journalisten zu finden, dem sie die Unterlagen zuspielte, würde sie damit jetzt nicht mehr durchkommen. Nicht, wenn Rick sie mit den gefälschten Dokumenten in Verbindung bringen konnte. Sie wäre ruiniert. Sie würde ihre Zulassung als Anwältin verlieren, möglicherweise strafrechtlich verfolgt, verurteilt und im schlimmsten Fall sogar zu einer Gefängnisstrafe verdonnert werden. Während Benedict unbehelligt weitermachen konnte. Er würde keine berufliche Schande erleiden. Er würde den Nobelpreis gewinnen.

Sie musste Ashley anrufen und ihr sagen, sie solle sich erneut in die UniViro-Datenbank hacken, alle Dateien in ihren ursprünglichen Zustand zurückversetzen und darauf achten, keine Spuren zu hinterlassen. Alles rückgängig machen, was sie getan hatten, denn es war alles umsonst gewesen.

Kelly leerte ihr Glas und ging in die Küche, um sich nachzuschenken. Die Reste von Ricks Obstkorb standen auf der Anrichte. Sie streckte gerade die Hand nach der Gin-Flasche daneben aus, als ihr ein Gedanke kam. Rick hatte den Korb hierher, zu ihr nach Hause geschickt. Er wusste, wo sie wohnte. Sie hatte es ihm nie gesagt, aber er wusste es. Natürlich wusste er es. Er war ein Enthüllungsjournalist, und sie war seine Story. Er schreckte vor nichts zurück. Wahrscheinlich war *er* derjenige gewesen, der sich ins WLAN eingehackt hatte!

Sie fing an, Gin in ihr Glas zu füllen, dann überlegte sie es sich anders. Sie stellte das Glas in die Spüle und nahm die Flasche mit ins Wohnzimmer.

Rache ist keine Gerechtigkeit, hatte er gesagt. Als würde es auf dieser Welt tatsächlich so etwas wie Gerechtigkeit geben.

Sie hielt sich die Flasche an die Lippen und trank.

KAPITEL 29

Am Sonntagmorgen checkte Javi aus dem Motel aus und fuhr zurück nach Gladwyne. Diesmal bog er in die Zufahrt der Benedicts ein, steuerte den Mietwagen an den kamerabespickten Laternenmasten vorbei und folgte der schmalen, asphaltierten Straße um den Teich mit Wasserlilien, passierte den Irrgarten und rollte langsam auf den großen Vorplatz vor dem Herrenhaus. Dann fuhr er weiter und hielt an der Seite vor dem Lieferanteneingang an. Er stieg aus und ging ein Stück weiter zur Rückseite des Hauses, dann über einen gepflasterten Gehweg, der von der Terrasse zu den Nebengebäuden des weitläufigen Anwesens führte.

Seine Aktion gestern Abend hatte nicht mehr ergeben als die Bestätigung dafür, dass Anton im Gästehaus wohnte und eine edle Messerkollektion besaß. Heute wollte Javi an seine Tür klopfen, sich noch einmal vorstellen und ihm mitteilen, dass einige Probleme im Zusammenhang mit Nachverfahrensanträgen aufgetaucht seien, weshalb er ihm ein paar Fragen stellen müsse. Keine besonders findige Strategie, aber auf diese Weise würde er ins Haus gelangen, um sich ein wenig umzusehen. Nach Hinweisen Ausschau zu halten, die Aufschluss darüber gaben, ob Anton den Doktor tatsächlich nach Atlanta begleitet hatte. Ein paar belanglose Fragen über Reeza Patel und Tiffy Jenkins zu stellen, um seine Reaktion einschätzen zu können.

Am Gästehaus angekommen, drückte er auf die Klingel.

»Huhu? Mr Torres?«, rief eine tiefe Frauenstimme. »Sind Sie das?«

Er drehte sich um und schirmte die Augen mit der Hand ab. Eine rundliche Gestalt zeichnete sich schwarz vor dem hellen Licht der Morgensonne ab – eine Frau mit einem breitkrempigen Strohhut und einem locker fallenden weißen Kleid. »Mrs Benedict?«

»Ich wusste doch, dass ich Sie kenne!«, rief sie und eilte mit großen Schritten über den Rasen auf ihn zu. Über einen Arm hatte sie einen Korb mit gelben Blumen gehängt. Sie sah aus, als wäre sie einer altmodischen Pastorale entsprungen. »Was führt Sie an diesem wundervollen Sonntagmorgen zu uns?«

»Ich hatte gehofft, Anton anzutreffen.«

»Ach?«

»Ja, ich, ähm, ich hatte mir während der Gerichtsverhandlung etwas Bargeld von ihm geborgt. Ich war in der Nähe, deshalb dachte ich, ich komme auf einen Sprung vorbei und gebe es ihm zurück.« Eine Sekunde später fragte er sich, ob sich heutzutage tatsächlich noch irgendwer Bargeld lieh, konnte man doch mittlerweile alles per Handy-App bezahlen.

Aber Mrs Benedict war alt genug, um ihm seine Behauptung abzukaufen. Sie erinnerte ihn an seine *abuela,* eine grauhaarige, stämmige Frau mit einem herzlichen Lächeln. »Oh, was für ein Pech!«, rief sie. »Sie haben ihn knapp verpasst.«

»Kein Problem, ich komme später noch mal vorbei.«

»Oh, das nutzt leider nichts. Er wird bis Donnerstagabend fort sein. Wenn Sie möchten, können Sie das Geld bei mir hinterlegen. Oder, nein, warten Sie … Was sage ich denn da?« Sie tippte sich mit dem Fingerknöchel gegen die Stirn. »Er fährt doch heute nach Boston! Vielleicht können Sie ihn dort ausfindig machen.«

»Er fährt nach Boston? Was macht er denn dort?«

»George leitet diese Woche ein Symposion an der Harvard Medical School. Er fliegt nicht gern, müssen Sie wissen. All diese Systeme mit einem geschlossenen Luftkreislauf – da wimmelt es nur so von Bakterien und Viren.«

»Hm. Daran hab ich noch nie gedacht.«

»O ja … Wenn irgend möglich, meidet George es, in ein Flugzeug zu steigen.«

»Dann war er vergangene Woche auch mit dem Auto in Atlanta?«

»Nein.« Sie schüttelte den Kopf so heftig, dass ihre vollen Wangen wackelten. »Bei seinem eng getakteten Terminkalender ist das eine zu weite Strecke. Nein, nach Atlanta ist er geflogen. Natürlich mit FFP2-Maske.«

Javi zögerte. Eine Frage zu viel, und sie würde vielleicht misstrauisch werden. Aber er musste es wissen. »Hat Anton etwa auch eine Maske getragen?«

»Nein, nein, Anton war bei der Reise nicht dabei.«

»Ach.«

»Möchten Sie vielleicht auf eine Tasse Tee bleiben?« Sie deutete mit ihrem schlaffen Arm zur Terrasse des Herrenhauses.

»Danke, Ma'am, aber ich mache mich jetzt mal besser selbst auf den Weg nach Boston.«

Sie warf einen Blick in den Korb an ihrem Arm. »Ich habe gerade ein bisschen Arnika geerntet. Soll ich Ihnen einen Strauß für zu Hause binden?«

»Nein, danke.«

»Sicher nicht? Arnika wirkt Wunder bei Muskelschmerzen.«

»Mir geht es gut, danke.«

»Ach, ihr jungen Leute!« Sie lachte. »Nie Grund zur Sorge und völlig schmerzfrei!«

Auf der Rückfahrt war Javi ziemlich zufrieden mit sich. Er hatte Glück gehabt, Mrs Benedict zu begegnen. Es wäre um einiges brenzliger gewesen, Anton diese Informationen zu entlocken, und nun hatte er alles, was er brauchte. Anton war in der Stadt, als Tiffy ermordet wurde. Er fuhr einen schicken Wagen. Er besaß ein an Chirurgenbesteck erinnerndes Messerset.

In Gedanken sah er die Edelstahlmesser an der Magnetleiste wieder vor sich. Sah Anton, ganz in Schwarz gekleidet, der eines dieser Messer säuberte, und trat abrupt auf die Bremse, um rechts ranzufahren. Gestern Nacht musste irgendetwas vorgefallen sein.

Er atmete ein paarmal tief durch, dann rief er Ashley LaSorta an und wurde direkt an die Mailbox weitergeleitet. Anschließend wählte er Emily Norlands Nummer und wurde ebenfalls aufgefordert, eine Nachricht zu hinterlassen. Zum Schluss telefonierte er mit der Airline und verschob seinen Flug.

Als er Ashley das letzte Mal besucht hatte, wohnte sie in einem Steinhaus im Kolonialstil in einem der Vororte von Philadelphia. Es war ein hübsches Haus, aber nichts im Vergleich zu der Italo-Villa, die sie jetzt in Princeton besaß. An den dekorativen Torpfosten, den vorderen Ecken der Fassade und an der Eingangstür neben der Gegensprechanlage waren Kameras angebracht. Offenbar ein solides Alarmsystem. Er hoffte, dass es sie gestern Nacht geschützt hatte.

Er klingelte und verspürte eine Woge der Erleichterung, als ihre rauchige Stimme aus der Sprechanlage schallte. »Herrgott noch mal, du hast echt Nerven, Alejandro oder wie immer du heißt.«

»Ich heiße Javier!«, rief er. »Tut mir leid, wenn ich störe, aber ich muss dir etwas mitteilen. Es ist wichtig. Darf ich reinkommen?«

»Damit du mich ein zweites Mal verarschst? Hältst du mich tatsächlich für so bescheuert?«

»Ich wollte dich nicht verarschen. Tut mir leid, was für ein Ende das Ganze genommen hat. Falls es einen Unterschied macht – es wird nicht wieder vorkommen!«

»Oh, natürlich nicht.« Das Rauschen der Gegensprechanlage verbarg nicht den Sarkasmus in ihrer Stimme. »Du hast zu Gott gefunden.«

Er grinste. »So ähnlich. Ich habe geheiratet.«

»Ha. Jetzt weiß ich, dass du lügst.«

»Bitte, Ashley, lass mich reinkommen. Ich muss dir wirklich etwas sagen. Es geht um den Tod von Reeza Patel.«

»Das weiß ich bereits. Es war kein Selbstmord.«

»Ja. Es war aber auch kein Unfall.«

Das statische Rauschen wurde lauter. Er sah zur Kamera hoch und nickte. Eine Minute später ertönte ein elektronisches Summen, und Ashley öffnete die Tür. Anstatt ihn zu begrüßen, wandte sie sich ab und stolzierte ihm voran ins Hausinnere.

Er folgte ihr. Das Foyer war ein riesiger, achteckiger Raum, von dem vier Türen in alle vier Himmelsrichtungen abgingen, weshalb er unweigerlich an einen Kompass denken musste. Mit etwa zehn Schritten Abstand zu ihm blieb Ashley stehen und drehte sich um. Sie trug einen kunstvoll bestickten Kimono, ihr Gesicht war unter einer eingetrockneten weißen Pflegemaske verborgen. Sie sah aus wie eine Kabuki-Schauspielerin. Immer noch heiß. Er hatte sie immer heiß gefunden.

»Willst du sagen, dass Reeza ermordet wurde?«, fragte sie.

Er nickte. »Jemand hat sich an ihren Medikamenten zu schaffen gemacht.«

Ashley stieß geräuschvoll die Luft aus. »Fuck.«

»Allerdings.«

»Dahinter muss George stecken.« Ashley riss ihre dunklen Augen so weit auf, dass sie unter der weißen Gesichtsmaske wie leere

Höhlen in einem Totenschädel wirkten. »Das war er! Er hat sie bestraft. Erst hat er sie vergewaltigt, weil sie ihn bei der Arbeit bloßgestellt hat, und jetzt hat er sie umgebracht, dafür, dass er ihretwegen vor Gericht musste. Genau wie er mich vergewaltigt hat – zur Strafe, weil ich ihn verlassen habe.«

»Möglich. Aber da ist noch jemand. Ein Mädchen …«

»Das war der Freund.«

Er legte den Kopf schräg. »Du weißt von Tiffy Jenkins.«

Sie wedelte abschätzig mit der Hand. »Das war ein ganz gewöhnlicher Fall von häuslicher Gewalt.«

»Nein. Der Freund hat ein Alibi. Tiffy Jenkins' Mörder ist nach wie vor auf freiem Fuß.«

Die Augen in dem Schädel wurden noch dunkler. »Er bringt seine Vergewaltigungsopfer um?«

»Im Ernst«, drängte Javi. »Woher weißt du von Tiffy?« Die Einhaltung der Geheimhaltungsvereinbarung war weniger das Problem – vielmehr ging es um die Frage, wie Ashley an die Information gelangen konnte.

Sie ignorierte auch diese Frage. Stattdessen drehte sie sich in einem Schwall purpurner Seide um und durchschritt das Foyer. »Und jetzt willst du mir sagen, dass er hinter mir her ist?«

Er folgte ihr mit den Augen. »Das ist durchaus möglich. Ich dachte, das solltest du wissen.«

»Und was soll ich tun? Was zur Hölle soll ich tun? Die Cops rufen? Das Land verlassen?«

»Du könntest für eine Weile bei deinem Sohn unterkommen. Gib der Polizei Zeit, sich einen Überblick zu verschaffen und Ermittlungen aufzunehmen.«

»Ja. Vielleicht.« Sie blieb stehen und sah ihn an. »Was ist mit Emily Norland? Ich habe ihr am Freitag eine Sprachnachricht hinterlassen, aber sie hat mich bis jetzt nicht zurückgerufen.«

Sie hätte auch nichts von Emily wissen dürfen, doch diesmal machte sich Javi nicht die Mühe zu fragen. »Bei ihr wollte ich als Nächstes vorbeischauen«, sagte er.

Ashley biss sich auf die Lippe und brachte ihn zur Tür. Für einen kurzen Moment wurde ihr Mund rot, und jetzt sah sie wirklich aus wie eine Kabuki-Schauspielerin. »Ich sollte mich vermutlich bei dir bedanken, aber ich bin immer noch stinksauer auf dich.«

Er nickte. Sie war zu Recht aufgebracht. »Wie ich schon sagte: Ich mache so etwas nicht mehr.«

Sie zog skeptisch die Augen schmal. »Du hast nicht wirklich geheiratet.«

»Aber sicher doch.«

»Dann verrate mir, wo du gemeldet bist. Damit ich dir ein Hochzeitsgeschenk schicken kann.«

Er deutete auf das Bedienfeld für das Überwachungssystem neben der Haustür. »Lass die Alarmanlage an«, riet er ihr und machte sich auf den Weg zu seinem Wagen.

Javi war Emily Norland nie begegnet – Kelly hatte den Deal unter Dach und Fach gebracht, noch bevor er ihren Namen kannte. Im Anschluss jedoch hatte er umfassend recherchiert und behielt sie im Auge, um sicherzustellen, dass sie sich an die Geheimhaltungsvereinbarung hielt, genau wie er es bei den anderen NDA-Frauen tat. Er kannte ihre neue Adresse und folgte dem Navi zu einem Vorstadtviertel voller repräsentativer Häuser. Ihm kam der Gedanke, dass er an diesem Wochenende eine Tour durch die gesamte Bandbreite von Wohnimmobilien unternommen hatte – von Tiffys Trailer zu Benedicts riesigem Herrenhaus, das gut und gern ein Museum hätte beherbergen können. Ashleys italienische Villa und diese Pseudo-Farmhäuser lagen irgendwo dazwischen.

Das Navi leitete ihn durch einen Wirrwarr von Vorstadtstraßen. Es war Sonntagnachmittag an einem warmen Herbsttag, und die Menschen waren draußen in ihren Gärten, rechten Blätter zusammen oder dekorierten für Halloween. Hexen auf Besenstielen flogen zwischen den Bäumen hindurch, Skelette flatterten schwerelos in der sanften Brise.

Emilys Haus stand auf einem baumbestandenen Grundstück am Ende einer Sackgasse. Ihr Wagen parkte in der Einfahrt, also hielt er daneben an und stieg aus. Er sah sich nach Kameras oder Bewegungsmeldern um, aber er entdeckte keine. Es gab auch keine Halloween-Dekorationen. Wenn seine letzten Informationen noch aktuell waren, wohnten hier weder Kinder noch ein Ehemann.

Der gepflasterte Weg zur Haustür war von winzigen Buchsbäumen gesäumt. Er drückte auf die Klingel und hörte einen Glockenton, der im Haus widerhallte. Als nach einer Minute niemand geöffnet hatte, klingelte er erneut. Wieder keine Reaktion.

Er machte ein paar Schritte zurück und schaute vom Rasen vor dem Haus an der Fassade hoch. In einem der oberen Räume brannte Licht. Es war ein sonniger Tag, und die Fenster auf dieser Seite gingen auf die Straße hinaus, nicht auf die Bäume. Es gab keinen Grund, eine Lampe anzuschalten. Javis Sorge wuchs.

Er ging ums Haus herum nach hinten. Dort befand sich eine Terrasse mit einem Pool, der bereits mit einer blauen Vinylplane winterfest gemacht worden war. Am Ende des Pools stieg der nach Chlor riechende Dampf eines heißen Whirlpools auf. Javi sprang mehrere Stufen zu der Terrasse hinauf und spähte durch die Fenster und die Glasschiebetür an der Rückseite des Hauses. Es gab keinen Hinweis darauf, dass jemand zu Hause war, aber auch keinen Hinweis auf einen Kampf. Alles war aufgeräumt. Er ging ein Stück weiter und drückte auf die Klingel neben der Hintertür. Dasselbe Glockenspiel wie zuvor schallte durchs Haus. Javi lauschte angestrengt, doch Schritte waren keine zu vernehmen. Nichts.

Womöglich gab es eine harmlose Erklärung. Jemand hatte Emily heute Morgen zu einem Ausflug abgeholt. Sie war eilig aufgebrochen und hatte vergessen, im Schlafzimmer das Licht auszumachen. Sie hatte ihr Handy vergessen. Es war ein herrlicher Tag, vielleicht machte sie eine Radtour. Er ging weiter zur Garage, um nachzusehen, ob ein Fahrrad darin stand.

Etwas Langes, Schwarzes lag auf dem Weg, und er schreckte zurück, da er dachte, es wäre eine Schlange. Dann lachte er, als er erkannte, dass es bloß ein Kabel war, das aus dem Pumpenhaus kam. Ein Verlängerungskabel. Gefährlich, so nah am Pool, vor allem weil ein Teil der Ummantelung ausgefranst aussah. Ein etwa drei Zentimeter langes Stück Draht lag frei. Fast sah es so aus, als hätte jemand die Isolierung abgezogen. Javis Blick folgte dem Kabel, das im Whirlpool endete. Was nun wirklich gefährlich war.

Eilig betrat er das Poolhaus und zog den Stecker aus der Steckdose, dann machte er sich daran, das Kabel aus dem Wasser zu fischen. Etwas Schweres schien daran zu hängen. Javi trat näher, warf einen Blick in den Whirlpool und zog fester. Überrascht stellte er fest, dass ein altmodischer Plattenspieler zum Vorschein kam. Doch da war noch etwas anderes im Wasser, unten, am Boden des Whirlpools. Er kniff die Augen zusammen und spähte angestrengt durch den aufsteigenden Wasserdampf, bis es keinen Zweifel mehr gab.

Im Wasser lag eine Leiche.

KAPITEL 30

Am Sonntagnachmittag um vier sollte Kelly ihre Tochter von der Geburtstagsparty abholen. Als sie am Ferienhaus der Gastgeber eintraf, spielten die Kinder gerade Fangen. Ihr Kopf hämmerte, und es wurde noch schlimmer, als sie ausstieg und die schrillen Schreie von einem Dutzend kleiner Mädchen an ihre Ohren drangen. Sie hatte gestern Abend mehr Gin getrunken als sonst in einem ganzen Monat, und heute bezahlte sie einen hohen Preis dafür.

Sie sah Lexie wie eine Flipperkugel von einer Ecke des Gartens in die andere sausen.

»Ich fürchte, gestern Nacht hat niemand viel Schlaf bekommen«, räumte die Mutter des Geburtstagskinds ein, die zu Kelly getreten war, um sie zu begrüßen. Die dunklen Ringe unter ihren Augen sprachen Bände.

Kelly behielt die Sonnenbrille auf, um ihre eigenen müden Augen zu verbergen. »Das sollte man gar nicht meinen, bei so viel Energie, die die Kinder noch haben«, sagte sie schmunzelnd.

Die Gastgeberin lachte schuldbewusst auf. »Beim Brunch gab es Pfannkuchen mit Schokotropfen, Schlagsahne und Sirup.«

Kelly gelang es, ihre Tochter einzufangen und auf den Rücksitz zu verfrachten. Im Auto plapperte Lexie geschlagene zehn Minuten fröhlich über ihre Freundinnen, die Bootstour und den Strand, dann überlegte sie, ob es im Januar, wenn sie Geburtstag hatte, wohl zu kalt wäre für eine ähnliche Party. Kelly versuchte zu nicken und zu lächeln, auch wenn sie das Gefühl hatte, ihr würde jeden Augenblick der Kopf platzen.

Plötzlich verstummte Lexie, und als Kelly einen Blick in den Rückspiegel warf, sah sie, dass ihre Tochter eingeschlafen war. Kaum waren sie zu Hause, taumelte Lexie in ihr Zimmer und fiel mit dem Gesicht voran aufs Bett, wo sie vermutlich den Rest des Tages verbringen würde.

Als Kelly erneut losmusste, um Justin abzuholen, der um achtzehn Uhr von der Science Fair zurück sein sollte, hatten ihre Kopfschmerzen endlich nachgelassen. Jetzt war es ihr Magen, der ihr zu schaffen machte. Nervös ordnete sie sich zusammen mit den anderen Eltern auf der Abholerspur ein, um auf die Ankunft des Busses zu warten.

Sie schämte sich ihrer Nervosität. Eine Mutter sollte in der Lage sein, mit ihrem eigenen Kind über Sex zu reden, ohne dieses unterschwellige Gefühl der Unzulänglichkeit zu empfinden. Schon den ganzen Tag über hatte sie sich den Kopf zerbrochen, wie sie am besten vorgehen sollte. Einfühlsam und unterstützend? Sie konnte Justin versichern, dass seine Neugier völlig normal und gesund war. Streng und ablehnend? Sie konnte ihm klarmachen, dass die Degradierung von Frauenkörpern zum Objekt ein Türöffner für Frauenfeindlichkeit und Missbrauch war und dass er sich schämen solle. Wohlwollend mahnend? Sie konnte ihn warnen, dass Sexting unter Umständen strafbar war, und ihn bitten, in Zukunft vorsichtiger zu sein. Nichts davon? Alles? Ganz gleich, wofür sie sich entschied – sie wusste, dass es falsch sein würde. Sie wusste auch, dass er sich in sich selbst zurückziehen würde, egal, was sie sagte.

Die anderen Eltern waren ausgestiegen, unterhielten sich miteinander und warfen hin und wieder einen Blick auf ihre Handys, um sich über die tatsächliche Ankunftszeit des Busses zu informieren. Kelly war heute nicht danach zumute, sich unter die Leute zu mischen. Sie kauerte sich hinter dem Lenkrad zusammen, winkte ab und zu, doch wann immer jemand den Versuch unternahm, sich ihrem Wagen zu nähern, hielt sie ihr Telefon hoch wie einen Schutzschild.

Plötzlich erregte eine der Frauen weiter hinten in der Schlange ihre Aufmerksamkeit. Sie lehnte an der Motorhaube ihres BMW, trug Leggins und Uggs, ihre lockigen, dunklen Haare standen ungebändigt in alle Richtungen ab.

»Courtney?«, rief Kelly, sprang aus dem Wagen und ging mit großen Schritten auf Adams Tochter zu. »Was machst du denn hier?«

»Oh, Kelly! Hi.« Courtney richtete sich auf, als Kelly näher kam. »Ich warte auf meinen Freund.«

»Deinen … Freund?« Kellys Frage geriet zu einem misstrauischen Flüstern. »Du datest einen Schüler von der Highschool?«

»Gott! Nein!« Courtney verdrehte die Augen. »Ich bin mit Marcus Sealy zusammen, er unterrichtet Naturwissenschaften. Hat Justin dir das nicht erzählt?«

»Oh.« Kelly errötete. »Nein, aber er erzählt mir ohnehin wenig.«

»Nun, es geht ja auch ziemlich viel Zeit fürs Lernen drauf.«

»Oder sonst was«, murmelte Kelly.

»Ist das nicht großartig mit seinem Preis?«

»Preis?«

»Hat er dir das etwa auch nicht erzählt? Er hat bei der Science Fair den ersten Preis gewonnen!«

»Oh, richtig.« Sie fragte sich, ob Justin Angst gehabt hatte, sie anzurufen, oder ob er einfach nicht daran gedacht hatte. Sie fragte sich, was schlimmer war. »Klar«, sagte sie. »Er hat mit mir telefoniert. Ja. Was für eine tolle Neuigkeit.«

»Marcus hat sich so für ihn gefreut.«

»Hm.«

Das Schweigen dehnte sich. Courtney verlagerte unbehaglich das Gewicht, dann sagte sie: »Gibt es sonst noch was, Kelly?«

»Ja, tatsächlich.« Kelly straffte die Schultern und sah zu ihr hoch. »Ich wollte dir mitteilen, dass sich Lyle Firth aus meiner Kanzlei um deinen Antrag kümmert. Von jetzt an kannst du dich deswegen an ihn wenden.«

Courtney wirkte plötzlich so verloren, dass eine Erinnerung in Kelly aufblitzte: Genauso hatte sie mit fünfzehn ausgesehen, als sie zum ersten Mal nach dem Schlaganfall ihres Vaters an seinem Bett stand. »Du gehst dagegen vor?«, fragte sie mit dünner Stimme.

»Selbstverständlich. Ach, übrigens – nicht, weil ich katholisch bin und Leben schützen möchte oder was immer du dir zurechtspinnst. Ich tue das, weil ich es für richtig halte.«

Courtney blinzelte. »So meinte ich das nicht …«, fing sie an. Ihr Gesichtsausdruck änderte sich erneut, von der verzweifelten Teenagerin zu der forschen, selbstbewussten sechsundzwanzig Jahre alten Anwältin, die sie mittlerweile war. »Ich meinte dein katholisches Schuldbewusstsein.«

Kelly lachte bellend. »Wessen sollte ich mich schuldig gemacht haben?«

»Darum geht es ja gerade: Du musst keine Schuldgefühle haben. Du denkst, du hast das verdient, diese …« Sie kämpfte darum, das richtige Wort zu finden. »Diese *Tortur.* Als würdest du dich dafür bestrafen, dass du uns Dad weggenommen hast.«

»Ich …« Kelly starrte sie mit offenem Mund an. »Ich habe *was?*«

»Keine Sorge, du hast ihn uns nicht weggenommen. Er hat uns verlassen. Er hat sich entschieden zu gehen. Wenn es jemandes Strafe ist, dann seine.« Courtney senkte kopfschüttelnd den Kopf. »Und er ist wahrhaftig genug gestraft worden.«

Kelly war fassungslos. Sie fühlte sich nicht schuldig. Sie *war* nicht schuldig, genauso wenig wie Adam. Sie hatten sich ineinander verliebt, und es war das Beste, was ihr je widerfahren war. Sie hoffte, dass dies auch für ihn galt. Ja, er war damals noch verheiratet gewesen, zumindest auf dem Papier, und ja, seine Ex und das gemeinsame Kind hatten ihr oft leidgetan. Aber das hatte nichts mit Adams Pflege zu tun.

Sie zog das Handy aus der Tasche und tippte energisch auf den Bildschirm ein.

»Was tust du da?«, erkundigte sich Courtney mit einem krächzenden Lachen. »Die Cops anrufen?«

Kelly schaute auf. Ihre Augen funkelten. »Ich schicke dir den Link zu einer App, über die du Zugang zu der Überwachungskamera für deinen Vater erhältst. Ich möchte, dass du ihn dir ansiehst. Ich möchte, dass du dir genau überlegst, was du ihm antun möchtest. Stell dir vor, wie er verhungert. Dehydriert. Stirbt.«

»Wie kannst du es wagen?«, fauchte Courtney und blinzelte gegen die Tränen an. »Ich habe ihn geliebt.«

»Nun, das ist der Unterschied«, stellte Kelly fest und wandte sich zum Gehen. Über die Schulter fügte sie hinzu: »Ich liebe ihn noch immer.«

Der Bus rumpelte auf den Parkplatz, und Kelly mischte sich unter die Traube von Eltern, die zu ihren aussteigenden Kindern eilten. Sie umarmten sie und klopften ihnen anerkennend auf den Rücken, dann schnappten sie sich ihre Rucksäcke und stellten sich an, um das restliche Gepäck entgegenzunehmen, das der Busfahrer aus dem Gepäckfach lud. Mr Sealy, der Lehrer für Naturwissenschaften, stand mit einem Clipboard neben der offenen Bustür, hakte Namen ab und verabschiedete seine Schüler mit einem High five. Als er Kelly sah, huschte ein Schatten über sein Gesicht, und sie musste daran denken, wie kühl er sich in letzter

Zeit ihr gegenüber verhielt. Vermutlich wegen alldem, was Courtney ihm über sie erzählte.

Justin stieg als einer der Letzten aus. Er trug eine grüne Beanie auf den orangeroten Locken, sein Körper neigte sich seitwärts unter dem Gewicht des Rucksacks, den er über der Schulter trug. Seine Trophäe schien er eher zu verstecken, anstatt sie freudig in die Höhe zu halten – als wäre sie ein peinliches Kleidungsstück, das seine Mutter ihm aufgezwungen hatte. Seine Augen huschten nervös über die Menge der Schülerinnen und Schüler und Eltern. Als sie auf Kelly landeten, blieb er wie angewurzelt stehen und starrte auf seine Füße.

Sie drängte sich zu ihm durch und schlang die Arme um ihn. »Gratuliere, Justin!«, rief sie.

Er versteifte sich für eine Sekunde, dann entspannte sich sein schlaksiger Körper erleichtert. Kelly spürte, dass er diesem Wiedersehen genauso furchtsam entgegengeblickt hatte wie sie.

»Gratuliere!«, sagte sie noch einmal und hob seinen Arm mit der Trophäe in die Luft. »Du hast gewonnen!«

Mit einem verlegenen Lächeln zog er den Kopf zwischen die Schultern und ging mit großen Schritten neben ihr her zum Wagen. Courtney trat zu ihnen. »Herzlichen Glückwunsch«, sagte sie zu Justin. Eine Sekunde später tauchte Mr Sealy auf, zog Courtney in eine Umarmung und wirbelte sie einmal im Kreis.

Kelly wartete, bis sie auf dem Heimweg waren, dann sagte sie: »Todd hat mir erzählt, was du getan hast.«

Justins Wangen wurden flammend rot. Er blickte auf seine Knie. »Es tut mir wirklich leid«, murmelte er.

»Wir müssen darüber reden, Justin.«

Er kniff die Augen zusammen, und ihr Herz tat weh, als sie sah, wie er sich wappnete. Sie hasste es, ihn zurechtweisen zu müssen, noch dazu direkt nach seinem großen Sieg. Es war nicht fair, ihm die Chance zu nehmen, sich eine Weile daran zu erfreuen. Morgen konnten sie noch genauso gut über Respekt und Verantwortung reden. Vielleicht wäre ihr ja bis dahin auch eingefallen, was genau sie ihm sagen sollte.

»Später«, fügte sie daher lediglich hinzu. »Für den Augenblick nur eins: Es war nicht das Mädchen, das sich in unser WLAN gehackt hat. Jemand anderes hat deinen Dad ausspioniert.«

Sein Kopf fuhr hoch. »Echt?«

»Echt.«

Diesmal war ihm die Erleichterung deutlich anzusehen. Tränen traten ihm in die Augen. Kelly streckte die Hand aus und tätschelte aufmunternd sein Knie. »Ich bin so stolz auf dich«, versicherte sie ihm.

Und sie *war* stolz. Sein Siegeswille hatte über die Probleme triumphiert, die er während der Science Fair mit sich herumgeschleppt hatte. Unter einem solchen Druck zu gewinnen, war ein unbeschreiblicher Triumph.

Während der restlichen Heimfahrt dachte sie genau darüber nach.

Gestern Abend war sie zu dem Schluss gekommen, dass ihr Plan gescheitert war – aber das musste nicht sein. Der Großteil der Arbeit war bereits erledigt. Es wäre dumm, jetzt einen Rückzieher zu machen. Alles, was sie zu tun hatte, war, einen anderen Reporter an Land zu ziehen, der die Dokumente der Öffentlichkeit präsentieren würde. Und sollten Rick Olsson oder Edward Russo jemals wieder ihre hässlichen Fratzen zeigen, würde sie eine Möglichkeit finden, sie auszuschalten.

Sie konnte ihren Plan immer noch durchziehen.

KAPITEL 31

Ashley LaSorta

Dreißig Minuten nachdem er weg war, kochte ich noch immer vor Wut auf Alejandro – oder Javier oder wie zur Hölle er sich jetzt nannte. Aufgebracht rieb ich mir übers Gesicht, bis sich die Kollagenmaske auflöste und in milchigen Strudeln im Ausguss verschwand. Ich hatte sein spöttisches Grinsen bemerkt, mit dem er sich in meinem Haus umsah. Selbst wenn er nicht die sinnlichen Lippen verzog, blitzte es doch in seinen Augen auf. Ich wusste genau, was er dachte – dass ich mich zu diesem Reichtum hochgeschlafen hatte.

Den Nerv musste man erst einmal haben – vor allem wenn man selbst eine männliche Hure war. Ein Gigolo der Rechtsverdreherei, der Frauen mit der Verheißung auf sinnliche Freuden verführte, nur um sich dann in ihr Leben einzuschleichen und ihnen ihre Geheimnisse zu entlocken, damit er sie dazu bringen konnte, sich möglichst billig abspeisen zu lassen. Meine ursprüngliche Forderung an George hatte fünf Millionen Dollar gelautet. Diesen Betrag musste ich halbieren, nachdem sie mich mit dem lächerlichen Sexvideo konfrontiert hatten, das Roger oder Rodney oder wie immer dieser Verräter hieß, ihnen überlassen hatte. Was bedeutete, dass mich meine sogenannte Romanze mit Alejandro zweieinhalb Millionen Dollar gekostet hatte. So, wer von uns beiden war hier die eigentliche Hure, *Javier?*

Ich betrachtete mich im Badspiegel. Ich hatte zu fest gerieben, und jetzt war meine Haut rot und gereizt. Ja, ich war sauer auf diesen Mann, diesen wunderschönen Mann mit den samtbraunen Augen, die mich zu verurteilen schienen. Doch wer war er, dass er ein Recht dazu zu haben glaubte?

Es war nicht fair. Ich hatte jeden Penny meiner Abfindung verdient, und zwar nicht, indem ich mit meinem Boss geschlafen hatte, ganz gleich, was die Klatschmäuler behaupteten. Die Forderung, die ich gestellt hatte, basierte auf dem Schaden, den George meiner Karriere zugefügt hatte – um den Übergriff auf meinen Körper ging es dabei nicht. Nicht, dass dieser nicht grauenvoll gewesen wäre, denn das war er: Ganze zwölf Stunden war ich an ein Bett gefesselt gewesen und hatte um mein Leben gebangt, während mein einstiger Geliebter sich als Psychopath entpuppte.

Aber es war der Verlust meiner Karriere, der mich am härtesten traf, als er mich schließlich losband und ging. CIOs schafften es selten bis in die Vorstandsetage multinationaler Unternehmen. Sie bekamen keine Eckbüros, Prämien oder einen Fallschirm. Aber ich hatte es geschafft, hatte all dies bekommen, und zwar allein aufgrund meiner Fähigkeiten und harter Arbeit. Ich hatte es mir verdammt noch mal verdient.

Ich konnte auf keinen Fall bei UniViro bleiben, nicht nach dem, was er mir angetan hatte. Einer von uns musste gehen, und das wäre nie im Leben George gewesen. Er leitete die Forschung und die Entwicklung. Er war der größte nicht institutionelle Aktionär des Unternehmens. Er war der Hauptakteur, der angesehene Kollege, der sichere Kandidat für den Nobelpreis. Er war ihr Star, der Star von UniViro. Der Vorstand würde ihn nicht aus dem Unternehmen vertreiben, nur weil ich das so wollte. Es bedurfte über hundert Beschwerden und einer drohenden Anklage, bis die Weinstein Company Harvey endlich loswurde, und mir war klar, dass meine Stimme allein niemals ausreichen würde, um George loszuwerden.

Ich wusste außerdem, dass ich niemals eine vergleichbare Stelle finden würde, sei es in der Pharmaindustrie oder sonst wo. Man sieht ja, wo ich schließlich gelandet bin: bei einem unterkapitalisierten Start-up, das Apps für Teenager entwickelte, die sie auf ihre Handys laden konnten. Die anderen waren zwanzig Jahre jünger als ich und redeten mit mir, als wäre ich ihre Großmutter. Prämien oder einen Fallschirm bekam ich nicht mehr, und mein Büro war lediglich ein Schreibtisch in einem großen, offenen Raum mit einer rundum verlaufenden Skateboard-Bahn.

Ich hatte gewusst, dass das passieren würde. Und so fotografierte ich an dem Tag, als George endlich gegangen war, meine Verletzungen und stellte DNA sicher, dann setzte ich mich mit einem Whiskey hin und rechnete alles durch. Ich kalkulierte meinen Wert vor der Attacke und meinen Wert danach und kam auf eine Summe von fünf Millionen. Anschließend konsultierte ich meinen Anwalt, der mir beipflichtete. Seine Strategie war es, zehn Millionen zu verlangen und sich auf fünf einzulassen.

Es hätte funktioniert, wäre nicht der umwerfende Alejandro auf der Bildfläche erschienen. Ich hatte mein Privatleben immer privat gehalten. Meine Social-Media-Posts waren nie für die Öffentlichkeit bestimmt gewesen. Niemand, der mir nicht nahestand, konnte etwas über meine sexuelle Vergangenheit herausfinden. Also sorgte Alejandro dafür, dass er mir nahekam. Es war die längste, langsamste Verführung meines ganzen Lebens. Er umwarb mich auf altmodische Art und Weise mit Abendessen bei Kerzenschein, langsamen Tänzen und Tête-à-Têtes, die dazu führten, dass ich mich nach ihm verzehrte. Meinem Latino-Möchtegernliebhaber. Es war Jahrzehnte her, seit ich das letzte Mal ein Date hatte, das nicht im Bett endete, und nun das: Drei Wochen lang erlebte ich die berauschendste Romanze, die ich mir je hätte vorstellen können, und ich war immer noch voller Vorfreude.

Doch dann kam plötzlich gar nichts mehr. Keine Anrufe oder Textnachrichten, keine Abende unter dem Sternenhimmel. Er war wie vom Erdboden verschluckt, sodass ich mir einbildete, er wäre ein Spion oder ein Profikiller. Oder dass ich ihn mir überhaupt nur eingebildet hatte. Bis Kelly McCann während unserer Verhandlungen einen Knopf drückte und ich auf dem Bildschirm erschien, wie ich Rodney oder Roger ritt.

Ich hatte mir nichts eingebildet. Alejandro war sowohl ein Spion als auch ein Profikiller.

Er war der größte Fehler meines Lebens.

Nein, der zweitgrößte, dachte ich, als ich das Handtuch auf den Boden warf und ins Schlafzimmer ging. Der allergrößte Fehler war es gewesen, mich mit George Benedict einzulassen. Ich war eine Frau von Welt, und dennoch war ich dumm genug, mit einem Mann zu schlafen, der eine höhere Position im Unternehmen innehatte als ich. Ein Mann mit hundertmal mehr Einfluss als ich. Dabei war er nicht mal mein Typ. Er war ein nerdiger Wissenschaftler mit Brille, schlechter Körperhaltung und kaum menschlichen Emotionen. Es war einzig und allein sein großes Gehirn, das mich zu ihm hinzog. Er war das erste wahre Genie, das ich je kennengelernt hatte, und ich kannte sowohl Jobs als auch Musk. Ich war fasziniert von der Art und Weise, wie Georges Verstand funktionierte, und eine Zeit lang war das aufregend genug. Das Problem war, dass sein Gehirn nicht mit einer gewissen Persönlichkeit oder besonderen Fähigkeiten im Schlafzimmer einherging, und nach ein paar Monaten hatte ich genug. Was ich ihm so sanft wie möglich beibrachte. Und dann entdeckte, dass er durchaus dazu fähig war, eine Emotion zum Ausdruck zu bringen: Zorn. Weiß glühenden Zorn, der derart überkochte, dass ich fürchtete, er würde mich mit bloßen Händen erwürgen.

Doch konnte dieser Zorn so weit reichen, dass er jemandem die Kehle aufschlitzte? Niemals. Javier war schlichtweg verrückt, wenn er dachte, dass George Reeza oder Tiffy umgebracht hatte. Außerdem passte das Timing nicht. Er hätte Reeza getötet, *bevor* sie ihn wegen Vergewaltigung vor Gericht zerren konnte. Tiffy hätte er getötet, *bevor* er sie mit Schweigegeld ruhigstellen musste. Warum jetzt? Das ergab keinen Sinn.

Außerdem war George am Tag von Tiffys Ermordung bei einem Kongress in Atlanta gewesen, deshalb schied er als Täter aus. Blieb noch Anton. Ihm stand »russischer Mob« ins Gesicht geschrieben, auch wenn er gar kein Russe war und zu nichts und niemandem gehörte außer zu George. Er war Sancho Panza, Little John und Renfield in einem. Es war mir stets unheimlich gewesen, dass er George wie ein Schatten überallhin folgte, vor allem, wenn er in meiner Einfahrt im Bentley gesessen und darauf gewartet hatte, seinen Meister nach Hause zu fahren. Ich hatte mich immer gefragt, was er allein da draußen im Wagen machte, und das hatte mich nur noch mehr beunruhigt.

Trotzdem glaubte ich nicht, dass er etwas mit dem Tod von Reeza und Tiffy zu tun hatte. Nein, dahinter steckten weder George noch Anton. Reezas Tod war ein Unfall gewesen, und Tiffys Mörder konnte jeder sein. Mädchen wie ihr passierte so was nun mal.

Ich warf den Kimono aufs Bett und betrat nackt das Ankleidezimmer, um meine Garderobe in Augenschein zu nehmen. Um fünf war ich mit meinem neuesten Dating-Site-Match auf ein paar Drinks verabredet. Wenn es gut lief, würden wir zusammen essen gehen, und wenn es sehr gut lief, würden wir hier landen, deshalb musste ich für alle Eventualitäten gewappnet sein.

Ich entschied mich für die schwarze Lederhose, einen roten schulterfreien Pulli und Ballerinas für den Fall, dass der Typ nicht so groß war, wie er in seinem Profil behauptete.

Meine Koffer standen unter den Regalen mit Pullovern, und ich musste an Javiers Vorschlag denken, dass ich für eine Weile bei meinem Sohn unterkommen sollte. Was eine dumme Idee war. Erstens konnte ich nicht einfach so bei der Arbeit fehlen. Zweitens konnte ich nicht zu Jeremy gehen, selbst wenn ich es wollte. Nach seinem College-Abschluss hatte er sich geweigert zu promovieren, und fing stattdessen an, auf einer Bio-Steckrübenfarm an einem Berghang in den Appalachen zu arbeiten. Er lebte in einer Jurte und lehnte jede Art von Technik ab – kein Handy, keinen Laptop, kein Auto. Offenbar war das seine Art und Weise, mir den Mittelfinger zu zeigen. Als ich ihm das an den Kopf warf, legte er die Hände in einer Namaste-Geste zusammen, verbeugte sich und sagte, er hoffe, dass ich eines Tages Frieden im Leben finden würde. Dieser Junge ... Ich liebte ihn, aber ich hatte keine Ahnung, von welchem Planeten er stammte.

Ich zog mich weiter an, dann suchte ich mein Handy, um herauszufinden, wie lange ich bis zu der Bar brauchen würde, in der ich mich mit Josh oder Jason treffen wollte. Als ich es im Bad entdeckte, sah ich, dass ich einen Anruf verpasst hatte. Außerdem war eine Textnachricht von einer unbekannten Nummer eingegangen, doch mehr als *Ruf mich an* stand da nicht. Ich löschte die Nachricht, dann stellte ich fest, dass mir jemand auf die Mailbox gesprochen hatte. Dieselbe unbekannte Nummer erschien. Ich hörte die Nachricht ab.

»Ich bin's, Javier.« Ich verdrehte die Augen. In seiner Stimme schwang Panik mit.

»Es geht um Emily Norland. Sie ist tot.«

Ich sackte schwer auf den Rand des Jacuzzis. »Stromschlag in ihrem Whirlpool.« Ich sprang wieder auf. »Mit Sicherheit steckt Anton dahinter.«

Das Blut rauschte in meinen Ohren. Plötzlich verstand ich das Timing. Es ergab Sinn, und zwar absolut. George hatte es nicht auf seine Opfer abgesehen. Er war hinter den Rächerinnen her.

Ich legte meine Hand an die Kehle und spürte den Pulsschlag an den Fingern. Wir hätten uns niemals auf diesen haarsträubenden Plan einlassen dürfen. George war uns auf die Schliche gekommen. Er würde uns nacheinander fertigmachen, eine nach der anderen. Erst Tiffy, dann Emily. Und ich wäre die Nächste.

»Hau ab!«, hörte ich Javier sagen. »Sieh zu, dass du an einem sicheren Ort unterkommst. Und schalte alles aus, womit man dich aufspüren kann.«

Ich rannte zurück ins Ankleidezimmer und schnappte mir einen Koffer. Ich hatte keine Ahnung, wie Menschen in den Bergen, in einer Jurte, gekleidet waren, also warf ich ein wildes Durcheinander an Klamotten und Kosmetika hinein und klappte den Deckel zu.

Eine Sache musste ich allerdings noch erledigen, bevor ich mich auf den Weg machen konnte: Ich stürmte die Treppe hinunter in mein Arbeitszimmer und loggte mich in einen Proxy-Server ein, diesmal in Belarus.

Zwanzig Minuten später saß ich im Porsche und raste in Richtung Süden.

KAPITEL 32

Tommy Wexfords finster dreinblickendes Gesicht flackerte auf Kellys Desktop-Monitor auf. Heute hatte er sich einen blauen Batikschal umgebunden und trug eine Sonnenbrille. »Ich hatte doch gesagt, keine weiteren Videoanrufe«, nörgelte er. »Ich weiß nicht, warum Sie darauf bestehen.«

»Ich glaube, das wissen Sie schon«, entgegnete Kelly. »Würden Sie bitte den Schal abnehmen?«

Seine hohlen Wangen färbten sich tiefrosa. Er erwiderte nichts, aber er machte auch keine Anstalten, den Schal von seinem Hals zu ziehen.

Kelly blickte gelassen auf den Bildschirm und wartete. Er saß auf einer Terrasse unter einer Pergola. Die Lamellen über ihm warfen ein Netz aus Schatten auf sein Gesicht.

»Viele Männer haben keinen sichtbaren Adamsapfel«, sagte er schließlich.

»Das ist richtig«, pflichtete Kelly ihm bei. »Aber jeder Cis-Mann hat ein Y-Chromosom. Bei einem DNA-Test würde natürlich auffallen, wenn es fehlt.«

»Tja.« Sein Mund zitterte. »Ganz großes Kino. Dann haben Sie mein Geheimnis also gelüftet.«

»Genau wie Margaret Staley, nehme ich an.«

Tränen rollten über seine Wangen. Ärgerlich wischte er sie weg und fragte: »Was geht die das überhaupt an?«

Kelly zuckte mit den Achseln. »Sie befindet sich auf einem Kreuzzug. Das rechtfertigt in ihren Augen alles.«

»Ich bin ein Mann! Seit meinem achtzehnten Lebensjahr fühle ich mich wie ein Mann, und davor habe ich mich gefühlt wie ein Junge. Für meine Eltern war das in Ordnung. Für meine Ärzte war das in Ordnung. Für meine Freundin ist das absolut in Ordnung. Warum also sollte das irgendwen außer mich etwas angehen?«

»Das tut es nicht. Und hier kommt der entscheidende Punkt: Sie hat gelogen. Margaret Staley hat die Polizei belogen, und sie hat vor Gericht gelogen. Damit können wir sie nicht davonkommen lassen. Ich schlage daher vor, dass Sie sich dem DNA-Test unterziehen. Stimmen Sie der medizinischen Begutachtung zu. Sie wird als Lügnerin entlarvt werden. Der Richter wird ihr eine Strafe auferlegen, und sie wird öffentlich gedemütigt.«

Diesmal ließ er seinen Tränen freien Lauf. »Ja, dann wird sie bloßgestellt sein – aber ich ebenfalls.«

Kelly seufzte. »Sie können den Fall gewinnen, oder Sie können Ihr Geheimnis bewahren. Beides geht nicht.«

»Es ist mir egal, ob ich den Fall gewinne«, sagte er. »Ich will mein Leben gewinnen!« Der letzte Satz glich einem theatralischen Aufschrei, der jeden Regisseur dazu gebracht hätte, ihm zu raten, einen Gang zurückzuschalten. Anschließend verfiel er in Schweigen, während die Schattenstreifen der Pergola über sein Gesicht zuckten.

Kelly beschloss, abzuwarten. Sie wandte sich dem zweiten Monitor zu und setzte ihre Google-Suche nach seriösen Journalisten fort, die sich auf Biowissenschaften spezialisiert hatten. Diesmal hatte sie sich für einen Printreporter entschieden. Rundfunk- und Fernsehjournalisten wie Rick Olsson waren nur an kurzen, eingängigen Soundbites interessiert. An oberflächlichen, reißerischen Storys, die als Laufschrift am unteren Bildschirmrand vorbeizogen. Sie brauchte einen Reporter, der bereit war, tiefer in dieses komplexe Thema einzusteigen. Sie stieß auf einen Science-Reporter namens Aidan Dunwoodie, dessen Name öfter in der

Verfasserzeile von Artikeln in der *New York Times* erschien. Er hatte bereits ausführlich über die Identifizierung des Virus durch George Benedict berichtet. Sie musste seine Neugier wecken, indem sie ihm steckte, dass es eigentlich Reeza gewesen war, die das Virus zuerst entdeckt hatte.

Eine weitere Google-Suche, und sie hatte Dunwoodies Postadresse, die sie per Hand auf einen DIN-A4-Umschlag schrieb, bevor sie Kopien der manipulierten Dokumente hineinschob. Sie würde sie auf dem Weg nach Hause bei einer Poststelle abgeben.

Kelly schaute gerade wieder auf den anderen Monitor, als Wexford endlich den Mund aufmachte. »Was passiert, wenn ich mich weigere, ihr Spielchen mitzuspielen?«, fragte er. »Ich werde mich keinem DNA-Test unterziehen. Ich werde gar nicht erst auf Staleys Klage reagieren.«

»Nun …« Damit hatte Kelly nicht gerechnet. Den Kopf in den Sand zu stecken, zählte nicht zu ihren Strategien. »Der Richter wird ein Versäumnisurteil fällen. Außerdem wird er davon ausgehen, dass Sie damit indirekt zugeben, schuldig zu sein. Dass Sie das getan haben, was Margaret Staley Ihnen vorwirft.«

»Dass ich sie gezwungen habe, mir einen zu blasen.« Er verzog die Lippen zu einem schiefen Grinsen. »Okay. Was passiert dann?«

»Schlussendlich wird es um eine Schadensersatzzahlung gehen. Die einzige Frage wird sein, wie viel Geld ihr zusteht.«

»Hm.« Er schürzte die Lippen. »Was denken Sie, auf was für einen Betrag ihre Forderung hinauslaufen wird?«

»Ihr sind keine Kosten für medizinische Behandlungen entstanden, und aller Wahrscheinlichkeit nach kann sie keinen Lohnausfall geltend machen – es ginge also nur um eine Entschädigung für körperliches und seelisches Leiden. Was immer nebulös ist. Vielleicht kommt eine Geldbuße dazu, das ist absolut willkürlich.«

»Nennen Sie mir eine ungefähre Summe.«

»Im schlimmsten Fall vielleicht eine Million.«

Er überlegte, dann nickte er. »Eine Million bringe ich zusammen.«

Kelly warf ungläubig die Hände in die Luft. »Sie zahlen dieser Erpresserin lieber eine Million Dollar, als an die Öffentlichkeit zu gehen?«

»Meine Karriere ist verdammt viel mehr wert als das. Ich bin für eine Rolle beim DC-Universum im Gespräch. Was denken Sie, was passiert, wenn die erfahren, dass ich ein Mädchen bin?«

»Keine Ahnung.«

»Nun, ich schon. Und genau deshalb *werden* sie es nicht erfahren.«

Das ergab für Kelly keinen Sinn. »In welcher Welt ist es besser, als Sexualstraftäter dazustehen anstatt als Frau?«

Seine Antwort kam prompt. »In meiner Welt.« Er lehnte sich zurück und verschränkte die Hände vor der Brust. »Okay, dann ist das unsere Strategie.«

»Nichts zu unternehmen?«

»Exakt.«

Sie seufzte resigniert. »In dem Fall schicke ich die Akte zurück an Ihren Anwalt in Los Angeles. Nichts tun kann er genauso gut wie ich.«

Wexford reckte die Daumen in die Höhe. »Aber nennen Sie ihm nicht den Grund dafür«, sagte er noch, dann wurde der Monitor schwarz.

Nachdem der Videoanruf beendet war, stand Kelly auf und trat hinaus in den Gang. »Ich bin bei Lyle Firth«, teilte sie Cazzadee auf dem Weg zu den Aufzügen mit.

»Javier möchte dich unbedingt sprechen«, sagte Cazz. »Er hat dir mehrere Sprachnachrichten hinterlassen.«

»Ich rufe ihn an, sobald ich zurück bin.«

»Er sagt, es sei wirklich dringend.«

»Sobald ich bei Lyle war«, versprach sie und ging weiter.

Patti Han stieg aus dem Fahrstuhl. »Würdest du die Wexford-Akte bitte nach L. A. zurückschicken?«, sagte Kelly und blockierte mit den Armen die Türen. »Sag diesem Anwalt – wie hieß er noch? –, dass der Mandant es auf eine Versäumnisklage ankommen lassen will. Das kann er auch ohne uns erledigen.«

Patti sah sie erschrocken an. »Du meinst, er hat es getan?«

»Sieht so aus.«

»Wow.« Sie schüttelte den Kopf. »Dann hat Staley also tatsächlich die Wahrheit gesagt.«

»So was kommt vor«, erwiderte Kelly.

Patti lachte auf, dann schlossen sich die Aufzugtüren, und die Kabine setzte sich in Bewegung.

Lyle Firth' Büro befand sich zwei Stockwerke tiefer auf der gegenüberliegenden Seite des Gebäudes, der Seite, deren Fenster nicht auf den Park hinausgingen. Seine Tür stand ein kleines Stück offen, und Kelly klopfte einmal und trat ein. Firth' rosige Wangen fingen an zu glühen, und er beeilte sich, eine Taste zu drücken. Der Monitor wurde schwarz.

Kelly verdrehte die Augen. Selbst der eunuchenähnliche Lyle Firth überstand einen Arbeitstag nicht, ohne zwischendurch Pornos zu schauen. Männer, dachte sie. Sie verstand nicht, wieso Tommy Wexford so unbedingt ein Mann sein wollte.

Firth räusperte sich. »Kelly! Wie kann ich Ihnen helfen?«

»Courtney hält an ihrem Antrag fest. Ich habe ihr Ihren Namen genannt, sie wird sich an Sie wenden.«

»Gibt es irgendwelche Fortschritte bei Ihrer Suche nach einem Arzt, der ein aktuelles medizinisches Gutachten für Ihren Mann erstellen wird?«

»Es geht voran«, sagte sie und machte sich im Geiste eine Notiz, endlich mit dieser Suche zu beginnen. »Auf alle Fälle werde ich gegen diesen Antrag vorgehen.«

Er griff nach seinem Stift. »Was versprechen Sie sich davon?«

»Dass mein Mann am Leben bleibt! Courtney handelt aus reinem Eigeninteresse. Sie tut das aus Gier und verheimlicht ihre Motive.«

»Die da wären?«

»Als Adam und seine erste Frau sich scheiden ließen, war eine der Bedingungen, dass er eine Risikolebensversicherung abschließt, in der Courtney als alleinige Begünstigte aufgeführt ist. Sobald sie die Sterbeurkunde in der Hand hält, bekommt sie einen Scheck über eine halbe Million Dollar!« Kelly beendete den Satz mit derselben theatralischen Betonung, die sie auch bei den Geschworenen vor Gericht verwendete. Nun wurde ihr bewusst, dass sie sehr nach Tommy Wexfords übertriebenem Pathos vor wenigen Minuten klang.

»Kelly.« Firth faltete die Hände und fragte vorsichtig: »Haben Sie den Entwurf des Antrags gelesen?«

»Selbstverständlich«, sagte sie. Sie hatte ihn zumindest überflogen.

»Ihre Stieftochter legt die Police darin offen. Außerdem will sie in der Anlage die Verzichtserklärung und die Treuhandurkunde beifügen, die sie bereits unterzeichnet hat.«

»Sie will … was?«

»Kelly«, sagte er wieder. Er sprach ihren Namen seltsam argwöhnisch aus, als wäre sie ein Hund, der beißen könnte. »Courtneys Erlös aus der Versicherungspolice wird in einen Ausbildungsfonds für Ihre beiden Kinder fließen. Diese Entscheidung ist unwiderruflich.«

Kelly erwiderte nichts. Sie konnte nichts erwidern. Sie starrte Firth einen Moment lang an, dann drehte sie sich um und verließ sein Büro. Auf dem Gang begegnete sie Harry Leahy. Sie erwiderte seinen warmherzigen Gruß mit einem knappen Nicken und eilte an ihm vorbei. »Ich liebe es, Sie derart in Gedanken zu sehen, Kelly!«, rief er ihr nach. »Das bedeutet, dass bald ein großer Zahltag ansteht!«

Cazzadee blickte auf, als Kelly in ihr Büro zurückkehrte. »Ich stelle Javi jetzt durch.«

»Nein. Gib mir fünf Minuten«, sagte Kelly und schloss die Tür hinter sich. Sie öffnete ihren E-Mail-Eingang und scrollte durch die alten Nachrichten, bis sie Courtneys gefunden hatte. Diesmal öffnete sie die angehängten Dokumente. Es war genauso, wie Lyle gesagt hatte. Die fünfhunderttausend Dollar würden in einen Ausbildungsfonds zugunsten von Justin und Lexie fließen, den Kelly verwalten sollte. Sie las die Papiere sorgfältig, Seite für Seite, auf der Suche nach einer versteckten Falle, einem Schlupfloch, das es Courtney ermöglichen würde, doch noch einen Rückzieher zu machen. Aber sie konnte nichts Entsprechendes finden.

Sie dachte daran, wie sie Courtney beschuldigt hatte, nur auf das Geld aus zu sein – vor den Kindern und vor allen, die sich an jenem Abend am Esszimmertisch versammelt hatten –, und schlug entsetzt die Hände vors Gesicht. Ihr Atem ging stoßweise. Jetzt fiel ihr auch Courtneys Erwiderung ein: *Lies die verdammten Papiere!*

Kelly hatte das Gefühl, als würden tausend glühende Nadeln gleichzeitig in ihre Haut stechen, aber sie empfand keinen Schmerz. Auch keine Furcht oder Gram. Was sie empfand, war ein Brennen, und sie wusste, dass dies das sengende Feuer der Niederlage war. Courtney hatte gewonnen, und Kelly hatte verloren. Sie hatte den größten Fall ihres Lebens verloren.

Und plötzlich wusste sie, dass es allein *darum* gegangen war: zu gewinnen oder zumindest nicht zu verlieren. An jenem Tag vor zehn Jahren im Büro des Direktors der Rehaklinik, als sämtliche Ärzte auf ihren Stühlen um sie herumsaßen und ihr mitteilten, dass sie nichts mehr für Adam tun konnten, hatte sie weder Schmerz noch Furcht, noch Trauer verspürt. *Ach ja?*, hatte sie gedacht. *Nun, ich werde es euch zeigen!* Es war, als wären Fronten aufgezeigt worden und sie in einen Wettbewerb mit der gesamten Medizinerschaft getreten.

Courtney täuschte sich: Es war nicht das Gefühl von Schuld, wogegen sie all die Jahre über angekämpft hatte. Doch Kelly täuschte sich ebenfalls: Hier ging es nicht um noble, selbstaufopfernde Liebe. Es ging um ihr Bedürfnis, stets zu gewinnen. Um ihren bodenlosen Siegeshunger.

Jemand klopfte an ihre Bürotür. Ein einzelner lauter Knall wie bei einer Mörserexplosion. Noch bevor sie »Jetzt nicht!« rufen konnte, flog die Tür auch schon auf, und Javier stürmte herein.

»Jetzt nicht …«, fing sie an.

»Doch. Jetzt«, blaffte er und schloss die Tür hinter sich.

»Javi, du kannst nicht einfach hier hereinplatzen und …«

Er setzte sich nicht. Blieb vor der Kante ihres Schreibtisches stehen und zwang sie, ihn anzusehen. »Emily Norland wurde Samstagnacht ermordet«, sagte er.

Javi hatte nur einen ganz leichten Akzent, aber Kelly starrte ihn an, als würde er eine Fremdsprache sprechen. Ihr Gehirn brauchte einen Moment, um zu begreifen, was er ihr da mitteilte. *»Ermordet?«*, wiederholte sie.

»Sie hat im Whirlpool auf ihrer Terrasse einen elektrischen Schlag bekommen. Jemand hat ein Gerät – einen Plattenspieler – ins Wasser geworfen und zuvor die Kabelisolierung beschädigt, wohl um hundertprozentig sicherzugehen. Norland hat Verbrennungen an Händen und Armen davongetragen, aber als Todesursache konnte Ertrinken festgestellt werden.«

Kelly schlug die Hände vor den Mund. »O mein Gott!«

»Und übrigens«, fuhr Javi fort, »Tiffy Jenkins wurde nicht von ihrem Freund ermordet. Er hat ein wasserdichtes Alibi. Außerdem wäre er gar nicht fähig, mit einem chirurgisch präzisen Stich die Halsschlagader zu durchtrennen.«

»Chirurgisch präzise?« Sie wiederholte erneut, was er sagte, als würden die Worte erst dann Sinn ergeben, wenn sie aus ihrem eigenen Mund kamen.

»Die Cops stufen Emilys Tod als Unfall ein. Genau wie bei Reeza. In Tiffys Akte ist ›Täter unbekannt‹ vermerkt. Die Polizei kann nicht wissen, dass eine Verbindung zwischen den drei Frauen besteht. Aber wir wissen es.«

»Wissen wir nicht. Er war in …«

»Anton war's. Ich habe gesehen, wie er das Messer gereinigt hat. Er hat mit Sicherheit auch Emily getötet.«

»Wie bitte?«

»Allerdings gehe ich davon aus, dass Benedict Reeza selbst erledigt hat.«

»Nein, das kann nicht sein.« Die Gesichter der Frauen zogen an ihrem inneren Auge vorbei. Jetzt waren alle drei tot. Reeza, vergiftet mit hochdosiertem Oxycodon. Tiffy, erstochen mit einem Messer. Emily, ertrunken. Verbrannt von einem Feuer, das Wasser nicht löschen konnte. *Vergiften. Schneiden. Verbrennen.* Irgendwie kam ihr diese Kombination bekannt vor.

»Komm schon, Kelly.« Javi beugte sich vor und umfasste die Schreibtischkante. »Selbst du kannst unmöglich an so viele Zufälle glauben. Wir müssen der Polizei mitteilen, was wir wissen. Was die drei Opfer verbindet. Darauf werden die Cops niemals von allein kommen. Nicht mit all diesen Geheimhaltungsknebeln.«

Die NDAs, dachte sie. Sie garantierten, dass die Frauen schwiegen. Es gab daher keinen Grund für Benedict, sie umzubringen. »Wir können uns nicht an die Polizei wenden, da wir an die anwaltliche Schweigepflicht …«

»Scheiß auf die Schweigepflicht! Falls sie in diesem Fall überhaupt greift.«

»Selbstverständlich greift sie. Wir wissen nur von den Frauen, weil unser Mandant uns im Rahmen unserer juristischen Beratung von ihnen erzählt hat.«

»Da gibt es meines Wissens eine Ausnahme. Für zukünftige Verbrechen.«

Kelly schüttelte den Kopf – das war so nicht ganz richtig – und öffnete den Mund, doch er kam ihr zuvor. »Ashley LaSorta«, stieß er hervor. »Sie könnte die Nächste auf seiner Liste sein.«

»Ich kann nicht glauben …«

»Nun, *sie* glaubt mir! Sie nimmt meine Befürchtungen ernst, im Gegensatz zu dir.«

»Wie meinst du das?«

»Sie versteckt sich, weit weg von hier.«

»Du meinst, von Philadelphia.«

»Nein, von Boston. Benedict ist diese Woche in der Stadt. Mit Anton. Bei irgendeiner Konferenz.«

Kelly unterdrückte ein Schaudern. Ihre Haut fing an zu kribbeln bei der Vorstellung, dass Benedict und sein Handlanger in Boston waren. Ganz in ihrer Nähe.

»Ich gehe zu den Cops«, sagte Javi entschlossen. »Sie müssen wissen, was diese Frauen verbindet.«

»Javi, nein. Warte …« Sie brauchte mehr Zeit. Sie musste darüber nachdenken.

»Scheiß auf die Geheimhaltungsvereinbarungen«, sagte er wieder. »Und scheiß auf dich, wenn du jetzt nicht das Richtige tust.«

Sie hob die Hände, die Handflächen ihm zugewandt, halb beschwichtigend, halb resignierend. »Lass mich einen Moment überlegen. Bitte. Ashley ist in Sicherheit, oder? Gib mir Zeit, einen Weg zu finden, wie ich am besten damit umgehe.«

Er presste die Kiefer aufeinander. »Vierundzwanzig Stunden«, stieß er angespannt hervor. »Dann gehe ich zur Polizei.«

Nachdem er ihr Büro verlassen hatte, blieb sie ganz still an ihrem Schreibtisch sitzen. Sie musste nachdenken, und sie gab sich alle Mühe, dies zu tun, aber die Gesichter der drei toten Frauen kreisten weiter durch ihren Kopf. Reeza Patel, die während Kellys gnadenlosem, drei Tage andauerndem Kreuzverhör wie erstarrt im Zeugenstand gesessen hatte. Emily Norland, deren Ehe von Kelly und ihrer knallharten Verhandlungstechnik zerstört worden war. Tiffy Jenkins, die die schönste Zeit ihres Lebens mit drei verbitterten, rachedurstigen Frauen verbracht hatte.

Vergiften. Schneiden. Verbrennen. Oder hieß es *Schneiden, vergiften, verbrennen?* Sie konnte sich nicht erinnern, wo sie diese Wortabfolge schon einmal gehört hatte.

Nein, Schluss damit, sie musste jetzt über Benedict nachdenken. Javi musste sich irren. Das Ganze ergab keinen Sinn. Warum sollte er ihnen jetzt an den Kragen wollen? Sie stellten doch gar keine Gefahr für ihn dar. Es musste ein Motiv geben, doch ihr fiel schlichtweg keins ein.

Nichtsdestotrotz waren alle drei Frauen tot. Konnte das ein Zufall sein? Sie glaubte an Zufälle, aber nur wenn es sich um ein Zusammenspiel von zwei Vorkommnissen handelte. Drei überschritten die Grenzen ihrer Leichtgläubigkeit.

Dennoch fiel ihr immer noch kein Grund ein. Warum wollte Benedict, dass diese Frauen tot waren? Vor einem Jahr – vielleicht. Aber doch nicht jetzt!

Ihr Handy klingelte. Kelly durchwühlte ihre Handtasche und zog das neue Prepaid-Handy hervor. Der Anruf kam von einer unbekannten Nummer, doch die ersten drei Ziffern kannte sie: 484. Eine Vorwahl aus dem Osten Pennsylvanias.

Ihr wurde so schlagartig eiskalt, als wäre sie schockgefroren. Sie starrte aufs Display. Das Handy hörte nicht auf zu klingeln. Benedict konnte es nicht sein. Diese Nummer kannte er nicht.

Nachdem das Klingeln endlich aufgehört hatte, ging eine Textnachricht ein.

Ruf mich an.

Von derselben unbekannten Nummer.

Eine zweite Textnachricht folgte. Wieder die 484-Vorwahl.

Wir sind die Nächsten.

Wenn überhaupt möglich, wurde ihr noch kälter. Ashley war die Einzige, die diese Nummer hatte, aber sie würde nicht »wir« sagen. Sie wusste nicht, dass Kelly sich unter den Opfern befand. Das wusste niemand.

Niemand außer Benedict.

Er köderte sie, versuchte, sie in eine Falle zu locken, benutzte dieses Telefon, um sie zu orten. Hektisch fummelte sie an der Verschalung, um die SIM-Karte herauszunehmen, als eine dritte Nachricht auf dem Display aufleuchtete.

Zieh deine Overknees hoch und ruf mich an,
verdammt noch mal!

Kelly stieß die Luft mit einem Geräusch aus, das beinahe klang wie ein Lachen. Es *war* Ashley. Kelly drückte auf die Anruftaste.

»Er weiß es!«, schrie Ashley, sobald sie das Gespräch angenommen hatte. »Er weiß es!« Ein dröhnendes Geräusch war im Hintergrund zu vernehmen. Verkehrslärm. Anscheinend war Ashley auf dem Highway unterwegs.

»Was weiß er?«, fragte Kelly.

»Er weiß, was wir getan haben! Dass wir ihn gehackt haben! Die Dokumente manipuliert! Er *weiß* es!«

Kellys Finger umklammerten das Handy. »Woher? Wieso sollte er überhaupt Verdacht geschöpft haben?«

»Keine Ahnung! Vielleicht habe ich es vermasselt. Oder du. Wie auch immer, er weiß es. Das ist die einzige Erklärung. Warum sonst sollte er *jetzt* hinter uns her sein?«

Kelly saß fassungslos da, das Handy noch immer fest umklammert. Da war es, das Motiv, das ihr entgangen war. Er tötete nicht seine Opfer, er tötete die Opfer, die es wagten, Vergeltung zu üben.

»Ich habe mich noch einmal eingehackt«, sagte Ashley. »Jetzt ist wieder alles so wie zuvor.«

Kelly verspürte einen schmerzhaften Stich im Bauch. Die viele Arbeit, der raffinierte Plan – alles umsonst.

»Doch offenbar war ich zu spät. Er hatte es wohl schon rausgefunden. Und jetzt ist er hinter uns her.«

Nein, es war nicht nur umsonst gewesen – es war schlimmer als das. Ihr jämmerlicher Versuch, sich an ihm zu rächen, hatte den Drachen geweckt, und jetzt tötete er sie, eine nach der anderen.

»Und ich bin die Nächste!«, jammerte Ashley.

Sie wusste nicht, dass Benedict in Boston war. Ashley war nicht die Nächste.

Das war Kelly.

KAPITEL 33

Mit wehendem Mantel rannte sie an einer erschrockenen Cazzadee vorbei aus ihrem Büro zu den Aufzügen, Dokumententasche und Handtasche unter den Arm geklemmt. Kurz vor dem Lift drehte sie ab und stürmte stattdessen zum Treppenhaus, um mit klackernden Absätzen die zweiundzwanzig Stufen zur Garage hinunterzuhasten. Das Prepaid-Handy in der Hand, fuhr sie aus der Stadt. Unterwegs tätigte sie mehrere Anrufe. Zuerst gab sie in der Schule Bescheid, dass sie die Kinder aufgrund eines familiären Notfalls schon mittags abholen müsse, anschließend rief sie im Four-Seasons-Hotel in der Innenstadt an und buchte eine Suite unter dem Namen Adam Fineman, für die sie seine Kreditkartennummer hinterlegte – die Karte, die sie seit zehn Jahren nicht gekündigt hatte. Check-in: heute. Check-out: offen. Sie wartete auf die Bestätigung, dass die Karte akzeptiert wurde, dann nahm sie die Ausfahrt nach Newton, stellte den Wagen am Straßenrand ab und stieg aus. Anschließend schlitterte sie die Böschung zum Flussufer hinunter und schleuderte das Handy, so weit es ihr möglich war, in den Charles River.

Sie parkte zwei Blocks von zu Hause entfernt und schlich durch mehrere Gärten zu ihrer Hintertür. Die Alarmanlage war dank Todd aktiviert, und sie schaltete sie gerade lange genug aus, um die Tür aufzuschließen und ins Haus zu huschen, dann stürmte sie die Treppe hinauf und rief Todd laut zu, dass sie wieder da war.

Zuerst suchte sie in Lexies Zimmer ein paar Sachen zusammen, dann rannte sie weiter in Justins Raum und warf alles in einen Koffer, was er ihrer Meinung nach brauchen konnte oder bei sich haben wollte. Kleidungsstücke, Spiele mitsamt Konsole, Bücher.

Sie ließ das Gepäck der Kinder im Flur stehen und lief ins Schlafzimmer, um ihre Sachen zu packen. Adam saß aufrecht im Bett, der Magenschlauch ragte aus seinem Mund. Todd stand neben ihm und drückte mit dem Daumen gerade vorsichtig die pürierte Mahlzeit aus der Einfüllspritze. »Hey, Kelly«, sagte er, die Augen auf den Schlauch geheftet. »Wieso bist du schon zu Hause?«

Sie betrat das Ankleidezimmer und ließ die Tür offen stehen. »Ich bringe die Kinder für eine Weile weg von hier. Ich fürchte, dass während der nächsten Tage einige Demonstrantinnen und Demonstranten auftauchen werden – und die Presse ganz bestimmt!«

»Ach?«

»Ja, tut mir leid.« Sie nahm einen Koffer und stopfte ihre eigenen Kleidungsstücke und Kosmetikartikel hinein. »Bitte lass die Alarmanlage eingeschaltet. Und mach nicht die Tür auf.«

»Sicher nicht«, erwiderte er.

Todd stellte keine Fragen. Er war so vertrauensselig, und sie ließ ihn allein, ohne ihm mitzuteilen, dass da draußen ein Mörder unterwegs war, der es aller Wahrscheinlichkeit nach auf sie abgesehen hatte. Sie wusste nicht, was sie anderes tun sollte. Adam konnte nicht verlegt werden, und sie brauchte Todd, damit er sich um ihn kümmerte. Wenigstens schlug der Mörder nicht willkürlich zu. Er war ausschließlich hinter ihr her. Oder?

Sie trat ans Fenster, das auf den Vorgarten hinausging, und blickte hinaus auf die leuchtend roten Blätter von Justins Baum.

In der Straße parkten keine fremden Autos, niemand duckte sich hinters Lenkrad oder tat so, als würde er Zeitung lesen. Ein blauer Bentley war nirgendwo zu sehen. Sie fragte sich, ob sie überreagierte. Das Ganze ergab bei genauer Betrachtung noch immer keinen Sinn. Wenn Ashley recht hatte, wenn er die Frauen umbrachte, weil er von ihrer kleinen Verschwörung erfahren hatte, warum musste dann auch Reeza daran glauben? Sie hatte sich nicht daran beteiligt. Zu keiner Zeit. Und wie hatte er es überhaupt herausgefunden? Das war unmöglich – solange er keine Wanzen bei ihnen zu Hause oder Tracker an ihren Fahrzeugen angebracht hatte.

Aber vielleicht hatte er das ja getan.

Sie nahm den Koffer und rollte ihn zur Schlafzimmertür. »Ruf mich an, wenn du mich brauchst«, bat sie.

Todd nickte. »Passt auf euch auf.«

Die Suite befand sich in einem der unteren Stockwerke und hatte, wie gewünscht, Fenster zur Straßenseite. Neben einem Wohnzimmer mit Schreibtisch und einer Ausziehcouch, einem Schlafzimmer mit zwei breiten Einzelbetten und einem Bad gehörte auch eine kleine Kitchenette dazu. Justin stapfte ins Schlafzimmer und knallte die Tür hinter sich zu.

Er war wütend, weil sie ihn frühzeitig von der Schule abgeholt hatte. Es war schon schlimm genug, dass sie ihm nicht erlaubt hatte, sein Handy aus dem Spind zu holen, und als sie ihm dann auch noch sagte, dass sie nicht nach Hause konnten, bekam er einen Wutanfall, wie er ihn zuletzt als Kleinkind hingelegt hatte. Das alles sei kompletter Blödsinn, brüllte er. Er habe keine Angst vor irgendwelchen dämlichen Reportern, und er wolle nach Hause, er *müsse* nach Hause! Er tobte geschlagene fünf Minuten, dann verfiel er in mürrisches Schweigen.

Lexie dagegen hielt das alles für ein großes Abenteuer. Sie war fasziniert von den kleinen Seifen und Shampoofläschchen, und sie hatte ihre Freude daran, immer wieder die doppelten Vorhänge zu- und wieder aufzuziehen. Danach machte sie es sich im Wohnzimmer vor dem Fernseher bequem und schaute sich Zeichentrickfilme an.

Vielleicht hatte Justin recht, dachte Kelly. Vielleicht war das tatsächlich alles Blödsinn. Vielleicht reagierte sie vollkommen über. Hoffentlich. Trotzdem schloss sie die Tür ab und legte von innen die Kette vor, dann trat sie an eines der Fenster und betrachtete die Fahrzeuge auf der Straße unter ihr, wenn sie nicht gerade auf ihr Handy blickte, das immer wieder wegen eingehender Anrufe und Nachrichten vibrierte. Sie überflog die Textnachrichten.

Wo bist du?, schrieb Cazzadee.

Ist alles okay?

Und Javi berichtete, er habe B & A an der medizinischen Fakultät gesichtet.

Weitere Anrufe gingen ein, doch Kelly leitete sie weiter an die Mailbox. Sie verspürte eine irrationale Angst, die Anrufe entgegenzunehmen, als könnte der Anrufer dann ihren Standort bestimmen und der Welt mitteilen. Oder zumindest Benedict.

Sie wusste nicht, ob es ihm möglich war, ihr Handy zu orten, aber er war ein anerkanntes Genie – wahrscheinlich konnte er alles herausfinden. Selbst auf dem Podium während einer Fachkonferenz, unter Javiers wachsamem Blick, so traute sie ihm inzwischen zu, könnte er ihr Handy tracken. Am liebsten hätte sie es ausgeschaltet, aber sie durfte nicht den Kontakt zu Todd verlieren. Also schaltete sie stattdessen die Ortungsdienste sämtlicher installierter Apps aus, und als sie immer noch nicht ruhiger wurde, löschte sie die Apps ganz.

Sie wusste nicht, was sie noch tun konnte, außer zur Polizei zu gehen, wie Javier sie drängte. Doch selbst das garantierte nicht ihre Sicherheit. Die Behörden von Pennsylvania würden möglicherweise Ermittlungen aufnehmen, aber sie konnten Benedict nicht verhaften, während er hier, in Massachusetts, war. Außerdem würden sie ihn nicht festnehmen. Es gab einfach nicht genügend Beweise gegen ihn.

Nein, das stimmte nicht ganz. Es gab nicht genügend Beweise dafür, dass er die Frauen ermordet hatte oder zumindest hinter den Morden steckte. Allerdings lagen unwiderlegbare Beweise für ein anderes Verbrechen vor. Das Verbrechen an *ihr,* auf Video festgehalten, von seinem Laptop kopiert. Diese Beweise würden zu seiner sofortigen Verhaftung führen – allerdings nur, wenn sie bereit wäre, sich als sein Opfer zu outen. Nur wenn sie bereit wäre, ihren Ruf, ihr Ansehen, ihre gesamte Karriere zu opfern.

Er hatte ihr bereits genug angetan. Sie würde nicht zulassen, dass er ihr noch mehr Schaden zufügte.

Lexie unterzog sich im Wohnzimmer einem *Mein kleines Pony*-Marathon, während Justin im Schlafzimmer eine erbitterte Videospiel-Schlacht austrug. Kelly setzte sich an den schmalen Hotelschreibtisch und versuchte, trotz des plärrenden Fernsehers zu arbeiten. Sie öffnete ihren Laptop, doch vorsichtshalber verband sie sich nicht mit dem WLAN. Sie öffnete auch die Dokumententasche mit dem DIN-A4-Umschlag, den sie handschriftlich mit der Adresse des Science-Reporters Aidan Dunwoodie versehen hatte. Den sie auf dem Heimweg von der Kanzlei bei der Post hatte abgeben wollen. Sie starrte ihn niedergeschlagen an. Jetzt konnte sie ihn nicht mehr abschicken, nicht, nachdem Ashley ihren Hackerangriff rückgängig gemacht hatte. Die Unterlagen in dem Umschlag waren wertlos, denn nichts davon würde mehr im UniViro-System zu finden sein.

Ihre Gedanken kehrten zu ihrer letzten Kurzreise zurück – dem Wochenende in dem Strandhaus mit den vier Apartments an der Küste von New Jersey. Zwei der Frauen, die daran teilgenommen hatten, waren jetzt tot, zwei versteckten sich, und das alles wegen nichts.

Es war ihr Rachedurst, der dazu geführt hatte. Das hier war kein Sieg, nicht einmal eine bloße Niederlage. Nein, das hier hatte ein tödliches Ende genommen. Sie mochte zwar nicht verantwortlich für Reezas Tod sein, aber sie war verantwortlich für den Tod von Tiffy und Emily, so sicher, als hätte sie sie höchstpersönlich ermordet. Sie hatte sie in ihren unausgegorenen Plan hineingezogen, und jetzt waren sie tot.

Der Nachmittag verging schleichend. Irgendwann kam Justin aus dem Schlafzimmer geschlurft, murmelte eine Entschuldigung für sein schlechtes Benehmen und fragte, was es zu essen gab. Obwohl es erst halb fünf war, reichte Kelly ihm die Speisekarte und sagte, Lexie und er dürften sich aussuchen, worauf sie Lust hätten – sie würde beim Zimmerservice bestellen. Die beiden stritten sich, was sie nehmen sollten, und da Kelly keinen Kompromiss aushandeln konnte, gab sie schlussendlich eine viel zu umfangreiche, viel zu teure Bestellung auf.

Das Essen wurde auf zwei Wägelchen gebracht, ein bizarres Büfett mit Kindergerichten: Käsemakkaroni, Pommes frites, Mozzarella-Sticks, Cheeseburger, Schokoladenkuchen und Eis, das die beiden natürlich zuerst aßen. Nachdem sie alles in sich hineingeschaufelt hatten, fiel Justin an einem Ende der Couch ins Fresskoma, während der Zuckerkonsum bei Lexie den gegenteiligen Effekt erzielte: Sie fing an, das andere Ende als Trampolin zu benutzen.

Kelly setzte sich wieder an den Schreibtisch und versuchte zu arbeiten, ein Auge auf den Laptop, das andere aufs Handy gerichtet, auf dem sich immer mehr versäumte Anrufe sammelten, hauptsächlich von Cazz und Javi, aber auch von Harry Leahy. Sie war überrascht und genervt zugleich, als sie sah, dass auch Rick Olsson angerufen hatte – sie waren fertig miteinander.

Um fünf Uhr schickte Javi eine weitere Textnachricht:

Konferenz für heute vorbei. Folge B & A
zu ihrem Hotel in der Innenstadt.

Kelly blinzelte. *Ein Hotel in der Innenstadt.* Natürlich würde Benedict in einem Hotel in der Innenstadt absteigen. Vielleicht sogar hier, im Four Seasons. Vielleicht sogar im Nebenzimmer.

Sie fuhr sich mit den Fingern durch die Haare. Was für eine Idiotin sie doch war! In ein Businesshotel in der Innenstadt einzuchecken, wenn Benedict sich auf Geschäftsreise befand. Sie hätte mit den Kindern nach Cape Cod oder in ein Cottage in Vermont fahren sollen.

Javiers Überwachungsaktion war sinnlos. Er konnte unmöglich sämtliche Ein- und Ausgänge im Blick behalten, ganz gleich, in welchem Hotel Benedict sich aufhalten würde. Und wenn Benedict und Anton getrennte Wege gingen, konnte er kaum beiden folgen. Vielleicht war Anton längst allein unterwegs, auf der Suche nach ihr. Er würde zuerst zu ihr nach Hause fahren, und wenn er sie dort nicht antraf, würde er in jedem Hotel in Boston nach ihr fragen. Zunächst natürlich nach Kelly McCann, aber es würde sicher nicht lange dauern, bis er sich nach Kelly Fineman erkundigte. Es war dumm, dass sie unter Adams Namen eingecheckt hatte.

An der Tür ertönte ein leises Klopfen, und Kelly zuckte so heftig zusammen, als hätte man ihr einen Elektroschock verpasst.

»Zimmerservice!«, rief eine Stimme mit starkem Akzent.

Sie stand auf und durchquerte das Wohnzimmer, um durch den Spion zu schauen. Ein uniformiertes Zimmermädchen – eigentlich eine Frau mittleren Alters – stand wartend im Flur, einen Karren mit Handtuchstapeln neben sich. »Nein, danke«, antwortete Kelly. »Wir brauchen nichts.«

Die Frau zuckte mit den Achseln und schob den Karren zur nächsten Tür. Kelly presste das Auge so lange an den Spion, bis sie aus ihrem Blickfeld verschwunden war.

Anschließend stellte sie sich wieder ans Fenster. Die Straße war um diese Zeit völlig verstopft – Rushhour –, Gäste strömten ins Hotel. Kelly wünschte sich, sie könnte die Kinder packen und aus der Stadt flüchten, aber das Risiko durfte sie nicht eingehen. Nicht, dass sie Benedict beim Verlassen des Hotels in die Arme lief!

Plötzlich fiel ihr auf, wie still es im Zimmer war. Sie drehte sich um. Lexie hüpfte nicht mehr auf der Couch herum, anscheinend hatte sie ihre Energie abgebaut, denn jetzt hatte sie sich neben Justin zusammengerollt und schlief tief und fest, genau wie er.

Das Handy auf dem Schreibtisch vibrierte. Sie erstarrte, als sie den Namen auf dem Display las: George Benedict. Hastig drückte sie den Anruf weg, doch das Telefon vibrierte erneut. So schnell ließ er sich nicht abwimmeln.

Er machte Jagd auf sie.

Sie stellte sich vor, wie er durch die Hotelflure schlich, ihr Handy anrief und lauschte, ob es hinter einer der Türen klingelte.

Zum Glück hatte sie den Ton lautlos gestellt, und jetzt schaltete sie vorsichtshalber auch das Vibrationssignal aus.

Sie schlich zum Spion und spähte hinaus auf den Gang. Leer. Mit dem Handy in der Hand kehrte sie zum Fenster zurück. Es wurde langsam dunkel. Vor dem Hoteleingang hatte sich eine

Schlange von Fahrzeugen gebildet, deren Scheinwerfer sich in den Stoßstangen der Wagen davor und dahinter spiegelten.

Er rief zum dritten Mal an.

Kellys Mund wurde trocken, und sie schluckte angestrengt. Es gab nur eine einzige Möglichkeit, sich und ihre Kinder vor ihm zu schützen: Sie musste dafür sorgen, dass er verhaftet wurde, sofort, aufgrund der Beweise, die er nicht würde leugnen können. Doch wenn sie selbst es schon nicht über sich brachte, das Beweisvideo anzusehen, konnte sie es auf keinen Fall der Polizei übergeben und damit zulassen, dass andere es sich anschauten.

Also setzte sie sich wieder an den Schreibtisch und nahm ihren Geldbeutel mit dem USB-Stick aus der Tasche. Mit zitternden Fingern steckte sie ihn in den USB-Anschluss an ihrem Laptop. Anschließend öffnete sie die Datei, die unter dem Namen *Versicherung* abgespeichert war, stellte den Ton aus und drückte auf Play.

Reflexartig kniff sie die Augen zusammen und grub die Fingernägel in ihre Handflächen. Sie sah die Szene, die sich nun abspielen würde, auch ohne dass sie hinschauen musste, vor sich. Die schneeweiße Kammer des Schreckens in seinem Haus in Philadelphia. Die Glasplatte seines Schreibtisches, der an einen Seziertisch erinnerte. All die furchtbaren Geschehnisse, beobachtet und aufgezeichnet von dem gläsernen Auge der versteckten Kamera oben auf dem Regal, auf dem Jonas Salk hockte.

Kelly musste sich zwingen, die Lider zu öffnen und auf den Monitor zu blicken. Sie blinzelte. Einmal. Zweimal. Der Kamerawinkel stimmte nicht. Die Kamera war nicht nach unten gerichtet, sie filmte auf Augenhöhe. Und das Zimmer war auch nicht weiß. Es hatte Wände aus dunklem Holz. Benedict beugte sich nicht über seinen Schreibtisch, er saß dahinter, voll bekleidet. Und die Frau in dem Video war nicht Kelly, sondern Reeza Patel.

Kelly verstand es nicht. Das war keine Aufnahme ihrer Vergewaltigung. Hier ging es nicht um Vergewaltigung.

Sie war sich so sicher gewesen, dass sie oben auf dem Regal neben dem Kater eine Kamera gesehen hatte! Aber das hier war die einzige Videodatei, die sie auf dem Laptop in Benedicts Arbeitszimmer gefunden hatte. Vielleicht hatte er »ihr« Video irgendwo anders versteckt?

Vielleicht hatte er sie gar nicht gefilmt?

Versicherung, hatte er die Datei genannt, und sie war davon ausgegangen, dass er damit meinte, sich so ihr Schweigen sichern zu können. Was hatte der Name mit einem gewöhnlichen Arbeitstreffen in seinem Büro zu tun? Und warum hatte er dieses Treffen gefilmt?

Kelly warf einen Blick auf die Kinder. Justin und Lexie schliefen noch immer. Kelly stellte die Lautstärke auf Flüsterton und ging auf den Anfang des Videos zurück. Und beugte sich vor, um ja alles mitzubekommen.

KAPITEL 34

AUFZUG: Früher Abend in der Vorstandsetage von UniViro. Das Eckbüro von Dr. George Benedict. Er sitzt hinter seinem Schreibtisch und beugt sich nach vorn, die Finger verschränkt. Ihm gegenüber hat Dr. Reeza Patel Platz genommen. Sie trägt einen weißen Laborkittel und hat die Hände in die Taschen gesteckt.

GEORGE BENEDICT: Ich nehme an, Sie verstehen das Angestelltenprinzip.

REEZA PATEL, *nickend:* Selbstverständlich. Und abgesehen davon, steht in meinem Arbeitsvertrag explizit, dass alles, was ich erfinde oder entdecke, dem Unternehmen gehört.

G. B.: Exakt.

R. P.: Ich möchte auch gar nicht davon profitieren, zumindest nicht finanziell.

G. B., *lächelnd:* Ich muss Ihnen nicht sagen, um was für eine monumentale Entdeckung es sich handelt.

R. P., *ebenfalls lächelnd:* Vielen Dank.

G. B.: Sie verstehen nicht, was ich sagen will. Die Identifikation des Virus ist viel zu wichtig, als dass wir riskieren dürfen, dass die Welt sie ignoriert.

R. P., *verwirrt:* Dem stimme ich zu.

G. B.: Es ist wichtig, dass jeder sofort aufhorcht, darauf aufmerksam wird und daran glaubt. Das allein gibt den Anstoß für die Entwicklung eines Impfstoffs. Den nötigen Impuls. Die nötige Finanzierung.

R. P., *bedächtig:* Okay.

G. B.: Dies darf nicht als das Hirngespinst einer Nachwuchsforscherin abgetan werden. Es ist unbedingt erforderlich, dass jemand von tadellosem Ansehen und herausragender Bedeutung der Entdecker ist. Jemand, der über einen internationalen Ruf verfügt.

R. P.: Sie meinen … Sie.

G. B.: Wir reden hier von der Möglichkeit, Alzheimer heilen zu können! Denken Sie nur an die Konsequenzen! Die Entdeckung ist viel zu wichtig, als dass das Ego dabei eine Rolle spielen sollte!

R. P.: Verstehe.

G. B., *schiebt ein Dokument über den Tisch:* Aus diesem Grund sollten Sie das hier unterschreiben.

R. P.: Was ist das?

G. B.: Eine simple Bestätigung, dass ich derjenige bin, der das Projekt ins Leben gerufen hat. Dass Sie Mitglied des Forscherteams waren, ich jedoch derjenige bin, der entdeckt hat, dass dieses Virus für die fraglichen Amyloid-Ablagerungen verantwortlich ist.

R. P., *liest das Dokument:* Es handelt sich gleichzeitig um eine Geheimhaltungsvereinbarung.

G. B.: Das ist korrekt.

R. P.: Dann darf ich also nie mit jemandem über meine Entdeckung sprechen.

G. B.: Nein. Sie müssen das verstehen – es ist nämlich *meine* Entdeckung.

R. P., *blickt direkt in die Kamera:* Sie filmen dieses Gespräch?

G. B.: Selbstverständlich. So können Sie später nicht behaupten, Sie hätten nicht aus freiem Willen unterschrieben.

R. P., *nach einer langen Pause:* Ich unterschreibe, allerdings unter einer Bedingung.

G.B., *stirnrunzelnd:* Das hier ist keine Verhandlung.

R. P.: Sie stellen sich hundertprozentig hinter meinen Antrag beim Finanzierungsausschuss.

G. B.: Sie meinen wegen der Korrelations-Kausalitäts-Studie.

R. P.: Dass das Virus nicht nur mit der Amyloid-Ansammlung koexistiert, sondern tatsächlich dazu führt. Denn ohne diesen Zusammenhang ist jeder Impfstoff wertlos. Ich möchte, dass die Studie vollumfänglich finanziert wird – und ich möchte, dass Sie mir Ihr Wort darauf geben.

G. B., *seufzend:* Also gut, Sie haben mein Wort. Und jetzt unterschreiben Sie.

R. P.: Bekomme ich eine Kopie des Videos?

G. B.: Sie bekommen eine, und ich bekomme eine, und das Ganze bleibt unter uns. Einverstanden.

R. P. *unterschreibt das Dokument:* [Schweigen]

KAPITEL 35

Noch Minuten nachdem das Video geendet hatte, starrte Kelly auf den Bildschirm. Die brillante Idee, die ihr am letzten Abend in dem Haus an der Küste von New Jersey gekommen war – *Lassen wir es so aussehen, als hätte Reeza das Virus entdeckt!* –, erwies sich tatsächlich als wahr. Ihre Fantasie als Fakt. Sie hatten die Aufzeichnungen nicht gefälscht. Das hatte Benedict längst selbst getan.

»Rettet unseren Retter!«, hatten die Demonstrierenden vor dem Gerichtsgebäude skandiert, aber sie hatten sich für die falsche Partei starkgemacht. Die Frau, die sie ausbuhten, war in Wirklichkeit diejenige, die möglicherweise dafür gesorgt hatte, dass Alzheimer geheilt werden konnte. Die Frau, die besiegt und – in Ungnade gefallen – aus dem Gerichtsgebäude geflüchtet war. DR. B. MUSS WEITERFORSCHEN!, hatte auf den Plakaten gestanden, dabei hätte DR. P. MUSS WEITERFORSCHEN! darauf stehen müssen.

Reeza, der es allein um die Wissenschaft ging. Die für die Zusicherung, dass die notwendigen Forschungsarbeiten durchgeführt wurden, auf ihren Ruhm verzichtete.

Kelly schob ihren Stuhl zurück, stand auf und durchquerte die Suite. Vor Zorn konnte sie kaum atmen. Er war ein Vergewaltiger und Mörder, und jetzt kam noch ein weiteres Verbrechen auf die Liste. Er hatte Reeza mitsamt ihren Errungenschaften ausgelöscht und begraben.

Im wahrsten Sinne des Wortes. Endlich verstand Kelly das Motiv für den Mord an Reeza. Benedict hatte sie umgebracht, weil sie ihn mit diesem Video hätte vernichten können. Nachdem die Jury ihn für unschuldig erklärt, nachdem sie alle Hoffnung auf Gerechtigkeit verloren hatte, musste er befürchten, dass sie sich mit der Wahrheit über die Virus-Studie an die Öffentlichkeit wandte. Er hatte Zugang zu den elektronischen Gesundheitsakten der UniViro-Mitarbeiter; er wusste um ihren Gesundheitszustand und die Medikamente, die sie verschrieben bekam, und es war ihm ein Leichtes gewesen, eine hochkonzentrierte Oxycodon-Tablette herzustellen, um sie damit zu töten.

Nun kannte Kelly auch endlich die Antwort auf die Frage *Warum jetzt?*. Sie selbst war es gewesen, die ihn getriggert hatte. Sie war von ihrem Plan abgewichen, als sie sich in den Laptop bei ihm zu Hause eingehackt und die Videodatei gelöscht hatte. Er würde bemerkt haben, dass sie fehlte, und zwar seit ihrem Besuch mit den falschen FBI-Agenten, und ihm war sicher klar, was sie getan hatte. Irgendwie musste er darauf gekommen sein, dass auch die drei anderen Frauen involviert waren. Vermutlich nahm er an, dass sie ebenfalls von dem Video wussten. Er tötete sie nicht, um sich zu rächen. Er tötete sie, um zu verhindern, dass sie das Video veröffentlichten oder auf andere Weise kundtaten, wer das Virus in Wahrheit entdeckt hatte. Er tötete sie, um sie zum Schweigen zu bringen.

Plötzlich zuckten Lichter in Kellys peripherem Gesichtsfeld auf. Anscheinend hatte sie zu lange auf den Monitor gestarrt. Sie blinzelte und stellte fest, dass die Lichter von draußen kamen. Sie trat ans Fenster. Drei Polizeiwagen parkten mit blinkenden Lichtleisten vor dem Hoteleingang. Zwei uniformierte Officer sicherten die Tür, ein weiterer stand neben einem der Streifenwagen und sprach in ein Funkgerät. Eine Bombendrohung?, fragte sie sich und blickte auf ihre Kinder, die immer noch fest schlafend auf der Couch lagen, dann schaute sie erneut hinunter auf die Straße. Niemand schien in Panik zu sein, niemand wurde evakuiert, niemand hielt die eintreffenden Gäste davon ab, das Hotel zu betreten. Die Polizisten waren offenbar wegen einer Kleinigkeit ausgerückt, und Kelly empfand ihre Anwesenheit als beruhigend. Solange die Polizei vor Ort war, würde Benedict nicht zuschlagen.

Der Abend verstrich. Die Kinder wachten auf, und sie bestellten erneut beim Zimmerservice, diesmal etwas mit Gemüse, anschließend sahen sich Justin und Lexie einen Film an. Kelly saß auf der anderen Seite des Raumes, beobachtete ihre Kids beim Fernsehen und dachte an all die Male, als sie das Kopfteil von Adams Bett hochgestellt hatte, damit sie zu viert fernsehen konnten. Auch wenn Adams Augen geschlossen blieben und seine Hand leblos in ihrer lag.

Nur für den Sieg. Alles für den Sieg.

Lexie kroch noch vor neun ins Bett, Justin gegen zehn. Kelly schloss die Tür des Schlafraums und machte sich das Bett im Wohnzimmer zurecht. Sie war gerade dabei, sich auszuziehen, als ihr Handy klingelte.

Sie erstarrte für eine Sekunde, aber es war nicht Benedicts Name, der auf dem Display aufblinkte. Der Anrufer war nicht in ihrer Kontaktliste gespeichert. Hoffentlich wäre es Ashley, die sich erkundigte, ob sie sicher in ihrem Versteck angekommen war. »Hallo?«, fragte sie zögernd.

Ein ersticktes Schluchzen am anderen Ende der Leitung.

»Hallo?«, fragte sie noch einmal. »Ist alles in Ordnung?«

»Oh, Ms McCann … Kelly. Es … es tut mir so leid, dass ich Sie um diese Uhrzeit störe.«

Kelly warf erneut einen Blick auf die Nummer. »Mit wem spreche ich denn?«

»Hier ist Jane.« Neuerliches Schluchzen. »Jane Benedict.«

»Mrs Benedict?«

»Es ist etwas passiert! In Boston … Es geht um Dr. Benedict. Man hat ihn verhaftet!«

»Wie bitte?«

»Eine Frau – ein Zimmermädchen, glaube ich – behauptet, es habe irgendeinen Vorfall gegeben, Genaueres weiß ich nicht. Er hat versucht, Sie zu erreichen, aber ich nehme an, Sie waren bei Gericht. Wie dem auch sei – sie hat die Polizei gerufen, und man hat ihn verhaftet!«

Kelly ließ sich schwer auf das Ausziehbett fallen. Er hatte es schon wieder getan. Hier, in diesem Hotel. Die Polizei, die sie zuvor unten vor dem Eingang gesehen hatte, war hier gewesen, um ihn zu verhaften. Er hatte eine Hotelangestellte vergewaltigt. Möglicherweise die Frau, die am Nachmittag mit frischen Handtüchern vor ihrer Zimmertür gestanden hatte.

Das erklärte die drei Anrufe. Er machte keine Jagd auf sie. Er hatte versucht, sie zu erreichen, damit sie die Situation bereinigte, so wie sie es schon so oft getan hatte. Scheinbar dachte er wirklich, er könnte sie mit Drogen außer Gefecht setzen, ihrem Körper und ihrer Seele Gewalt antun, und sie wäre immer noch für ihn da, würde sich gern für ihn einsetzen und ihm den Tag mit einer weiteren Geheimhaltungsvereinbarung retten. Das war mehr als anmaßend, reichte weit über Arroganz, Hybris und all die anderen männlichen Attribute hinaus, mit denen sie in ihrem Arbeitsalltag umzugehen gelernt hatte.

»Ich weiß, dass es schon spät ist, und es tut mir so leid.« Jane weinte leise. »Aber würden Sie bitte ins Präsidium fahren und ihm beistehen?«

Kelly griff nach einem Stift, dann zog sie den bereitliegenden Hotelnotizblock zu sich heran. Es war, als würde ihr Muskelgedächtnis nachvollziehen, was sie schon Hunderte Male getan hatte, wenn ein Anruf wie dieser eingegangen war. »Welches Präsidium?«, fragte sie.

Sie versuchte, Gwen zu erreichen, damit sie herkam und bei den Kindern blieb, doch als Gwen nach zehn Minuten nicht zurückgerufen hatte, tat Kelly etwas, was sie stets zu vermeiden versuchte: Sie rief Cazzadee zu Hause an.

Ein Mann meldete sich. »Kelly – Herrgott, ich habe ewig versucht, dich zu erreichen.«

»Javier?« Sie schaute ein zweites Mal aufs Display, um sich zu vergewissern, dass sie sich nicht verwählt hatte. »Ich wollte Cazz sprechen ...«

»Ja, sie ist gerade unter der Dusche.«

»Du bist bei ihr zu Hause?« Es dauerte, bis sie es endlich begriff. Cazzadee Johnson, die ausgemachte, leidenschaftliche Feministin, die Javier und seinem Charme nie etwas anderes entgegengebracht hatte als Verachtung. »Oh«, sagte sie verblüfft.

»George Benedict wurde verhaftet«, teilte Javier ihr mit. »Er hat im Four Seasons ein Zimmermädchen vergewaltigt. Man hat ihn ins Revier im District A-1 gebracht, zusammen mit Anton, wegen Mittäterschaft. Er hat versucht, sich aus dem Hotel zu stehlen. Wie dem auch sei – im Augenblick befinden sich beide in polizeilichem Gewahrsam. Ich habe Ashley angerufen und ihr mitgeteilt, dass sie in Sicherheit ist, zumindest so lange, bis die zwei auf Kaution freikommen.«

Wenn Kelly die üblichen Strippen zog, würde das keine sechs Stunden dauern.

»Javi«, sagte sie. »Du musst mir einen Gefallen tun.«

KAPITEL 36

Sie zog einen schwarzen Hosenanzug, eine weiße Bluse und Pumps mit hohen Absätzen an. Dann band sie ihre Haare zu einem strengen Knoten zurück und sprühte eine Schicht Haarspray darauf. Anschließend warf sie einen Blick in den Spiegel und hörte im Kopf Adams Stimme. »Ja, ich kann das«, sagte sie laut zu sich selbst.

Javier und Cazzadee warteten in der Lobby auf sie. Cazz konnte Kelly kaum in die Augen sehen, aber sie nahm die Schlüsselkarte und nickte, nachdem Kelly sie instruiert hatte, und fuhr mit dem Aufzug nach oben.

»Ich verstehe es nicht«, sagte Javi. »Warum nimmst du deine Kinder mit zu einem Mandantentreffen?« Er spuckte das Wort »Mandant« aus, als hätte es einen schlechten Beigeschmack. Er war sauer, dass sie schon wieder sprang, wenn Benedict sie herbeizitierte.

»Das ist eine lange Geschichte«, erwiderte sie.

»Mein Wagen steht vor dem Hotel«, sagte er stirnrunzelnd und verließ ihr voran die Lobby.

Er fuhr mit ihr am Public Garden vorbei und umrundete den Boston Common, dann folgte er der Sudbury Street, bis die Straße mit Nachrichten-Vans verstopft war. Die Menge drängte sich bereits hinter der Absperrung: Reporterinnen und Reporter, Demonstrantinnen und Demonstranten, umringt von Schaulustigen und der Polizei.

»Ich steige hier aus.« Kelly streckte die Finger nach dem Türgriff aus.

Javi legte eine Hand auf ihren Arm. »Du musst das nicht tun, Kelly.«

»Doch«, widersprach sie. »Das muss ich.«

Der Druck seiner Finger verstärkte sich. »Du und deine albernen Prinzipien!«

Sie schüttelte ihn ab und verließ den Wagen.

Jemand entdeckte sie, und ein Aufschrei ging durch die Menge. Menschen umringten sie, während sie versuchte, sich einen Weg um die Absperrung herum zu bahnen. Der Eingang zum Präsidium lag unterhalb des Straßenniveaus, eine breite Flucht aus weißen Granitstufen führte zu der Eingangstür aus Glas hinab. Sie blieb oben stehen und drehte sich zur Menge um. Bei all ihren Siegesreden im Gericht waren die Stufen stets vor ihr gewesen. Jetzt befanden sie sich hinter ihr, und sie spürte die Leere hinter sich, als würde sie am Rande einer Klippe balancieren.

Ihr Blick schweifte über die versammelten Menschen und die Nachrichten-Vans mit den verschiedenen Senderlogos dahinter. Sie erkannte die Fernsehgesellschaft, für die Rick Olsson arbeitete; eine Sekunde später entdeckte sie ihn hinter der Absperrung. Mit gerunzelter Stirn starrte er zu ihr herüber.

»Kelly! Kelly!«, riefen die Reporterinnen und Reporter, als wären sie alte Freunde, die sich bei einer gut besuchten Party wiedertrafen.

»Vertreten Sie Dr. Benedict in diesem Fall?«, rief einer der Reporter.

»Hat er getan, was man ihm vorwirft?«, wollte ein anderer wissen.

»Werden Sie die Freilassung auf Kaution beantragen?«, fragte jemand.

»Reeza Patel!«, schrie eine Frau.

Kelly reckte den Hals, um zu sehen, wer sie war, und entdeckte sie ganz hinten in der Menge, inmitten einer Gruppe von Demonstrantinnen, die ihre Schilder schwenkten. #METOO. GLAUBT DEN FRAUEN! Ein neuer Slogan war darunter: BRECHT DAS SCHWEIGEN!

Sie wusste nicht, ob sie das schaffen würde. Adams Stimme war noch immer in ihrem Kopf: *Du bist Kelly McCann, nicht Kelly McCannicht,* dennoch war sie sich nicht sicher. Während ihre Augen über die Menge schweiften, kam ihr eine weitere Phrase in den Sinn – Worte, die sie erst heute Morgen gesagt hatte. *Sie können den Fall gewinnen, oder Sie können Ihr Geheimnis bewahren. Beides geht nicht.*

Sie holte tief Luft. Ein letztes Mal würde sie auf Sieg spielen.

Und da war er wieder: der Adrenalinschub, der durch ihre Adern rauschte, während sie inmitten des Blitzlichtgewitters über ein Meer von Gesichtern hinweg auf den bunten Strauß Mikrofone blickte, der in ihre Richtung gereckt wurde.

Ihre Stimme hallte durch die Straße, über den Platz und von den Wänden der Regierungsgebäude wider. »Letzten Monat stand George Benedict wegen Vergewaltigung von Dr. Reeza Patel vor Gericht«, sagte sie. »Er wurde von sämtlichen Anklagepunkten freigesprochen.« Sie wartete einen Moment, dann fügte sie hinzu: »Zu Unrecht.«

Ein Raunen ging durch die Menge, gefolgt von verwirrtem Geflüster.

»Ich weiß es«, sagte sie. »Ich weiß, dass er schuldig ist. Dass er Dr. Reeza Patel vergewaltigt hat. Ich weiß es, weil er auch anderen Frauen Gewalt angetan hat. Frauen, die dies niemandem mitteilen durften, weil ich sie überzeugt habe, Geheimhaltungsverträge zu unterzeichnen. Obwohl ich wusste, dass sie die Wahrheit sagten, genau wie Dr. Patel.«

Unruhe machte sich in der Menge breit, die Schaulustigen begannen zu flüstern. Ein einzelner Gegendemonstrant, ein Mann, hob sein Schild höher. DR. B. MUSS WEITERFORSCHEN! Kelly hob das Kinn einen Zentimeter an und fuhr mit lauter Stimme fort.

»Wie gesagt: Ich gehe nicht nur davon aus, dass er schuldig ist, ich *weiß* es. Ich weiß es, denn nach unserem Triumph über Reeza Patel lud George Benedict mich zu einer Dinnerparty zu sich nach Hause ein und lockte mich unter einem Vorwand in sein Arbeitszimmer. Dort setzte er mich unter Drogen, die mich bewegungsunfähig machten. Anschließend hat er mich vergewaltigt.«

Die Menge schnappte kollektiv nach Luft. Es war, als hätte sie ein Streichholz an Zunder gehalten, der nun zischend und fauchend in Flammen aufging.

Aus dem Augenwinkel sah sie Javier. Er stand am hintersten Ende der Absperrung, aber nicht so weit von ihr entfernt, als dass sie sein Gesicht nicht hätte erkennen können. Seine Augen und sein Mund formten drei perfekte Kreise.

»Und so wurde ich zu seinem Opfer, genau wie Dr. Patel und all die anderen Frauen. Aber ich war auch seine Komplizin, eine Mittäterin. Ich habe seine Verbrechen ermöglicht, indem ich ihn während des Prozesses bis zum Äußersten verteidigt und die anderen Frauen davon abgehalten habe, vor Gericht zu gehen. Ich bin mitschuldig an den von ihm begangenen Vergewaltigungen, genau wie ich eine Mitschuld an meiner eigenen Vergewaltigung trage, denn ich habe nicht dafür gesorgt, dass er für seine Taten zur Rechenschaft gezogen wird. Im Gegenteil: Ich habe dafür gesorgt, dass niemand Anzeige erstattet, und auch ich habe mich nicht an die Polizei gewandt. Ich habe geschwiegen, um meinen Ruf als Anwältin zu schützen. Meine Karriere war mir wichtiger als die Gerechtigkeit. Ich kann nicht ausdrücken, wie leid es mir tut. Wie schuldig ich mich fühle.«

Die Demonstrierenden ließen ihre Plakate sinken und starrten Kelly schweigend an. Die ganze Straße war still, so still, dass der Verkehrslärm in der parallel verlaufenden Bowdoin Street an das Dröhnen von Motoren auf einer Rennbahn erinnerte. Die Menge war wie erstarrt. Es war, als hätte man eine Videoaufnahme zum Standbild eingefroren – mit Ausnahme einer einzigen Person, die sich zwischen den anderen hindurchschlängelte und ganz vorn stehen blieb. Rick Olsson.

»Heute Abend wird George Benedict einer weiteren Vergewaltigung beschuldigt«, fuhr Kelly fort, »von dem Zimmermädchen eines Hotels – ein Beruf, in dem Frauen völlig ungeschützt sind. Diesmal kenne ich die Fakten nicht, weiß nicht, ob er dieser speziellen Tat tatsächlich schuldig ist. Eines jedoch weiß ich: Er ist ein Vergewaltiger, und er gehört ins Gefängnis.

Ich werde George Benedict nie wieder vor Gericht vertreten und auch sonst niemanden mehr. Nach heute Abend ist meine Karriere beendet. Niemand wird mich mehr engagieren, und selbst wenn, werde ich das Mandat nicht übernehmen können, denn man wird mir mit hoher Wahrscheinlichkeit die Zulassung entziehen. Doch wenn George Benedict hinter Gittern landet und der Gerechtigkeit endlich Genüge getan wird, dann ist es das wert.«

Sie hielt inne, um den Blick über die Männer und Frauen vor ihr schweifen zu lassen, anschließend schaute sie direkt in die Kameras. »Ich weiß es zu schätzen, dass Sie mir heute Abend Ihre Aufmerksamkeit schenken, aber ich weiß auch, dass Sie dies nur tun, weil ich bin, wer ich bin. Oder war. Weil ich die Anwältin war, die George Benedict vertreten hat. Um eines jedoch möchte ich Sie bitten: Schenken Sie auch all den anderen Frauen Gehör.

Zum Schluss ein Appell an all die Frauen, die Benedict zum Opfer gefallen sind, und gleichzeitig an die Opfer anderer reicher, mächtiger Männer: Bitte, meldet euch zu Wort. Sagt, was er oder die anderen euch angetan haben.«

Kelly stieß die Luft aus. Geschafft. Mehr hatte sie nicht zu verkünden. Sie drehte sich um – und geriet auf ihren zehn Zentimeter hohen Absätzen ins Wanken. Ein Fuß rutschte weg, und sie drohte, rückwärts die Granitstufen hinunterzustürzen – doch in letzter Sekunde fasste jemand ihren Arm und zog sie von der Treppenkante weg. Schaudernd blickte sie über die Schulter, dann drehte sie sich zu Rick Olsson um.

»Ich hab Sie«, sagte er und wartete, bis sie die Balance wiedergefunden hatte.

Sie schob seine Hand fort. »Rick, rufen Sie Ihre Rechtsabteilung an und bitten Sie sie, sich mit mir in Verbindung zu setzen. Heute Abend. Am besten sofort.«

»Wieso?«

»Wenn Sie diese Story bringen, möchte ich, dass Sie das Video verwenden. Das vom Helikopterlandeplatz. Ich erteile Ihnen offiziell die Erlaubnis dazu.«

Er nickte, aber in seinen Augen stand kein Triumph, nicht einmal Genugtuung. Sie verstand seine Reaktion nicht. Ja, ihr öffentliches Statement gerade eben hatte ihn seiner Exklusivberichterstattung beraubt, aber das Helikopter-Video würde das wieder wettmachen. Über das Material verfügte nur er.

»Warten Sie«, sagte sie und durchwühlte ihre Handtasche auf der Suche nach ihrem Geldbeutel mit dem USB-Stick. »Nehmen Sie den.« Sie drückte ihm den Stick in die Hand. »Das ist die größte Story von allen.« Diese Informationen würden ihn sicher mehr als zufriedenstellen. Die Exklusivstory über Reeza Patel als wahre Entdeckerin des Virus wäre weit mehr wert als ihre eigene.

Doch wieder reagierte er kaum. Er steckte den USB-Stick mit einer Hand in seine Brusttasche und fasste mit der anderen erneut ihren Ellbogen. »Ich fahre Sie nach Hause.«

Im selben Augenblick tauchte Javi neben ihr auf.

»Danke, aber ich habe schon eine Mitfahrgelegenheit«, sagte sie und machte sich von ihm los.

KAPITEL 37

Sie sank auf den Sitz von Javis Wagen und ließ den Kopf nach hinten sacken. Sie fühlte sich ausgelaugt, sogar noch erschöpfter als nach der dreiwöchigen Gerichtsverhandlung. Die Adrenalinflut war verebbt. Ihr Feuer ausgebrannt.

»Fährst du mich nach Hause?«, bat sie Javi. Sie wollte nicht ins Hotel zurückkehren und Cazz oder die Kinder wecken, außerdem wollte sie dringend zu Adam.

Javi nickte. Er hatte die Zähne zusammengebissen. Er schäumte noch immer, während er aus der Stadt hinausfuhr. »Dieser Hurensohn«, murmelte er immer wieder. Er war auch wütend auf Kelly. »Ich kann nicht glauben, dass du mir nichts erzählt hast.«

»Ich weiß. Tut mir leid«, beteuerte sie mehrfach.

»Die ganze Zeit über hast du mir etwas vorgemacht«, sagte er. »*Deshalb* warst du im Hotel. Du hast dich dort nicht mit ihm getroffen. Du hast dich vor ihm versteckt.«

Das war ihre Absicht gewesen. Sie schauderte noch immer bei der Vorstellung, dass Benedict in genau dem Hotel abgestiegen war, in das sie sich mit ihren Kindern geflüchtet hatte.

»Ich gehe zur Polizei«, sagte Javi und hob herausfordernd das Kinn. »Du kannst mich nicht davon abhalten.«

»Das würde ich gar nicht versuchen«, entgegnete sie.

»Gleich morgen früh fahre ich zurück nach Pennsylvania und knöpfe mir jeden einzelnen Polizisten in jedem einzelnen Präsidium vor – so lange, bis ich jemanden gefunden habe, der aufhorcht und mir zuhört.«

Jeder hörte momentan zu. Ihr Handy piepste durchgehend mit Benachrichtigungen, während eine Nachrichtenagentur nach der anderen die Story verbreitete. Jetzt erschien ein verpixeltes Foto von ihr auf dem Display. Sie sah blass und abgespannt und gute zehn Jahre älter aus.

»Du wirst ebenfalls eine Aussage machen müssen«, fügte er hinzu.

»Das mache ich«, sagte sie, obwohl sie wusste, dass das nichts bringen würde. Sie würden Benedict niemals wegen ihrer Vergewaltigung anklagen, denn sie hatte keine Beweise sichergestellt und weder eine Zeugin noch einen Zeugen, der ihre Behauptung stützen konnte. Sie hatte nichts richtig gemacht. Hatte nicht mal eine Videoaufnahme, dabei war sie sich so sicher gewesen, dass er sie gefilmt hatte. Sie fragte sich, ob die Aufnahme wohl noch in der Kamera hoch oben auf dem Bücherregal war oder ob er sie anderswo im Haus versteckt hatte. Nein, wenn sie ehrlich war, fragte sie sich, ob es überhaupt eine Kamera gegeben hatte. Welche Details mochte sie noch falsch wahrgenommen haben? Selbst wenn es zur Anklage kam, würde jeder halbwegs anständige Verteidiger sie im Zeugenstand in Stücke reißen.

Kompetent, korrigierte sie sich. Nicht *anständig.*

»Also …« Sie zwang sich zu einem Lächeln, um die Stimmung aufzuhellen. »Du und Cazzie datet also!«

Javi starrte stur geradeaus durch die Windschutzscheibe. »Nein.«

»Oh«, sagte sie, als ihr klar wurde, dass sie falschlag. Es ging sie nichts an, trotzdem war sie ein bisschen enttäuscht.

»Wir sind verheiratet«, sagte er, und plötzlich trat ein Lächeln auf sein Gesicht.

»Was? O mein Gott! Du und Cazz, ihr seid *verheiratet?* Seit wann?«

»Seit letztem Juni.« Er nahm die Hand vom Steuer, um sie auf den Ring an seinem Finger aufmerksam zu machen.

Sie schnappte nach Luft. »Wieso habe ich den nicht bemerkt?«

»Wir tragen unsere Ringe nicht bei der Arbeit.«

»Das verstehe ich nicht. Wozu die Heimlichtuerei?«

»Das war Cazzies Idee. Sie möchte ihren Ruf nicht ruinieren.«

»Was für einen Ruf?«

»Du weißt schon – überzeugte Feministin, durch und durch professionell, keine Zeit für Männer im Allgemeinen und schon gar nicht für Typen wie mich.«

»Typen wie dich.« Kelly versuchte, nicht zu lachen. »Du meinst … Womanizer?«

Er schnitt eine Grimasse. »Ich bevorzuge den Ausdruck ›Frauenheld‹.«

Jetzt lachte sie tatsächlich. »Aber aus irgendeinem Grund ist es dir gelungen, sie dazu zu bringen, dass sie ihre Meinung ändert.«

»Nein«, sagte er erneut und grinste. »*Ich* habe mich geändert.«

Die Lichter am Eingang waren ausgeschaltet, als er in ihre Einfahrt bog, aber oben, hinter den Schlafzimmerfenstern brannte Licht. Todd war noch bei Adam.

Javi blieb vor dem Haus stehen. Die Scheinwerfer auf die Haustür gerichtet, wartete er, bis Kelly drinnen war. Sie schaltete das Alarmsystem aus und wieder ein, obwohl das nicht mehr nötig war. Benedict und Anton saßen beide in Untersuchungshaft, und sie wusste, dass sie erst morgen früh eine Kaution hinterlegen konnten – wenn überhaupt.

Sie ließ ihre Tasche fallen und stieg die Treppe hinauf. »Todd?«, rief sie. »Ich bin's nur. Ich bin früher nach Hause gekommen.«

Oben angekommen, ging sie durch den Flur und ins Schlafzimmer. Der Raum roch anders. Todd sorgte stets dafür, dass alles sauber und desinfiziert war, doch heute Nacht war der antiseptische Geruch beinahe überwältigend. Adam lag flach im Bett, die Augen geschlossen, die Maschinen piepsten in einem gleichmäßigen Rhythmus. Todd war nicht da, und die Überwachungskamera war ausgeschaltet. Seltsam.

Ja, es war schon fast ein Uhr morgens, und wahrscheinlich lag Todd längst im Bett, aber warum brannte dann das Licht? Und warum lief die Kamera nicht? Todd ließ die Kamera immer an, wenn sie nicht da war. So konnte er einen Blick auf den Monitor in seinem Apartment werfen, wenn einer von Adams Alarmen losging.

Sie blickte aus dem Erkerfenster. In dem Apartment über der Garage brannte kein Licht. Sie runzelte die Stirn.

Plötzlich hörte sie die Toilettenspülung und lachte erleichtert auf. Todd war nur kurz im Bad gewesen. Jetzt wurde der Wasserhahn aufgedreht. Durch die angelehnte Tür konnte sie seinen hellblauen Kittel sehen.

»Hallo, ich bin früher zurückgekommen!«, rief sie noch einmal.

»Oh, gut«, hörte sie.

Kelly legte den Kopf schräg. Seine Stimme klang irgendwie seltsam. Anders als sonst. »Todd? Ist alles in Ordnung?«

»Oh, es geht ihm gut«, antwortete die Frau, die aus dem Badezimmer kam. »Er ist ins Bett gegangen, nachdem ich die Kamera ausgeschaltet habe, und schläft jetzt tief und fest.«

Kelly starrte sie fassungslos an. Es ergab keinen Sinn. Todd würde niemals eine Pflegekraft engagieren, ohne dies zuvor mit ihr abzusprechen. Und warum um alles auf der Welt sollte er ausgerechnet *diese* Frau mit Adams Pflege beauftragen? »Mrs Benedict?«

»Bitte nennen Sie mich Jane.« Die Frau trug ein hellblaues Tweedkostüm und Pumps mit flachen Absätzen, dazu eine Perlenkette um den fleischigen Hals. An ihrem Arm baumelte eine braune Ledertasche, wie Ärzte oder Pflegekräfte sie bei sich trugen. Sie hielt einen Urinbehälter in die Höhe. »Ich habe nur schnell den Urinbeutel Ihres Ehemanns geleert«, sagte sie und stellte die Tasche auf den Tisch neben Adams Bett. »Ich hoffe, Sie haben nichts dagegen. Ich hatte bemerkt, dass er voll war.«

»Ich … ich …«, stammelte Kelly. Dann: »Was machen Sie hier?«

»In Boston, meinen Sie? Ich begleite George, damit ich mich um ihn kümmern kann, was sonst?« Jane legte den Urinbeutel neben die Tasche. »Aber ich konnte nichts für ihn tun, deshalb bin ich stattdessen hierhergekommen und habe mich um Ihren Ehemann gekümmert. Arme Seele.« Sie tätschelte sachte Adams Schulter.

»Aber … wie sind Sie ins Haus gelangt? Die Alarmanlage …«

»Oh, das war kein Problem. Ich kenne den Code.«

Kelly spürte, wie sich das Zimmer um sie herum zu drehen begann. »*Sie?* Sie haben sich in unser WLAN gehackt?«

»Um Himmels willen, nein!« Jane lachte zwitschernd und nahm einen Latexhandschuh aus der Tasche. »Als wäre ich dazu imstande!«

Kelly blinzelte verwirrt. »Aber wie …«

»Nun, Justin hat mir den Code gegeben. Nachdem Sie ihm versichert hatten, dass sich jemand anderes in Ihre Elektronik gehackt hat, konnte er es kaum erwarten, mir wieder Zugang zu gewähren.« Sie schob ihre Finger in den Handschuh. »Ich habe geflunkert. Ich habe meinen Mann nicht begleitet.« Ein selbstzufriedenes Schmunzeln trat auf ihre Lippen. »Heute Abend wollten wir uns zum ersten Mal persönlich treffen, Justin und ich. Sobald Sie zu Bett gegangen waren, wollte ich mich ins Haus schleichen. Allerdings waren Sie nicht da. Sie waren in der Innenstadt, wo Sie eine Rede gehalten haben, nicht wahr?« Sie zog den Handschuh zurecht, dann ließ sie ihn los. Mit einem scharfen Schnalzen traf er auf ihre Haut.

In Kellys Magen wirbelte alles wild durcheinander, genau wie ihre Gedanken. Halt suchend streckte sie die Hand nach dem Bettpfosten aus. »Sie meinen, *Sie* waren diejenige, mit der er Textnachrichten ausgetauscht hat?«

»Sexting nennt man das, glaube ich. Ja.«

»Diese Fotos …«

»Hm. Wirklich abscheulich, was man so im Internet findet.«

Übelkeit überkam Kelly. Beinahe hätte sie angefangen zu würgen. »Aber … warum?«

Jane streifte den zweiten Handschuh über. »Nun, ich musste es wissen. All die Stunden, die Sie allein mit George verbrachten, um ihn auf den Prozess vorzubereiten. Ich musste mich vergewissern, dass Sie keine Bedrohung für ihn darstellten. Und offenbar taten Sie das nicht. Sie verhielten sich die ganze Zeit über anständig. Abgesehen von heute Abend natürlich.« Sie schüttelte traurig den Kopf. »Sie haben mich furchtbar enttäuscht.«

Die Drohung blieb unausgesprochen, dennoch landete sie wie ein gezielter Hieb in Kellys Magen. Panisch sah sie sich nach ihrem Handy um, doch dann fiel ihr ein, dass es unten in ihrer Handtasche war. Mit großen Schritten ging sie zur Schlafzimmertür.

»Wenn Sie das Zimmer verlassen, ist er tot, noch bevor Sie wieder zurück sind.«

Janes Stimme war eine ganze Oktave tiefer und scharf wie ein Messer. Kelly begriff und blieb wie angewurzelt stehen. Als Jane sagte, sie sei hier, um sich um Adam zu kümmern, meinte sie damit nicht seine Pflege.

Ihre Augen zuckten zur Überwachungskamera. Man konnte sie über einen Schalter an der Seite aktivieren. Wenn Todd wach war, wenn er zufällig einen Blick auf sein Handydisplay warf … Unauffällig machte sie ein paar Schritte in Richtung Stativ.

»Hierher«, befahl Jane und deutete mit dem Kinn auf den Boden neben Adams Bett.

Kelly schluchzte erstickt auf, doch sie entfernte sich von der Kamera und trat an Adams Seite.

»So ist es besser«, trällerte Jane, melodisch wie sonst immer. »Gewaltsame Tode sind sehr viel schlimmer, finden Sie nicht?« Sie holte ein kleines Glasfläschchen hervor. »Arzneimittelbedingte Tode sind so friedlich.«

Kelly starrte das Fläschchen an. Es hatte ein schwarz-weißes Etikett, auf dem ein Totenschädel mit überkreuzten Knochen abgebildet war. »Gift«, flüsterte sie, dann erfasste sie das ganze Ausmaß des Grauens. Wieder dachte sie an die drei Worte: *Schneiden. Vergiften. Verbrennen.* So behandelte die Medizin Krebs – Operation, Chemotherapie, Bestrahlung –, und so behandelte Jane Benedict, die onkologische Pflegefachkraft, die Opfer ihres Mannes. Angefangen bei … »Reeza Patel«, murmelte sie.

»Tja, nun, wenn Sie es ansprechen«, sagte Jane. »Ihr Tod war wahrhaftig ein Segen – bei diesen Rückenschmerzen, nicht zu vergessen das Asthma. Wegen all der EpiPen-Injektionen sah ihr Körper ja schon aus wie ein Nadelkissen!« Sie zog eine Spritze hervor, steckte die Nadel in das Fläschchen und zog die klare Flüssigkeit auf.

Wenn einer von Adams Überwachungsalarmen losging, würde Todd aufwachen, dachte Kelly, deren Panik von Sekunde zu Sekunde größer wurde. Er würde die Kamera einschalten und sehen, was sich hier abspielte, und dann würde er die Polizei anrufen. Kellys Augen folgten einem der Stromkabel von Adams Monitor zur Wandsteckdose. Wenn es ihr gelänge, ein Bein unter das Bett zu strecken und das Kabel mit dem Fuß aus der Steckdose zu entfernen …

»Versuchen Sie's gar nicht erst«, unterbrach Jane ihre Gedanken, ohne ihr den Kopf zuzuwenden. »Es sei denn, Sie möchten, dass ich diese Flasche zerschmettere und seine Halsschlagader damit durchtrenne.«

Kelly erstarrte.

Ihr Blick wanderte zum Fenster. In Todds Wohnung über der Garage war nach wie vor alles dunkel, aber vielleicht war er trotzdem wach. Wenn er bemerkte, dass im Schlafzimmer das Licht an- und die Kamera abgeschaltet war, käme ihm das vielleicht seltsam vor. Womöglich hatte er die Polizei längst informiert. Womöglich wartete er im Dunkeln darauf, dass die Cops eintrafen.

Sie konnte nicht abschätzen, wie lange sie brauchen würden, bis sie hier waren, denn sie wusste nicht, wann Todd angerufen hatte – wenn überhaupt. Vielleicht war Jane schon seit einer Stunde hier, vielleicht war sie erst kurz vor Kelly eingetroffen. Zeit war die große Unbekannte. Und gleichzeitig Kellys einzige Waffe. Sie musste Jane hinhalten. Auf Zeit spielen.

»Deshalb ist keinem aufgefallen, dass Sie Reeza Patel eine Spritze gegeben haben«, sagte sie. »Sie hatte ohnehin schon jede Menge Einstichstellen.«

Jane gab keine Antwort. Sie konzentrierte sich auf das Aufziehen der Spritze.

Kelly versuchte, sich etwas anderes einfallen zu lassen, irgendetwas, womit sie Zeit schinden konnte. Sie machte einen Schritt auf Jane zu, kam ihr gerade so nah, dass sie noch etwas anderes außer dem Geruch nach Desinfektionsmitteln wahrnehmen konnte. Einen süßlichen Duft. Zu süß. Widerlich süß. Es war Janes Parfüm, stellte sie fest. Die beiden aufeinanderprallenden Gerüche verstärkten das Brennen in ihrem Magen. Sie würgte, Galle stieg in ihrer Kehle auf. Sie beugte sich vor und übergab sich auf den Hartholzboden.

»Ach du lieber Himmel!« Jane zuckte zurück, das Giftfläschchen und die Spritze fielen klappernd auf den Tisch. »Sehen Sie, was Sie getan haben!«

Kellys Magen hob sich erneut.

»Dabei hatte ich das Zimmer komplett desinfiziert!«

»Entschuldigung«, keuchte Kelly.

»Machen Sie das sauber!«, befahl Jane. »Ich habe Papiertücher und Desinfektionsmittel ins Bad gestellt. Na los!«

Kelly verspürte einen Anflug von Hoffnung, denn so würden weitere Minuten vergehen. Langsam schleppte sie sich ins Bad, taumelnd, als würde sie jeden Moment ohnmächtig werden. Sie entdeckte das Desinfektionsmittel und die Papiertücher auf dem Toilettentisch. Ihr Blick streifte den Spiegel, und sie stellte fest, dass ihre Haut aschfahl war, auf ihrer Stirn standen Schweißperlen.

Sie kehrte ins Schlafzimmer zurück. Langsam und umständlich ging sie in die Knie, um das Erbrochene aufzuwischen. Jane über ihr gab frustrierte Laute von sich, und als Kelly verstohlen nach oben blickte, sah sie, wie sie mit finsterem Blick den Inhalt der Spritze zurück in die Flasche füllte und anfing, sie ein zweites Mal aufzuziehen.

Kelly kauerte weiter auf dem Fußboden, riss Blatt um Blatt von der Rolle mit Papiertüchern und wischte und schrubbte, bis das Holz glänzte.

»Das genügt«, sagte Jane.

Die ganze Aktion hatte ihr zwei, vielleicht drei Minuten gebracht, mehr nicht.

Sie stand auf und trug die benutzten Papiertücher zum Abfalleimer im Bad. Das Fenster ging ebenfalls auf Todds Wohnung hinaus, und sie konnte sehen, dass bei ihm immer noch alles dunkel war. Hoffentlich hielten Bruce und er sich versteckt, dachte sie, auch wenn sie wusste, dass die beiden aller Wahrscheinlichkeit nach einfach nur schliefen. Sie wusch sich die Hände. Ihr Blick fiel auf den Lichtschalter. Wenn sie das Licht mehrere Male an- und ausschaltete, würden sie vielleicht aufwachen. Sie wollte gerade die Badezimmertür schließen, als sie Janes Stimme hörte.

»Was machen Sie da? Kommen Sie sofort wieder her.«

Jane verfolgte wachsam jede Bewegung, die Kelly machte, und jetzt gingen ihr langsam die Ideen aus. Und damit auch die Zeit. Tränen traten ihr in die Augen, und sie konnte nicht verhindern, dass sie ihr über die Wangen liefen.

Etwas war anders, als sie ins Schlafzimmer zurückkehrte. Ihre Augen flogen durchs Zimmer auf der Suche nach dem, was sich verändert haben könnte, dann landeten sie auf der Kamera hinter Jane. Das grüne Licht leuchtete, die Kamera lief. Um ein Haar wäre Kelly vor Erleichterung ohnmächtig geworden. Todd war wach. Er hatte die Kamera aktiviert. Vielleicht war sie schon an gewesen, als sie ihr Erbrochenes aufgewischt hatte, vielleicht schon, als oder noch bevor sie sich übergeben hatte. Rettung nahte. Bald wäre Adam in Sicherheit.

Kelly musste nur dafür sorgen, dass Jane das grüne Licht nicht bemerkte. Sie wechselte auf die andere Seite von Adams Bett.

Jane stellte sich so hin, dass sie sie im Blick behalten konnte, dann griff sie nach einer zweiten Spritze. »Ich hoffe, Ihnen ist klar, dass ich dies ganz und gar nicht wollte«, sagte sie. »Ich hatte aufrichtig gehofft, es würde nicht dazu kommen. Was Sie für George getan haben – ich war Ihnen so dankbar dafür! Und nachdem ich Sie während der vergangenen Monate beobachtet hatte, war ich voller Bewunderung für Ihre tiefe Ergebenheit Ihrem Mann gegenüber.«

Jane hatte sie beobachtet. Kelly. Adam. Die Kinder. Bei dieser Vorstellung drehte sich Kelly erneut der Magen um. Sie holte tief Luft. »Sie sind Dr. Benedict genauso ergeben, Jane.«

»Ja«, pflichtete Jane ihr mit einem zufriedenen Seufzen bei. »Er ist ein großartiger Mann. Ein absolut großartiger Mann. Das wurde mir in dem Moment klar, als ich ihm zum ersten Mal begegnete. Genau wie mir klar wurde, dass er Schutz brauchte.«

»*Er* brauchte Schutz? Wovor?«

»Alle großen Männer haben eine Achillesferse, nicht wahr? Ihre kleinen Schwächen. Winston Churchill war Alkoholiker, Reverend King ein Schürzenjäger. Alan Turing war homosexuell. Und so weiter und so fort.«

»Was ist Dr. Benedicts Schwäche?«

»Er ist zu anfällig für manipulative Frauen.«

Kelly konnte ihre Reaktion auf diese Bemerkung offenbar nicht schnell genug verbergen, denn Jane beeilte sich, hinzuzufügen: »O nein, damit meine ich nicht Sie, meine Liebe. Ich habe mir das Video angesehen. Ich weiß, dass Sie sich nicht an ihn herangemacht haben. Nicht wie diese anderen Frauen.« Sie tauchte die zweite Spritze in die Flasche. »Sie waren wie ein Krebsgeschwür, das ihn zerfraß.«

»Vergiften«, sagte Kelly. »Schneiden. Verbrennen. Reeza. Tiffy. Emily.«

Jane lächelte höhnisch und verschloss das Fläschchen. »Ja, Sie sind wirklich clever. Und jetzt sind wir wieder bei Gift.« Sie stellte das Fläschchen auf den Tisch und deutete auf die beiden Spritzen. »Oxycodon in flüssiger Form. In einer noch konzentrierteren Dosis, als ich sie bei Dr. Patel angewendet habe.« Sie blickte auf Adam hinab. »Auch er ist voller Einstichstellen, genau wie sie. Sie dagegen« – sie musterte Kelly mit schief gelegtem Kopf – »spritzen sich vermutlich nicht regelmäßig.«

Kellys Herz hämmerte. Während Jane auf die Nadeln blickte, schaute sie blitzschnell zur Kamera. Das grüne Licht brannte noch immer.

»Nicht, dass das von Bedeutung wäre. Hier geht es um einen erweiterten Suizid. Was durchaus verständlich ist, unter diesen Umständen. Niemand wird auch nur einen Augenblick daran zweifeln.«

»Aber wieso? Sie haben doch gerade gesagt, Sie wüssten, dass es nicht meine Schuld war!«

»Nein, *das* war nicht Ihre Schuld. Aber Sie hatten etwas vor. Ich wusste es, als ich Textnachrichten auf dem Handy von dem dürren, blonden Mädchen gesehen habe. Und dann sind Sie mit diesen falschen FBI-Agenten in meinem Haus aufgekreuzt.« Sie schnalzte mit der Zunge und schlug die Bettdecke zurück, um Adams Arm freizulegen. »Doch selbst nach alldem habe ich Ihnen eine Chance gegeben, sich zu rehabilitieren. Hätten Sie getan, worum ich Sie heute Abend gebeten habe, wäre nichts von dem hier nötig. Stattdessen haben Sie diesen Auftritt vor dem Polizeipräsidium hingelegt.« Sie schürzte die Lippen und sah Kelly missbilligend an. »Ich fürchte, Sie haben eine Linie überschritten.«

Jane nahm einen Alkoholtupfer aus der Tasche und rieb sorgfältig die zarte, weiße Haut in Adams Ellenbeuge ab, dann warf sie das benutzte Pad in den Abfalleimer unter dem Bett und griff nach einem Gummischlauch.

Kelly zog scharf die Luft ein. Sie brauchte nur noch etwas Zeit! »Tiffy Jenkins«, platzte sie heraus. »Wie … wie hat sie sich an Dr. Benedict herangemacht?«

Jane überlegte einen Moment, dann antwortete sie: »Die Details kenne ich nicht. Ich kenne ihren Namen nur von diesen Papieren, die ich in seinem Büro entdeckt habe. Aber ich habe ein bisschen nachgeforscht und herausgefunden, wer sie war. Wie sie gelebt hat. Ich kenne Mädchen von ihrem Schlag nur allzu gut.« Sie wandte sich wieder Adam zu und klopfte mit zwei Fingern auf seine Haut, bis eine Vene hervortrat.

»Emily Norland«, stieß Kelly eilig hervor. »Was ist mit ihr?«

»Sie hat ihn in eine andere Stadt begleitet, hat ein Hotelzimmer direkt neben seinem bezogen. Ganz offensichtlich wollte sie ihn verführen.« Jane griff nach einer der Spritzen.

»Nein, Moment!«, rief Kelly. »Sie *retten* doch Leben, Jane, sie zerstören sie nicht.«

»Ah, da ist sie ja wieder.« Mrs Benedict deutete mit der Spritze auf sie. »Die Anwältin in Ihnen versucht, mit Wortspielchen zu punkten. Aber es ist zu spät, meine Liebe. Sie haben bereits verloren.« Sie klopfte erneut auf Adams Ellenbeuge und brachte die Nadel an seine Vene.

»Nein!«, wollte Kelly brüllen, doch heraus kam ein schriller, durchdringender Schrei, der in ihrem Kopf widerhallte und nicht mehr aufhören wollte, selbst dann nicht, als sie den Mund schloss. Erst in dem Moment merkte sie, dass der Schrei gar nicht von ihr kam – es war die Alarmanlage, die schrillte.

Janes Hand erstarrte über Adams Arm. »Was ist das?«, fauchte sie und drehte sich zu Kelly um. Ihre Augen hinter den dicken Brillengläsern weiteten sich, doch dann wurden sie wieder klein und hart. Sie wandte sich Adam zu und richtete die Nadel erneut aus.

»Nein!« Kelly hechtete über das Bett, packte Janes Handgelenk und stieß ihre Hand von Adam weg.

»Na schön, dann eben Sie zuerst!«, zischte Jane und rammte die Nadel tief in Kellys Hals.

Der Stich verwandelte sich augenblicklich in eine weiß glühende Brandwunde. Kellys Knie gaben nach, sie sackte zu Boden. Auf der Treppe donnerten Schritte, doch sie wurden immer leiser und leiser. »Keine Bewegung!«, rief jemand wie aus weiter Entfernung. Hinter ihren Augen öffnete sich ein schwarz-weißes Kaleidoskop, dessen Winkel sich nach innen falteten und wieder öffneten und jedes Mal ein anderes Muster bildeten, bis die weißen Gebilde immer kleiner wurden und die Stimmen verschwanden und alles schwarz war.

KAPITEL 38

Kelly McCann

Am achten Dezember tat Adam seinen letzten Atemzug. Er starb nicht am achten Dezember – das verstand ich endlich, jetzt, da ich selbst für kurze Zeit tot gewesen war.

Ich sah kein helles Licht, ich ging durch keinen Tunnel, und keiner meiner Großeltern war da, um mich zu sich zu winken. Für mich gab es da nur Leere. Kein Geräusch, kein Licht, keine Bewegung. Keine Dimension oder Dauer. Stattdessen ein endloses Nichts.

Bis unter mir plötzlich eine Art Geysir ausbrach. Kraftvoll wie ein Düsenantrieb, der mich hoch und immer höher und höher hob, mich aus dem Nichts in die Welt zurückkatapultierte. Es war eine Macht, die größer war als alles, was ich je erfahren hatte, was ich mir je hätte vorstellen können, doch irgendwie wusste ich, dass sie aus mir herauskam und dass sie die ganze Zeit über dort gewesen war. Es war meine Lebenskraft – und endlich begriff ich, dass Adam diese Kraft nicht mehr hatte.

Am Tag nach Thanksgiving kam der Arzt zu uns nach Hause und entfernte seine Magensonde. Mit ruhiger, tröstender Stimme erklärte er mir, was er da tat und was wir zu erwarten hatten. Adam würde sich weder durstig noch hungrig fühlen, versicherte er uns. Er würde keine Schmerzen verspüren. Selbst wenn er nicht im Wachkoma läge, hätte er keine Schmerzen. Das Entfernen der Magensonde garantierte dies. Dehydration war der Freund der Sterbenden, sagte er. Sie löste die Ausschüttung von Endorphinen aus, die Adam bis zum Schluss das Gefühl von Wohlbefinden bescheren würden.

Allerdings, so warnte er uns, könnten die körperlichen Veränderungen beängstigend wirken. Adam würde dünner aussehen, da sein Körpergewebe Flüssigkeit verlor. Seine Augen und Lippen würden trocken erscheinen. Seine Muskeln würden sich zusammenziehen, seine Atmung unregelmäßig werden, mit Phasen schnellen, flachen Keuchens und Phasen langsamen, tiefen Luftholens. Es würden sich Toxine ansammeln, die zum Organversagen und schließlich zum Tod führten, für gewöhnlich innerhalb von zwei Wochen.

Ich wollte nicht, dass unsere Kinder etwas davon mitbekamen, also bat ich sie, sich von ihm zu verabschieden, kurz nachdem der Arzt gegangen war. Anschließend entfernte Todd die gesamte medizinische Ausrüstung, packte sie zusammen und schickte sie an die entsprechenden Stellen zurück.

Als alle gegangen waren, senkte ich Adams Bett ab und zog einen Stuhl neben ihn.

Während der nächsten zehn Tage saß ich auf diesem Stuhl und hielt seine Hand und erzählte ihm die Geschichte seines Lebens. Es war eine Erzählung, in der ich Geschichten aus seiner Kindheit und Jugend mit Erinnerungen aus unserem gemeinsamen Leben verwob und mit Anekdoten spickte, die ich im Laufe der Jahre von Freunden und Kollegen erfahren hatte. Courtney kam jeden Abend nach der Arbeit vorbei und fügte Szenen aus ihrer Zeit mit ihrem Vater hinzu, dazu Geschichten, die ihre Mutter und Großeltern ihr erzählt hatten. Wir nähten sie zusammen wie eine Patchworkdecke, bestehend aus allerlei Einzelstücken, voller lebendiger Farben und Details. Manche Nähte waren uneben, einige Kanten nicht eingefasst, und manchmal wurde das Gewicht während der Arbeit daran beinahe zu groß. Doch am Ende fügte sich alles zu einer warmen, tröstenden Decke für uns beide zusammen.

Todd kam jeden Abend für etwa eine Stunde vorbei. Er würde am fünfzehnten Dezember einen neuen Job in einer Reha-Einrichtung in Wellesley antreten, und er bestand darauf, mir bei Adams Pflege zu helfen, wofür er partout kein Geld annehmen wollte. Er machte sich große Vorwürfe, dass er während Janes Attacke geschlafen hatte, ganz gleich, wie oft ich ihm versicherte, dass dies nicht seine Schuld war. Niemand schaffte es, vierundzwanzig Stunden durchgehend im Dienst zu sein.

Gwen bezog das Gästezimmer und kümmerte sich um die Kinder. Machte etwas zu essen. Und zwar reichlich. Im Grunde stellte sie rund um die Uhr eine Auswahl an Speisen bereit, damit sie dem nicht abreißenden Strom von Besucherinnen und Besuchern immer etwas anbieten konnte. Ich empfing keinen von ihnen; ich verließ mein Zimmer nur abends für ein paar Stunden vor dem Schlafengehen, gerade lange genug für den Buchklub mit Lexie. Anschließend durchquerte ich den Flur und redete mit Justin, während wir *Overwatch* spielten. Der Besuch kam trotzdem. Die Leute hielten unten eine Art Wache, während ich oben über Adam wachte.

Courtney war die Einzige, der ich Zutritt zum Schlafzimmer gestattete, und sie brachte mir Nachrichten von unten mit, gut gemeinte Wünsche und jede Menge Neuigkeiten. Mr Sealy, der Lehrer für Naturwissenschaften, begleitete sie jeden Abend, und er lenkte die Kinder mit Puzzeln, Projekten und Brettspielen ab. Auch Todd und Bruce machten regelmäßig mit. Die Nachbarn brachten noch mehr Speisen für das ohnehin überladene Büfett.

Mein Team schaute ebenfalls regelmäßig vorbei, auch wenn ich Cazzadee, Javier, Patti und die anderen kaum noch als solches bezeichnen konnte, nicht, seit ich meine Zulassung als Anwältin verloren hatte. Mein Freundeskreis und die Leute aus der Kanzlei hatten mich dazu gedrängt, dagegen anzugehen. Sie waren überzeugt, dass ich gewinnen würde, aber ich hatte es satt zu kämpfen.

Ich würde die Juristerei nicht vermissen, zumindest nicht die Art und Weise, wie ich sie praktiziert hatte, und Harry Leahy würde ich schon gar nicht vermissen. Mit ihm hatte ich eine kurze, erbitterte Verhandlung über meinen Rückzug aus der Kanzlei geführt. Schlussendlich war die Buy-out-Summe um einiges niedriger, als sie mir zugestanden hätte, aber der schnelle Abbruch unserer Beziehung machte dies wett.

Geld war ohnehin nicht das Problem, zumindest nicht auf kurze Sicht. Todd und Bruce wollten in dem Apartment über der Garage bleiben, von nun an als zahlende Mieter. Das würde beim Abbezahlen der Hypothek helfen. Dank Courtney war für die Ausbildung der Kinder gesorgt. Das Geld von der Kanzlei sollte für den Rest genügen. Zum ersten Mal seit zehn Jahren wurde mir der Luxus zuteil, darüber nachzudenken, welche Arbeit ich in der Zukunft wirklich ausüben wollte.

Mehrere Frauenrechtsorganisationen unterbreiteten mir Angebote. Time's Up bat mich, dem Vorstand beizutreten und bei der Mittelbeschaffung zu helfen, aber ich wollte nicht länger in der Öffentlichkeit stehen, nicht einmal für einen guten Zweck. Rick Olsson schlug mir vor, als Co-Autorin an seinem Buch mitzuwirken, aber auch das lehnte ich ab. Mein Name auf dem Cover wäre nicht mehr als eine Verkaufsmasche, und eine ziemlich dreiste obendrein. Kevin Trent bot mir einen Job als Fallmanagerin in seiner Kanzlei an, eine Position, die oft mit Anwälten und Anwältinnen ohne Zulassung besetzt war – eine Art Hintertür, um weiter in dem Beruf tätig zu sein. Ich lehnte rundheraus ab.

Nur ein einziges Angebot erschien mir attraktiv. Ein Richter, den ich kannte, wandte sich an mich und schlug mir vor, als Mediatorin zu fungieren, um gegnerischen Parteien dabei zu helfen, eine außergerichtliche Einigung zu erzielen. Einen Prozess zu ermöglichen, bei dem keiner gewann und keiner verlor – das könnte die Veränderung sein, die ich in meinem Leben brauchte.

Während der Tage, die ich an Adams Seite verbrachte, dachte ich viel über gewinnen und verlieren nach, vor allem, nachdem Patti mir Neuigkeiten über Tommy Wexford zukommen ließ. Margaret Staley hatte den Fall komplett fallen lassen. Patti stand vor einem Rätsel, während ich mir sehr wohl einen Reim darauf machen konnte. Staley war nie auf Geld aus gewesen, und als sie begriff, dass das alles war, was sie bekommen würde, gab sie ihren Kreuzzug auf. Was bedeutete, dass Tommy das gelungen war, was ich für unmöglich gehalten hatte: Er hatte sein Geheimnis bewahrt und den Fall trotzdem gewonnen.

Und er hatte noch mehr gewonnen. Er hatte die Hauptrolle in einer Neuverfilmung von *The Flash* bekommen.

Ich würde meine Tätigkeit als Anwältin nicht vermissen, aber ich würde mein Team vermissen. Für Patti organisierte ich Vorstellungsgespräche bei mehreren renommierten Kanzleien, wo ich wusste, dass sie Erfolg haben würde. Aber sie war nicht interessiert. Sie hoffte, in meine Fußstapfen treten zu können, und Harry hatte ihr für in ein paar Jahren eine Partnerschaft in Aussicht gestellt, wenn sie sich entsprechend schlagen sollte. Cazzadee würde ebenfalls bei Leahy & McCann bleiben, doch nur so lange, bis Patti Fuß gefasst hatte. Im nächsten Herbst wollte sie mit ihrem Jurastudium beginnen, und ich war mir sicher, dass sie eine ausgezeichnete Studentin abgeben würde.

Javier hatte sich bereits verabschiedet. Er war zur Staatsanwaltschaft von Suffolk County zurückgekehrt. Dort hatten wir uns damals kennengelernt. Man erlaubte ihm nicht, am Benedict-Fall zu arbeiten – »dämliche Interessenskonfliktregelungen«, schimpfte er –, doch er hielt sich über alle Entwicklungen auf dem Laufenden und schickte mir regelmäßig Updates.

Benedict war wegen der Vergewaltigung von Rosita Vega angeklagt worden. Mrs Vega – eine Einwanderin ohne Papiere und ohne Schulbildung – war eine vierzigjährige Hotelangestellte, die als Reinigungs- und Servicekraft im Four Seasons arbeitete. Sie hatte alles richtig gemacht, hatte unmittelbar nach dem Übergriff die 911 gewählt, sich an den Hotelmanager, ihren Ehemann und drei Kolleginnen gewandt. Anschließend hatte sie ein Krisenzentrum für Vergewaltigungsopfer aufgesucht, um die biologischen Beweise sicherstellen zu lassen und vor Ort eine detaillierte Aussage zu machen.

Zu behaupten, Mrs Vega sei mit den sexuellen Handlungen einverstanden gewesen, war Benedicts einzige Möglichkeit der Verteidigung – dass man ihm glaubte, galt als ausgesprochen unwahrscheinlich, zeigten die Aufnahmen der Hotelüberwachungskamera doch deutlich, wie er Mrs Vega packte und gewaltsam in sein Zimmer zerrte.

Videoaufzeichnungen schienen sein Verhängnis zu sein. Es stellte sich heraus, dass tatsächlich eine Aufnahme von meiner eigenen Vergewaltigung existierte. Bei der Durchsuchung von Benedicts Herrenhaus durch die zuständigen Behörden in Pennsylvania war man auf eine Speicherkarte gestoßen – in Janes Schmuckkassette. Offenbar gehörte die versteckte Kamera ihr.

Trotz der Tatsache, dass ich alles falsch gemacht hatte, gab es also genügend Beweise, um ihn auch in Pennsylvania vor Gericht zu bringen. Er war jetzt wieder dort, allein in seinem riesigen Haus, überwacht mittels einer elektronischen Fußfessel, und ging die Strafverteidigerinnen und -verteidiger durch, auf der Suche nach jemandem, der mich ersetzen konnte. Es gab einige, aber niemanden, der so häufig gewonnen hatte wie ich.

Videoaufzeichnungen besiegelten natürlich auch Janes Schicksal.

Courtney erzählte mir, nachdem sie meinen Auftritt vor dem Polizeipräsidium im Fernsehen gesehen hatte, war sie schockiert gewesen, verwirrt und plötzlich voller Zweifel wegen ihres Vormundschaftsantrags. Sie hatte sich schlaflos im Bett gewälzt und irgendwann nach ihrem Handy gegriffen, um die App zu öffnen, die ich ihr geschickt hatte. Anschließend hatte sie die Überwachungskamera aktiviert in der Annahme, ihren Vater reglos im Bett liegen zu sehen. Allein. Sie hatte sich versichern wollen, dass sie das Richtige tat.

Damit, dass er gar nicht allein war, hatte sie nicht gerechnet. Sie hatte mich gesehen, außerdem eine fremde Frau, die Spritzen aufzog, während sie drei verschiedene Morde gestand. Voller Panik hatte Courtney die 911 gewählt, während Mr Sealy, ihr technikaffiner Freund, die Liveübertragung aufzeichnete und gleichzeitig an die Polizei von Weston streamte, die sie auf diese Weise in Echtzeit verfolgen konnte.

Den Rest erfuhr ich von der Polizei. Der erste Officer, der am Tatort eintraf, stieß Jane zu Boden, während ein zweiter mir eine Dosis Naloxon in den Oberschenkel rammte. Das löste den Geysir aus, der mich ins Leben zurückkatapultierte und dafür sorgte, dass ich durchhielt, bis der Notarzt eintraf.

Später erhielt der Officer eine Belobigung für sein schnelles Handeln in jener Nacht, und ich dankte ihm überschwänglich, weil er mir das Leben gerettet hatte. Obwohl ich meine Rettung in Wirklichkeit Courtney zu verdanken hatte. Courtney und dem Überwachungsvideo.

Jane Benedict wurde wegen versuchten Mordes angeklagt, zusammen mit einem langen Katalog kleinerer Vergehen hier in Massachusetts. Die lokalen Behörden übergaben sie gern den

Kollegen in Pennsylvania, wo sie sich für die Morde an Reeza Patel, Tiffy Jenkins und Emily Norland verantworten musste. Mittlerweile befand sie sich in einer psychiatrischen Klinik. Berichten zufolge prüfte ihr Anwalt die Möglichkeit, auf Unzurechnungsfähigkeit zu plädieren.

Eines Abends kam Courtney mit weniger willkommenen Neuigkeiten zu mir ins Schlafzimmer. »Rick Olsson ist da«, teilte sie mir mit.

»Schon wieder?« Langsam nervten mich seine Besuche. Wir waren miteinander fertig. Was immer ich ihm schuldete, weil ich versucht hatte, ihn für meine Zwecke einzuspannen, hatte ich mehr als wettgemacht. Ich hatte ihm erlaubt, das Helikopter-Video zu verwenden, und ich hatte ihm das Video von Benedicts Treffen mit Reeza zugespielt. Unsere Rechnung war beglichen.

Das Problem war nur, dass er das Video nicht in seiner Sendung gezeigt hatte. »Das war nicht nötig«, lautete die einzige Erklärung, die er dafür abgab. Er brachte auch nicht die Betrugsstory über die wahre Entdeckerin des Virus, stattdessen leitete er den USB-Stick weiter an Aidan Dunwoodie von der *New York Times*. Mit seinem Artikel sorgte Dunwoodie für den größten Paukenschlag, den es in der Wissenschafts- und Medizingeschichte je gegeben hatte. George Benedict, der einstige Retter der Welt – als Betrüger entlarvt.

Was für eine Ironie, dachte ich: Benedict würde niemals den Nobelpreis gewinnen, doch die *Times* hatte gute Aussichten auf einen Pulitzer.

Wie dem auch sei – es war Ricks Entscheidung gewesen, keines der beiden Videos selbst zu verwenden. Ich schuldete ihm nichts mehr. Dennoch hielt er sich immer noch in Boston auf. Rief immer wieder an. Kam immer wieder vorbei. Plauderte mit meinen Freundinnen und Freunden und schmeichelte sich bei meinen Kindern ein, und schließlich reichte es mir.

Ich ließ Courtney mit ihrem Vater allein und rannte die Treppe hinunter. Rick war in der Küche und spülte Teller. »Warum sind Sie hier?«, wollte ich wissen. Die Hände in die Hüften gestemmt, stand ich hinter ihm und funkelte ihn aufgebracht an. Mir war bewusst, dass ich nicht wirklich umwerfend aussah und ohne die üblichen High Heels noch kleiner war als sonst. »Ich habe Ihnen gesagt, dass ich kein Interesse habe. Nein heißt nein, richtig?«

Er drehte sich nicht um. »Sie haben nur Nein zu dem Buch gesagt.«

»Was soll das heißen?«

Er spülte den Teller ab und stellte ihn auf das Abtropfgestell. »Das kann ich nicht sagen.«

»Warum nicht?«

»Weil das nicht richtig wäre.« Er griff nach einem Handtuch und trocknete sich die Hände ab, bevor er sich zu mir umdrehte. »Es wäre nicht richtig, dir zu gestehen, was ich für dich empfinde, während oben dein sterbender Ehemann liegt.«

Ich wurde so tiefrot, dass meine Ohren brannten. Meine Hände rutschten mir von den Hüften. »Es wäre zu keiner Zeit richtig«, erwiderte ich schließlich gedehnt.

»Wir werden sehen«, sagte er, dann drehte ich mich um und flüchtete die Treppe hinauf.

Nachdem Lexie am Abend eingeschlafen war, huschte ich zu Justin, um mit ihm *Overwatch* zu spielen. Ich nahm meinen Controller, bereit, loszulegen, doch er machte keine Anstalten zu beginnen. Schon während der letzten Tage hatte er eher halbherzig gespielt, und heute griff er nicht mal nach seinem Controller. Ich fasste das als Signal auf, dass er reden wollte.

»Wie war's in der Schule?«, fragte ich daher.

Er zuckte mit den Achseln. »Ganz okay.«

Es war schon immer ein Eiertanz gewesen, ihn dazu zu bringen, sich zu öffnen, ganz gleich, worum es ging, doch in letzter Zeit musste ich mich im Schneckentempo vorantasten. Seit er die Wahrheit über seine Internetfreundin erfahren hatte. Ich hatte nicht vorgehabt, ihm davon zu erzählen, noch nicht, vielleicht nie. Aber Justin war ein cleverer Junge, und er hatte genug Gesprächsfetzen aufgeschnappt, um sich einen Reim machen zu können. Er war verlegen und beschämt und fühlte sich mehr als elend, als er ein echtes Foto von Jane Benedict in den Nachrichten sah.

Doch heute Abend wollte er über etwas anderes reden. »Ich habe … ähm … ich habe über das nachgedacht, was … ähm … was dir passiert ist«, sagte er.

Es war uns geglückt, dies vor Lexie geheim zu halten, aber Justin hatte mein Statement in den Nachrichten gesehen. Er wusste Bescheid.

»Okay«, erwiderte ich und wartete.

»Mir ist nie in den Sinn gekommen, dass … du weißt schon … dass so etwas meiner eigenen Mutter zugestoßen sein könnte.«

Ich nickte. »Ich weiß, was du meinst. Aber es ist nicht ganz richtig zu sagen, es wäre mir zugestoßen, denn in Wahrheit hat es mir jemand *angetan*. Und er hat es auch anderen Frauen angetan. Frauen, mit denen du nicht verwandt bist. Frauen, die du nicht einmal kennst. Aber sie sind genauso real wie ich.«

»Dessen bin ich mir bewusst.« Er nickte, doch sein Gesichtsausdruck schien zu fragen: Worauf willst du hinaus?

»Ich möchte damit nur sagen, dass diese Taten von jemandem begangen wurden, den du bewunderst …«

»Nicht mehr«, protestierte Justin. »Der Kerl ist ein Betrüger! Ein Dieb!«

»Und was, wenn nicht?«, fragte ich. »Was, wenn er tatsächlich das Genie wäre, das diese schreckliche Krankheit heilbar gemacht hat? Ein Genie, das diese grauenvollen Verbrechen an Frauen begangen hat? Was würdest du dann von ihm halten?«

»Oh«, erwiderte er, und in seiner Stimme schwang all die Unsicherheit mit, gegen die auch der Rest der Welt anzukämpfen schien.

Unser Gespräch an diesem Abend dauerte weitaus länger als die übliche Stunde.

Eines Tages schickte Cazzie mir eine Nachricht, dass Ashley LaSorta angerufen hatte. Sie hatte eine neue Nummer, und ich rief sie sofort zurück.

»Du auch?«, fragte sie anstelle einer Begrüßung.

»Ich auch.«

»Hm. Du hast dir nie etwas anmerken lassen. Die ganze Zeit über haben wir zusammengearbeitet, und du hast nie erwähnt, dass dir das Gleiche passiert ist. Kein einziges Wort.«

»Ich hätte es euch sagen sollen. Ich hätte zur Polizei gehen sollen. Ich hätte es allen erzählen sollen. Ich dachte, ich würde mich schützen, dabei habe ich nur ihn geschützt.«

»All unsere Theorien waren falsch. Er hat nicht seine Opfer getötet, und er hat auch nicht seine Widersacherinnen ausgeschaltet. Er hat niemanden umgebracht!«

»Wir haben uns in jeder Hinsicht getäuscht«, pflichtete ich ihr bei. »Weißt du …« Ich verstummte kurz, ehe ich fortfuhr: »Du könntest dich jetzt ebenfalls an die Öffentlichkeit wenden.«

Ashleys Antwort war simpel: »Nein«, sagte sie, ohne zu zögern.

»Wegen der Geheimhaltungsvereinbarung musst du dir keine Sorgen mehr machen. Er würde es nicht wagen, wegen Vertragsverletzung gegen dich vorzugehen, zumal kein Gericht mitspielen würde.«

»Scheiß auf die Geheimhaltungsvereinbarung.«

»Warum machst du das Ganze dann nicht publik?«

»Weil es verdammt noch mal niemanden etwas angeht! Es ist in meinem Privatleben passiert, und deshalb würde ich es gern privat halten. Ich will nicht bei einer Besprechung aufstehen und wissen, dass jedes UniViro-Vorstandsmitglied sich ausmalt, wie ich nackt und geknebelt aussehe, anstatt zu hören, was ich zu sagen habe.«

Das Argument konnte ich nachvollziehen. Doch das war es nicht, was mich aufhorchen ließ. »UniViro?«, wiederholte ich.

Das war der andere Grund, warum Ashley mich angerufen hatte. Sie saß wieder im Vorstand des Unternehmens. Benedicts Sturz hatte es den anderen Vorstandsmitgliedern ermöglicht, ihr ihre alte Position zurückzugeben – zu noch besseren Konditionen. »Ich sollte mir ein T-Shirt bedrucken lassen«, scherzte sie. *»Ich habe George Benedict überlebt.«*

»Und Jane«, sagte ich leise, und für einen Augenblick schwiegen wir beide und gedachten der drei Frauen, denen dies nicht gelungen war.

Frauen wie Ashley überlebten immer, dachte ich, nachdem wir das Telefonat beendet hatten. Das lag nicht daran, dass sie klüger war als die anderen, es lag auch nicht an ihrer attraktiven Erscheinung, obwohl diese sicherlich kein Nachteil war. Es lag daran, dass sie eine dicke Haut hatte und hartgesotten war. Sie rappelte sich immer wieder hoch und duckte sich nicht weg.

Ich wusste das, weil wir uns sehr ähnlich waren. Aber jetzt? Jetzt wollte ich mich weder hochrappeln noch mich wegducken. Ich wollte einfach nur aufrecht stehen.

Am Ende war ich mit Adam allein. Er hatte so viel Gewicht verloren, dass er aussah, als wäre er in sich selbst zusammengefallen. Sein Atem ging flach und stoßweise, unterbrochen von langen Momenten, in denen er gar nicht atmete, und ich hielt selbst die

Luft an und fragte mich jedes Mal, ob dies wohl sein letzter Atemzug gewesen war. Doch dann schnappte er wieder nach Luft und atmete weiter, und ich drückte seine Hand fester und fuhr fort, die Geschichte seines Lebens zu resümieren.

Ich hatte ihn von seiner Geburt durch seine Kindheitsabenteuer und die Schule geführt, hatte ihm – unterstützt von Courtney – von seinen beruflichen Triumphen, seiner Ehe und der Geburt seiner Tochter erzählt, gefolgt von seiner zweiten Ehe und der erneuten Vaterschaft. Am letzten Tag seines Lebens gelangte ich zum ersten Tag von Lexies Leben. Ich erzählte ihm, wie gelassen und gefasst er an jenem Tag gewesen war. Wie ich mich wunderte, dass er ungerührt durch die schneebedeckten Straßen zur Klinik kurvte, während er gleichzeitig Arbeit delegierte, die Kinderbetreuung für Justin organisierte und die Abstände zwischen meinen Wehen maß, wobei er zwischendurch immer wieder lahme Witze riss. Ich sagte ihm, wie sehr ich ihn liebte – schon immer und für alle Ewigkeit.

Als die Geschichte seines Lebens zum Ende kam, holte er ein letztes Mal schaudernd Luft. Endlich war auch sein Körper zum Ende gekommen.

Ich schloss die Augen und legte den Kopf in den Nacken, dann blieb ich lange Zeit so sitzen, bis seine Finger in meinen kalt wurden.

Irgendwann öffnete ich die Augen wieder und betrachtete die Decke über mir. Ich drehte den Kopf und blickte über Adam hinweg aus dem Fenster hinter ihm. Es schneite. Es war der erste Schnee in diesem Winter, und er fiel in dicken, weichen Flocken, still und leise.

DANK

So viel zu verdanken habe ich:

Jennifer Weltz, meiner Verlagslektorin und größten Fürsprecherin.

Sara Nelson und ihrem Team bei Harper Books. Danke für all die Mühe und das Fachwissen, die ihr in die Veröffentlichung dieses Romans gesteckt habt. Es ist ein Privileg, mit euch zu arbeiten.

Addison Duffy und ihrem Team bei der United Talent Acency. Danke, dass ihr mich bei der aufregendsten Erfahrung meines Lebens begleitet habt.

Jean Naggar, die mich gezwungen hat, beim Schreiben vier simple Worte im Hinterkopf zu behalten: »Bonnie, nimm dir Zeit.«

Meiner Familie. Danke für eure Liebe, Unterstützung und die Fülle an obskurem Wissen.

Meinen Leserinnen und Lesern. Ich bin zutiefst dankbar.

ANMERKUNG DER AUTORIN

Wenn Sie oder jemand, den Sie kennen, sexuellen Missbrauch erfahren haben, steht Ihnen Hilfe zur Verfügung. Kontaktieren Sie dafür das Hilfe-Portal Sexueller Missbrauch:

Web-Link: https://www.hilfe-portal-missbrauch.de/startseite
Hotline (anonym & kostenfrei): +49 0800 2255530

Die meisten sexuellen Übergriffe werden der Polizei nicht gemeldet, die meisten Täter sind Wiederholungstäter. Zwischen diesen beiden Fakten besteht ein Zusammenhang. Die Opfer haben zahlreiche überzeugende Gründe zu schweigen, doch die Konsequenz daraus ist letztendlich, dass es den Tätern freisteht, erneut zuzuschlagen.